古典文獻研究輯刊

十四編

曾永義 主編

第7冊

李維楨研究（下）

魯 茜 著

國家圖書館出版品預行編目資料

李維楨研究（下）／魯茜 著 — 初版 — 新北市：花木蘭文化
出版社，2016〔民 105〕
目 4+246 面；19×26 公分
（古典文學研究輯刊 十四編；第 7 冊）
ISBN 978-986-404-807-6（精裝）
1.（明）李維楨 2. 明代文學 3. 文學評論
820.8   105014953

古典文學研究輯刊
十四編　第七冊　　　　　　ISBN：978-986-404-807-6

李維楨研究（下）

作　　　者　魯茜
主　　　編　曾永義
總　編　輯　杜潔祥
副總編輯　楊嘉樂
編　　　輯　許郁翎、王筑　美術編輯　陳逸婷
出　　　版　花木蘭文化出版社
社　　　長　高小娟
聯絡地址　235 新北市中和區中安街七二號十三樓
　　　　　　電話：02-2923-1455 ／傳真：02-2923-1452
網　　　址　http://www.huamulan.tw 信箱 hml810518@gmail.com
印　　　刷　普羅文化出版廣告事業
初　　　版　2016 年 9 月
全書字數　451175 字
定　　　價　十四編 21 冊（精裝）新台幣 36,000 元

李維楨研究（下）

魯茜　著

目

次

上　冊

魯茜《李維楨研究》序言　李時人

緒　論 …………………………………………………………… 1

　第一節　研究現狀 ……………………………………………… 1

　第二節　研究意義及方法 …………………………………… 10

第一章　李維楨的生平 ……………………………………… 13

　第一節　家世與童年 ………………………………………… 14

　　一、寒家累世，立德立行 ………………………………… 16

　　二、致力舉業，文學並行 ………………………………… 25

　第二節　京師修史與結友習文 …………………………… 29

　　一、師友名宦，仕途順利 ………………………………… 29

　　二、交遊浮行，定性文人 ………………………………… 35

　第三節　坎坷藩臣與藝文領袖 …………………………… 40

　　一、三仕三出，宦情漸淡 ………………………………… 40

　　二、文播四方，平生功業 ………………………………… 55

第二章　李維楨的著述考述 ……………………………… 67

　第一節　集類著述 …………………………………………… 67

　　一、別集本 …………………………………………………… 67

　　二、選集或單行本 ………………………………………… 88

　　三、評點注釋校刊本 ……………………………………… 93

第二節　經、史、子類著述 …………………………… 108
　一、經類 …………………………………………… 108
　二、史類 …………………………………………… 110
　三、子類 …………………………………………… 129
第三節　亡佚著撰 …………………………………… 140
　一、集類 …………………………………………… 140
　二、史類 …………………………………………… 142
　三、經類 …………………………………………… 146
第四節　詩文輯佚 …………………………………… 149
　一、文 ……………………………………………… 149
　二、詩 ……………………………………………… 159
　三、曲 ……………………………………………… 165
第三章　李維楨的應用文創作 …………………… 169
第一節　傳記文 ……………………………………… 171
　一、李維楨的史傳文學觀 ………………………… 172
　二、傳記文的思想內容與藝術特色 ……………… 180
第二節　集序題草 …………………………………… 198
　一、集序的思想內容與藝術特色 ………………… 198
　二、題草的思想內容與藝術特色 ………………… 214
第三節　題記遊記 …………………………………… 221
　一、書院園室之作 ………………………………… 221
　二、寫景記遊之作 ………………………………… 231
第四節　啟牘與賦 …………………………………… 234
　一、書牘與啟文 …………………………………… 234
　二、賦 ……………………………………………… 236

下　冊
第四章　李維楨的詩歌創作 ……………………… 239
第一節　題材類型與思想心態 ……………………… 239
　一、紀事、紀人之詩 ……………………………… 240
　二、紀懷、紀行、紀遊之詩 ……………………… 258
　三、贈答酬送、題畫題卷等之詩 ………………… 273
　四、宴飲社集之詩 ………………………………… 285

　　第二節　藝術特徵與風格類型 ……………………………… 291

　　　一、藝術特徵 …………………………………………… 292

　　　二、「雪」與「情」 …………………………………… 296

　　　二、風格類型 …………………………………………… 318

　第五章　李維楨的詩學批評（上） ……………………… 321

　　第一節　李維楨的詩歌史觀 ……………………………… 321

　　　一、論《詩經》 ………………………………………… 322

　　　二、論唐詩 ……………………………………………… 328

　　　三、論明詩 ……………………………………………… 335

　　　四、論漢魏六朝宋元詩 ………………………………… 345

　　第二節　李維楨的詩歌創作觀 …………………………… 352

　　　一、情景事理 …………………………………………… 352

　　　二、才學識與格調法 …………………………………… 360

　　　三、體 …………………………………………………… 371

　　　四、師古師心 …………………………………………… 376

　第六章　李維楨的詩學批評（下） ……………………… 383

　　第一節　對公安派的批評 ………………………………… 383

　　　一、論性情 ……………………………………………… 383

　　　二、論白香山 …………………………………………… 390

　　　三、論雁字詩 …………………………………………… 397

　　第二節　對竟陵派的批評 ………………………………… 410

　　　一、評鍾惺 ……………………………………………… 410

　　　二、評譚元春 …………………………………………… 416

　　第三節　後七子派詩論的發展歷程 ……………………… 420

　　　一、李攀龍論詩 ………………………………………… 420

　　　二、王世貞論詩 ………………………………………… 430

　　　三、李維楨論詩 ………………………………………… 463

結　語 ……………………………………………………… 469

參考文獻 …………………………………………………… 473

第四章　李維楨的詩歌創作

　　《大泌山房集》卷一至卷六收錄李維楨的詩歌，每卷下有小注「丙午後作」，丙午指萬曆三十四年春（1606），李維楨入長安，旋即入鄜，以秋防駐節延安，時年六十歲，易給人誤導，所收詩皆丙午後作。但事實上，六卷詩中，大部分詩在萬曆三十年（1602）《曹師桌恒言不佞起家當在十月二十八日，至期得河西除書》（卷一）和萬曆三十一年（1603）初起家入陝之後，如《別親串》、《郊郢舟雪》（卷二）、《舟雪》（卷六），較準確收詩是從萬曆三十年末接到朝廷任命，第三次起家出仕為起始標誌。在此之前的詩，因《小草三集》刊刻未竟，多已不存，筆者輯起少量佚詩，亦不足以窺見李維楨萬曆三十年以前詩歌創作面貌，這給李維楨詩歌研究帶來複雜與憾缺。李維楨詩歌是怎樣的基本情況，他在詩歌體現出哪些思想內容，流露出哪些心態，具有怎樣的藝術特徵與風格，是否又具有變化，是本章將要解決的主要問題。

第一節　題材類型與思想心態

　　初步統計，《大泌山房集》收詩情況如下表：

卷數	1	1	1	1	2	2	3～4	5	5	5	5	5	6
體裁	四言	樂府	五古	七古	五律	六律	七律	五言長律	六言長律	七言長律	六絕	五絕	七絕
詩題	12	8	21	25	88	3	250	22	3	4	9	26	100
詩數	52	22	42	30	244	3	440	22	3	4	36	98	371

其一，詩歌總數 1367 首，古體僅 146 首，約占 10.7%，近體 1221 首，約占 89.3%，我們對照李攀龍《滄溟集》古體詩比重即可知，李維楨雖是明後期復古派中堅，但古體作詩已大大減少，原因在復古觀念的變化，重神似而不重形似，不再是「擬議成變，日新富有」亦步亦趨從內容到形式的模倣古代各體詩，而是師心和師古兼而有之，觸機緣變，各適其宜，尤其古體直書的亦是當時的各種內容而不是古代的內容或借古言今；其二，以七律七絕為主，七律 250 詩題，作 440 首，七絕 100 詩題，作 371 首，五律次之，88 題 244 首，三種詩體占詩總數的 77.2%，說明李維楨喜作與擅長七律、七絕、五律，且多以組詩形式出現，此係仿杜甫組詩，增加詩歌一題的內容容量，不乏他逞才色彩，他的七絕僅次於七律，李維楨常稱李白「吾宗供奉」，李白是盛唐詩的頂峰，但因李白以天才寫詩，實際是學習不來的，李維楨的七絕仍走杜甫一脈。我們對李維楨詩歌的研究，不宜按體來分，而宜先按題材內容來梳理，在此基礎上進而揭示其詩歌的思想內容、心態特徵及其藝術風貌。

　　李維楨的詩，自有其特色，可按紀事、紀人、紀懷、紀行、紀遊、贈答壽送、題畫題卷、社集宴飲八類劃分，反映了他的詩歌觀念與實際的生活思想狀態。

一、紀事、紀人之詩

　　李維楨《大泌山房集》前二卷為四言詩與古樂府，雖是後七子派強調的復古與眾體兼備，但作為李維楨詩集和全集的起始，其實編排順序頗有講究，暗含了李維楨高舉風雅復古而翼世風再淳的良苦用心。細讀此二卷詩的內容，便可明瞭。

　　第一體，也即全書開篇是《中丞三章，為胡從治生孫作也》，為治國之輔弼的中丞其家後繼有君子而作，第二首《甘露》，為君子上為國安邦下使民無憂而作，第三首《瑞麥》為君子勸分賑廩，免租領耕，是年民豐，第四首《劉母井詩》母勤子孝，表彰作紀，其後《崇蘭館詩》、《遂絲堂詩》、《怡怡堂者，為史氏賦也》、《南陔刈麥詩，為秦京賦也》、《明夷為汪季玄賦也》、《質園為唐君平賦也》分詠君子「于焉居室，其芬可藉」、「以兼三才，為龍為光」、「有功可大，有親可久」、「顧我貧士，百畝是易。日出而作，帶經挾策」、「我嗣股肱，藝黍稷養。維此一孌，傲天之睨」、「乃營別圃，命之曰質」的美好德行，其十一、十二《曹節婦詩》、《金母四章，為金德潤母羅孺人壽也，時德

潤教南武庫》表彰「女貞捐生，為邦家光」、「用聚歡心，將母燕喜」又回到
家庭人倫與德行之美，與起始開篇構成儒家倫理道德的完整循環，此卷盡頌
美之辭，醇正平和，類似《詩》之正風、正雅。

　　第二體為「古樂府」八題，分為《襄陽謠》、《張孝子謠》、《公無渡河》、
《城上歌》、《西人謠》與《介雅三曲》、《龍笛鳳笙曲》、《楚五祝辭》兩組。
前五題詠天道淪陷，母食子，子烹父，挈鈎旱魃橫行、士禮衣冠恬恥獻媚的
社會世風，發出「不視忠臣孝子，以爾張楚」、「天乎人乎？禍福何常」（《張
孝子謠》）的困惑與疾呼，類於《詩》之變風變雅。

　　他在《介雅三曲》、《龍笛鳳笙曲》、《楚五祝辭》三詩中，通過小序，開
出瞭解決自身與有德君子的救世藥方：

　　　　謝季公蚤歲明經，揚芬鬱序，晚年尚志，就養庭闈。浮雲軒冕，
　　何求長日。丘園自適，教成令子，名在文儒。領繞膝之慈孫，承歡
　　顏于壽母。林鍾律應，花甲輪周。享人世之清閒，備天倫之盛美。
　　諸君皆絲蘿松栢，情洽婚姻，抑玉樹芝蘭，道敦隣好，僉踵門而展
　　賀。特授簡以徵言，觥稱兕則有詩，杖刻鳩而名祝。竊取其義，爰
　　綴斯篇，格倣蕭梁，聲沿荊楚。〔註1〕

李維楨認為士大夫當出仕為國盡忠效力，晚年當引退，丘園自適，教令子孫，
再承文儒，使之承修德性名業，而使家庭和樂，既有人世之清閒，又享天倫
之盛美，使里社關係都友睦敦好，風俗淳厚。

　　這種思想，他在《龍笛鳳笙曲》中就更明顯了：

　　　　蓋聞愛之欲生，永以為好。閟宮啓而頌魯，俾歲有千麥丘遇，
　　而祝齊善言，必再上交，非誻古道。則然明府公，天開集鳳之祥，
　　家襲雕龍之慶，彤庭賜第，光照青春，紫陌看花，香沾紅雨。帝念
　　枌榆之社，簡鳧舄以遙臨，僉言枳棘之栖，借牛刀而小試，川流敦
　　化，山立揚休，褚衣冠易，田疇興誦。眾人之母，仁夫里寬，關市
　　波及，鄰國之民，魚生釜以興謠，虎伏庭而就訊。時方期月，府事
　　脩和，邑大有年，禮儀備舉；推轂名高，薦剡充閭，氣動懸弧，酉
　　建魁杓。歲復臨于作，靈旬成枝幹。日載值于庚辛，屏翳飛廉。按
　　十雨五風之候，流虹繞電；介千秋萬歲之期，南極一星；炳然朝斗，

〔註1〕明・李維楨《介雅三曲》，《大泌山房集》卷一，《四庫全書存目叢書》集150，
　　　　第330頁。

上台三壽展矣。盍朋弱冠，登科袞袞，黑頭宰相，舞衣繞席，儦儦
黃髮，慈親貽穀，豐登靈椿。久特備人倫之熙，事萃神眈之蕃釐，
凡在照臨，若爲歡抃，三薰加爵，百拜陳辭。捧銅狄之盤，餐分沆
瀣；侍玉皇之案，履踐清華。願迭進於仙籌，式賡歌于下管。〔註2〕

李維楨倡儒家之仁愛，由愛人親親，推己及人，由君子修身齊家，推廣到
潤化天下，形成下以和美人倫之熙，上以教化澤被民，天下太平豐足的美好景
象。以「愛之欲生，永以爲好」，上下齊諧，是「非韶古道」而復古風的「德
業成，大且久」、「人間世，逍遙遊」（《龍笛鳳笙曲》）的「簡易賢人」之道。

他在《楚五祝辭》並序中也敘明了社會與人事的複雜原因與不盡如人意
狀況：

蓋聞物之數萬，處一而量，無窮生之，徒十有三，而攝爲善。
自情塵嶽，立卷妻濡，需致世趣。川流朴雕，竅鑿富貴，顯嚴名利。
容動色理，氣意勃志，謬心惡欲，喜怒哀樂，去就取與。知能累德，
塞道支柴，柵重縲繳，上下進排，發機括，留詛盟。秋冬老溫，蝸
爭蠻觸，羊失穀臧，即仁義蓬廬何爲？離跂攘臂，使性命爛漫，奚
啻附贅垂疣，喬詰卓鷙之行，多天昏札瘥之憂作。鵷雛舉，而腐鼠
之鴟空嚇，鷾鴯適，而執狸之狗成思，小大判乎！莛楹脩短，岐于
椿菌，非馬喻馬，物論難齊，唯蟲能蟲，天眞自合。帝之懸解，不
以有涯隨無涯，神之大祥，常以無用藏有用。塵金玉而塗軒冕，忘
肝膽而墮形骸，昭曠攖寧，玄同炊累，函巧滅故，曰希曰夷曰微，
緣督爲經，去甚去奢去泰。含德之厚，比于赤子，專氣致柔，能如
嬰兒，渾渾沌沌，媒媒晦晦。彼禺強之立北極，西母之坐少廣，狂
屈之登狐闋，赤松之止石室，諄芒之觀大壑，與肩吾之處泰山，堪
坏之襲崑崙，廣成之臥空同，大隗之存具茨，鴻蒙之歷扶搖，自本
自根，無終無始，逍遙應世，曼衍窮年，官萬物而府三才，王百谷
而長五岳，乾坤運以不毀，日月煥其常新。我里有吳公者，杞梓良
材，圭璋令望，舉釣六鰲，合負長鳴，萬馬皆瘖，畫省含香，黃門
荷橐，旬宣河洛，塡撫甌閩，民戴得輿。我儀補袞政，急流而勇退，
遂初服以閒居，視富貴則蚊虻鶤雀之飛，較窮通亦寒暑風雨之序。牂

〔註 2〕明·李維楨《龍笛鳳笙曲》，《大泌山房集》卷一，《四庫全書存目叢書》集150，
　　　第329～330頁。

生奧，鶉生突，付之儻來，鵠不浴，烏不黔，因其自致。艾從薰於丹穴，芝自種於商顏，餐山色以療饑，聽松聲而入夢。藥爐茶鼎，清風明月，平分桂棹，蘭橈野水，川雲共度。仰天而噓，隱几而坐，嗒若調习。據梧而瞑，倚樹而吟，鳴非堅白，魯論逸民。而後唐傳高士以還，如萊子之隱蒙陽，及亢倉之穰畏壘，或灌園而抱甕，或餔糟而啜醨。接輿之歌佯狂，龐公之操於忽；漢濱老父，江上丈人，名編楚國先賢，事紀襄陽耆舊，豈圖今日載見！古風大成，若缺大盈，若沖恬愉，純氣之守。知足不辱，知止不殆，汗漫采眞之遊，蹢躅屈伸。其顙頯，其容寂，吹呴呼吸，以踵息，以心齋。雖雞壅豕苓，時或爲帝，而鳥行穀食，泊若未孩，妻織女妾，宓妃鼓奏，宮而聽者遠，子副墨孫，洛誦蘭彌，谷而抱者馨，粟賦支離，珠探象罔，六十而化，寧知五十之非，八千爲春，更結三千之實蕋焉。兄弟忝在婚姻，召巫咸而示之機，唯應駸走，師董梧以鋤其色，難擬形容。推筴而求，得絳縣老人之甲子，代庖以祝，懇黃絹幼婦之受辛，各效里言，用加康爵。〔註3〕

　　物之數萬，共處自然，無窮生之，是爲事物與人世的多樣化，其中僅十有三，而攝爲善，其七爲不善，在人世，則多腐鼠之鴟，多執狸之狗，爲名爲利，蝸爭蠻觸。李維楨二十二歲進士高第，入選庶吉士，入翰林院，任史臣，卻因散口議權臣，出爲藩臣，又以才高遭忌，多次中彈射誣陷，連蹇不得盡展其志，輾轉不得盡施其才。他在五十一歲時，曾向周用馨請教解惑之法，得「學以無欲爲本」，以爲「命之矣，以告通國學士大夫，使人人知使君好學，在寡欲。使人人知使君寡欲之學，可以却老引年。請觸使君以爲民望」〔註4〕，用道家之清心寡欲作爲解決儒家士大夫窮困不遇與淡泊名利之德行修養的理論補充。而《楚五祝辭》中針對萬曆後期「仁義蓬廬」、「竅鑿富貴」、「離跂攘臂」、「塞道支柴」等政治、世風、士風、學風多種問題，提出用道家「天眞自合」、「不以有涯隨無涯，常以無用藏有用」、「含德之厚，比于赤子，專氣致柔，能如嬰兒」、「自本自根，無終無始，逍遙應世，曼衍窮年，

〔註 3〕明・李維楨《楚五辭祝》，《大泌山房集》卷一，《四庫全書存目叢書》集 150，第 330～331 頁。

〔註 4〕明・李維楨《藩伯周公壽序又》，《大泌山房集》卷三十，《四庫全書存目叢書》集 151，第 158 頁。

乾坤運以不毀，日月煥其常新」自然人世的客觀規律來補儒家末世之亂象，他用詩來表彰其里中「吳公」之類有操守有德行之士人，能激流而勇退，初服以閒居，「視富貴則蚊虻鸛雀之飛，較窮通亦寒暑風雨之序」的天地閭里相和的隱居生活，是「古風大成」、「知足不辱，知止不殆」的心齋踵息境界，他期望君子仿傚推廣，則家國和諧豐樂。

李維楨此種思想源於，他受儒家詩教影響甚深，他的詩學思想其實源於家學與讀中秘書之治《詩》的學術根坻，「聲音之道與政通」〔註5〕、「先儒詩《序》言：正得失，動天地，感鬼神，莫近於詩，先王以是厚人倫，美教化，移風俗」〔註6〕、「蓋無一民而不受職，無一職而非以厚民之生，無惰慢，無軼越，教化易行，而風俗易美，周家德澤深厚，享國長久，其道如此」〔註7〕是其核心思想，這是他入復古派陣營文學思想上的契合原因，亦是他作爲復古派後期中堅，面對萬曆後期社會政治多個問題的治世救世根本主張，以各地無數的君子修德齊家爲根本，仁愛禮義推廣及人及里，使閭里友邦和樂豐足，風俗淳厚，主上則慈愛教化，澤被天下四夷，則天下人倫寰區自定。這實質是儒家家國同構思想的體現，在改變士人德行世風方面有一定作用，但在明末一方面政治凋弊、閹黨擅權、黨派紛爭、官員缺員嚴重、財政困難、遼薊兵禍興起等，一方面又商業城市大發展，全民享樂紛繁，人心不古，士大夫亦空言煌煌、學風空疏等內憂外困積習難改情況下，實蘊孕著將要爆發的社會大變亂，李維楨所持的復古救世主張無異車水杯薪，無力挽大廈將傾之偉力，但復古派人士所持的儒家經世致用的正統思想，卻是清初漢族士大夫反思明王朝滅亡、確立清初實學精神的接續延綿來源。

（一）紀事之詩

理解了他詩歌的思想基礎與詩集的編排用心，便好理解他全部詩歌創作的由來始末及原因心態了。比如，他的紀事之詩，按於公之心而作的詩如：《襄陽謠》、《張孝子謠》、《汪孝子廬墓》、《公無渡河》、《城上歌》、《西人謠》、《甘露》、《介雅三曲》、《龍笛鳳笙曲》、《楚五祝辭》、《朱生以庚寅日舉子，與祖

〔註5〕明・李維楨《李組修集序》，《大泌山房集》卷二十三，《四庫全書存目叢書》集151，第10頁。

〔註6〕明・李維楨《陳計部詩選序》，《大泌山房集》卷二十一，《四庫全書存目叢書》集150，第753頁。

〔註7〕明・李維楨《治本書序》，《大泌山房集》卷九，《四庫全書存目叢書》集150，第502～503頁。

同干支名曰同祖〉；〈晉中元夕即事〉、〈王使君東征凱歌〉，〈西天寺即事〉、〈天壇見雉〉、〈太和雜韻〉、〈游仙詩次韻〉、〈笙臺篇〉，〈隋宮次韻〉、〈南都〉、〈迷樓〉、〈金陵五日即事次韻〉等；按紀家之事而作的詩如：〈六歌〉、〈別親串〉，〈赴仲氏晉陽之約，至魚河驛，雪甚，夢見之〉，〈薄莫趣駕赴臨邑，先寄子愿〉、〈與子愿夜談作〉、〈仲氏頌繫於蕭，或數欲致之不得〉、〈徐距蕭五十里，不得見仲氏，潸然永嘆〉、〈仲弟家口入徐〉、〈湯水部數爲仲氏周旋〉、〈數過湯水部邸中作〉、〈陽民部、傅水部枉駕載酒〉、〈訪丘汝洪使君，家居時屢推京卿〉、〈傅水部使人存問，兼餉蟹酒〉、〈李司徒道余立春後當舉子，事驗賦謝〉、〈病中猶子營道來省，悲喜交集〉、〈送營道歸〉、〈仲氏入淮，對簿悵然有寄〉。憂國憂民之詩與憂家別親之詩，其實是他家國同構思想的一體兩面，交織交錯影響著李維楨的生活狀態與心態變化歷程。我們將這兩條線的詩歌，按內容分爲希翼風俗歸淳之詩、憂國憂君之詩、憂家憂親之詩三類。

　　第一，希翼風俗歸淳之詩。

　　雖用古體，但所歌詠皆鮮明的明後期社會現實與民風畫卷，且因他是史官，筆力如椽，對社會黑暗面與人心不古刻畫尤深。如〈襄陽謠〉裏分別寫了不知醜的母與子：

　　　　何以祀天，身爲牲牷。一臠肉，一杯羹。一杯羹，爲母烹。母也天只，受天之胙，億萬齡。

　　　　東隣不殺牛，西隣不屠豕，羹從何方來？阿母大歡喜。蹶然坐床頭，嘗之盡一七。里人相怪言，異事有如此。馮郎食母母遺體，馮母愛子食其子。

　　　　赤帝子，父見烹，謂他人，父分我羹。咄爾子孫，不知醜。食人梟美梟不鳴，欲令梟不鳴，襄陽有馮生。〔註8〕

　　割股療親，是儒家傳統的孝道，孝子孝婦翼能通過孝心感動上蒼救回親人性命，李維楨文集中就多有記割股療親的孝子節婦，且多正面描寫，並不單詩歌裏。此詩卻反其意，寫冷酷母親與不孝兒子，前純用敘事，不著一議論，但通過「東隣不殺牛，西隣不屠豕，羹從何方來」與「阿母大歡喜，蹶然坐床頭，嘗之盡一七」，「謂他人，父分我羹」等神態動作與語言的細節描寫，兩人當時的內心與性格自現紙端，不著一字，批判自明，其後亦借鄰人

〔註8〕明・李維楨《襄陽謠》，《大泌山房集》卷一，《四庫全書存目叢書》集150，第329頁。

怪異之語「馮郎食母母遺體，馮母愛子食其子」與「食人梟美梟不鳴，欲令梟不鳴，襄陽有馮生」，對比辛辣，不著議論，卻批判力透紙背。

此種人道淪喪，在明後期的小說裏，就更加直白了，如陳大康先生《明代小說史》就介紹有砍了父親頭顱去官府冒領無頭命案懸賞的（《古今小說》第二十六卷《沈小官一鳥害七命》）；有媳婦設計將婆婆騙賣到外地嫁人的（《型世言》第三回《悍婦計去孀姑，孝子生還老母》）；既有《醒世恒言》里第三十五卷《徐老僕義憤成家》裏的忠貞義僕阿寄，也有邵景詹《覓燈因話》裏《桂遷夢感錄》裏集忘恩負義與夤緣鑽營於一身的桂遷；既有宋懋澄《珠衫》裏珍視真情實感淡薄貞操觀念的時代新風，亦有《負情儂傳》真正致杜十娘於死地的是金錢力量；甚至還專門出了《江湖歷覽杜騙新書》專門列明社會種種形形色色騙術的小說。明後期出現了金錢權力當道，人心冷酷，世態澆薄的惡風，儒家溫情脈脈的道德倫常與尊卑秩序被以金錢權勢的簡單明瞭評判尺度打破〔註9〕，這是個希望與失望，美好與醜陋並存的多元化、價值觀變動搖擺的轉型社會，如此，便不難理解李維楨詩歌的反映與希翼。

他也抒寫了苛稅繁役給底層百姓帶來的痛苦災難：

　　　　三日娶新婦，將來築城去。雖則城上人，不在城中住。亙杵亙
杵官來看，汝舉頭問官：「虜今何許？」

　　　　阿姊來，官家給脯果。脯果先乞我：「弟莫食脯，姊莫食果，阿
孃三日未舉火。」〔註10〕

前詩敘新婚丈夫被迫離開妻子，亙杵築城的「咚咚」聲，便是心中暗藏的怒火，舉頭問「虜今何許」，是底層老百姓發出質問官吏政府的聲音，亦反映著明末老百姓反抗意識增強的新動向。後詩借阿姊來探弟，寫出明末官家給予築城民工一定官方福利的面子工程，而此刻脯果都發聲的新奇擬人手法，實質寫出明末饑民困苦，百姓家己斷炊多日的慘痛社會現實。而造成此的原因之一，便是惡濁官場：「公無渡河，挈鉤孔多。雖有河伯，不可為儷。公無渡河，旱魃孔多。彼河之水，不至蟹螺」〔註11〕，此詩係《詩經·國風》

〔註9〕陳大康《明代小說史》，上海文藝出版社2000年，第508～509、516～517、
　　　　522～523、622～628頁。
〔註10〕明·李維楨《城上歌》，《大泌山房集》卷一，《四庫全書存目叢書》集150，
　　　　第329頁。
〔註11〕明·李維楨《公無渡河》，《大泌山房集》卷一，《四庫全書存目叢書》集150，
　　　　第329頁。

之體，但寫的即是明末姦佞宵小當道的官場，黑暗不能容清忠之士，無作爲任國家衰亂積弱，李維楨發出了何時才能有「不至蟹螺」的「彼河之水」深沉感慨。再對照他抒寫的《西人謠》：「吳兒喚水喚作矢，吳兒喚矢喚作死，吳兒喚死喚作洗。但道吳兒音似耳，今日西方眞見此。峩冠鞠躬奉公矢，爲公嘗矢如嘗水。博得歡心不辭死，矢口誇人莫教洗」〔註12〕，借吳方言的諧音，寫出西北邊塞士冠將卒爲國鞠躬盡瘁，死而後已的赤誠忠膽，卻並不獲認可重視的悲劇。

　　所以，當他寫到貞婦孝子等人倫美德時，總筆觸誠摯深沉，充滿深情的贊許期望，如《汪孝子廬墓》：

　　　　孤兒深念母，母亦念兒孤。隴頭植松檟，相伴有啼烏。

　　　　生平閨閣中，不省在荒野。有子日相依，婆娑墓門下。

　　　　白日倏云徂，黃泉不可見。西風搖宰木，迸淚如飛霰。

　　　　日中莫倚門，日莫莫倚閭。一壑復一丘，兒與母同居。〔註13〕

　　這是用五絕近體寫作的組詩，構思精細新巧，用子與母人鬼兩隔，廬墓相伴，朝暮相依，頗用志怪的小說手法入詩，刻畫母子情深，兩復牽掛，其親親之情，感惻天地人倫，用以表彰宣揚社會中普通百姓中的美風淳樸，用以匡正惡風陋習。

　　所以，他先後寫作《甘露》、《介雅三曲》、《龍笛鳳笙曲》、《楚五祝辭》、《朱生以庚寅日舉子與祖同干支名曰同祖》，如《甘露》

　　　　甘露瀼瀼，于彼蘐草。君子之澤，無憂用老。

　　　　摽有梅其，露甘如飴。君子之功，以調鼎鼐。

　　　　英英白雲，爲此旨酒。拜獻于公，以祈黃耉。

　　　　天降膏澤，氾布濩之。彼君子兮，載覆露之。我歌且謠，以永

　　譽之。〔註14〕

正是期翼用君子美好德行儀容，來作爲閭里鄉鄰與社會國家的表率，起到厚

〔註12〕　明・李維楨《西人謠》，《大泌山房集》卷一，《四庫全書存目叢書》集150，
　　　　第330頁。
〔註13〕　明・李維楨《汪孝子廬墓》，《大泌山房集》卷五，《四庫全書存目叢書》集150，
　　　　第411頁。
〔註14〕　明・李維楨《甘露》，《大泌山房集》卷一，《四庫全書存目叢書》集150，第
　　　　325頁。

人倫，美教化，移風俗的榜樣與指導作用，李維楨對知識分子在社會劇變與
價值轉型中的行藏出處，已有思考與解答，此點前已詳，不贅述。再往上推
衍，即為邦國的第二個層面。

第二，憂國憂君之詩。

第二組是憂國憂君之詩，按其內容，可分為《晉中元夕即事》（6首）、《王
使君東征凱歌》（14首）一組，《天壇見雉》（10首）、《太和雜韻》（12首）、《遊
仙詩次韻》（1首）、《笙臺篇》（7首）一組，《隋宮次韻》（10首）、《迷樓》（12
首）、《南都》（4首）、《金陵五日即事次韻》（12首）、《西天寺即事》（1首）
等，此類多是組詩形式，以大容量來寫不得不寫之事，抒不得不抒之情。

李維楨因長年居秦晉中州之地，對北方邊事民情瞭解甚稔，深知虜患於
民的危害，他的憂國憂民之思，首見於寫北方的《晉中元夕即事》：

并州刀剪綵，垂棘璧流虹。庭燎諸王邸，祠膏太乙宮。燭龍談
不謬。蠟鳳戲非空。上下隨烟爐，游人個個同。（其一）

何意疆戎索，繁華象帝京。流丹泥作鏡，虛白玉為城。電燁天
公笑，星奔月御驚。幸無烽燧警，閒逐踏歌行。（其六）

首起并州張燈結綵，燈壁流虹，遊人如織，其二寫火樹銀花，列戲行樂，
其三寫春祠夜市，達旦燒燭，其四寫問鼎吹笙，色醉流霞，其五寫銅鞮數里，
魚鑰徹明，其六寫如帝京一般沉浸在元宵佳節的歡樂繁華景象中，而結尾「幸
無烽燧警，閒逐踏歌行」，以四兩撥千斤點出無北虜來襲，才有太平安樂景象。
而這實是「峩冠鞠躬奉公矢，為公嘗矢如嘗水」（《西人謠》）為國恪忠職守的
邊關將軍士卒與衣冠士子用鮮血與犧牲換來。此類典型，他有一組《王使君
東征凱歌》（卷六）的組詩，共十二首，每首詩下小注「渝州拜命」、「萬里揚
旌」、「鴨綠濟師」、「弭節王京」、「全州誓眾」、「奮袂南原」、「栗林制勝」、「厚
集舟師」、「定謀用間」、「隳壘毀巢」、「焚舟殲寇」、「蒐薙逋夷」、「壺漿郊宴」、
「勒碑永績」〔註15〕，見其南征北討，用智用勇，文韜武功，浴血在全國有
戰事之危的各地，是為輔弼股肱之良臣，才有國家的安寧太平。

他在《天壇見雉》組詩中，用祭天法定儀式，「大地春歸震昀中，上辛祈
穀在郊宮。從今萬物皆相見，取象南方卦正同」〔註16〕，象徵國家的莊嚴端

〔註15〕明・李維楨《王使君東征凱歌》，《大泌山房集》卷六，《四庫全書存目叢書》
集150，第414～415頁。
〔註16〕明・李維楨《天壇見雉》，《大泌山房集》卷六，《四庫全書存目叢書》集150，

正，祈福國泰民安。《太和雜韻》名曰「雜韻」，實質是對嘉靖帝的曲筆諷刺
之詩，從其一「景光如有見，議禮不相沿」，自此改變祖制，但他早年勵精圖
治，以文教興國，因此「禮樂因時大，中和建極平。聖人將設教，神道取相
成」（其三），但自中年他沉溺求神仙後，久居深宮，不再出理朝政，「金身非
佞佛，玄德可同天。……不知龍漢事，信史向誰傳」（其七），後四首，他用
遊仙手法寫長生之難，最末一首「怪來朝謁者，涕泣盡沾衣。鼉鼓山傳響，
蛇矛樹合圍。黑雲天驟暝，赤日雪仍飛。況復城狐輩，時時假虎威」（其十二）
〔註 17〕，實點破嘉靖後期浮雲當道，遮天蔽日，狐假虎威，戕害忠良。李維
楨亦在《游仙詩次韻》與《笙臺篇》中借遊詩之描摹，點出他對神仙之道的
看法「孔吡亦多術，求仙更渺然。吹笙緱氏山，云胡不復旋。蓬壺海中央，
鮫魚觸人船。崑崙在何許，八駿蹄為穿。一壑復一丘，適意取目前。安知異
代人，道子非列仙」〔註 18〕，指出歷代好求神仙之帝王，皆陷虛幻不實之想
中，不如適意目前，優閒山林，亦似神仙。

李維楨的憂國憂君之思，在《隋宮次韻》、《迷樓》、《南都》、《金陵五日
即事次韻》、《西天寺即事》中更見憂之深。「隋宮」、「迷樓」、「南都」是詩家
詠史懷古題材，對良史的李維楨自是看家本領。李維楨的創新在，他並不寫
成詠史懷古題材，「隋宮」、「迷樓」尚有個詠史的外殼，但注入的卻是明末當
代的內容，《南都》、《金陵五日即事次韻》更是直接寫作當時的所見所聞所睹，
有「不著一字，盡得風流」的秉筆直書工夫。

如《隋宮次韻》：「垂珠殿腳三千女，衣錦江頭八萬兵」，以隋煬帝荒淫無
道，享樂國滅身死的歷史教訓起興，可自「玉鉤斜向雷塘路，是處春農帶雨
耕」，在蒼海桑田的歷史塵埃中又開始了一代一代周而復始的興起覆滅之循
環，其二自其八皆寫煬帝歌舞享樂、醉生夢死，其九、其十，盡抒他對國事
世風的憂愁：

> 十年辛苦事遼陽，野鬼煩冤古戰場。氣盡英雄沈鴨綠，情多兒
> 女學鴉黃。飛郵果送同心結，迎輦花開並蒂香。尚食鏤金龍鳳蟹，
> 隨潮猶貢舊時筐。

第 426 頁。
〔註 17〕 明・李維楨《太和雜韻》，《大泌山房集》卷二，《四庫全書存目叢書》集 150，
第 344 頁。
〔註 18〕 明・李維楨《笙臺篇》，《大泌山房集》卷一，《四庫全書存目叢書》集 150，
第 335 頁。

> 江城初見鳳皇樓，爲愛江都是舊遊。粧就楚宮腰婀娜，學來吳
> 地語妖浮。索衛高殿羣鳥噪，苔盡空巢獨鶴愁。惟有遺詩風景在，
> 春來野水遶村流。〔註19〕

江都金陵皆是英雄氣短、兒女情長的吳香儂軟之地，不僅銷磨了士將的志氣，
亦增長了紙醉金迷的享樂風尚，更貽誤了國家危亡的眞相與感受。李維楨重
遊江都，此時已不復東遊時的新鮮豔羨，而具有能清醒洞穿社會現實、深邃
思索歷史興亡教訓的史識，故對比於鶯歌燕舞的是「群鳥高殿，空巢獨愁」，
暗用隋煬帝《野望》「流水遶孤村」蕭蕭不盡之意作結，煬帝寫秋景野望，李
維楨寫春景野望，更增以穠麗春景襯哀情之感，與《隋宮次韻》「馳道曲縈秦
地遠，飛樓俯瞰蜀岡平」煬帝初來江都的豪邁盛世形成深刻對比，其歷史諷
諫的意旨是極深刻又雋永悠遠的。

《金陵五日即事次韻》組詩，是李維楨詩歌的佳作，寫的是端午節南都
觀看賽舟盛況，如果沒有諷諭意旨其中，幾可純看作明末寫都市題材的長篇
組詩，其三、四：

> 五日端逢夏至辰，樓船簫鼓滿河津。心誰如水門皆市，步自凌
> 波輾有塵。裙染石榴多結子，佩懸銀艾辟邪人。共言惡月不當作，
> 拚盡金錢鬪劇新。

> 不讀離騷弔汨羅，神弦嬌女聖郎歌。酒池牛飲三千盡，粧閣鴛
> 行七十多。雨積潮痕平澀浪，風輕水面出迴波。西臺已弛行游禁，
> 鎮日招搖柰樂何。〔註20〕

此兩首寫出囂鬧若市，遊人如織，拚盡金錢，聲色犬馬，酒肉池林，屈
原離騷芳草的愛國傳統不再，取而代之的是以「神弦嬌女聖郎歌」爲貴，官
方已弛行遊禁，整日招搖的享樂世風。故其五至十一寫盡南都浮華奢靡全民
狂歡的眾生世相，比張岱的《西湖七月半》各色人等唯有過之而無不及，結
篇「飛鳥沉魚西子去，遊龍驚鴈洛神過。拍浮船載如泉酒，餘瀝曾誰問孝娥」
〔註21〕，所寫「西子」「洛神」亦是指絡繹不絕、來來往往的鶯燕市女，他躬

〔註19〕 明·李維楨《隋宮次韻》，《大泌山房集》卷三，《四庫全書存目叢書》集150，
　　　　第371頁。

〔註20〕 明·李維楨《金陵五日即事次韻》，《大泌山房集》卷四，《四庫全書存目叢書》
　　　　集150，第393頁。

〔註21〕 明·李維楨《金陵五日即事次韻》，《大泌山房集》卷四，《四庫全書存目叢書》
　　　　集150，第393頁。

自直問還有記得屈騷孝娥的世道人心嗎？詩筆輕盈曼妙，繁華滿眼，實肝腸如熾，色貌若花，直化剛腸成為繞指，對國家的憂思之切，早已溢出言表，佃絕不再出之為後七子派初期的高蹈揚厲、透露無遺，屬更高階段的詩歌觀念與創作方法。更可怕的是，世風之靡爛，不僅在世間，亦延伸到方外，李維楨有首《西天寺即事》，西天寺在南京報恩寺後，在此詩中，不同於唐代寫寺廟的幽靜清冷，佛法之拈花微笑，而充滿濃濃的塵世俗氣，「花宮秋見蝶，竹院午聞雞。綠樹交簷密，青山入戶低」，更荒唐的是「羅什兒求母，耶須佛有妻。奈開妃出世，蓮種子生泥。米汁同彌勒，袈裟亦屨提」，所以詩人不得不發出「止酒陶元亮，移文孔稚圭。坐來疏雨點，吾欲問摩醯」〔註22〕的感慨之議。其實，我們聯繫到明末齣現了《僧尼孽海》的小說專集，西湖漁隱主人《歡喜冤家》裏也多出現淫僧孽尼，便不難理解李維楨詩歌所敘乃實景實情，明後期世風之堪虞，為有識之士或痛心疾首，或提出理論主張來匡正。

　　第三，憂家憂親之詩。

　　李維楨現存詩歌中，紀其家之詩不多，是難得窺見李維楨私人思想與情感世界的渠道，詩沉痛淒婉，類於杜詩。始於萬曆三十一年起家赴陝時《六歌》、《別親串》；在陝曾赴晉陽探望仲弟維極，作有《赴仲氏晉陽之約，至魚河驛，雪甚，夢見之》；萬曆三十七年，維極出事，李維楨先後寫有《薄莫趣駕赴臨邑，先寄子愿》、《與子愿夜談作》、《仲氏頌繫於蕭，或數欲致之不得》、《徐距蕭五十里，不得見仲氏，潛然永嘆》、《仲弟家口入徐》、《湯水部數為仲氏周旋》、《數過湯水部邸中作》、《病中猶子營道來省，悲喜交集》、《送營道歸》、《仲氏入淮，對簿悵然有寄》等，可以看出李維楨紀其家的事，除《六歌》、《別親串》、《赴仲氏晉陽之約，至魚河驛，雪甚，夢見之》敘到他事，其他多為仲弟急難事而作，可見李維楨在其中所受煎熬、擔負之巨。

　　《六歌》是自敘其家庭的親人與生活狀況的，對瞭解李維楨生平與思想心態具重要史料價值：

　　　　我有四母三已亡，母今七十五星霜。循彼南陔不戒養，身為家
　　督游遠方。春風習習草寸長，何以報德負年光，一歌歌母分淚沾裳。

　　　　我有仲弟官獨冷，青袍四作青衿領。長安許大不相容，槐市芹
　　池生屬梗。謫居遠向晉陽城，霜蹄轅下將安騁，二歌歌仲分心怲怲。

〔註22〕明・李維楨《西天寺即事》，《大泌山房集》卷五，《四庫全書存目叢書》集150，
　　　　第403頁。

　　我有叔弟逢奇數，十上公車十不遇。蜂薑么麼解螫人，虎冠鑿齒
咆哮怒。溪壑難填空毀家，君門萬里無階訴，三歌歌叔分魂爲怖。

　　我有季弟時相左，離騷不得留靈璅。小邑栖栖典簿曹，長裙曳
向王門靽。二十年餘子大夫，囊粟俵儒腹不果，四歌歌季分愁坎坷。

　　我有少弟早失父，拮据家室良辛苦。中年吏隱秘書郎，鳳池恥
向鳩爲伍。飄然青鬓臥青山，今雨人情非舊雨，五歌歌弟分聲作楚。

　　我有小妹魏家婦，夫婿多才命不偶。晚佐一州如斗大，罷歸
賤與貧相守。子錢家日索逋責，浪跡四方餬其口，六歌歌妹分立
搔首。〔註23〕

　　李維楨此次啓程，正是年初，時已五十七歲，年近花甲，儒家古訓有「父
母在，不遠遊」，其母是父母裏僅存的少弟維楫之母梁氏，也已七十五歲高齡，
正是要侍親厚養，可爲了最後一次出仕，實現政治抱負，也爲了改變家庭兄
弟姊妹不景氣的狀況，作爲主持家族事務的掌門人，在有機會允許情況下，
不宜歸隱久居，需要出仕爲官，支撐門庭。所以，儘管他渴望從自身做起，
多詠君子，翼風俗歸淳，眾兄弟姊妹雖談不上貧賤飢餓，但徒有其家兩位進
士及第、兩位舉人、少弟授中書舍人的清名美譽，卻皆仕宦連蹇，奔波糊口，
自己也年紀老大，屢起旋綴，一事無成，他不想別親辭家，但不得不爲其家
爲自己遠赴他鄉出仕。故組詩兼七古與騷體風格，敘其家敘其身深婉哀痛，
情感眞摯動人，是一組敘其家庭抒其懷抱心曲的好詩。

　　《別親串》亦作於萬曆三十一年初，從用劉晨阮肇之典和從其詩來看，
知是寫給身邊內眷的，距其妻王氏萬曆二十二年七月卒已近十年，是寫給諸
妾氏，故用《別親串》爲題：

　　念我西征去，鬖鬖雨鬓絲。腰章垂故物，手板向新知。客路聞
雞早，鄉關度馬遲。別來春社酒，偏有夢相隨。

　　離亭如白下，送客亦勞勞。奔走空皮骨，飛騰謝羽毛。山靈移
載勒，路鬼笑頻遭。屈指還鄉日，休迷洞口桃。〔註24〕

　　此二詩與其說是代言妾氏擔憂之心理活動，不如說是借妾氏之眼之手之

〔註23〕明‧李維楨《六歌》，《大泌山房集》卷一，《四庫全書存目叢書》集150，第
　　　　339頁。

〔註24〕明‧李維楨《別親串》，《大泌山房集》卷二，《四庫全書存目叢書》集150，
　　　　第343頁。

口，寫出他以年紀老大、天寒地凍仍要遠赴邊塞的辛酸和戀家感受。大丈夫志在四方，只是這份擔當國與家的責任與義務，並不皆是輕鬆如意，相反更多是加諸個人身上的艱辛痛苦與明知不可而爲之的志意節操。所以，在赴陝任上，他一方面寫作的是《先事齋記》，巡視鄜延，整頓邊防，全力以赴撲在公務吏治上，儼然精力充沛、幹練有餘樣子，但在寫給親母弟維極的一首詩中，便泄露了他內心不易爲人所知的感受：

> 白草連天入望寬，邊烽隱隱掛雲端。空山吹角孤城暮，急雪封
> 條一騎寒。書寄鴈行河外斷，愁添鶴髮鏡中看。面談千里三更夢，
> 不似人間道路難。〔註25〕

　　魚河驛，在榆林，當時他入鄜延後，他探看在冬天，故「白草」、「雁斷」。去探看久別即將重逢的弟弟，本是高興的大喜事，即便是雪大嚴寒，道行嚴酷，如果心境輕鬆愉快，即使不如岑參「忽如一夜春風來，千樹萬樹梨花開」的奇異壯美，也不當寫如「書寄鴈行河外斷，愁添鶴髮鏡中看」般的哀苦沉痛，只能說明這就是李維楨的眞實心理感受，是他在繁忙工作之餘，好交遊而樂易闊達性情下，心靈脆弱的瞬間流露或壓抑在內心深處的片斷釋放，在一片寒徹天地的風冽雪緊中，中宵三更的夢中相會，都遠遠好過人存活在塵世間的艱辛痛苦。

　　萬曆三十七年秋天，李維楨剛由山西按察使升爲陝西右布政使不久，他的仲弟維極任徐州蕭邑令，因送上司薦賄少了，被羅織罪名中以大獄，此件事較第一次急難更嚴重，雖是被人陷害，明後期官場送禮請薦也屬常見現象，但於公於官都是賄賂，是不占理的一方，這於李家是個突如其來的大災難，其他兄弟皆或歸隱或職位低微，除了他這個向在職人面廣的長兄出面營救，亦無法可想。

　　李維楨一到徐州，先是欲營救不得，後是見面亦不得，而作《仲氏頌繫於蕭，或數欲致之不得》、《徐距蕭五十里，不得見仲氏，潛然永嘆》：

> 相逢何地不波瀾，況是黃河水淼漫。五十里將天共遠，一孤舟
> 與雪爭寒。愁心濺淚題書寄，病骨支頤入夢看。幾度斧氷糜作就，
> 思來忽忽已忘餐。〔註26〕

〔註25〕明・李維楨《赴仲氏晉陽之約，至魚河驛，雪甚，夢見之》，《大泌山房集》
　　　　卷三，《四庫全書存目叢書》集150，第361頁。
〔註26〕明・李維楨《徐距蕭五十里，不得見仲氏，潛然永嘆》，《大泌山房集》三，《四

「五十里將天共遠，一孤舟與雪爭寒」，正是赴蕭途所感，從陝西千里迢迢急赴蕭縣，欲見親弟一面都不被允許，除了返徐濺淚題書、支頤夢會，哪有他法，憂心忡忡，思來想去，苦憶多年來江北可以施救的朋友，此刻「須知貴賤交情見，實褚恩深廣柳車」〔註27〕，心神不寧下，早已忘記了吃飯的事情。他曾對生平知己邢侗盡吐心曲（《薄莫趣駕赴臨邑，先寄子愿》、《與子愿夜談作》），到徐前即有心理準備，也想了很多辦法，請託友人如湯水部營救、商量（《數過湯水部邸中作》、《湯水部數爲仲氏周旋》），入泗尋找舊友，亦奔赴江夏求助（《陳太公翁恭人壽序》、《贈李汝衡序》）。李維楨老友與門生故吏不乏卿貴，一生從不曾爲自己求過他人，而今卻爲仲弟坐監性命之事不得不到處求助，口難開，事難辦，心力交瘁，六十三歲的老人，是年秋很快爆發了一場疽病，足有兩月，幾死，所以少弟長子營道來探病時，孤身在外獨扛大事的老人，悲喜交集，寫下了老淚橫流之辭：

> 擬作相逢喜，翻令乍見驚。容顏非舊夢，軀命是更生。斜月搖燈影，淒風送漏聲。離懷談不盡，枕上涕縱橫。〔註28〕

> 我父年非老，天乎不憖遺。最憐生汝日，未及抱孫時。門戶粗堪託，泉臺香莫知。牽衣一掬淚，歸灑白楊枝。〔註29〕

這是久歷風霜蒼桑，飽經世故人情的老人在最困苦孤獨無助時，陡遇親人與親情溫暖的最軟弱最盡情的釋放渲泄，這種痛感力不從心、對外界環境聲響的敏感、喋喋不盡、依戀不捨，是老人尤其是死裏逃生老年人才可能有的獨特心態，眞實得讓人憐惜歡惋。這無關國家大業、豪情壯志，而純是宋詩的生活化、通俗化傾向，起筆承襲杜甫《羌村》「夜闌更秉燭，相對如夢寐」、司空曙《雲陽館與韓紳宿別》「乍見翻疑夢，相悲各問年」、晏幾道《鷓鴣天》「今宵剩把銀釭照，猶恐相逢是夢中」，但全詩卻比前三詩詞心理神態動作描寫要更細膩更淋漓痛徹，後詩更見老年人叨叨依依的不捨悲苦情懷，不問唐詩宋詩，純是一片眞情的寫實與自然流淌。

庫全書存目叢書》集150，第368頁。

〔註27〕明‧李維楨《仲氏頌繫於蕭，或數欲致之不得》，《大泌山房集》卷三，《四庫全書存目叢書》集150，第367頁。

〔註28〕明‧李維楨《病中猶子營道來省，悲喜交集》其一，《大泌山房集》卷二，《四庫全書存目叢書》集150，第354頁。

〔註29〕明‧李維楨《送營道歸》其一，《大泌山房集》卷二，《四庫全書存目叢書》集150，第354頁。

到年末時，事情依然進展極不順利，他有《仲弟家口入徐》：

> 囊傾棗栗釜吹糜，蹢躃冰霜正苦饑。
>
> 有弟兄啼吾亦爾，老夫非是學嬰兒。
>
> 書信無多夢自通，盈盈一水泣途窮。
>
> 斷腸最是諸兒女，鎮日牽衣問阿翁。
>
> 女笄男角自成行，竹馬鳩車稱短長。
>
> 莫訝人情多賤老，少年容易得連床。
>
> 向隅悲散滿堂歡，骨肉天涯況歲闌。
>
> 八口纍纍今夜月，何人不帶淚痕看。〔註30〕

　　從詩中看，時隔幾個月，維極蹲獄待判，似情形兇險，與獄中聯繫亦不通暢，仲弟妻兒皆被李維楨接到徐州，並未與維極團圓，淚眼漣漣，李維楨在人生地不熟、并無多深關係的異鄉江北，年過花甲，裏外俱要操勞，亦想嚎啕，但卻要外作堅強，仲弟一家大小八口俱指望著他奔走籌謀。這組詩化用杜甫《月夜》與李益《夜上受降城聞笛》，通過生活細節，極寫他們的經濟困頓，小兒女們不諳世事，或牽衣追問，或竹馬嬉鬧，但到歲末眾家團圓之期，俱隨大人舉淚望月，低頭思親，悽愴慘淡。經過諸多努力，似乎李維極到第三年才有入淮對簿公堂的機會，到深秋也才得以出獄（見卷四《仲氏入淮對簿，悵然有寄》）。這亦是李維楨一生中所遭受與擔負的最大困境，爲了自己的親母弟，他做了所能做與不可能做的一切，而且長達三年的煎熬，這就不難理解之後，一是他的名節有損，短期內不可能再次出仕爲官，且他授梓《小草三集》就已規定自己出仕三次，至此三仕已滿，當不再出仕；二是他在其中過於疲頓，亦受了不少官場世態炎涼、人未走茶已涼的冷遇閒氣，也看透了維極所遭罪難的官場醜陋黑暗，這俱使得他之後並沒有回到家鄉，而是僑寓在朋友與同道眾多的金陵廣陵，是他難得的徹底從官場解脫出來，在杏花春雨江南過著逍遙放鬆的文人生活原因之一。這帶來李維楨心態與詩歌題材、抒寫內容、風格的變化。

（二）紀人之詩

　　紀人之詩，是李維楨詩歌的第二類題材，此類專爲紀人而作的詩不多，

〔註30〕明・李維楨《仲弟家口入徐》，《大泌山房集》卷六，《四庫全書存目叢書》集150，第419頁。

紀女性的詩有 6 題 23 首，其它皆紀男子。《明夷爲汪季玄賦也》可看作此類紀人之詩的領起之篇，詩的內容不外是孝子慈母，與第一類即事之篇翼風俗淳的宗旨同，但此詩側重點在紀人，更重要是李維楨鮮明以「明夷」作標題，「明夷」，易卦名，出自《離下坤上》：「明夷，利艱貞」，《周易集解注》引鄭玄：「夷，傷也，日出地上，其明乃光，至其明則傷矣，故謂之明夷」，後因以喻主暗於上，賢人退避的亂世。李維楨的紀人之詩，最突出的特點是刻畫出眾多明末亂世中個性鮮明的男女與各自選擇的生活道路，帶有用詩筆爲人物立傳特徵，具有強烈的典型性。

第一，他刻畫了女性孝順勤儉的傳統美德，更刻畫了一批節女貞婦堅韌剛烈後面的內心世界與眞實生活。

如果說《劉母井詩》寫劉氏婦事舅姑孝、相夫勤儉是女性的傳統美德，李維楨紀女性筆墨更多在《曹節婦詩》、《劉節婦詩》、《孝女詩》、《張貞婦》這樣一批或不食殉夫，或守寡撫孤孝親的一批明清時特有的貞節烈女，李維楨貴在寫出了她們青年時期的心理活動，如「都門諸女兒，紛紛日游冶。可憐年少孀，紅塵了無惹」〔註31〕、「永言盟蒼蟻，不寐想居鰥」〔註32〕，也寫出她們長年守寡的痛苦孤獨，如「爲奉重樓訣，嬛嬛四十霜。孤兒能抱子，壽母已稱王。身與熊丸苦，心隨鶴髮長。不禁朝哭淚，頻墮百年觴」〔註33〕、「深夜織流黃，素心良獨苦。孤兒亦解事，操筆成機杼」〔註34〕，冰冷豎起的只是一座座彰揚的貞節牌坊，而這些守貞寡婦的內心同樣渴望有正常女人的遊冶與情感需求。這不是少數女性，李維楨《大泌山房集》中敘到許多位丈夫早逝，獨立撫孤守寡的女子，是明清普遍規矩女子夫死後不得不遵守的宿命。他有《張節婦七十》組詩，中兒獲得聖寵，光耀門楣，張節婦晚年可謂苦盡甘來，但「歌舞繁華逐水流，燕姬翠黛不勝愁。白頭綦縞深閨嫗，能傲風霜七十秋」〔註35〕，僅用此一個細節對比，道盡守節女子飽經各種情感

〔註31〕明・李維楨《張貞婦》其一，《大泌山房集》卷五，《四庫全書存目叢書》集150，第 411 頁。

〔註32〕明・李維楨《孝女詩》其四，《大泌山房集》卷二，《四庫全書存目叢書》集150，第 355 頁。

〔註33〕明・李維楨《劉節婦詩》其二，《大泌山房集》卷二，《四庫全書存目叢書》集150，第 352 頁。

〔註34〕明・李維楨《張貞婦》其二，《大泌山房集》卷五，《四庫全書存目叢書》集150，第 411 頁。

〔註35〕明・李維楨《張節婦七十》其四，《大泌山房集》卷六，《四庫全書存目叢書》

缺失與家庭磨難後的凜凜剛烈，誰願意自家女兒不是嬌養閨中或平順終老，而被礪煉成此種堅強之軀？這反映出李維楨一面從禮治秩序彰揚儒家美德，一面受明末人性解放思潮與市民風俗影響，亦能體察並在詩歌中寫明此中的不人道不人性，如實反映出明末當時社會普遍兼存的恪守禮制與沖決寬容的矛盾狀態。

第二，他刻畫了一批性格生活命運不一的男性形象，反映明末亂世中的社會眾相。

首先，當然是傳統的貧寒士子廉吏，生如《顧生》：「廉吏無家子食貧，飄零風雪異鄉身。不知何處逢優孟，雙淚時時向故人」〔註36〕，死如《爲程德懋悼亡》（卷二）中的程懋官。

其次，刻畫了堅持儒家信念的或致仕官員，如《汝人生祠張公及太公》（卷二），但更多刻畫了一大批選擇放棄仕宦與國家責任的士子，如偕妻歸隱舉案齊眉的《梁典客》（卷二）、自取俗化的《周生寫照》（卷五）、瀟灑自適的《戴生壁立齋四詠》（卷五），奕者、相士、方外僧道，如《奕者王生》（卷五）、《爲汪貞卿眇狂作》（卷五）、《揚州僧》（卷六），甚至是完全不入格調以金錢開路的貴介浪蕩子（《公子》，見卷二），李維楨從多個角度側面反映出一大批知識分子選擇在亂世中無爲亦無可爲，或安逸，或閒適，或逍遙，或荒唐地過個人的生活，而不取「風聲雨聲讀書聲，聲聲入耳；家事國事天下事，事事關心」的東林黨人政治態度。最典型的莫過於寫作的一批老翁形象，他擇取的都是洞穿世事人情的睿智有識老翁：

汗漫遊仙詠，神奇却老方。金焦雙屐遍，江海一刀杭。〔註37〕

理詠依梅閣，移文謝草堂。〔註38〕

華筵客上千金壽，可有知名太父行。〔註39〕

集150，第428頁。

〔註36〕明·李維楨《顧生》，《大泌山房集》卷六，《四庫全書存目叢書》集150，第419頁。

〔註37〕明·李維楨《芝石主人詩》，《大泌山房集》卷五，《四庫全書存目叢書》集150，第403頁。

〔註38〕明·李維楨《吳翁》，《大泌山房集》卷五，《四庫全書存目叢書》集150，第403頁。

〔註39〕明·李維楨《鄭翁》其二，《大泌山房集》卷六，《四庫全書存目叢書》集150，第419頁。

竹西歌吹入江烟，行樂無方七十年。〔註40〕

就連他們亦採取了或漫遊天下，或吟詩作文，或豪宴賓客，或行樂江南的生活方式，正是因爲看清了這個世道與社會，「却笑南柯猶世路，夢中財結片時緣」（《盛翁》），白駒過隙，世路俱南柯一夢，何不及時行樂，以自己喜歡的方式渡過生命最後的歲月。李維楨紀人之詩，展示了一幅明末亂世中的人心對國家命運與前途的眞實看法。

二、紀懷、紀行、紀遊之詩

李維楨的紀懷之詩，檢《大泌山房集》六卷，由於是自陝到僑寓南京的時段所寫，所以有個較鮮明特點，即隨他所在地點與個人情況的不同，其思想與心態呈流動變化，故按行跡來劃分，與他紀行、紀遊之詩隨地點與個人情況不同，思想與心態呈吻合性，只是紀懷更側重在心境情感的吟詠上，故納入同一節論述這三類題材詩。

（一）紀懷之詩

按李維楨的行蹤，大致可劃分爲：陝地有《河上秋懷》，居晉有《晉庠上丁釋菜有述》（二首）、《丙午晉中除夕》（四首），徐州有《李司徒府中即事敍懷》（二首）、《彭城覽古有感》（四首），揚州有《七夕過冑生》（二首）、《吳公勵宅，余舊寓也，缺然掃除，頃一新矣》（四首）、《感懷》（一首）、《十三日吳宅觀燈待月，聞晉臺彈事作》（三首）、《元旦雪》（一首）、《許才甫過訪，及于邗溝》（二首）等。

陝地，《河上秋懷》「百川灌洪河，客思方悠悠。長風號枯楊，復此天地秋。孤鴻懷其偶，哀鳴日以遒。白雲西北來，寒波咽不流。霜露滿中原，萬卉紛以休。天運誠有常，空令行者愁」〔註41〕，詩中有白楊、西北等詩語知爲陝地，「百川灌洪河」，查譚其驤《中國歷史地圖集》明時期陝西水系密集區爲西安與漢中兩地區，黃河經過僅西安，故此詩爲他在西安秋天行役時所作，詩用悠悠古韻，借綿綿東流黃河水起興悠悠鄉愁，描關隴凄冷秋景，抒其羈旅孤苦之哀愁，以「天運誠有常，空令行者愁」作結，寫他認同自然的氣數，使行人倍增愁怨。

〔註40〕 明・李維楨《盛翁》其一，《大泌山房集》卷六，《四庫全書存目叢書》集150，第431頁。

〔註41〕 明・李維楨《河上秋懷》，《大泌山房集》卷一，《四庫全書存目叢書》集150，第333頁。

居晉，《晉庠上丁釋菜有述》在敘「六經道並乾坤大，二典書懸日月光。所以賢于堯舜遠，萬年師事魯宮牆」，歌頌唐虞文化祖祐晉地的同時，也流露出「洋洋河水引車旋，嘆息槃操委命年」、「忘憂終日絃歌裏，行樂浮雲富貴前」人生如夢、委運大化的思想，但他對儒家政治思想並未喪失，仍是眞誠地希翼「不有尼山人祖述，將無洪水世淪喪」、「趙孟遺踪何處問，百官宗廟至今傳」〔註 42〕，人生短暫諸多無奈增加了思緒情感的複雜性、有限性。《丙午晉中除夕》就是這種複調情緒的延展，「河西賜履又河東，蒲坂平陽古帝宮。二十八年堯作相，叅知行省可能同」〔註 43〕，這年冬天，詩人從陝北鄜延苦寒之地，被從陝西按察副使正四品貶官一級，調任山西參政，對已過六十花甲之年的老人來說，雖說已到在仕宦任上務實幹事，平靜平淡接受在他能力之外的政治人事合力的安排，而且他已進入了平靜而精光內斂佳境，文事功業上「四方薦紳學士徵文日彌眾」，拜謁日益盈門，主宰北方文壇的盟主地位，但在內心深處，對才高位卑，仕宦連蹇並未完全看開，其詩下自注「余官參政二十八年」便泄露了他的牢騷怨言，其二「但教歲歲如今夜，莫問屠蘇有後先」、「春風無力到華巓，栢葉椒花色自鮮」〔註 44〕，都是皇恩不到、自怨自解又寬人的哀怨與桀驁兼而有之之辭。後萬曆三十五年（1607）初，李維楨奉臺檄修《山西通志》，閏六月升為按察使，正三品，一方面可以從事喜歡的修史工作，一方面又主管全省刑名按劾工作，故有難得的閒適與全身心放鬆，家庭相伴，事業順利，他的心境充實而寧靜。

僅過了兩年這樣仕途、家庭諸順的日子，命運之手，就把李維楨端到責無旁貸不得不獨力承擔奔波憂勞的困難位置。因弟急難，他在徐州、揚州、南京都先後有詩，隨情況的險惡、未卜、蹲監、出獄、僑居，他的心境與思想亦如實反映在其詩作中。

在徐州期間，李維楨作有《李司徒府中即事敘懷》與《彭城覽古有感》。前詩：

分手十年期，愁添鏡裏絲。綺談揮麈尾，浪跡問鴟夷。劍氣風

〔註 42〕明・李維楨《晉庠上丁釋菜有述》，《大泌山房集》卷三，《四庫全書存目叢書》集 150，第 361 頁。

〔註 43〕明・李維楨《丙午晉中除夕》，《大泌山房集》卷六，《四庫全書存目叢書》集 150，第 416 頁。

〔註 44〕明・李維楨《丙午晉中除夕》，《大泌山房集》卷六，《四庫全書存目叢書》集 150，第 416 頁。

蕭爽，珠光月陸離。鶺鴒欣有託，安穩白榆枝。

　　才逐衰年盡，情投俗態難。可憐青眼在，猶作采毫看。角語江

天曉，城栖海月寒。侍兒頻熾炭，為念客衣單。〔註45〕

把他自傷懷抱與友人憐惜體恤，自己的才衰年老與兩人的情誼真摯，懷抱的
清高綺談與現實的流離天涯，自尊亦含蓄殷殷地求助與友人家無言卻溫暖地
安慰，諸多重對比迴環詠歎，俱放在一個「劍氣風蕭，珠光陸離」、「角語江
天，城栖海月」的由日到夜，由北到南交織錯雜的時空場中，純作描摹敘述，
毫不言懷，卻言無盡，意亦無窮，超出杜詩一派，是李維楨自作語的佳篇。
相對言，《彭城覽古有感》就直露多了，李維楨的出新在並不寫傳統的登臨懷
古內容，而是用古跡的千載悲劇時空，增加對獄中待判的弟弟維極的擔憂恐
懼與痛苦無力情懷的厚重、幻夢之感。

　　僑寓廣陵金陵期間所作詩歌，是李維楨幾方面思想的集中反映。第一，
對困難中給予他諸多慰存與幫助友人的深深感謝，多通過金石交的珍貴情誼
來歌詠，如《七夕過冒生》、如「君子信有斐，勤物無遺小。自強斯不息，金
石永相保」、「舊染日以新，至善斯焉在。先傳後靡倦，憮然領深誨」、「八荒
亦我闥，傳舍遞相付。……千秋漢有道，遇之在旦暮」〔註46〕。第二，對命
運無常，生多苦痛、及時行樂的體認。他的景物描寫帶心理指向與暗示性，「羣
芳慘不舒，枝葉日以槁。芙蓉江上秋，容色亦何好」〔註47〕、「哀鴻自北來，
野泊亦何主。老至自悲秋，空堦復蚊語。流螢照我床，餘寒生白紵」、「金氣
何方來，殘暑不自保。清霜中夜零，意似無百草。落葉委前除，寒風時為掃」
〔註48〕，其心之淒冷苦悶可想而知，故他對自然人世的體驗是「榮悴各有時，
遲拙同速巧。古來賢達人，貞素長自保」〔註49〕、「稚子促行杯，無負秋月好。
秋月誠自佳，所照多枯槁。代謝理固然，逢辰何不早」、「樽中酒不空，陶然

〔註45〕明・李維楨《李司徒府中即事述懷》，《大泌山房集》卷二，《四庫全書存目叢
　　　　書》集150，第348頁。
〔註46〕明・李維楨《吳公勵宅，余舊寓也，缺然掃除，頃一新矣》，《大泌山房集》
　　　　卷一，《四庫全書存目叢書》集150，第336頁。
〔註47〕明・李維楨《感懷》，《大泌山房集》卷一，《四庫全書存目叢書》集150，第
　　　　336頁。
〔註48〕明・李維楨《秋月獨酌》其一、二，《大泌山房集》卷一，《四庫全書存目叢
　　　　書》集150，第335頁。
〔註49〕明・李維楨《感懷》，《大泌山房集》卷一，《四庫全書存目叢書》集150，第
　　　　336頁。

成爾汝」〔註50〕，他得出的結論是榮枯本是自然人世變遷之客觀規律，本來
時光短促、人世無常就已生存不易，更何況是人世間多了許多黑暗污濁之人
之事，使生命更加痛苦，但他不是一味悲苦，而是拈出「賢達」二字，用「堅
貞自素」來保命存眞，其間要及時行樂，不可虧待辜負了自己，這其中有他
樂易闊達的性格，更有他心中自有操守評判、絕不向醜惡黑暗勢力輕易屈服
低頭的倔強傲達思想。他深刻知道所有人世間的不平不公事，多爲惡人小人
姦人爲私利弄出的各種事端冤屈，直言「凡音生人心，好醜各有所」〔註51〕，
正因爲對宵小的痛恨鄙視有多深，才會在自己最困難境地更寫下針鋒相對的
詩作：

> 餘波唯恐及，彼岸已先登。怒狗宜爲獎，冥鴻枉避繒。對君三
> 秀草，留客百枝燈。耐可談風月，無辭酒不勝。

> 生平三仕已，玩世信流年。爲謝中山簏，催歸夢澤田。銀蟾能
> 載魄，林鵲不驚弦。邀月華燈下，塵情自爽然。〔註52〕

這是聽聞晉中有人彈劾他以病辭官事作，毫不掩飾地宣示自己更要風月瀟灑
過好，哈哈一笑待之，其間的「餘波唯恐及，彼岸已先登」隨筆帶出的細節，
更透出那些記仇作惡的小人姦佞的可恥可恨。儘管這些小人摧垮不了他的精
神意志，但卻可阻礙折毀他的政治前途。第三，他對未竟仕宦的魂牽夢縈。
此次是李維楨規定的最後一次出仕，且多年來第一次眞正得到重用，升到主
管全省工作的陝西右布政使，可謂掌實權的封疆大吏，多年的政治理想第一
次有了在省域可全面施展的機會，被中途折戟沉沙，且再無機會，表象爲對
陝地的魂牽夢縈，「興盡輕船迴剡水，魂驚絕幕捲胡沙。初年自有椒觴客，夜
午驕嘶白鼻騧」〔註53〕。他對小人的厭惡與仕宦的眷戀在急難詩中清楚敘明
「雲雨從他翻覆手，綈袍戀戀傲霜華」、「急難無朋問寂寥，眉間色起廣陵潮」
〔註54〕，對小人阻撓斷送他的政治前途看得清楚。「出塞從軍爲漢家，四時春

〔註50〕 明・李維楨《秋月獨酌》，《大泌山房集》卷一，《四庫全書存目叢書》集150，
　　　　第335頁。
〔註51〕 明・李維楨《吳公勵宅，余舊寓也，缺然掃除，頃一新矣》，《大泌山房集》
　　　　卷一，《四庫全書存目叢書》集150，第336頁。
〔註52〕 明・李維楨《十三日吳宅觀燈待月，聞晉臺彈事作》其一、二，《大泌山房集》
　　　　卷二，《四庫全書存目叢書》集150，第348～349頁。
〔註53〕 明・李維楨《元旦雪》，《大泌山房集》卷三，《四庫全書存目叢書》集150，
　　　　第369頁。
〔註54〕 明・李維楨《許才甫過訪，及于邗溝》，《大泌山房集》卷三，《四庫全書存目

散雪山花。摩挲骨體封侯相，直遡河源博望槎」〔註55〕，泄露出他在率易闊達、門庭雜進背後，其實深藏的爲國建功立業，拜將封侯志向，而且從李維楨的起點與能力功業來看，他的友人多貴卿權相，他的文學地位也高到文壇盟主之一，的確渴望仕途上也能達到同樣的高度，「出塞從軍爲漢家，四時春散雪山花」，其實敘明他是通過兵政軍功道路仕進，如果從陝西右布政正常發展，不是沒有可能，「摩挲骨體封侯相」是他對自己的深深自信，但「直遡河源博望槎」，用《博物志》「客星犯斗牛」典故，後「此人」衍爲「博望侯」（《蜀中廣記》卷四十一「嚴遵」條），實透露援引的舟楫難尋，政治理想已難實現的意緒。所以，到萬曆三十九年初，一是仲弟維極的事可能已緩或有眉目〔註56〕，一是仕途生活已基本停滯，故李維楨開始了僑寓南京、廣陵的宴飲社集、遊山玩樂閒適生活。

僑居金陵期間作的紀懷詩，由於仲弟維槙的禍事已解，心境較平和輕鬆，詩的內容主要爲兩方面，一是抒寫帝京車水馬龍的繁華氣象，如《人日喜晴》「翠幰金鑣載路光，天門晴雪淨年芳。王春早布神州滿，人日偏依化國長。七種茱羹纖手送，五花梅醫小鬟粧。承恩莫羨清暉閣，談笑相看是帝鄉」〔註57〕，「漏日濛濛宿霧輕，燈花忽喜報春明。月臨今夕纔稱望，天悔恒陰大放晴。紫陌塵隨連袂影，朱門暖送炙簧聲。何人對此能閒坐，白接籬從倒着行」〔註58〕，李維楨的心態是「惟有故人情不忘，燒燈沽酒話平生」、「自笑浮踪成大隱，休官翻向市朝居」〔註59〕，棄官市隱、宴飲社集、閒適從文，便是他僑寓江南所定位的生活方式。但是另一方面，他並不能完全忘卻仕宦生涯，他所交遊的友人多爲南都官員或辭官的士紳或遊宦江南的士子，本身就是官場圈中人，所論議所關心事皆離不開仕宦中事，李維楨對友人宦海沉浮多有敘懷評議，如「舍

　　　叢書》集 150，第 377 頁。
〔註55〕明·李維楨《夢中偶得一絕句，覺而識之》，《大泌山房集》卷六，《四庫全書存目叢書》集 150，第 431 頁。
〔註56〕案：《仲氏入淮對簿，悵然有寄》「八口啼饑費橐饘，三年文罔更彌天」，從維極其年秋入淮對簿公堂，深秋出獄，知有此可能。
〔註57〕明·李維楨《人日喜晴》，《大泌山房集》卷四，《四庫全書存目叢書》集 150，第 379 頁。
〔註58〕明·李維楨《十六月明與方子謙、楊孝永閒步》，《大泌山房集》卷四，《四庫全書存目叢書》集 150，第 390 頁。
〔註59〕明·李維楨《金陵兩兒偶舍，同客守歲，次韻》，《大泌山房集》卷四，《四庫全書存目叢書》集 150，第 379 頁。

人呼暑益高尻，廣柳車中萬死逃」﹝註60﹞、「雲雨人情朝夕變，桃符猶待一年
更」﹝註61﹞，對清忠冤屈憂憤有作「無言長拙宦，爲政自鄉閭。家號高陽里，
人成畏壘居。及門多問字，憂國屢移書。至今祠伏臘，父老涕漣如」﹝註62﹞，
其中有幾多尊敬幾多感慨與自己脫離了的情懷興寄，但李維楨更多的是友人疏
草奏議著作的讚揚，如《讀黃應興諫議疏草有感》、《讀馬仲履天都載作》，平
和寄託美好祝願，就不再屬於諷刺之詩。

（二）紀行之詩

紀行之詩，側重在李維楨記錄行跡及感受的詩。筆者檢譚其驤《中國歷
史地圖集》（明時期）各地所在位置，結合李維楨事跡行蹤，將他的紀行詩分
爲：起家分陝有《郊郢舟雪》（五首）、《舟雪》（五首）、《將入秦作》（三首）；
在陝在鄜延有《度隴篇》、《入河西界》、《野豬峽》、《千古道中驟雪》、《翟道
夜發》、《冬夜速歸德堡》各一首；在晉《按事近縣，經行山寺，率爾成詠》（三
首）、《九日，五臺道中苦熱》（一首）；爲解救仲弟急難四處奔走有《舍舟走
宜城，薄暮僕馬還灣，聞偶語作》（一首）、《泊廣陵卜居》（一首）；急難已解，
在南京有《白門喜過羅公廓給事》（二首）、《舟中值羅公廓生日，因爲稱壽》
（四首）、《宿羅光祿館中》（四首）等。

起家分陝的《郊郢舟雪》、《舟雪》、《將入秦作》三題十三首詩。他在抒
發赴陝的天寒地凍、行程艱阻淹留外，更多抒發了對此次出仕的複雜情感，
如「帝鄉雲故白，天上復同雲」、「漢浦搖波月，蘭臺激水風。故鄉名勝在，
今夕景光同」﹝註63﹞，對所出古楚國與嘉靖帝之鄉，如屈子之爲國憂的強烈
社會責任感是楚邦士子沁入生命深層的性格因子。但也有對時事政局的清楚
認知「客從長安來，爲言長安遠。虎豹扼九關，浮雲日易晚。公車牘生塵，
公府門垂鍵」﹝註64﹞，「虎豹」、「浮雲」皆指危害聖聰國家的奸小，政事國家

﹝註60﹞ 明・李維楨《與黃秘書道舊》，《大泌山房集》卷四，《四庫全書存目叢書》集
　　　　150，第380頁。

﹝註61﹞ 明・李維楨《元日次韻》，《大泌山房集》卷四，《四庫全書存目叢書》集150，
　　　　第379頁。

﹝註62﹞ 明・李維楨《讀永新龍諫議公遺事》，《大泌山房集》卷二，《四庫全書存目叢
　　　　書》集150，第358頁。

﹝註63﹞ 明・李維楨《郊郢舟雪》其二、三，《大泌山房集》卷二，《四庫全書存目叢
　　　　書》集150，第343頁。

﹝註64﹞ 明・李維楨《將入秦作》其一，《大泌山房集》卷一，《四庫全書存目叢書》
　　　　集150，第332頁。

早已今非昔比，而他不僅「天恩微倖多，未敢忘一飯」〔註65〕，而且是「不因風雪泣途窮，暝踏孤舟獨釣翁。官舫無端爲鷁首，退飛眞與宋都同」〔註66〕，用阮籍哭途窮、柳宗元《江雪》、《左傳》「六鷁退飛」之典〔註67〕，來表達如柳宗元抗世獨立、絕不向惡勢力屈服的凜然風骨；雖云「汗隆故靡常，屈伸亦相倚。所貴堅特操，庶無淄素履」，但更有著「別垂三十年，更坐籌邊帳。誰與老復丁，山川自無恙。緬想秦故人，榮悴非一狀。相期共索笑，追往翻惆悵」〔註68〕，感慨千萬、難言不一的深沉思緒，屬於久經礪煉、睿智堅定、老驥伏櫪、不可能再簡單體驗事物與情感階段。

正因以這種思想與心境再次出仕，他在陝期間尤其入陝北鄜延邊塞苦寒之地，其詩作將雄渾闊大與悲愴蒼涼兼而有之、渾融一體，堪稱李維楨詩集中最具七子派風的詩作，且思想感情的深沉內斂在一定程度上彌補了後子派高蹈揚厲的單調與浮泛不足，如句有「山勢連排戟，河聲走建瓴」〔註69〕、「挑燈且學聞雞舞，寢石偏驚射虎心」〔註70〕，篇有「朔風吹日日蒼蒼，白首兵戈客異鄉。曲奏關山行不盡，陣開雲鳥望來長。漏聲寒送荒城月，劍氣晴飛大漠霜。無數髑髏欹枕畔，中宵偶語自沙場」〔註71〕，尤其後詩，敘事、人物稱奇，構圖悠遠開闊，尤其每聯不同的聲響變化，貫穿在畫面、情感變換之中，拓寬了時空意境，堪稱明詩選本應選入的李維楨代表作品，其思想性與藝術性都達到了明詩較高的水平。

他在晉居官時所作紀行詩，《按事近縣，經行山寺，率爾成詠》、《九日，五臺道中苦熱》，因不再具鄜延邊塞軍事的生活情境，詩復歸平淡，具較強敘

〔註65〕 明・李維楨《將入秦作》其一，《大泌山房集》卷一，《四庫全書存目叢書》集150，第332頁。

〔註66〕 明・李維楨《舟雪》，《大泌山房集》卷六，《四庫全書存目叢書》集150，第414頁。

〔註67〕 《春秋左傳注疏》卷十三：是月，六鷁退飛，過宋都。注：是月，隕石之月。重言是月嬚同日，鷁水鳥高飛，遇風而退，宋人以爲災，告於諸侯。（《景印文淵閣四庫全書》第143冊，第298頁）

〔註68〕 明・李維楨《將入秦作》其二、三，《大泌山房集》卷一，《四庫全書存目叢書》集150，第332頁。

〔註69〕 明・李維楨《入河西界》，《大泌山房集》卷二，《四庫全書存目叢書》集150，第345頁。

〔註70〕 明・李維楨《翟道夜發》，《大泌山房集》卷三，《四庫全書存目叢書》集150，第361頁。

〔註71〕 明・李維楨《冬夜宿歸德堡》，《大泌山房集》卷三，《四庫全書存目叢書》集150，第361頁。

事性。

　　但爲救仲弟四處奔波的紀行詩，因非常情境，迸發著李維楨的憂懼苦痛，是眞情實感的血淚之辭，故對周遭觸動敏感細膩，是不同於邊塞紀行詩風格卻同具藝術高度的紀行詩。如：

　　　　披雪身刺船，尺寸難移脚。雪後馬衝泥，蹄穿僵溝壑。女奴對泣還相嘲，愁來墮馬豈能作。家人交謫主人翁，何如袖手坐舟中。蹢躞坷頭腰環環，吾道非耶曠野間。曹家馬疾驚帆過，孫郎船快馳馬還。乘馬乘船總滯淫，時不利兮陸亦沈。日落天昏嘯山鬼，步走前村操馬筆。

　　　　　　　　　　（卷一《舍舟走宜城，薄暮僕馬還潯，聞偶語作》）

　　該詩疑似萬曆三十七年冬爲接仲弟一家去徐州行至襄陽府宜城所紀〔註72〕，其實當年秋天李維楨曾病疽兩月，幾死，侄營道來探望時，李維楨曾像個老小孩子一樣禁不住內心的脆弱孤苦。可病癒不久，李維楨爲仲弟事返楚求助〔註73〕，並將仲弟一家八口接去徐州探望，詩寫舟行陸行俱不順事。對生活刻骨體驗的細節描寫，如「披雪身刺船，尺寸難移脚」、「雪後馬衝泥，蹄穿僵溝壑」，一家旅程所受的種種苦楚和危險，使婢女都對他這一家之主語含諷刺，不再有尊卑之道，家人也競相怨責，可一個六十多歲老人在叫天不應叫地不靈狀況下有何辦法呢？所以他只有怨時怨命怨運之不好，「日落天昏嘯山鬼」作環境渲染，「步走前村操馬筆」，寫到達落脚點後，實在難忍，將不愼失蹄闖禍的馬一通鞭子，來發泄積壓隱忍又不可對家人發作的怒氣火氣結尾，這是個使人忍俊不禁的生活細節描寫，李維楨在其中的脾氣個性與困難境況一覽無遺，讓人憐惜歎惋。《泊廣陵卜居》通過生活細節體驗描寫、景物環境渲染、史議和詠懷多種手法來寫作，情景交融，悲愴沉痛，迴環詠歎。

　　南京期間的紀行詩，《舟中值羅公廓生日，因爲稱壽》、《宿羅光祿館中》，

〔註72〕　查譚其驤《中國歷史地圖集》，宜城在襄陽之南，俱在漢水邊，可能係從鍾祥取道漢水走宜城、襄陽，從濫水可到棗陽，再到淮河邊的河南桐柏，沿淮河東下，僅只經河南汝寧府，即到鳳陽府，再轉道到徐州，最便。

〔註73〕　《大泌山房集》卷三十七《陳太公翁恭人壽序》：「某嘗以急難走武昌，謁公，公侃侃持論不回，心知其君子」、卷四十八《贈李汝衡序》：「而不佞里中爲最，屬以急難來江夏，過憇之，則汝衡蹣疺蹴躂來，數爲好飲食相貽。」（《四庫全書存目叢書》集151，第278、521頁。）

係《大泌山房集》卷十七《山原羅氏族譜序》所敘的吉水同鄉羅公廓，爲贈友人之詩，此不贅述。

（三）紀遊之詩

紀遊之詩，側重在李維楨記遊玩觀覽的詩。此是他詩歌的一個大宗，內容以記敘自然景色、都市風光、古跡名勝、館宅園林爲主。李維楨的紀遊詩，因可落實到地點，是可結合他的行實紀年不多的詩歌類別，來考證《大泌山房集》詩集部分是否如每卷後小注「丙午後作」這一重要問題，故按可落實的萬曆三十一年起家與其他詩考述兩部分來論。按詩的內證、方輿地志中的地名古跡名勝，並考證《大泌山房集》，按詩內容知所屬地的，不再出注考證。

1、始於萬曆三十一年起家後，可落實的紀遊詩

在陝地作有《四皓廟》（二首）、《杜將軍城南園十八詠》（十八首）、《杜將軍城南別業》（二首），入鄜延作有《鄜城春望》（一首）、《春季奢延驛雪》（一首）、《魚河堡雪》（一首），共 6 詩題 25 首。《四皓廟》詠商山四皓，杜將軍兩題，中有「城南杜曲舊名家」，知詠榆林杜日章將軍在長安的城南別業。

在山西作有《怡怡者堂，爲史氏賦也》（四首）〔註74〕、《唐叔祠》（一首）、《晉水》（一首）、《天龍寺》〔註75〕（三首）、《萬卦山》（四首）、《立秋日九龍溝觀蓮》〔註76〕（一首）、《立秋再集九龍溝看蓮》（一首）、《石佛閣》（一首）、《河東王東園》〔註77〕（一首）、《贈王比部奉使畿內還朝》（一首）、《寄題李民部古勝園》〔註78〕（二首）、《五臺山》（四首）、《同三帥過崇善僧廬，

〔註74〕李維楨《怡怡堂編序》中有「史直指公三日內失其二人，……又三年爲名進士，名令尹，已爲名御史，而仲亦爲諸生抱子矣。兄弟同釜而炊，爲堂曰『怡怡』」，卷十七有《史氏繼修家譜序》「翼城侍御史史公之譜其族也」，知史直指公家在翼城，翼城在山西。（《大泌山房集》卷十八、十七，《四庫全書存目叢書》集150，第691、662頁。）

〔註75〕《天龍寺》其二有「蘚剝開皇碣」，《山西通志》卷五十七「隋天龍寺《石室銘》，開皇四年刻石」。（《景印文淵閣四庫全書》第544冊，第10頁）

〔註76〕《山西通志》卷十八「九龍溝在縣西南三十五里九龍山麓」，屬山西襄陵縣，「姑射山在縣西十二里」，李維楨曾爲張平父作有《姑射稿序》。（《景印文淵閣四庫全書》第542冊，第573、570頁）

〔註77〕李賢等撰《明一統志》卷十九「藩封晉王府河東王府太谷王府俱在府城內，正統十三年建」。（《景印文淵閣四庫全書》第472冊，第423頁）

〔註78〕指李叔操，上黨潞安人，任民部，家晉右族，維楨爲其作《天中集序》（卷二十二），園在城北，四十畝，維楨官晉時，爲其作《古勝園記》（卷五十七）。李維楨有《報李民部金陵書》兩首，係急難在金陵作，《寄題李民部古勝園》

看牡丹作》（三首）、《晉陽宮》（四首）、《獅子窩》（一首）。共 15 詩題 32 首。

在徐州作有《戲馬臺》1 詩題 1 首。

在維揚作有《蕭伯良舟中晚歸》〔註 79〕（一首）、《鷦鷯園》〔註 80〕（一首）、《宿趙文部芳茹園》（六首）、《大明寺》〔註 81〕（一首）、《平山堂》（一首）、《李中丞城南園》（六首）、《汪景謨別業》〔註 82〕（二首），共 7 詩題 18 首。

在鎮江府，作有《甘露寺》（一首）、《蕭生載酒甘露寺》（一首）、《月夜北固山亭得平字》（四首）、《濂溪先生祠在鶴林寺右》（一首）、《陸長倩招遊鶴林寺》（一首）、《坐招隱寺古樹下》（一首）、《金山》（二首）、《同彭侍御遊金山》（四首），共 8 詩題 15 首。

在金陵，作有《俞仲茅爲范漫翁築館落成》（四首）、《質園爲唐君平賦也》〔註 83〕（四首）、《靈谷寺》（2 首）、《金陵元夕前四首次韻》（四首）、《金陵元夕後四首》（四首）、《樓雪》（二首）、《金陵迎春》（一首）、《新春雨霽，過謝少廉烏龍潭，寓水竹殊勝》〔註 84〕（六首）、《報恩寺塔燈》（六首）、《方正學

在山西作。

〔註 79〕 李維楨《同知安吉州事蕭公墓志銘》：「余陳梟武林，繼同安洪懋純左丞之後，而猶子今左丞爾介方爲督學使，僚義倍敦，數言其從水部懋文，與江都蕭公布衣素交，閩楚相距三千里，而近申之以婚姻，其高誼如此。越十餘年，余客維揚，蕭公甫捐館舍，二子伯良、宜生負儁聲，與余締忘年之契。」知本詩作於揚州。（《大泌山房集》卷八十五，《四庫全書存目叢書》集 152，第 495 頁。）

〔註 80〕 《鷦鷯園》「黃生家南溟，構園與之似」，知是黃元幹，李維楨有《邗溝喜遇黃元幹投贈》中有「七閩才獨擅」、《季冬月望黃元幹載酒舟中，分得四韻》其二「扁舟乘月廣陵城」、其四「邗溝晴樹接江東」，知黃元幹客維揚。黃元幹是李維楨友人黃應興從子，李維楨《南山精舍爲司諫黃應興賦》其一小注有「從子元幹，人倫勝業，特所鍾情」。

〔註 81〕 大明寺全國很多，但李維楨《大明寺》中有「竹西歌吹日遊春」，用姜夔《揚州慢》語典，《江南通志》卷四十六「揚州府，大明寺在府西北五里，古栖靈寺也，寺枕蜀岡，舊有寶塔。」（《景印文淵閣四庫全書》第 508 冊，第 444 頁。）

〔註 82〕 李維楨另有《汪景謨以鹽官大夫里居》「蕪城古蹟揮毫外，瓜地吾廬寓目前」，蕪城是揚州古地名。

〔註 83〕 唐君平，瓊山人，李維楨《大泌山房集》卷一百五《程太學墓表》：宛陵湯司成故意氣交，司成坐讒中廢，君衡扼腕義形於色，司成有死友唐君平，亦以讒徙官，鬱壹而沒，同人掉臂不顧，司成疾走金陵與訣，治後事，君衡與焉。明賀復徵編《文章辨體彙選》卷三百二十六有《唐君平視舌草序》，湯賓尹作。知唐君平時在金陵。

〔註 84〕 《江南通志》卷十一「江寧府」條有「烏龍潭在府治西北石城門側，潭畔園林環列，亭榭參差，爲遊覽勝處。《府志》云相傳有烏龍見，故名。」（《景印

祠》〔註85〕（六首）、《朝天宮景陽閣》（一首）、《俞仲茅園居雜詠》（六首）、
《周生園》（四首）、《夜登雨花臺》（一首）、《城南登眺》（一首）、《王鼎父孝
廉新居》（一首）、《謁誌公塔作》〔註86〕（十八首）、《黃黃叔宅》〔註87〕（二
首），共 18 詩題 73 首。

2、其他紀遊詩

從可考的 9 詩題 34 首知，《大泌山房集》收有少量早於萬曆三十一年第
三次出仕的詩歌。它們依次是：

卷二《銀州》「前旌時隱見，石壁轉縈迴。流水寒城咽，孤鴻遠戍哀。山
盤光祿塞，雲鎖赫連臺。忽爾風沙合，驂驔萬馬來」〔註88〕，銀州，指銀川，
在寧夏，李維楨在第一次入陝時期曾入寧夏督學，爲寧夏諸生謀廩食，作有
《寧夏鎮儒學記》，而李維楨萬曆三十一年第二次入陝，也曾爲提調，但不見
有入寧夏的詩文記錄，只在入陝北鄜延地區詩文，查譚其驤《中國歷史地圖
集》榆林地區隔銀川甚遠，因此疑《銀州》詩作爲萬曆六年（1578）第一次
入陝，而且同爲邊塞詩，詩風多摹寫塞北苦寒之景，不及晚年鄜延邊塞詩沉
鬱悲愴的厚度力度，似出青年時期之手。

卷二《吳師利文園長齋奉佛》。吳師利，新安海陽人，維楨友人俞羨長與
吳尊尼善，維楨因吳尊尼見其叔父康侯、幼時、幼沖，從弟師利、公隆輩咸
有才情器量，吳師利作《生生錄》，維楨爲其作《生生錄序》（見卷九），吳師
利屬新安吳家。卷六《筠汀詩》其二「新安江水自潺湲，影入琅玕倍可憐。
手拄刻鳩青竹杖，臨流惟見蔚藍天」〔註89〕，《明一統志》卷十六「新安江」

〔註85〕《江南通志》卷三十七「江寧府」條有「方正學祠，在聚寶山，祀明方孝孺，
　　　　萬曆間建。」（《景印文淵閣四庫全書》第 508 冊，第 215 頁。）

〔註86〕《畫墁集》卷七有「鍾山誌公塔，在鍾山之頂，四面皆不相連屬，自爲一山，
　　　　形如覆鍾。」（《景印文淵閣四庫全書》第 1117 冊，第 43 頁）李維楨此詩其
　　　　一有「獨龍分得鍾山脈」。

〔註87〕李維楨另有《黃黃叔以事歸里贈之》（卷六）其四「移家幾度秣陵秋，今日新
　　　　安是客遊」，有《千夫長吳君墓誌銘》（卷九十）「而黃叔雅遊余，每爲余言：
　　　　『今之諛墓者何眾也，莫盛子吾郡，其人非貴即富，富居十九，借以博名行
　　　　媚，沿習成俗矣』」，按文知黃黃叔新安籍貫，後早就搬遷至南京，故稱新安
　　　　是客遊。（《四庫全書存目叢書》集 150，第 434 頁：集 152，第 594 頁。）

〔註88〕明·李維楨《銀州》，《大泌山房集》卷二，《四庫全書存目叢書》集 150，第
　　　　345 頁。

〔註89〕明·李維楨《筠汀詩》，《大泌山房集》卷六，《四庫全書存目叢書集》150，

文淵閣四庫全書》第 507 冊，第 405 頁。）

條「源有四，一出歙縣黟山，一出休寧率山，一出績溪大鄣山，一出婺源浙山，合流至新安，爲灘三百六十」〔註90〕。疑《吳師利文園長齋奉佛》、《筠汀詩》皆作於李維楨萬曆十二年（1584）東遊新安時期作。因維楨有「新安雨漲，布帆一日可至武林，余官武林時，諸相知相繼過訪，次魯獨不相及，余益重其爲人」〔註91〕，「武林衣帶水，不能以輕舟訪先生，先生見過，復見左分，緣之薄小至於此」〔註92〕，知維楨按浙時未遊新安；卓爾康《笠澤四遊記後序》「兩憲葛巾野服，領略山川，較量晴雨，都無掛礙」，東遊時野外著裝倒是相似的。

　　卷五《迸珠簾，在隆慮山》，檢《明一統志》卷二十八「隆慮山在林縣西北二十五里，南負太行，北接恒嶽，景最奇絕」，屬河南彰德府。卷六《寄題伯榮宗正石山園》其六「西有嵩高北太行，離離拳石在中央」、其七「太形王屋已分區，河北河南隴斷無」、其八「曲折玲瓏畫不成，梁園空擅百靈名。眾山齊苔彈琴響，可有睢陽節杵聲」〔註93〕，按《輿地廣記》卷五「高辛氏子閼伯所居商丘也，周武王封微子啟，是爲宋國，戰國時齊楚魏滅之，三分其地，……唐復爲宋州，天寶元年曰睢陽郡」〔註94〕，商丘屬歸德郡，李維楨萬曆十八年十月十六日分部開封、歸德兩郡，此時已是冬天，從詩來看，無冬季景色，故知此詩作於萬曆十九年八月補江西右參政之前。可知《迸珠簾，在隆慮山》、《寄題伯榮宗正石山園》皆作於第二次在河南爲左參政時，尤其後詩可確定爲萬曆十九年（1591）作。

　　卷二《貯春別業爲少宗伯蜀范公賦》其一「岷山帝會昌，別墅在中央。大塊春先得，端居日自長」、其三「三川朝市地，都作一園春」、其六「凌雲茶甚美，誰共賞春初」〔註95〕，地點物候皆合，可確認爲李維楨萬曆二十七

第 424 頁。
〔註90〕明・李賢等撰「新安江」條，《明一統志》卷十六，《景印文淵閣四庫全書》第 472 冊，第 373 頁。
〔註91〕明・李維楨《程用中遺詩跋》，《大泌山房集》卷一百三十一，《四庫全書存目叢書集》153，第 672 頁。
〔註92〕明・李維楨《復吳次魯》，《四遊集》卷十三，明刻本，南京圖書館藏。
〔註93〕明・李維楨《寄題伯榮宗正石山園》其六、七、八，《大泌山房集》卷六，《四庫全書存目叢書》集 150，第 430 頁。
〔註94〕宋・歐陽忞《輿地廣記》卷五「南京應天府」條，《景印文淵閣四庫全書》第 471 冊，第 268 頁。
〔註95〕明・李維楨《貯春別業爲少宗伯蜀范公賦》，《大泌山房集》卷二，《四庫全書存目叢書》集 150，第 356 頁。

年己亥孟春（1599），起家與方子謙入蜀，分部川西督木時期，且是春天作。

卷二《南山精舍爲司諫黃應興賦》其一有「東海聞風起，南山隱霧重」、其二有「前身黃石是，不待穀城招」，詩下小注有「南有穀城山」，穀城在濟寧東阿，李維楨在萬曆二十九年以浙憲上京入計時曾過東阿訪于慎行，而萬曆三十七年秋李維楨以急難北下，過臨邑訪邢侗，筆者檢《中國歷史地圖集》，東阿雖離濟南府臨邑不遠，但從詩的內容與物侯來看，無憂急與秋景，與急難途中寫給邢侗三題《薄草趣駕赴臨邑，先寄子愿》（卷三）、《與子愿夜談作》（卷三）、《子愿齋中作》四首（卷二）不同，故疑《南山精舍爲司諫黃應興賦》作於萬曆二十九年（1601）上計時。

卷三《遊盱眙瑞嚴觀次韻》其一「白雲深處帝鄉居，陵邑千家奉掃除」〔註 96〕，盱眙屬鳳陽府，靠近泗州。李維楨萬曆二十九年（1601）七月，曾領潁州兵備道，行河治巢，政績著〔註 97〕。卷二《張德夫儀部園》其一「別業經營好，居然治國模」、其四「世途知更惡，且息灌園身」〔註 98〕，李給楨爲其父作《張太公壽序》「自是，德夫不就除，主爵者亦不復省記。德夫朝莫從翁與田庚褐父相酬酢而已。……余謫壽春，道淮上，淮人言翁生平甚」〔註 99〕，知此詩作於領潁州兵備道時期。《遊盱眙瑞嚴觀次韻》、《張德夫儀部園》可確定作於萬曆二十九年（1601）領潁州兵備道的七月至十一月間。

不可考的如：《崇蘭館詩》（六首）、《遂絲堂詩》（五首）、《冰臺》（一首）、《羊侯祠》、《夏孝廉齋中》（二首）、《江靡館》（一首）、《汪敬美永言兄弟館中》（二首）、《百峰肥遯詩》（一首）、《過王德載作》（二首）、《劉憲使太乙樓》（二首）、《孫憲使置酒王方伯別業，因謁方伯祠》（一首）、《春郊》（一首）、《郭外同友人春望》（一首）、《程萬戶宅》（一首）、《徐生江上草堂》（一首）、《曹允寧水部心遠齋》（一首）、《楊自虞民部兼隱園》（一首）、《曹稺春水部濟上泉亭》（一首）、《留雲館》（三首）、《太玉樓》（四首）、《立春日，有以鹿圈載游女者，與友人同賦》（八首）。其中《崇蘭館詩》，李維楨《吉

〔註 96〕明・李維楨《遊盱眙瑞巖觀次韻》其一，《大泌山房集》卷三，《四庫全書存目叢書》集 150，第 369 頁。

〔註 97〕李維楨《夏徐州考績序》：「今中貴人榷巢稅，魚肉細民，不佞時治兵潁上」。（《大泌山房集》卷五十，《四庫全書存目叢書》集 151，第 546 頁）

〔註 98〕明・李維楨《張德夫儀部園》，《大泌山房集》卷二，《四庫全書存目叢書》集 150，第 351 頁。

〔註 99〕明・李維楨《張太公壽序》，《大泌山房集》卷三十三，《四庫全書存目叢書》集 151，第 205 頁。

陽別業記》「後館臨池，池蓄文魚，循池而西，有園木奴千頭，崇蘭九畹，有閣，里人趙南安顏曰『來青』，羣峭摩空，四時葱翠，撲人眉睫，閣外有館，館左右雙桂蔭可數丈，宗人郡司理以顏其館云『人仲』」〔註100〕，似非。《羊侯祠》，羊侯祠在湖北襄陽城南，不可考作於何時。太玉樓〔註101〕，是永嘉王至言藏書處，至言字昭文，是王叔果之孫，其家王澈、叔果、叔杲、光經、光蘊、至言四代乃明代浙江藏書世家，李淑與叔果同榜進士，維楨受知其家三世，爲所作文甚多，但《太玉樓》未可考作於何時。

　　紀遊詩的梳理，一是確證了《大泌山房集》並不如各卷小注所言「丙午後作」，而是可能或可確認有早至1578年第一次謫陝參議、1584年東遊新安、1591年第二次任河南左參政、1599年入蜀督木、1601年上計返程與領潁州所作，但主體還是以1603年起家入陝始，到萬曆三十九（1611）年《大泌山房集》結集之前時間段的詩爲主體，之前與之後的詩不多，此推論還有待進一步檢驗。二是這些較早詩和可確知係李維楨的佚詩〔註102〕，雖不多，但卻是觀察李維楨一生詩歌的文獻，從本節論述可見隨其遭際心路歷程與文學思想批評理論的深化，他早年詩歌到晚年詩歌是有發展的，亦有隨對後七子派理論的融通改造，詩風與藝術隨明詩發展，在一定程度上有與時俱進的變化，如《銀州》與晚年邊塞詩的對比，晚年詠史、懷古與時事、懷詠、都市題材等詩，平淡深刻，情味彌厚，不過此判斷還有待考出更多詩作繫年，作比較研究來夯實結論。

　　至於他的紀遊詩，有如下特徵：第一，存在大量一題多作現象，如《杜將軍城南園十八詠》分詠十八處園林景觀，尚屬不同景點，但有些詩如《天龍寺》三首、《萬卦山》四首、《宿趙文部芳茹園》六首、《朱生園》四首，《李中丞城南園》六首、《方正學祠》六首等等，觸目皆是，意思雷同，重複性大，純屬多作，思想與藝術性皆屬平常，顯其逞才鋪排而詩不善，他的後兩類「贈答酬送、題畫題卷等」之詩與「宴飲社集」之詩多屬此類，正是朱彝尊所批評的「本寧如官廚宿饌，麤鹿肥麋，雖脧臚具陳，鱻蒉親進，無當於

〔註100〕明・李維楨《太玉樓記》，《大泌山房集》卷五十八，《四庫全書存目叢書》集151，第748～749頁。
〔註101〕明・李維楨《立春日，有以鹿園載遊女者，與友人同賦》，《大泌山房集》卷五，《四庫全書存目叢書》集150，第413頁。
〔註102〕如基本可確認爲李維楨佚詩的是同時代沈德符與謝肇淛所記錄之詩《太函雲杜二謔詩》、《〈新河紀績〉十二首》（見第二章），前詩顯然作於汪道昆生前。

味」〔註103〕、陳田所評議的「本寧詩，選詞徵典，不善持擇，多陳因之言，而披沙探金，時復遇寶」〔註104〕，不如一首之作，反有佳篇，如「春色霽長林，支節上碧岑。梁空新燕入，徑仄落花深。流水涵空相，歸潮苔梵音。鳥依珠樹下，籠護寶幢臨。井邑分吳楚，山川自古今。江聲無日夜，東去惱鄉心」〔註105〕，「烏衣巷裏烏夜啼，朱雀橋邊雀未栖。色界金銀千地起，春城桃李萬家齊。如雲如水行相引，非霧非烟望欲迷。別有新聲將進酒，青樓燈火隔青溪」〔註106〕，寫景摹情俱佳，這樣的詩篇還有《晉水》、《戲馬臺》、《月夜北固山亭得平字》、《坐招隱寺古樹下》、《夜登雨花臺》、《銀州》。

第二，隨不同的地點與生活狀態，雖有相當大比例應酬題贈的紀遊之作，但也隨之相應呈現一定變化特徵。如在入陝前，由於未遇大的困境，紀遊心態平和，東遊《筠汀詩》尤寫得清麗幽寂；入陝後鄜延詩，如《鄜城春望》、《春季奢延驛雪》《魚河堡雪》，在淒苦悲愴中內蘊著沉鬱豪勁，如：「西來山勢劇縱橫，殘雪流澌試火耕。一逕寒烟通古戍，幾枝衰柳帶春城。彎弓月倚闌干上，結陣雲扶睥睨行。怪殺黃蛇鄜衍口，餘腥猶染曼胡纓」〔註107〕；居晉紀遊詩，不同於鄜延邊塞，職務亦不屬兵事而屬文事，故多應酬遊玩之作，所寫或山西的名勝古跡，或府邸園林，其紀遊詩多在寫景中蘊含晉文化源流、史事評論與讚美官員薦紳宗藩的德行風尚，如「水可亡人國，那知國自傾。片言能樹敵，三版得完城。陳迹流波迅，高原戰壘平。田家春賽罷，萬畝種香秔」〔註108〕、「傳燈山寺照天閣，一夜燃油一萬盆。乞食兒提刀盡勢，黃昏自斬五龍門」〔註109〕此兩期，心態尚屬一心為公、積極仕進、「心自清凉境自幽」（《五臺山》其二）平靜而精光內斂階段；仲弟危險稍減後，李維楨僑

〔註103〕明·朱彝尊《靜志居詩話》卷十四，人民文學出版社，1990年，第397頁。

〔註104〕明·陳田《李維楨》，《明詩紀事》己簽卷六，上海古籍出版社，1993年，第1970頁。

〔註105〕明·李維楨《甘露寺》，《大泌山房集》卷五，《四庫全書存目叢書》集150，第402頁。

〔註106〕明·李維楨《金陵元夕後四首》其四，《大泌山房集》卷四，《四庫全書存目叢書》集150，第387頁。

〔註107〕明·李維楨《鄜城春望》，《大泌山房集》卷三，《四庫全書存目叢書》集150，第359頁。

〔註108〕明·李維楨《晉水》，《大泌山房集》卷二，《四庫全書存目叢書》集150，第346頁。

〔註109〕明·李維楨《志云石佛始北齊王建，按史則武平亦為之》，《大泌山房集》卷六，《四庫全書存目叢書》集150，第416頁。

寓江南，所作紀遊詩，主要在揚州、鎮江、金陵三地，對人文古跡寓以史論評議，但此時對仕宦不再作任何奢想，而是過著優遊飲宴的客居生活，心境也已復歸放鬆與平淡，故其紀遊詩以寫寓居、應酬與紀遊內容為主，如「間關過井陘，一宿話丁寧。落日城頭紫，平臺樹杪青。圖書高四壁，翰墨動羣靈。不飲公榮酒，將無取獨醒」〔註110〕、「青陽元震位，白下況神京。家貼宜春勝，人兼賀歲行。雲光占魯史，月令布周卿。警眾靈鼉鼓，前驅析羽旌。朱衣分鹵簿，赤棒錯柴荊。煥煥都街繖，森森武庫兵。物華添紫陌，御氣合蒼精。傀儡開場劇，勾芒簫仗迎。碧油車絡繹，金勒騎縱橫。酒貰當盧貴，錢攤買埒贏。柘枝歌舊曲，桃葉度新聲。剪綵飛雛燕，吹篴學早鶯。五辛盤薦玉，百子帳香纓。樓聽翻魚笑，臺看引鳳鳴。招搖過衛市，側出拊齊楹。有戶簾俱軸，何門席不衡。胡天又胡帝，傾國亦傾城。坐促薰籠暖，廊傳響屧輕。額黃先柳發，面靨寫花生。少女風微至，瑤姬雨乍晴。禳田知土潤，馳道喜塵清。司啟時為柄，農祥曉正明。如狂一日樂，無畜九年耕。寬大書裁否，安危屬老成」〔註111〕，紀遊內容依次呈現由憂國色彩到人文底蘊進而到都市風光、市井享樂色彩為主調的變化，風格由悲苦悲愴漸向沈勁平實進而到清麗淡雅、甚至有隨性戲謔因子在其間，貫穿始終的是其紀遊詩較鮮明的敘事性、史論性、應酬性，縱橫捭闔，顯示出李維楨雄文博學，以才學為詩、以文為詩，有與他的紀遊散文藝術手法相似的特點。

三、贈答酬送、題畫題卷等之詩

　　此類是李維楨詩歌的大類，主要用詩歌形式記錄了李維楨和友人的交遊狀況與思想心態，既是瞭解李維楨又是瞭解明末士人畫像、生活狀態的較好窗口。贈答酬送之詩，按內容可分為過訪（或訪友）、寄懷、贈友、答謝四類，題畫題卷為一類，另還有少量詠物、民歌。

（一）贈答酬送之詩

　　第一，過訪或訪友。

　　友人過訪有《謝章仲子眉生枉過》（一首）、《鄉人訪舊五河》（二首）、《喜秦京至自汝南》（一首）、《淮上陳山甫過訊》（二首）、《鄭季野過訪》（一首）、

〔註110〕明・李維楨《宿趙文部芳茹園》，《大泌山房集》卷二，《四庫全書存目叢書》集150，第347頁。
〔註111〕明・李維楨《金陵迎春》，《大泌山房集》卷五，《四庫全書存目叢書》集150，第404頁。

《臧晉叔博士過訪》（一首）、《訪劉宗魯朝天宮道院因贈》（一首）、《方伯書進士假還莆中過訪》（一首）共 8 詩題 10 首，除《謝章仲子眉生枉過》疑作於萬曆二十八年（1600）浙憲期間、《鄉人訪舊五河》疑作於萬曆二十九年（1601）謫壽春領潁州兵備道時，它詩似皆作於僑寓揚州金陵時期。此類僑居揚州與金陵兩地之詩，當友人過訪，李維楨都很高興，但感情色澤有不同，如「僦居春雨徑封苔，有客扶筇躡屐來。病骨貧深猶自傲，浮名老去任人猜」〔註112〕、「人情棄苦李，仕路逐飛蓬。濁世佳公子，泥塗老禿翁。不堪悲四鳥，況復妬三蟲。惠顧通家舊，深憐逆旅窮。佩攜龍劍合，門啟雀羅空。……楚傖何所有，幸與古人同」〔註113〕，流露出內心的淒寂無助與倔強自傲。金陵遇友來訪，心境就輕鬆堅強許多，「六館當時名下士，十年今夜夢中人。市朝浪跡何妨隱，丘壑蟠胸不患貧」〔註114〕，「亭上雲霞張幔飲，壺中日月看潮生。須知休沐君恩在，莫以青山忿帝京」〔註115〕，大事畢了自寬閒適的隱逸心態。他訪友的詩有《邗溝喜遇黃元幹投贈》（一首）、《過泗，懷常藩伯，示其子伯行茂才》（二首）、《吳生齋中作》（一首）、《過潘內史，以長公侍》（一首）、《汪仲實館中作》（一首）、《白門喜過羅公廓給事》（二首）等，共 6 詩題 8 首，他訪友的詩，《過泗，懷常藩伯，示其子伯行茂才》不能確定是謫潁時還是急難中入泗作，《邗溝喜遇黃元幹投贈》作於揚州，《白門喜過羅公廓給事》作於寓金陵時期，另幾首皆不可知，訪友詩以述友誼與贊對方為主，如「高梧明月浮娟娟，一片冰心對皎然。不用銜杯方避暑，偶逢傾蓋遂忘年。涼風白苧徵歌裏，綠水紅蓮入幕前。豈少積金如斗客，清遊未許數周旋。」〔註116〕

第二，寄懷友人。

寄懷友人有《蜀曹能始使君有流言寄訊》（一首）、《寄楊海虞，叔弟時為

〔註112〕明・李維楨《喜秦京至自汝南》，《大泌山房集》卷三，《四庫全書存目叢書》集 150，第 374 頁。

〔註113〕明・李維楨《謝章仲子眉生枉過》，《大泌山房集》卷五，《四庫全書存目叢書》集 150，第 403 頁。

〔註114〕明・李維楨《臧晉叔博士過訪》，《大泌山房集》卷四，《四庫全書存目叢書》集 150，第 389 頁。

〔註115〕明・李維楨《方伯書進士假還莆中過訪》，《大泌山房集》卷四，《四庫全書存目叢書》集 150，第 395～396 頁。

〔註116〕明・李維楨《汪仲實館中作》，《大泌山房集》卷四，《四庫全書存目叢書》集 153，第 382 頁。

博士，末章致知己之感》（二首）、《報李民部金陵書》（二首）、《寄王陽甫中丞》
（二首）、《寄方郡丞瓜州，時繕大觀樓落成》（一首）、《寄懷王學參學憲》（一
首）、《報司徒開府黃公》（四首）、《呈焦弱侯太史》（四首）、《秋日有懷王百穀
賦寄》（一首）、《寄張平仲民部吳門》（一首）、《寄周督學晉中》（一首）、《寄
督府宮保蹇公》（一首）、《寄邢子登兵使》（二首）、《寄子壽王孫》（一首），共
14 詩題 24 首。《秋日有懷王百穀賦寄》至遲作於王穉登逝世的 1612 年。《寄邢
子登兵使》中有「皋蘭山」，蘭州以皋蘭山為名，邢雲路在蘭州這幾年任職期
間，以六丈高表以測日測，算得萬曆三十六年這一年立春時刻與欽天監所推不
同，寫成《戊申春考證》一卷，算出回歸年長度值 365.24219 日新值，為中
國古代亦當時世界上的最佳值。李維楨集中有記錄，「余巡河西，士登守關西，
會行邊，過鄜延，執手相勞，如平生歡，得所為《古今律曆考》卒業焉」（卷
九《古今律曆考序》），萬曆三十四年丙午三月維楨入鄜延，同年為邢雲路作《古
今律曆考序》，「邢使君《律曆考》丙午年余見之上郡，才十二三業，為之敘。
明年，使君以全書視余晉中，余乃自愧知使君淺也。……又明年，使君視余所
為《戊申立春考證》，當在戊寅日亥初，歷差在己卯日子正，要其所以得之，
故不越前法，因綴數語末簡，特詳於舊考，以補序之所缺略」﹝註 117﹞，因知
兩人定交於萬曆三十四年，為邢雲路作《戊申立春考正跋》在三十六年（1606），
《寄邢子登兵使》第二首有維楨原注：「子登精曆學，有《戊申立春考誤》」，
邢雲路萬曆三十八年被召入京，參加改曆工作，依詩內容依然歌詠邢雲路在邊
關，無至京師內容，疑詩作於戊春（1608）至庚戌（1610）間，其它詩暫不可
考。李維楨的寄懷友人詩，除了對友人的懷念與頌揚之情，還多流露對友人歸
隱的慰藉之辭，如「驥尾蠅飛空自附，雞羣鶴在本相懸」﹝註 118﹞、「風塵偏妬
雙蓬鬢，江海能容一釣竿」﹝註 119﹞，而他面對摯友，便盡展宦海警醒的感懷
之辭，如「啓事山公墨未乾，何來杜後惠文彈。十年謫宦長安遠，萬里攜家蜀
道難。綠綺希聲空自賞，玄亭奇字許誰看。詞林終古卿雲色，拓落從他老一官」

﹝註 117﹞ 明・李維楨《戊申立春考正跋》，《大泌山房集》卷一百二十六，《四庫全書存
　　　　目叢書》集 153，第 561 頁。
﹝註 118﹞ 明・李維楨《寄王陽甫中丞》其一，《大泌山房集》卷三，《四庫全書存目叢
　　　　書》集 150，第 364 頁。
﹝註 119﹞ 明・李維楨《寄懷王學參學憲》，《大泌山房集》卷三，《四庫全書存目叢書》
　　　　集 150，第 372 頁。

〔註120〕，對曹學佺沉鬱下僚無辜中流言激憤難忍。他有兩首詩：

> 漢署諸郎自列仙，金陵王氣正中天。飛芻江海千帆月，振槖樵
> 蘇萬竈烟。桃葉渡頭春載酒，雨花臺畔夜談禪。綺裘綵筆吾家事，
> 不盡風流付後賢。

> 塞門飛雪鴈書遙，客有多情問寂寥。伏櫪壯心身已老，鑠金讒
> 口骨全銷。六朝山色殘春樹，萬里江聲咽海潮。人世升沉君自見，
> 隨緣生計學鵪鶉！〔註121〕

前詩用南都的官署列卿肅穆、王氣中天，與自己的閒雲野鶴、載酒談禪、彩筆賦詩形成鮮明對比，表面看卻寫得繁華滿眼，瀟灑自如，而後詩就盡直抒僑居士隱的心態與緣由，面對李叔操的關心問侯，他面對天命不予、眾口爍金的天命人事種種，雖仍有伏櫪壯心，卻身已老去，讒口誣巇，積毀銷骨，不屑駁斥辯白，尤其頸聯「六朝山色殘春樹，萬里江聲咽海潮」是心理感受映像下的外化景物，悲慨沉痛的情懷如湧動而來千年萬里江聲海潮，最後發出「人世升沉君自見，隨緣生計學鵪鶉」的心跡表白，既是寫實，亦是憤激的吶喊，是佳作。

第三，贈友。

此爲贈答酬送詩中最大的一類。

首先，較有價值的一類詩，是各種內容贈友的詩。他有兩首自抒性情懷抱帶自傳性的詩：

> 束髮事君子，骨體不能媚。恥爲時世粧，縞綦佩長襚。夜行必
> 以燭，朝畏多露漬。黽勉三十年，幸無廢中饋。谷風吹甘雨，綢繆
> 承嘉惠。紅顏久自渝，白首成憔悴。後房盛幼艾，柔曼善傾意。謠
> 詠謂我淫，申申交相詈。君心故靡他，毀言日三至。寔命不猶人，
> 偕老終捐棄。

> 斂袂辭金屋，行道何遲遲。出門逢里婦，倏然歎伮離。我貴難
> 久居，爾賤亦胡爲。自言薄命妾，生作田家兒。世俗貴姬姜，不惜
> 咸與施。豈無絕代容，所出恒苦卑。推布翻成歡，俛仰懷運期。田

〔註120〕明·李維楨《蜀曹能始使君有流言寄訊》，《大泌山房集》卷四，《四庫全書存目叢書》集150，第391頁。
〔註121〕明·李維楨《報李民部金陵書》，《大泌山房集》卷三，《四庫全書存目叢書》集150，第363～364頁。

翁多收麥，糟糠自見遺。女愛不敝席，貴賤同所之。但願從一終，
心匪石可移。〔註122〕

　　詩用宮怨題材來敘自具絕世容顏與內在芳美，一心事君，卻因「骨體不
能媚」、「恥爲時世粧」，終不被後宮險惡的算計傾軋所容，遭到棄置，卻忠貞
不改，詩用「古詩十九首」寫法娓娓直敘，卻纏綿柔婉，哀而不怨，是漢儒
《毛詩大序》中所倡詩之正格。

　　爲友人立傳〔註123〕，爲李維楨善長的詩，他用詩筆爲友人們畫像立傳，
筆法靈動，個性鮮明，顯示其高超融史傳筆法入詩的藝術性。有「無家復無
子，容膝自容身」逍遙異哉的巴卭叟（《贈九十四蜀周翁》）；有「幸託布衣交
最貴」（《贈陸無從》其一）、「老却塵心結社蓮」（《贈謝少廉》其一）的陸弼、
謝陞；「閒看人世變桑田」的宗水部（《贈宗水部》其一）或「人皆樵于山，
君獨樵于海」的海樵隱者（《贈客以海樵爲號者》其一），亦有「詩情超俗韻，
酒態見天眞」的書生處士（《贈蔣生》）或好客而貧的蕭四傘將軍（《蕭征西好
客而貧，作此贈之》），也有「蓬戶朱門渾見貫，歸來趺坐老繩床」的僧人（《贈
念上人》），等等，以《贈王太古》其一最佳：「不事家人產，都無俗客緣。名
山隨白帢，流水韻朱絃。狂與癡誰勝，貧非病可憐。相逢深惜晚，少日奉周
旋」〔註124〕，詩行雲流水，王野的癡與狂躍然紙上，栩栩如畫。

〔註122〕明‧李維楨《古意贈孟君》，《大泌山房集》卷一，《四庫全書存目叢書》集
　　　　150，第334頁。
〔註123〕共33題58首：《贈九十四蜀周翁》（二首）、《贈王太古》（二首）、《贈張子明》
　　　　（二首）、《楊元素相與經年，殊不能別，牽課四章爲贈，情之所繫，與毋論
　　　　妍醜耳》（四首）、《贈陸無從》（二首）、《贈林深州》（二首）、《贈蔣生》（一
　　　　首）、《贈蜀人汪明經》（二首）、《贈朱茂才》（二首）、《贈鄧孝廉》（一首）、《贈
　　　　嶺南黃孝廉》（二首）、《王生談禪而好遊，因成三絕贈之》（三首）、《贈客以
　　　　海樵爲號者》（二首）、《贈劉光祿》（二首）、《贈陳解元》（一首）、《瀧門卜隱
　　　　詩》（一首）、《贈劉孝廉》（一首）、《贈謝少廉》（二首）、《贈宗水部》（二首）、
　　　　《贈黃典客》（二首）、《贈潘朗士》（一首）、《贈曹元翀孝廉》（一首）、《贈余
　　　　典客》（一首）、《贈三博士》（一首）、《贈劉少彝先輩》（二首）、《贈熊非伯學
　　　　使》（四首）、《贈安居胡茂才》（一首）、《次叔虞韻贈之》（一首）、《蕭征西好
　　　　客而貧，作此贈之》（二首）、《王太公以宿儒受子學使君贈》（二首）、《贈念
　　　　上人》（一首）、《襄陽素上人》（一首）、《僧海義故周氏子，拈五臺二僧事贈
　　　　之，皆周姓也》（二首）。
〔註124〕明‧李維楨《贈王太古》，《大泌山房集》卷二，《四庫全書存目叢書》集150，
　　　　第349頁。

　　縱談文事與雜事贈記類〔註125〕，亦是較有味道的詩。如「文章司命在三吳，爾昔登壇奉步趨。前輩典刑垂欲盡，後來風會藉相扶。他鄉邂逅停傾蓋，末路邅迴擊唾壺。拓落一官何足問，言成上比古為徒」〔註126〕，如在《贈白門社諸君》表達了對公安俚野的批評與對白門社復古雅正的期望。從詩題來看，內容五花八門，生活化、俗化味道濃，但李維楨並不將詩寫得俚俗粗放，而在通俗中帶幾分調侃，如：

　　　　楚傖齒齾顛毛鬵，兩足蹣跚三受刖。人間除目久不觀，雀羅門
　　　　外苔痕滑。爾言今歲定起家，呼童早晚脂車牽。哄然驛使日邊來，
　　　　手持一紙塗黃札。西方經略領鄜延，舊物承宣兼按察。日者何曾與
　　　　刻期，不後不先二十八。此事流聞詫里兒，是處相逢目都刮。談天
　　　　之口亦偶中，未必管窺窮塊圠。遠志出山成小草，老攀枯枝連枝拔。
　　　　戲語危語豈不聞，塵緣業障偏相軋。憶別秦中三九過，故交零落如
　　　　鹽撒。青牛老子更入關，將無衛玠人看殺。〔註127〕

　　曹師皋，湖廣承天府京山人，相士，維楨里居時，里人師皋決其起家時日不爽，維楨為長歌贈之，師皋遂名震京師（生平見《大泌山房集》卷一百三十三《題楊子皋冊子》）。維楨萬曆三十年末接任命陝西提調兼按察，遂作此長歌贈謝，詩頗有幾分戲劇手法，將自己的衰朽拙劣、驛使宣詔的哄然滑稽、里宅的驚詫目呆，寫得亦莊亦諧，戲謔隨性，特別是結尾「憶別秦中三九過，故交零落如鹽撒。青牛老子更入關，將無衛玠人看殺」，悲中帶諧，使人感到他的搞笑筆墨是故意為之，將那些群醜小人抹殺殆盡，抒其心中鬱積

〔註125〕共15題27首：《陳季迪郡丞上計，有中之者，遂拂衣歸矣，縱談弇州太函往事，因贈二章》（二首）、《與潘生談因贈》（一首）、《贈白門社中諸君》（四首）、《調梁別駕》（二首）、《調戴瞻庾》（二首）、《曹師皋恒言不佞起家當在十月二十八日，至期得河西除書》（一首）、《余初舉孫贈其外翁陳望舒還江都》（二首）、《永嘉王光祿偕老詩》（一首）、《姚生還閩，將入趙受室》（三首）、《賦王閫帥署中雙槐，因以為贈》（一首）、《南陔刈麥詩，為秦京賦也》（四首）、《汪丈人移家吳門閱八袠矣》（一首）、《花燭詩，為顧小侯所建作》（一首）、《宗人竹溪居士曾判雅州》（一首）、《國華王孫索贈，用前韻》（一首）。

〔註126〕明·李維楨《陳季迪郡丞上計，有中之者，遂拂衣歸矣，縱談弇州太函往事，因贈二章》其二，《大泌山房集》卷四，《四庫全書存目叢書》集150，第390頁。

〔註127〕明·李維楨《曹師皋恒言不佞起家當在十月二十八日，至期得河西除書》，《大泌山房集》卷一，《四庫全書存目叢書》集150，第337頁。

已久的弊屈傲岸之氣。他調笑士人的兩首《調梁別駕》、《調戴瞻矦》亦使人
難忍笑意，如「盈盈秋水在雙眸，妒殺觀濤八月秋。何日眉間無起色，吳人
空爲楚人謀」（《調戴瞻矦》其二），詩用誇張筆法寫一男子比女性還魅力難擋
的眼波，詩雖無甚高格調，但在李維楨一千多首詩是極少一格，無傷大雅。

　　而他對干謁、漫遊、索文的士子所贈的詩，不差但平淡，屬無甚出彩
〔註128〕，唯「篋裏行裝是父書，千金一字復何如。明朝西望江天色，新有
龍光射斗墟」〔註129〕寫得真摯遙深。

　　其次，是贈送給接到任命奔赴各地爲官的官員〔註130〕，或他們歸省迎養
〔註131〕，或告歸里居〔註132〕或僑寓他鄉〔註133〕的，共41題102首。此類詩

〔註128〕此類有15詩題33首：《王亦房爲齊魯燕趙之遊，賦贈》（四首）、《張思唯示
　　　　余文字，大佳，贈其北行》（二首）、《贈顧所建小矦遊秦塞》（四首）、《贈人
　　　　遊吳中》（二首）、《梁別駕解官游吳越》（二首）、《江都呂布衣、曾衆、胡襄
　　　　懋軍事今爲采真之遊》（三首）、《孫茂才歸越就試》（三首）、《繆生入太學應
　　　　舉》（二首）、《贈姚生入吳門訪張民部》（一首）、《茅生調同卿陳先生，詩以
　　　　代束》（四首）、《程游擊調鄒爾瞻先生索贈》（一首）、《贈人從軍榆中》（一首）、
　　　　《李嗣宗行其父集歸》（一首）、《李立孺爲尊公狀乞銘》（二首）、《爲王子幻
　　　　賦青蓮舸》（一首）。
〔註129〕明・李維楨《李嗣宗行其父集歸》，《大泌山房集》卷六，《四庫全書存目叢書》
　　　　集150，第431頁。
〔註130〕此類有22題59首：《御史大夫王公開府檀州督四鎮軍事》（四首）、《鹽官吳
　　　　汝則仕四十年，擢陪京比部郎，薦三入矣》（二首）、《民部李元祉起家水部》
　　　　（二首）、《侍御姚公按秦西馬政》（十首）、《贈史侍御按楚》（二首）、《贈史
　　　　侍御入按三輔》（二首）、《贈王藩伯入賀》（四首）、《贈粵帥劉叅佐》（二首）、
　　　　《寄潘郡伯邢州，時諸郎偕計》（一首）、《寄九江守鄒道卿》（一首）、《寄王
　　　　學叅憲伯兵備上江》（一首）、《于文若中丞出撫三秦寄贈》（四首）、《趙太僕
　　　　奉使豫章王邸，便省覲司徒金陵》（二首）、《贈劉副帥之代州》（四首）、《贈
　　　　孫元錫右伯》（二首）、《王任之兵使善星曆，堪與諸家言，尤精農事》（一首）、
　　　　《宗人信卿博士考績入都》（二首）、《張侍御出守梧州》（二首）、《遙送張民
　　　　部還朝》（一首）、《贈俞叔虞入晉》（二首）、《贈遵義劉令》（四首）、《贈吳僉
　　　　憲分部湖西》（四首）。
〔註131〕此類有8題19首：《俞仲茅進士歸，將母久矣，席間賦贈》（二首）、《韓朝延
　　　　京兆少尹》（二首）、《黃黃叔以事歸里贈之》（四首）、《汪太史左遷陪京大行，
　　　　奉使還齊安》（二首）、《朱康矦奉使留都還楚》（二首）、《祠部周民獻歸省母》
　　　　（一首）、《畢侍御按秦便歸省覲》（四首）、《汪魯生進士請得揚州廣文迎養太
　　　　君》（二首）。
〔註132〕此類有9題18首：《德慶守吳公謝事里居》（一首）、《贈鄭督府賜告歸》（四
　　　　首）、《贈鄭督府賜告歸縉雲》（四首）、《丘汝洪力求還山，不待報而行》（二
　　　　首）、《贈李方伯伯建自秦塞歸》（一首）、《鄒明府以抗橫瑙罷歸，行游廣陵》
　　　　（一首）、《王不疑自金陵歸武陵》（二首）、《贈王不疑歸》（一首）、《羅君揚

各人行實的史料價值多於詩歌的文學價值，或偶有詩題（如卷三《丘汝洪力求還山，不待報而行》）、詩句透露出某些史料價值（如卷四《寄九江守鄒道卿》「把臂東林選佛場」、卷三《贈劉副帥之代州》「和戎定策本先朝，叵測狼心勢轉驕」等），但後者過於零散，不及前者文獻價值大。倒是有兩首告歸的贈詩尚佳：「放逐雙梟漢水涯，于今國事轉堪嗟。孤臣自許心猶赤，久客誰憐鬢已華。野渡聞歌翻玉樹，荒祠摩碣問瓊花。銷沉世態看如此，好種青門五色瓜」〔註134〕、「三歲同君賦遠遊，君今歸去我淹留。迷人世路多山鬼，何處風波不石尤。江雨漸深桃葉渡，楚天遙望木蘭舟。離亭日暮龍鍾淚，非為官從老病休。」〔註135〕

再次，是答謝詩〔註136〕，此類詩為答謝友人之詩，從標題看，針對性強，但亦有好詩，如《答范生漫翁》中對詩畫妙手范迁的溫暖寬慰，《蕭征西聞余移晉陽，以二絕見訊，賦答》其二對自我形象的刻畫，《謝蕭二比部、歐陽、雷、鄭三水部、李廷評為仲弟白，見冤狀賦謝》對友人幫助解救仲弟梗概多氣的賦謝之辭，以《答費國聘》壓卷：

> 費國聘，何太狂，行年三十棄軒冕，貧賤驕人不可當。三湘七澤千餘里，司命文章侯醉鄉。每見李生眼便白，龍鍾苦被廳官迫。大丈夫，不能一蹴致青雲，牛僧狗屠自有羣。死生富貴天造命，人

〔註133〕 此類有2題6首：《楚王孫士達僑寓襄陽》（二首）、《朱生卜居廣陵》（四首）。

〔註134〕 明・李維楨《鄒明府以抗橫璫罷歸，行游廣陵》，《大泌山房集》卷三，《四庫全書存目叢書》集150，第369頁。

〔註135〕 明・李維楨《贈王不疑歸》，《大泌山房集》卷四，《四庫全書存目叢書》集150，第381頁。

〔註136〕 此類有26題56首：《吳尊尼為弟公勵卜宅，報以居余感贈》（二首）、《貞成王孫示詠雪詩因贈，時以余有河西除過訪》（四首）、《答大空居士寄聲，因以志懺》（一首）、《答費國聘》（一首）、《答范生漫翁》（一首）、《劉惟衡憲使著〈詩宿〉成，并寄新詩賦答》（四首）、《答李公子兄弟》（二首）、《次韻答曾太史》（一首）、《次韻答蘇侍御》（一首）、《答章元禮》（四首）、《江都姚明府臨存賦謝》（二首）、《答邢性之文學》（一首）、《許世範愈幼兒疾賦謝》（一首）、《答潘方凱次韻》（二首）、《楊大來自遠問疾》（一首）、《答張孝廉紹和》（一首）、《李元戎子豫題詩相訊却寄》（四首）、《答盧少從民部》（一首）、《蕭征西聞余移晉陽，以二絕見訊，賦答》（二首）、《答夏生餉五加酒并貽詩》（四首）、《吳祠部以所知贈言屬和，口占應之》（四首）、《沈儒休客豫章，感劉長孫聞帥知己，屬為報謝》（四首）、《幼兒以父事許世範因贈》（二首）、《謝蕭二比部、歐陽、雷、鄭三水部、李廷評為仲弟白，見冤狀賦謝》（二首）、《藩伯王豐輿遠書相勞賦謝》（一首）、《答高洪父，洪父八十能詩》（四首）。

　　力從來難爭勝，年年喚汝李參政。莫是千斤符厭鎮，殊無好處寫銘旌。贏得談時供笑柄，一官二十七年過，怪殺狂生成語讖。生復笑，相譙此戲猶未惡。我如得志時，首布三章約歌板，號呶老婢聲儒冠。拜受髡奴學街頭，陽伍好賣詩迷人，耳目何曾覺。罰飲墨汁縛長繩，擲之天外烏鳶啄。法曹儻更問新條，大隱市朝冒方朔。〔註137〕

　　此詩作於萬曆三十五年（1607），時李維楨任山西奉臺檄修《山西通志》，一方面編撰頗艱，一方面還任山西參政，是一官二十七年過，被玩笑爲「千斤符厭鎮」，成爲時人笑柄，詩用「紅顏棄軒冕」、「貧賤驕人」的摯友費尙伊相對照，寫自己亦戲謔亦自寬亦桀傲不羈的人生態度。

　　第四，祝壽、祝辭、挽辭。

　　此類爲李維楨應朋友請託，其友人父母輩祝壽或友人生日寫作或其他喜事，寫作的祝辭，亦有少量挽辭，多係應酬之作，僅列篇目〔註138〕，不述。

（二）題畫題卷與詠物之詩、民歌

　　將詠物、民歌附在題畫題卷詩後，是此兩類皆同題畫題卷的描摹或想像手法。題畫詩共 21 題 36 首〔註139〕，題冊題卷詩共 5 題 9 首〔註140〕，詠物詩

〔註137〕明・李維楨《答費國聘》，《大泌山房集》卷一，《四庫全書存目叢書》集 150，第 337～338 頁。

〔註138〕36 題 105 首：《金母四章，爲金德潤母羅孺人壽也，時德潤教南武庫》（四首）、《擬西王母命田四妃答歌韻，壽顏小侯母》（一首）、《壽李中丞尊人》（四首）、《壽孫翁》（一首）、《汪民部歸壽太公》（一首）、《朱孝伯以初度日禮佛》（二首）、《丘伯畏明府六十，長公進士歸壽》（二首）、《楊子令以除夕初度》（一首）、《壽錢太史母》（一首）、《胡工部母壽》（一首）、《李郡伯壽母詩》（一首）、《郭司馬公蕭夫人春秋七十》（六首）、《分賦須彌山爲游君壽》（一首）、《胡翁少爲諸生，退而隱於野，年七十矣，有嬰兒之色，其子茂才與所善周使君、徐文學乞言爲壽》（一首）、《車丈人雙壽詩》（二首）、《壽周侍御》（六首）、《爲戴孝廉壽陸明府，日在仲秋》（六首）、《張翁仲秋初度，甥丘進士奉部檄授爵一級爲壽》（四首）、《蔡伯達兵部歸壽太公》（一首）、《贈陳望舒歸壽母》（二首）、《贈魯生還姑蔑壽母》（四首）、《潘太學歸豐溪壽母》（四首）、《中丞三章，爲胡從治生孫作也》（三首）、《焦別駕二人受封》（一首）、《吳比部入賀長至》（二首）、《恩旌慈節，爲高柒軍母賦》（一首）、《華亭王翁人日七裒五子二登賢書》（四首）、《彭副帥初舉子，適有新命》（二首）、《秦人張光祿家廣陵，初舉子》（二首）、《野鶴翁八十，子少鶴六十，因題其號爲壽》（四首）、《賦得西秦名勝十二事，爲梁公壽》（十二首）、《潘生以穀日生，時寓保寧庵》（二首）、《爲謝生壽其宗叔》（二首）、《壽賀內史》（八首）、《秦中尉徐繼室挽詩》（四首）、《爲茅生悼亡》（二首）。

〔註139〕此類有 21 題 36 首：《題〈玉洞仙春圖〉，爲梅丈人壽》（一首）、《爲李郡伯題

共 6 題 25 首〔註 141〕，民歌共 4 題 16 首〔註 142〕，此類共計 37 題 87 首。

　　題畫詩的內容，以老人題畫祝壽或爲朋友題畫爲主，故所寫多以頌揚的良好祝願爲主。加之詩係題畫，要把一幅靜止的畫題寫出來，故依畫的內容多描摹與虛構想像之辭。李維楨題畫詩風格有兩類：一類是多馳騁想像，用遊仙手法，將靜止的畫面敘述得象個神仙故事一樣有頭有尾，神幻美好，骨力勁健，表達他的祝願。如《題〈玉洞仙春圖〉，爲梅丈人壽》：

　　　　我聞大地中，三十六洞天。眞人各自理，歷劫無推遷。此洞誰
　　　爲鑿混沌，問之不得名與年。千巖萬壑紛糾結，劃然一線忽中穿。
　　　山根亂出昂霄樹，石罅遙飛瀑布泉。玉宇瓊樓總削成，琪花瑤草交
　　　芊緜，秋陰暑却春色冬。妍蔽虧日月，吐欲雲烟亥。步禹蹟，未經
　　　過，元氣淋漓太始前，何來素髮渥顏一老翁，自稱三十六帝仙曹之
　　　剩員。天公手勒作洞主，不煩人間買山錢。朝晞髮太陽，夕濯足潺
　　　湲。東方小兒滌髓，洪厓先生拍肩。天瓢酌酒天籟歌，玉女投壺素
　　　女眠。麟脯鳳膏飽棄餘，雲駕霓旌往復還。幼輿一丘太局促，向平
　　　五嶽費攀緣。此中別自有天地，從他滄海與桑田。世人稍稍踪跡翁，
　　　少年家居鄂渚東。鸚鵡洲邊弄月，黃鶴樓頭御風。狂來碎樓更翻洲，
　　　山靈奔播訴天公，謫遣洞中僑寓耳，終須趣侍紫雲宮。〔註 143〕

　　　〈喜祝三公圖〉》（一首）、《〈五馬圖〉歌》（一首）、《題〈竹溪圖〉，壽竹溪老
　　人》（一首）、《題〈函谷瑤池圖〉祝李母》（一首）、《何无咎爲張元戎作〈山
　　水圖〉》（一首）、《題〈玉淙圖〉》（一首）、《沈啟南畫松，贈關中某尚書，今
　　歸李司徒，歌紀之》（一首）、《題畫》（一首）、《題〈仙山樓閣圖〉》（一首）、
　　《題沈納言〈浮玉山圖〉》（一首）、《題畫》（二首）、《題畫蘭》（二首）、《題
　　何使君山水卷》（四首）、《題便面雪景》（一首）、《題畫》（二首）、《題畫壽竹
　　石主人》（二首）、《馮文學以舊畫馬壽馮襄陽，繫之二詩》（二首）、《畫鶴》
　　（四首）、《蘇侍御〈江山攬秀圖〉》（四首）、《題王少府像》（二首）。

〔註 140〕此類有 5 題 9 首：《題汪生冊子》（一首）、《書李醫卷，李尚無子，故云》（一
　　首）、《以蜀僧事題蜀僧行卷》（二首）、《題林郡理卷》（一首）、《題豐城熊鐵
　　史卷》（四首）。

〔註 141〕此類有 6 題 25 首：《謝日可玉蘭》（一首）、《戲詠冰鬚》（六首）、《清涼石》
　　（二首）、《邢子愿木癭瓢可容一石，凝塵膚寸，因以調之》（十二首）、《襄陽
　　周明府去思碑》（二首）、《粉紅桃花》（二首）。

〔註 142〕此類有 4 題 16 首：《江干曲》（六首）、《采蓮曲》（四首）、《瑞蓮詩》（二首）、
　　《常山曲》（四首）。

〔註 143〕明‧李維楨《題〈玉洞仙春圖〉，爲梅丈人壽》，《大泌山房集》卷一，《四庫
　　全書存目叢書》集 150，第 338 頁。

他也多有爲官員或士子薦紳作的題畫詩，其中一部分亦寫得雄豪渾健，如：

> 張公虎頭復虎牙，三提金印度龍沙。水泉雪夜大誅虜，血赤泉水骨如麻。經略重臣儻小住，胡種肯留青海涯。松山拓地千餘里，坐席餘威方有此。功高不賞翻圖謗，一丘一壑歸來矣。東海何生作此圖，兩人箕踞對山水。鼻頭出火耳生風，將軍意象故不同。金甲已拋雨中繡，寶刀猶貫斗間虹。老當益壯窮益堅，古來宿將饒英雄。公年八十身手健，斗酒蹴張六石弓。榆塞射獵榆溪釣，按圖將索渭川熊。〔註144〕

此是典型的後七子風格的詩，將張將軍的英雄形象塑造得極爲成功。

李維楨的另一類題畫詩，寫得貼近生活化，平易通俗卻描摹細膩動人，宛曲有情致，成就要高於上一類詩。此類詩多以絕句小詩爲主，如《題畫蘭》、《題何使君山水卷》、《題畫》、《題便面雪景》等。「隋苑螺橫山黛，吳門練曳溪紋。石橋穆逕紅雨，草閣鈎簾白雲」〔註145〕，是明清選本多入選的李維楨代表作品，詩的旨意與寫法類似盧照鄰《長安寫意》結尾以四兩撥千斤之法，前面極寫長安的大道連狹、玉輦縱橫，「得成比目何辭死，願作鴛鴦不羨仙」、「羅襦寶帶爲君解，燕歌趙舞爲君開」等的極奢極侈地享樂貪歡，最後結以「寂寂寥寥揚子居，年年歲歲一床書。獨有南山桂花發，飛來飛去襲人裾」，但此是唐人寫法，帶著青春的幻夢，鋪排直露，天眞濃烈，後面的時代都不具備；李維楨詩體是首六言絕句，他的構圖極清遠含蓄，設色濃淡相間，疏密相致，清山麗水的佳致中隱藏著江南的盛世繁華，鶯燕享樂，「隋苑」、「吳門」都是具鮮明詠史與諷今意味的代名詞，漸瀝春雨洗滌一新的青石板橋上傾散了一地的落花，顏色、意象對照刺目，暗暗心驚，映帶出空中紛紛揚揚在隨風飄蕩的落紅花瓣，自然將目光投射到遠處隱隱翠嵐中隱逸士人的草閣白雲，其實這是一首在題畫中寄託遙深的好詩，思想性與藝術性皆強，他通過暗示性極強的景物描寫，將明晚的江南在一片太平享樂景象中悄然耗盡大明末世王氣的隱患深寓其中，具「直把杭州作汴州」的諷刺情感，但卻絲毫不點破，畫的幾個特點鮮明在目，但融鑄其間的憂國情感卻是

〔註144〕明・李維楨《何无咎爲張元戎作〈山水圖〉》，《大泌山房集》卷一，《四庫全書存目叢書》集150，第340頁。

〔註145〕明・李維楨《題畫》其二，《大泌山房集》卷五，《四庫全書存目叢書》集150，第408頁。

李維楨另加入在畫中的；此《題畫》詩其一「水面田田荷葉，牆頭纂纂棗花。士兮贈之以藥，女也不績其麻」，雖藝術性較前詩遜色，但思想性的針砭同出一轍，在題材書寫與藝術手法上都顯示出明詩尤其晚明詩歌的近代性氣息。李維楨的大部分題畫小詩，無此深度，多抒一個瞬間一個片斷的小景，如「小草橫其前，旋行每相避。竭來修竹間，雙蝶同游戲」〔註146〕，古代稱羽毛有斑者爲鶉，在畫意中比無斑的鵪更具生意靈性，借它飛旋輕避小草摹其愛人體貼的性情，第三句用個問句，輕輕點出原來是小鳥思春渴望有伴侶了，而畫境的栩栩如生、活潑有趣亦在不言之中了，這是李維楨品畫想像延伸，他性情闊達樂易，難爲他寫得如此細膩婉約，這其實就是藝術筆力與高度的體現。

　　李維楨的題冊題卷之詩，係爲士子詩文集或僧人、醫生行卷題詩，詩不多，成就亦不高，不述。他的詠物詩，多用六言絕，呈將題材與寫法俗化傾向，帶有戲謔隨性成份，如「離離坡竹含粉，鬱鬱春苗吐芽。試取并刀鑷白，仙人剪水飛花」〔註147〕，描摹宛若鬍子的冰鬚，無興寄成份，係遊戲之作；「一毛納十方海，一芥藏十國封。咄爾身同丈六，眾生自合寬容」〔註148〕，調侃凡塵俗世的芸芸眾生與人情世態；詠物詩裏最好的是「一笑嫣然態自殊，空勞著粉與施朱。東墙深謝闔臣意，醉爾青絲白玉壺」〔註149〕，將桃花比擬爲宋玉「東家之子」，其描摹與調笑還恰到好處。

　　李維楨亦寫有少量的民歌，仿西曲吳歌之題，但明後期民歌的時代新氣息亦在其中，如「江漢有漁父，高情君不如。未能得比目，但莫忘前魚」〔註150〕，明後期一方面強調貞節牌坊，另一方面市井間男女婚戀關係較爲自由鬆散，通俗小說與《桂枝兒》等民歌中多有反映，故李維楨的民歌中亦有女性對愛情不再癡心苦戀，揮淚如雨，而是改弦換轍，對前後情郎有個高下比較，對前面那

〔註146〕明・李維楨《題畫》其一《右竹下鶉》，《大泌山房集》卷五，《四庫全書存目叢書》集150，第413頁。

〔註147〕明・李維楨《戲詠冰鬚》其二，《大泌山房集》卷五，《四庫全書存目叢書》集150，第408頁。

〔註148〕明・李維楨《清涼石》其一，《大泌山房集》卷五，《四庫全書存目叢書》集150，第408～409頁。

〔註149〕明・李維楨《粉紅桃花》其一，《大泌山房集》卷六，《四庫全書存目叢書》集150，第421頁。

〔註150〕明・李維楨《江干曲》其六，《大泌山房集》卷五，《四庫全書存目叢書》集150，第410頁。

位情郎亦有善意叮囑，很是看得開。但李維楨民歌風格傾向俗中取雅，「並蒂復同心，向人嬌欲語。世無無對物，歡與儂如許」〔註151〕，顯出他崇雅正的復古派本旨。

四、宴飲社集之詩

　　李維楨的宴飲社集詩，共80題125首，可分為居晉、揚州、金陵三期，另有少數不可考定是哪期，居晉和揚州時期所作宴飲社集詩，可見其興寄和心境變化歷程，並不全然是徵妓詩酒，不可一筆抹殺。

　　居晉時期，共6題13首〔註152〕，此期是參加晉宗藩、將軍、武臣招飲的詩，有四個特點：一是用記史與注釋方法來紀山西的太平祥和，如「春日春書進，龍銜紹建標。釵羞上黨楛，華美大陵苕。朵甲青絲細，葭灰玉琯調。斗杓東北指，市女亦招搖」，下自題小注：「北朝婦人，立春日進春書，刻龍銜之，青裕為幟。《詩疏·上黨人語問婦人》：『欲買欽不？』謂山中自有楛。《趙世家·武靈王游大陵夢處女歌》曰：『美人熒熒兮，顏若苕之榮。』太原有太陵，縣城在并州文水縣北。《爾雅》苕陵，苕。」〔註153〕敘其民俗典故的來龍去脈。其寫景與宴飲春燕多一派喜氣洋洋、喜樂呈祥，如「旬粟初登游省斂，歌鍾遞奏慶和戎。梁園賓客多才儁，授簡相如賦獨工」〔註154〕，實與李維楨此期能身在仕途，尚老驥伏櫪，做自己能做的事，與僚屬宗藩關係都相處不錯，心境充實平和有關，這在揚州與金陵兩期是看不到的。二是關心國事邊警。如「薊門遼海遠從戎，分閫并州節制通。……自是東山標致在，不將絲竹廢菷功」、「高軒銀燭夜沉沉，對酒當歌意自深。……并刀剪水千金色，代馬嘶風萬里心」〔註155〕，李維楨自青年時期選庶吉士，即觀政大司馬省中，司管鑰山海關兵政邊防，此後下放藩臣，所職除主管教育科舉工

〔註151〕明·李維楨《瑞蓮詩》其一，《大泌山房集》卷五，《四庫全書存目叢書》集150，第412頁。

〔註152〕共6題13首：《晉藩春燕》（四首）、《劉將軍招遊北郊，飲杏花下作》（一首）、《靖安王新第春燕觀燈作》（三首）、《晉王舉中子，開宴西園，應教》（二首）、《春集謝都護署，時有滇警》（二首）、《秋日晉邸西園應教》（一首）。

〔註153〕明·李維楨《晉藩春燕》，《大泌山房集》卷二，《四庫全書存目叢書》集150，第345頁。

〔註154〕明·李維楨《秋日晉邸西園應教代》，《大泌山房集》卷三，《四庫全書存目叢書》集150，第365頁。

〔註155〕明·李維楨《春集謝都護署，時有滇警》其一、二，《大泌山房集》卷三，《四庫全書存目叢書》集150，第363頁。

作外，另就是與兵政有關，如入酈延入潁州兵備道，在浙平妖，他對邊警很敏感，且軍事才華突出，建功立業之心強烈。三是他雖有壯心未已之心，卻低調內斂，「畫燭成行繡作圍，南冠愁病暫相依。人虛左席驚年至，客愛西園竟夜歸。丹臆梓材多氣色，金銀斑管有光輝。王門不省書生事，一榻孤燈綠餤微」〔註156〕、「座客金錢高會裏，南冠潦倒媿無功」〔註157〕，多言老病、思鄉、愁苦、慚愧之心，其實此期李維楨不管在政績還是文業上成就都極為突出，如此言誠一方面是真實感受，另一方面亦是人處事閱歷老成後的虛遜態度。四是他對飲宴的認識其實是非常清楚的，他有一首：

> 歲歲江南三月春，杏花狼藉馬蹄塵。三月晉陽春薄暮，探春初
> 著杏花新。北郊杏林王孫墅，將軍載酒邀賓侶。昨朝雪片如花飛，
> 今日晴曛花正吐。花下歌兒勸巨羅，花外健兒催羯鼓。邂逅東西南
> 北人，君為酒主春誰主。春色自生花自開，遲速同春任領取。青天
> 成幕草成茵，移席移尊無定處。看花酌酒興方酣，問君酒錢能幾許。
> 一花一杯君莫倦，明年花底人應變。縱使舊人續舊遊，難將花貌方
> 人面。人面由來不可常，花貌經年財一見。〔註158〕

此事類劉希夷《代悲白頭吟》的寫法，劉希夷是「洛陽城東桃李花，飛來飛去落誰家」，那紛飛的憂傷輕盈落在「寄言全盛紅顏子，應憐半死白頭翁」旨歸上，將「年年歲歲花相似，歲歲年年人不同」的世事變遷、富貴無常，青春之不能長駐，紅顏之不能永存沖淡成一縷淡淡感傷，一聲輕輕歎息，於感傷中彷彿帶著微笑，於歎息中彷彿隱藏喜悅，給人流暢飛動、明麗純美的感受。明王朝進入的是中國古代社會的暮年時代，李維楨自寫不出劉希夷幻夢青春的氣息與經典，但他也竭力用雪、花、春來營構對比時光流逝、世事變遷客觀無情之規律，「明年花底人應變」，「縱使舊人續舊遊，難將花貌方人面」，言對官場應酬與朋友相聚的飲宴歡醉流逝難復，「人面由來不可常，花貌經年財一見」，不管其間幾分的真情與虛假，都宜珍藏善待或不必計較於懷，對自然人事勘察著落於「邂逅東西南北人，君為酒主春誰主」歸旨上，時光流轉，歡會轉瞬易

〔註156〕明·李維楨《靖安王新第春燕觀燈作》其二，《大泌山房集》卷三，《四庫全書存目叢書》集150，第361頁。
〔註157〕明·李維楨《晉王舉中子，開宴西園，應教》其二，《大泌山房集》卷三，《四庫全書存目叢書》集150，第363頁。
〔註158〕明·李維楨《劉將軍招遊北郊飲，杏花下作》，《大泌山房集》卷一，《四庫全書存目叢書》集150，第340頁。

逝，相聚難再不易，這就是李維楨對飲宴社集思想的總根基，故他對宴飲或結社，不以為俗，亦不以為雅，而是自然待之，歡樂處之的心態。

共 20 題 35 首可考或基本可確定係僑寓揚州期間所作飲宴社集詩〔註159〕，此期有兩個特點：一是既關心時事政局，不捨渴望實現內心的政治理想，又明知不可能再出仕，理想破滅要自我釋懷的複調心理，故此期的詩並不僅為仲弟急難之憂，深層意識裏有受家庭所累命運悲劇之愴痛，只是因已年過花甲，早已過了樂天知命年紀與閱歷，故不會像年輕人那樣言於形表，處於看淡了實質並不完全能灑脫全看得開的心理特徵。此期他解救仲弟維極出獄後，不像前兩次居喪不出或中白簡家居，而是流寓在維揚金陵數年，一方面固是家中大小事俱畢，了無牽絆，另一方面也極有可能是此二地尤其金陵，他沒有脫離仕宦與文人圈子，交遊與飲宴社集中所談論的多與文事政事有關，且可以在文學的中心地帶繼續成就他在政治上不可能再有的文學事業，這是他在無奈中所能自主選擇的較好的生活方式。這亦能解釋他為何在僑居江南近七年後，在七十壽前歸家；亦能解釋他甘於七十歲後歸家隱居，以讀書治學與文學為事；更能解釋到時機成熟，以七十八歲高齡再出為南京太僕寺卿，給自己亦給朝廷最後一次機會修國史，再受宵小排擠志願難酬，則淡然決然以年衰力乞骸骨歸的老年階段行為。闡釋了這些，就不難理解清楚他在維揚與金陵兩地的不同心態：

維揚時期：如「噉名羞小草，撮勝建前茅。……索居虞得過，減產任相嘲。自擊中流楫，仍呼共濟匏。雅情寄泉石，名理固函崤。溝是嬴秦鑿，舟非楚漢膠。芰荷衣可製，秔稻飯新抄。槳以徵歌盪，針將把釣敲。……不占分水夢，那問涉川爻。壁馬河難塞，桑田海易淆。雨淫愁害稼，日費苦搴茭。

〔註159〕共 21 題 37 首：《程生載酒邗溝，縱談時事，分得交字》（一首）、《米廷評入淮南社得蹤字》（一首）、《禪智寺得來字》（二首）、《蕭宜生載酒，伯氏館中作》（二首）、《蕭四元升置酒，伯氏館中作，限韻》（二首）、《集謝日可宅，得池字，兼懷其兄果州》（一首）、《人日陸無從宅得梅字》（一首）、《先春三日，集顧所建小侯宅，得魚字》（一首）、《仲春雪夜李民部宅得寧字》（一首）、《雨夜飲梁孝廉兄弟東齋》（二首）、《飲王新建邸中》（二首）、《李中丞兄弟宅得花字》（一首）、《同吳水部燕集分得花字》（一首）、《杜比部招集淮邸作》（二首）、《季冬月望黃元翰載酒舟中，分得四韻》（四首）、《李汝藩小侯宅留贈》（四首）、《十六夜李汝藩宅得寒字》（一首）、《九日李汝藩小侯山亭得臺字》（一首）、《甘露閣社集得毫字》（一首）、《顧小姝花燭詩代》（四首）、《十四夜吳宅燈燕》（二首）。

單弱諸邊頓，逃亡萬戶拋。朝儀成荓廢，封事象號呶。徵者皆煬竈，彼哉亦斗筲。獻芹空美味，食蓍謝嘉肴。磊塊塊紅友，綢繆託素交。人情深似油，身世幻如泡。相失駒千里，知希鳳九苞。讀書囊赤鳥，罷獵縶青骹。逆旅貂從敝，留賓兔可炮。恩波猶涸鮒，秌苑枉騰蛟。習習風蘋末，娟娟月竹梢。榜謳訕倡返，烏鵲已歸巢」〔註160〕，這首詩裏對仕宦與人情、態度與心境是言得極其清楚的。

二是積極加入與主盟淮南社。淮南社創於萬曆三十七年（1609），最初由陸弼、鄧文明等人發起，次年推李維楨爲盟主〔註161〕。《嘉業堂藏書志》卷四《淮南社草三卷》：「江國鄧文明泰素著。……文明字太素，江西南昌人，明萬萬乙酉舉人，官連州知州。《千頃堂書目》收鄧文明諸集，共十卷，此僅《淮南社草》三卷。蓋太素己酉公車北上，留滯淮南，與陸無從、謝山子、夏玄成等結吟社。庚戌下第復來時，李本寧主盟。自己酉逮壬子，每年爲一卷，即三年中酬倡之詩也。」〔註162〕知淮南社雅集唱酬，連續三年，每年成詩一卷，輯爲《淮南社草》，流傳後世，此集特點是「藻麗清新，一掃陳腐晦澀障礙」〔註163〕。李維楨爲鄧文明作《鄧太素詩序》，評其爲詩「識所獨造，學能通之，思所獨至，力所副之，氣所獨往，法能裁之，無常師，則各家具備，有餘蓄，則諸體兼長，以古爲今，以今爲古，不即不離，可愛可傳。……要之，以其詩鳴，寧假一惠，文冠爲重。太素詩與公車之業並工，遇合有時，取科目特緒事耳。他日采明詩者，目大江以西有二鄧，維我鄉國地靈寵嘉之矣」〔註164〕，李維楨亦有《陸無從集序》，「世所指數詞人，大要觭長於詩，詩觭長於近體，先生體無不具，無不合作。長於詩者不必長於文，先生短章碎金，大篇尺璧，人間熙事盛典，冀幸一言爲重，至於網羅千古，經緯百氏，爲郡縣志，鴻儒良史，見者斂衽韜翰，此一難也。……先生之爲文識偉，而學能副之，才逸

〔註160〕明・李維楨《程生載酒邗溝，縱談時事，分得交字》，《大泌山房集》卷五，《四庫全書存目叢書》集150，第403頁。

〔註161〕何宗美《文人結社與明代文學的演進》（上冊），人民文學出版社，2011年，第383頁。

〔註162〕清・繆荃孫、吳昌綬、董康，《淮南社草》，《嘉業堂藏書志》卷四，吳格點校，復旦大學出版社，1997年，第1051頁。

〔註163〕清・繆荃孫、吳昌綬、董康，《淮南社草》，《嘉業堂藏書志》卷四，吳格點校，復旦大學出版社，1997年，第1051頁。

〔註164〕明・李維楨《鄧太素詩序》，《大泌山房集》卷二十三，《四庫全書存目叢書》集151，第1～2頁。

而法能馭之，格高而氣能劑之，有風雅之溫厚和平，有騷些之淒緊深至，有兩京之樸茂雄渾，有六朝之靡曼精工，有唐宋之舒緩流暢，各攝其勝而調於適，亦難以一家名先生。合人與文觀之而後知，汝翼往者爲先生惜厄窮，猶未識其大也。先生病今之爲文者，以鈎棘言精練，以晦僻言該博，以寡弱言清絕，以俚淺言沖澹，旁蹊四出，古道陵夷，賢知之，過入焉而溺，顏其堂曰：『正始』，其指深遠矣。有先生之人，斯有先主之文，和順積中，英華發外，寧可襲取者哉。先生匪直詞壇之赤幟，其在人倫亦狂瀾之砥柱矣。故爲具論如此」〔註165〕，知他們結淮南社的宗旨，是針對後七子、公安、竟陵三派詩之弊端，以後七子派爲本旨的匡救詩道之舉，有鮮明的結社意識與每年成詩一卷的結集宣傳舉措。雖不乏「選妓徵歌，跌蕩詩酒」〔註166〕，但目前學界對明人結社尚處於基本梳理出多少社事與明代文學演進關係的階段，其更深層研究尚待揭示，許多結論還可探究〔註167〕，李維楨主盟淮南社的相關情況及影響，筆者將單獨撰寫研究論文。

　　李維楨在揚維所作詩共20題35首（參該條注釋），一是其中多有淮南社集的文獻價值，如米廷評、蕭伯良、蕭宜生、謝日可、李中丞兄弟、顧大猷、李宗城小侯等入淮南社〔註168〕，有談經談小說、飲酒歌吹古調、觀陰山劇、登臨觀覽、聚宅分韻等多項社集活動〔註169〕。二是他任淮南詩社盟主，暢談詩文，致力在揚州地區推崇雅正復古詩文，「揮毫一一文成鳳，解佩雙雙劍若龍」（《米廷評入淮南社得蹤字》）、「餬口四方深涉世，雄心千古細論文」（《季冬月望黃元軼載酒舟中，分得四韻》其一）、「自是文章關造物，風流何代少人豪」（《甘露閣社集得毫字》）。三是儘管他有友人們的悉心體貼關懷，「深憐父客無多在，西第頻虛左席迎」（《李汝藩小侯宅留贈》其一），過的是「門如

〔註165〕明·李維楨《陸無從集序》，《大泌山房集》卷十三，《四庫全書存目叢書》集150，第571頁。
〔註166〕何宗美《文人結社與明代文學的演進》（上冊），人民文學出版社，2011年，第385頁。
〔註167〕如有何宗美新著《明代文人結社與文學流派》，人民出版社，2016年。
〔註168〕《蕭宜生載酒，伯氏館中作》、《蕭四元升置酒，伯氏館中作，限韻》，參《同知安吉州事蕭公墓志銘》知是蕭伯良、蕭宜生兄弟，僅二親兄弟，蕭四元爲蕭家何人，是否即宜生，待考。《李中丞兄弟宅得花字》，李維楨另有《李中丞城南園》，從詩內證知城南園在揚州。
〔註169〕「談經堅墨守，志怪廣齊諧。抱膝長吟坐，高山力可排」、「嬌歌與急管，古調兩無慙」（《蕭四元升置酒伯氏館中作限韻》其一、二）、「孤舟興較山陰劇，一曲歌從郢里聽」（《仲春雪夜李民部宅得寧字》）、《甘露閣社集得毫字》等。

列市心如水，酒有清淮肉有坻」（《杜比部招集淮邸作》其一）、「陶然餘興在，
攜手詠歌迴」（《禪智寺得來字》其二）、「冉冉歲闌無復望，厭厭夜午有餘情」
（《季冬月望黃元蛂載酒舟中，分得四韻》（其二）徵飲夜話的閒適生活。但
縱然早已坐到了文壇盟主之一的位置，在淮揚地區亦一方詩壇之盟主，依然
常浮泛起「詩品流風如宛轉，年華集霰對飄零」（《仲春雪夜李民部宅得寧字》）
的轉蓬落寞之感。最典型的是他有「野老」、「孤臣」心理，如「爲逢寰宇昇
平日，野老來陪上客筵」（《飲王新建邸中》其一）、「羈旅孤臣弛負擔，深杯
卜夜恣清酤」（《杜比部招集淮邸作》其二）。儘管他也時常歌詠「莫問繁華前
代事，逍遙遊自足吾生」（《季冬月望黃元蛂載酒舟中，分得四韻》其二），但
正如前面所分析的複調心理，「恩深一飯千金報，潦倒餘生力不支」（《杜比部
招集淮邸作》其一）、「唾壺擊罷書空坐，可是雄心未耗磨」（《李汝藩小侯宅
留贈》其三）、「同心賞絕弦中調，往事愁聞笛裏聲」（《李汝藩小侯宅留贈》
其一）。他的深層意識此期是有憂愁的，此期的生活與心態可以一首詩作結「清
光人與月平分，今夜何其此對君。餬口四方深涉世，雄心千古細論文。頹山
玉色杯中見，擲地金聲賦裏聞。結客少年吾已老，不堪名姓附青雲」（《季冬
月望黃元蛂載酒舟中，分得四韻》其一）。

寓居金陵時期，可考出或基本可確認的共 38 題 57 首〔註 170〕。此期特點

〔註 170〕 共 38 題 57 首：《賦得武當山壽國華王孫》（一首）、《潘生江華閣得華字四首》
（四首）、《九日秦淮舟次，同子謙、不疑、山甫對酌》（二首）、《十三夜邂逅
梁別駕投贈》（一首）、《金陵元夕，前四首次韻》（四首）、《夏日集羅君揚館》
（二首）、《雪集羅君揚宅得三字》（一首）、《程世延遠暢樓次韻》（四首）、《月
望積雪，韓納言招同焦太史集永慶禪房》（一首）、《冬官諸郎宴集》（一首）、
《至日黃明立、羅玄甫、張克儁三國博集朝天宮》（一首）、《初春祁爾光武部
招集魏國園，對雨次王司寇韻》（二首）、《倚韻酬新春六日高孩之民部館中作》
（一首）、《十三夜陶開普工部宅分得聲字》（一首）、《十四夜集方似之豐草堂
觀燈分得亭字》（一首）、《元夕復集豐草堂用亭字》（一首）、《國華王孫館在
青溪居，人張燈特盛，蓋國華首事》（一首）、《盧民部少從上巳招集河館》（一
首）、《民部曹公遠宅同諸詞人賦》（一首）、《雷元亮水部招同羅公廓給事，集
烏龍潭舫中》（二首）、《金伯孚兄弟青溪水閣雨夜即席賦》（一首）、《焦弱侯
太史、羅公廓給事同集孫茂才舟中》（一首）、《國華王孫約諸詞人集清溪水閣
分得侵字》（一首）、《十四夜俞仲茅別館燈燕》（二首）、《上元集方似之宅得
流字》（一首）、《吳比部宅得傍字、攀字》（二首）、《三日葉仲素太常招集河
亭》（一首）、《同朱康侯民部，集史紹卿民部、王淑士駕部、鄭應尼、胡季漸
二工部秦淮舟中，五君皆同榜人也》（二首）、《諸詞人秋集秦淮水閣分得情字》
（一首）、《十四夜江生流波館看月，分得咸、寒二韻》（二首）、《中秋林生、
楊生兄弟、叔弟、兩兒小集，次林生韻》（二首）、《十七夜集許無念宅得佳、

是，一是積極入社，金陵文人能人甚多，社事甚多，李維楨此期未作詩社盟主，他所入主要是齊王孫國華的金陵大社、青溪詩社、黃居中、張師繹等的白門社，詩題多可作社事的文獻史料。二是此其因身在南都帝京，他反而不便再向官員和友人傾吐不能忘懷其政治理想與仕宦情懷等心曲，落其隱逸不堅品行不潔口實，一是不再流露同揚州時期的「野老」、「孤臣」，二是身在南都，反而更多放下了此方面心曲，故此期詩歌心態與詩風可以兩首作結，「太常齋罷特相招，白袷青鞋野興饒。池館近連三禮署，笙歌都按九成韶。桃花新水流觴曲，蘭葉香風佩帶飄。莫羨永和修禊事，兩京全盛大明朝」〔註171〕、「秦淮烟水綠平橋，客況逢君破寂寥。王氣金陵宮闕擁，春聲玉樹管絃調。張融岸上牽船住，阮籍胷中索酒澆。名士向來多任誕，不如忘物自然超」〔註172〕，另多詩寫景較佳，興寄自是乏乏，不述。

　　最後有少數不可考是作於何地或哪期，共 13 詩題 16 首〔註173〕，亦不述。

第二節　藝術特徵與風格類型

　　上節用了大量篇幅全盤詳實梳理了李維楨詩歌的類型、內容及所反映出的思想、心態，亦可見出他詩歌的藝術特徵，體現出較鮮明的史傳性、紀實性、敘事性、應酬性與一題多作。

　　　　蛾二韻》（二首）、《重九前一日松鳳閣社集分得九、青》（一首）、《重九後一日葉循甫館中得開字》（一首）、《諸詞人集吳潤卿六清館得光字》（一首）、《吳公勵集舟中》（一首）、《釀餞叔虞得烟字》（一首）、《次韻再贈》（一首）。

〔註171〕明・李維楨《三日葉仲素太常招集河亭》，《大泌山房集》卷四，《四庫全書存目叢書》集 150，第 391～392 頁。

〔註172〕明・李維楨《吳公勵集舟中》，《大泌山房集》卷四，《四庫全書存目叢書》集 150，第 397 頁。

〔註173〕此類共 13 題 16 首：其中據其它詩文旁證與李維楨行實，疑作於揚州時期的有《汪士能雪中過訪，同方子謙小酌》（一首）；《方州守招集滄浪亭》（二首），滄浪亭在蘇州府，李維楨此期亦有他詩，時間物候上似非東遊時作；《貞成以〈雨中雪花詩〉索和，按〈詩〉云霰，〈爾雅〉云霓，皆是物也。少陵「帶雨不成花」五字盡矣。工為形似之言，聲調愈下。貞成無以此名，長技可耳》（一首）作給楚貞成王孫，《集劉仲通明府宅》（二首）似作於湖北宜城，李維楨亦有作於宜城其它詩；《丘使君招集傅園看花，是日雨雪》（一首）、《吳生館紫牡丹先開一花，同諸君賦》（二首）、《歟柳侍御來仲園》（一首）、《秋夜雨集方子野館中得居字》（一首）、《集汪氏園亭》（一首）、《潘生宅喜雪》（一首）、《秋初再集汪仲實館得初字》（一首）、《集曹都護宅》（一首）、《七夕喜霽，分韻限體》（一首），俱不可考作於何時何地。

一、藝術特徵

第一，史傳性。

李維楨作詩，多近體七律、七絕、五律，合律押韻自然不成問題，於詩持論亦崇雅正復古，所作自然是標準的詩歌。他的獨特性，首先是以詩爲史，崇詩史觀。李維楨承孟子觀點：

王仲淹曰：「仲尼述史者三焉，《書》、《詩》、《春秋》是也」。

學士大夫有史才者，或不得爲史，而稍以其時事形于詩，則後人目之爲詩史。

《騷》非屈氏之詩，而楚之史也。史必具三長，屈氏博聞彊志，明於治亂，嫻於辭令，可不謂有良史才哉？其職不爲史，即爲史亦不能無掩於諱尊諱親之義，而獨發之於騷，創千古未有之調，以與三百篇提衡，此善用其長者也。

諷刺褒美，文質相劑，語莊而氣和，情深而義立，吏治之臧否，物情之變異，間可約畧而得之。美命殆以史爲詩者耶？史與詩同用而異情，史主直，詩主婉，直者易見，而婉者難工。誦美命詩，而可以興，可以羣，必其爲良史矣。有能紹明仲尼屈氏之業，俾天下後世信仲淹之言，《詩》與《書》、《春秋》爲史一也，則美命其人哉。〔註174〕

李維楨認爲，《詩》亦是孔子所述三史之一，評詩史來源，從他論屈原良史三才中，我們分明看到了李維楨此三才的影子，他評郭正域的詩文中，強調詩歌之諷刺褒美、文質相劑、語莊氣和、情深義立，可以興和群，亦可理解爲他對詩歌藝術特徵的要求。此段觀點，可視爲論李維楨詩歌藝術特徵的起始材料。他以詩爲史，既源於其姻親尊長王格的影響：「先生杜門距躍，……而里黨有慶弔事與諸執事之宦遊楚而誼相屬者，上至宮闈之言動，遠至四方之物情，一切係之以詩，按其編而考政觀風，斯亦得失之林已，儻所謂詩史者歟」〔註175〕，這可看作李維楨以「一切係之以詩」，考政觀風，得失之林的詩史觀，和不以應酬文爲多對其藝術性爲損毀的思想來源；亦源於他具三史

〔註174〕明·李維楨《據梧草序》，《大泌山房集》卷十九，《四庫全書存目叢書》集150，第722頁。

〔註175〕明·李維楨《王太僕續詩選序》，《大泌山房集》卷十九，《四庫全書存目叢書》集150，第723頁。

才，但自青年時期便過早離開了史館，自此輾轉藩寓，終生不得修史的人生歷程與心理憾恨，這影響了他的創作手法與創作導向，《大泌山房集》文與詩的藝術特徵，都具有濃厚的史傳性。

《大泌山房集》之詩六卷，綜觀來看，是個完整的他第三次出仕到被迫隱居僑寓江南心路歷程的真實紀錄，題材內容以紀事、紀人、紀懷、紀行、紀遊、贈答壽送、題畫題卷、社集宴飲八種類型劃分，更能貼切反映他的詩歌觀念與實際的生活思想狀態與變化，而不用詠懷、詠史、寫景等常見劃分。

《大泌山房集》之第一卷四言體起始終《中丞三章，為胡從治生孫作也》到結篇《金母壽詩》構成家倫理道德的完整循環，類似於《詩》之正風、正雅。「古樂府」八題，起始篇《襄陽謠》到結篇《楚五祝辭》，類於《詩》之變風變雅，正是他以復古派後期中堅，面對萬曆後期社會政治多個問題，以儒家傳統的「厚人倫，美教化，移風俗」詩教觀來治世救世的根本主張。

在具體的類型中，如希翼風俗歸淳之詩，所歌詠皆鮮明的明後期社會現實與民風畫卷，且因他是史官，筆力如椽，對社會黑暗面與人心不古刻畫尤深。在贈答酬送詩中，他擅長為自己和友人立傳畫像，顯示其高超融史傳筆法入詩的藝術性。他甚至用記史與注釋方法來寫作，如《王使君東征凱歌》十二首的各首小注來為梁公立傳，《晉藩春燕》小注，等等。

第二，紀實性、敘事性。

其以詩為史的創作觀，決定李維楨的詩歌具有較強的紀實性與敘事性。

他的紀人之詩，刻畫了女性孝順勤儉的傳統美德，亦刻畫了一批節女貞婦堅韌剛烈後面的內心世界與真實生活，更刻畫了一批性格生活命運不一的男性形象，如實反映出明末亂世中的社會眾相。常見的詠史懷古題材，如「隋宮」、「迷樓」等，注入的卻是明末當代的內容，《南都》、《金陵五日即事次韻》更是直接寫作當時的所見所聞所睹，有秉筆直書的史家工夫。他的詩歌，在各類題材中，都有較強的敘事性，尤其紀事、紀行、紀遊、應酬類詩，如紀事之詩「怪來朝謁者，涕泣盡沾衣。鼉鼓山傳響，蛇矛樹合圍。黑雲天驟暝，赤日雪仍飛。況復城狐輩，時時假虎威」〔註176〕，其憂國情懷純用紀實與敘事筆法出之。

他繼承杜甫的技法，因生活在太平世，在反映社會的廣闊面與深度廣度

〔註176〕明‧李維楨《太和雜韻》其十二，《大泌山房集》卷二，《四庫全書存目叢書》集 150，第 344 頁。

烈度上比不得安史巨變帶來的豐湧創作素材與創作靈感，但其敘事的娓娓道來與生活真實的細節描寫深得神髓，如：

> 披雪身刺船，尺寸難移腳。雪後馬衝泥，蹄穿僵溝壑。女奴對泣還相嘲，愁來墮馬髻能作。家人交謫主人翁，何如袖手坐舟中。蹴蹀坷頭腰環環，吾道非耶曠野間。曹家馬疾驚帆過，孫郎船快馳馬還。乘馬乘船總滯淫，時不利分陸亦沈。日落天昏嘯山鬼，步走前村操馬箠。

> （卷一《舍舟走宜城，薄暮僕馬還濘，聞偶語作》）

「步走前村操馬箠」的細節刻畫，沒有真實生活體驗，無法寫出如此深切的細節描寫。如《仲弟家口入徐》以組詩融生活細節體驗描寫、景物環境渲染、詠懷，如《仲氏入淮對簿，悵然有寄》「八口啼饑費橐饘，三年文罔更彌天。碎顱墮葉深秋後，積羽沉舟苦海前。歌自衛悲難當泣，魂將託夢不成眠。墳人何事偏宜岸，握粟聊為問卜錢」〔註177〕，情景交融，悲愴沉痛，迴環詠歎，最末一句「握粟」源自《詩經·小雅·小宛》「握粟出卜，是何能穀」，鄭玄箋「但持粟行卜，求其勝負」，後以祈求神明護祐，去凶賜吉，「卜錢」，擲銅錢，以錢的反正代陰陽，看其變化以定吉凶，寫維極從獄中初次歸家，手握粟米問凶吉的生活小細節，寫出兄弟倆得以重逢，宛若夢寐，不管是弟弟還是兄長，在這場家庭最大災禍面前，俱已遭受巨大損害，身心疲頓不堪。融敘事、抒情、議論、細節描寫於一體，正是老杜《自京赴奉先縣詠懷五百字》、《北征》等抒情長篇慣用筆法，李維楨基本不作長篇，但在寫一個片斷、一個場景、一個事件的律詩或律絕組詩中對杜甫技法卻運用得很好。

第三，應酬性。

李維楨八類詩歌中，紀遊、贈答壽送、題畫題卷、社集宴飲四類都有濃厚的應酬性特徵，李維楨的文實被評為社交家、活動家之文，其實他的詩有相當一部分亦俱如此功用，這源於他將應酬詩亦視為四方物情之一，亦係詩史者。隨不同的地點與生活狀態，雖有相當大比例的應酬題贈，也隨之相應呈現一定變化特徵。而且由於他文學地位高，屬文壇領袖人物之一，特別到僑寓江南的後期，可看出他贈答壽送予人詩歌，頗有王世貞晚年贈人詩歌的風範與性質。

第四，一題多作。

〔註177〕明·李維楨《仲氏入淮對簿，悵然有寄》，《大泌山房集》卷四，《四庫全書存目叢書》集150，第389頁。

　　一題多作，既是李維楨詩歌明顯有的現象，亦是他詩歌的一個特徵。正是他的詩歌被朱彝尊批評爲「如官廚宿饌，麤鹿肥麋，雖腒臚具陳，鱻蒿親進，無當于味」〔註178〕，被陳田評爲「本寧詩，選詞徵典，不善持擇，多陳因之言，而披沙採金，時復遇寶」〔註179〕，是其「品格不能高」的表現之一。其實李維楨在陝西、晉陽、揚州三期所作的詩，多有憂國憂民，關心社會現實的力作，紀其家其親與自己之詩篇小眞實深切，多有興奇，詩風或悲愴蒼涼，或雄渾勁健，在僑寓南京，因不便透露其仕宦心曲，故詩純以飲宴社集歌諛頌揚帝都與友人爲主，思想與藝術性顯平淡，僅在評價友人宦海浮沉顛沛赴任中偶能見其精光。但李維楨的確有一題所作過多毛病，他沒有刪掉許多同題重複性區別不大的詩作，不但是南京期間，即前三期也不必一題作如此多首，的確嚴重損害了他詩歌的藝術高度，降低了其詩的檔次。雖李維楨自評不擅長詩，王世貞亦評其文比詩強，他的詩弱於王世貞、李攀龍、謝榛三人，實際水平在後七子派居中上。

　　爲何一題多作，筆者認爲與他以史爲詩，《詩》、《書》與《春秋》皆史，「一切繫之以詩」，考政觀風、得失之林的詩史觀，故韓信用兵，多多易善，尤其受《左傳》影響深刻，易一題多作鋪排渲染，加之才氣博淹敏捷，學力雄贍，故實用典考證信手拈來，嫻於辭令，一題的確容易多首同出。

　　爲何他不精選一題中最好一至兩首，刪去其餘，筆者揣測可能《小草三集》之前所作詩歌絕大部分未收〔註180〕，再一嚴選精挑，《大泌山房集》中詩六卷數量將大大減少，與文一百二十六卷數量極不對稱，故對其詩敝帚自珍，雖有不足，亦不忍割捨。也可能與他的《大泌山房集》編撰宗旨，客觀上李維楨所作因係多應人請託立傳立碑立序立記的應酬應用之詩文，故主觀意圖

〔註178〕清・朱彝尊《靜志居詩話》卷十四，人民文學出版社，1990年，第397頁。

〔註179〕清・陳田《李維楨》，《明詩紀事》己簽卷六，上海古籍出版社，1993年，第1970頁。

〔註180〕李維楨記憶力甚好，《王光祿詩序》「余記其賦《池柳》五言律，後兩韻『雨餘堪掛網，風定可維舡。昔人惟有五，吾欲滿池邊』，蓋七步而成，集中不載，他散軼可知」，對其岳父亡佚之詩所記甚熟，雖「余老健忘」（《大泌山房集》卷二十，《四庫全書存目叢書》集150，第733頁），但對自己所作之詩全然忘記不太可能，而《大泌山房集》所編六卷，多取第三仕到第三出後之詩，可考亦編入極少數他期之詩（參本章第一節「紀懷、紀行、紀遊之詩」中「其他紀遊詩」），爲何不多編入之前詩作，因缺乏材料支撐，目前亦無法解決，雖有估摸，但不作出揣測爲宜。

上主要還是將其所作詩文往士風世風道德操行、詩論指導的方向靠。側重點不在詩文數量，相反，詩文數量多，更易體現與達到李維楨之一貫主張。

二、「雪」與「情」

後七子派中數人有屬於自己的獨特詩語，李攀龍的詩語是「白雪」與「風塵」，李攀龍主要成就在詩，最多「風塵」與「白雪」意象。「白雪」寄寓他治世與文學革新理想，具惡勢力不容於世人格力量、刺時政、復古漢唐盛世文學、凌厲勁迅美的崇高品格，是注入時代要求和個人氣質的明代革新文學。他有強烈的革新理想，卻選擇避宦的文學戰鬥形式，在明後期士子心態裏具有典型意義。李攀龍扛起文學自覺前進與朝政黑暗衰亂的負重心態，又以「風塵」渺小輕忽心象反映，既有自喻之悲，更有喻他之痛，集中在文學艱辛與仕宦泥滓感受。「風塵」與「白雪」，是李攀龍心理的悲歌，他著重摹寫個人的生存感受與敏銳心理特徵，也為明詩「復真情去理學」思潮增添人文新質素〔註181〕。謝榛的詩語是「浮」，「浮生」、「浮雲」、「浮世」、「浮沉」、「浮名」等頻繁出現，是佛教義理影響其深層心理的一種體現〔註182〕，謝榛亦受道家思想影響甚深〔註183〕，最大的願望就是做不需憂心兒女生活的向平，鮮明對比是寫在旅店度過的除夕詩是中國詩歌史上最多的詩人，體現了他作為一位以詩養家的職業山人心態與心境的變化昇華。個性化氣質的詩語，為詩人個人獨有，鮮明反映了詩人的內在心理特徵。

李維楨的詩語是「雪」和「情」。首先分析「雪」意象。他共有 84 首寫雪的詩，《大泌山房集》能考出的數首丙午前的詩中，第二仕河南作的《进珠簾，在隆慮山》「姑射雪膚綽約，崑丘玉液淋漓」，入蜀督木作的《貯春別業為少宗伯蜀范公賦》其四「三峩連雪嶺，萬里度星橋」，俱含雪，且與第三仕丙午後寫雪無甚區別，可知「雪」意象伴隨他終生詩歌創作的。他因愛寫雪，故對雪特別敏感，「燭影沉沉漏轉長，忽看飛雪到行觴」〔註184〕，在暖和宴飲的冬夜宅內，「忽看」二字，他可能是最先注意到偶然的飛雪飄落到人影幢

〔註181〕魯茜《「風塵」與「白雪」：李攀龍詩歌的心態特徵》，《湖南第一師範學院學報》2015 年 1 期，第 88～92 頁。

〔註182〕趙偉《詩法禪機，道同而悟別——謝榛與佛教》，《文學遺產》2010 年第 4 期，第 119～122 頁。

〔註183〕魯茜《謝榛佛道心境的比較》，《南都學壇》2015 年第 4 期，第 42～46 頁。

〔註184〕明‧李維楨《潘生宅喜雪》，《大泌山房集》卷三，《四庫全書存目叢書》集150，第 378 頁。

幢歡樂勸酒隨人而動的酒杯間的人。他愛寫雪，不僅連語連疑都用「雪」，如「語似霏霏雪，泠然可服膺」〔註185〕、「爲決此疑雪此言，當作君傳續遷史」〔註186〕，就連所穿之衣、所居之堂、所植之稻、所食之菜，如「歌來白紵堪逃暑，不道宮羅疊雪香」〔註187〕、「學士雪堂君貰見」〔註188〕、「香杭粲雪司農賦」〔註189〕、「膾斫四腮盤積雪」〔註190〕都愛用雪的字面來修飾。他有一首詩：「自天飛白雪，入地布陽春。大造非無意，高歌故有因。荊山千片玉，漢水一流銀。不淺王猷興，孤舟絕四鄰」〔註191〕，是第三次起家出仕作的《郊郢舟雪》，體現了他對雪的主要心理特徵，「大造非無意，高歌故有因」說明李維楨對雪意象，有文學藝術加工與投射情感體驗的自覺意識，非純粹自然之景。他的「雪」意象，有哪些特徵與意蘊呢？

　　第一，他喜歡寫雪與舟的關係，塑造了「舟雪」意象。

　　他以「舟雪」爲題，有《郊郢舟雪》五首、《舟雪》五首，如：

> 家人指數入秦期，十日舟橫漢水湄。
>
> 莫恨石尤能殢客，由來拙宦事偏遲。
>
> 白髮星星敝縕袍，風餐水宿坐皐牢。
>
> 一官何物關生死，羊角哀先左伯桃。
>
> 誰遣辭家逐宦游，泠然雨雪繫孤舟。
>
> 太冲招隱詩能好，清夜長吟百不休。
>
> 不因風雪泣途窮，暝踏孤舟獨釣翁。
>
> 官舫無端爲鷁首，退飛眞與宋都同。

〔註185〕明・李維楨《登天寧寺山椒同徐憲使》，《大泌山房集》卷二，《四庫全書存目叢書》集150，第347頁。

〔註186〕明・李維楨《書李醫卷，李尚無子故云》，《大泌山房集》卷一，《四庫全書存目叢書》集150，第339頁。

〔註187〕明・李維楨《金陵五日即事次韻》其八，《大泌山房集》卷四，《四庫全書存目叢書》集150，第393頁。

〔註188〕明・李維楨《汪太史左遷陪京大行，奉使還齊安》，《大泌山房集》卷四，《四庫全書存目叢書》集150，第392頁。

〔註189〕明・李維楨《趙太僕奉使豫章王邸，便省觀司徒金陵》，《大泌山房集》卷三，《四庫全書存目叢書》集150，第366頁。

〔註190〕明・李維楨《汪景謨以鹽官大夫里居》，《大泌山房集》卷四，《四庫全書存目叢書》集150，第383頁。

〔註191〕明・李維楨《郊郢舟雪》，《大泌山房集》卷二，《四庫全書存目叢書》集150，第343頁。

從知入漢有膠舟，雪亦爲膠苦逗留。

何所水濱君莫問，長天一色使人愁。〔註192〕

這是萬曆三十一年（1603）他以五十七歲起家入陝，阻梗在漢水而作，他屢問自己明知一切的前因後果，爲何不能安於隱逸的複雜心理，其冷風雨雪中的孤舟釣翁意象與寒境，源於柳宗元的《江雪》。柳宗元用「一大一小，一收一放」筆法，大的是背景，小的是主體，收的是形象，放的是精神，用平常語寫出奇絕之景，奇絕之境，充斥孤寒天地間的，是凜然抗世的戰鬥精神、迴絕塵囂的瑩澈風骨。李維楨自無永貞革新的時代體驗，亦無二王八司馬的命運，寫不出柳宗元的凄神寒骨，但其四《左傳》「六鷁退飛」之典〔註193〕，唯有那官舫無端退飛的鷁首，才是他堅定瞑踏孤舟獨自垂釣的根本原因。「舟雪」意象，一方面是他憂心國事，想在自己有生之年裏爲國爲君竭盡所能的仕宦志意，另一方面亦是外界仕宦環境予他的切膚之痛，烙印在他內心的險惡艱難感受。

這種意象，不僅外化到仲弟急難，他要與官場惡勢力、宵小直接周旋應對，營救仲弟，「五十里將天共遠，一孤舟與雪爭寒。愁心濺淚題書寄，病骨支頤入夢看」〔註194〕；亦擴展在寒澈風雪境中塑造自我的瑩潔高尚，「江天風雪裏，宴坐一舟孤。豈不虞寒色，氷心在玉壺」〔註195〕。對政局時事的關切，政治理想的難達，舟雪意象便衍化爲了「渡河」、「道雪」的行路難意象，如「夾岸千峰積雪高，黃河如帶可容刀。東流一據中原勝，漕輓隄防萬國勞」、「青天陸削玉芙蓉，圓折方流白浪衝。八駿何須馳萬里，春山實已獻河宗」、「負薪樵竹苦塡河，鉅野吾山卷白波。萬乘自臨歌瓠子，不知況璧此中多」、「尋源星宿與天通，博望乘槎枉鑿空。欲識崑崙虛畔色，流凘殘雪正相同」〔註196〕，就能瞭解這不僅是實景，亦是經過藝術提煉了的情中景，可作有指向性的解讀。他把鄜延巡邊中的行路難，題名爲《千谷道中驟雪》，「寂寂此時心，千

〔註192〕明·李維楨《舟雪》，《大泌山房集》卷六，《四庫全書存目叢書》集150，第414頁。

〔註193〕《春秋左傳注疏》卷十三：是月，六鷁退飛，過宋都。注：是月，隕石之月。重言是月嬚同日，鷁水鳥高飛，遇風而退，宋人以爲災，告於諸侯。

〔註194〕明·李維楨《徐距蕭五十里，不得見仲氏，潛然永嘆》，《大泌山房集》卷三，《四庫全書存目叢書》集150，第368頁。

〔註195〕明·李維楨《題便面雪景》，《大泌山房集》卷五，《四庫全書存目叢書》集150，第412頁。

〔註196〕明·李維楨《乘雪渡河》（四首），《大泌山房集》卷六，《四庫全書存目叢書》集150，第415～416頁。

峯下夕陰。雲橫鴻影斷，雪入馬蹄深。失路誰相問，思鄉自不禁。胡笳何處奏，似爲客悲吟」〔註197〕，失路老英雄的孤寂悲吟心境，在有聲有畫中，刻畫得情韻悠深。

　　第二，他喜歡寫雪與春的關係，塑造了「雪中花」境象。

　　正因對仕宦與人世的艱難挫折體驗尤深，他在寫到「雪」時，喜以「春」對照，筆者統計，雪與春對舉共有 19 首，幾近四分之一。「自天飛白雪，入地布陽春。大造非無意，高歌故有因。荊山千片玉，漢水一流銀。不淺王猷與，孤舟絕四鄰」，一方面固然是自然景色，另一方面，何嘗不是經過詩人選擇與塑造過的境象，何嘗不是他心理感受與態度的一種表露；其二「漢浦搖波月，蘭臺激水風。故鄉名勝在，今夕景光同。散朗長川曙，高寒遠岸空。扁舟纔一葉，春與六花叢」〔註198〕，景中寓有興寄，心緒含而不破。「風雪」與「春」各自指向，李維楨詩中有透露，「風雪滿天春已暮，星河垂地夜將闌。壯心空自矜猿臂，短髮何當拭馬肝」〔註199〕、「溫如雪子宜稱伯，活却波臣不貸侯。東閣官梅何水部，一枝春色滿扁舟」〔註200〕、「嚴城融雪春財半，清角吹霜夜已分。倚醉籃輿容倒載，無人訶止故將軍」〔註201〕、「流澌殘雪放晴初，辱在泥塗尚未除。……自笑浮踪成大隱，休官翻向市朝居」〔註202〕，「霽雪行蓬累，清淮穩布帆」〔註203〕，「風雪」隱喻仕宦的嚴酷不暢，「春」與皇恩春風、政治清明、光明希望、萬物生機有關。李維楨取「一逕寒烟通古戍，幾枝衰柳帶春城」（《鄜城春望》）的人生態度，故他喜寫春的到來，「海雲晴閃旌旗影，朔雪寒飛劍戟鋒。馬弩關亭區脫遠，春來甲士牛歸農」〔註204〕，春來可

〔註197〕明・李維楨《千谷道中驟雪》，《大泌山房集》卷二，《四庫全書存目叢書》集150，第345頁。

〔註198〕明・李維楨《郊郢舟雪》其一、三，《大泌山房集》卷二，《四庫全書存目叢書》集150，第343頁。

〔註199〕明・李維楨《春季奢延驛雪》，《大泌山房集》卷三，《四庫全書存目叢書》集150，第359～360頁。

〔註200〕明・李維楨《傳水部使人存問，兼餉蟹酒》，《大泌山房集》卷三，《四庫全書存目叢書》集150，第368頁。

〔註201〕明・李維楨《集曹都護宅》，《大泌山房集》卷三，《四庫全書存目叢書》集150，第359頁。

〔註202〕明・李維楨《金陵兩兒僦舍，同客守歲次韻》，《大泌山房集》卷四，《四庫全書存目叢書》集150，第379頁。

〔註203〕明・李維楨《淮上陳山甫過訊》，《大泌山房集》卷二，《四庫全書存目叢書》集150，第348頁。

〔註204〕明・李維楨《御史大夫王公開府檀州督四鎮軍事》，《大泌山房集》卷三，《四

以太平無戰事，百姓安樂豐足；喜寫雪中放晴，「翠幰金鑣載路光，天門晴雪淨年芳。王春早布神州滿，人日偏依化國長」〔註205〕、「江城疏柳雪初封，款段衝泥客思慵。春色自天開萬象，恩光滿地慰三農」〔註206〕，春來可以皇恩浩布，舉國呈祥；喜寫雪中春雨到來，「水紋添驛漲，草色散初晴。江外山明雪，牆陰竹過城」〔註207〕、「坐看鵁鶄融殘雪，散作千門喜雨聲」〔註208〕、「雨雪逢春未放晴，沽來春酒且湏傾。荒年穀貴豐年玉，合有才人穀日生」〔註209〕，春雨可以大地復蘇，萬物生機，作物茂盛生長，文學中寫春來、春晴、春雨是常見景象，加以前綴背景「雪中」之春來、春晴、春雨，是李維楨獨特的心理映像。

他把「雪中花」的境象描摹得很美，「積素凝暉報歲華，飄零似學客無家。釀寒對酒難成曲，薄暝張燈與作花。興盡輕船迴剡水，魂驚絕幕捲胡沙。初年自有椒觴客，夜午驕嘶白鼻騧」〔註210〕，詩前三句，每半句摹寫雪飛花的不同情狀，每半句或後或前地摹寫飛雪下的心緒，末聯沉痛摹寫壯志難酬題旨，「雪中花」的境像是他潛意識的各種心緒憂傷的躍出質變，可去感覺遙想，不需指實。他整個詩集中塑造最美的境象，是下面這句「出塞從軍爲漢家，四時春散雪山花。摩挲骨體封侯相，直遡河源博望槎」〔註211〕，這個詩題是《夢中偶得一絕句，覺而識之》，說明這就是李維楨魂牽夢縈以至入他夢境，並且醒過來他是知道內心心緒湧動，以至必須要把這美夢與他的渴望全部細膩如實寫作出來，「四時春散雪山花」，范仲淹有「千幛裏，長烟落日孤城閉」（《漁家傲》），只有親歷過陝北延州邊戍並有過不短時間生活體驗的人，才知道延州關

庫全書存目叢書》集150，第364頁。

〔註205〕明・李維楨《人日喜晴》，《大泌山房集》卷四，《四庫全書存目叢書》集150，第379頁。

〔註206〕明・李維楨《眞州迎春，時雪初霽》，《大泌山房集》卷三，《四庫全書存目叢書》集150，第378頁。

〔註207〕明・李維楨《新春雨霽，過謝少廉烏龍潭，寓水竹殊勝》，《大泌山房集》卷二，《四庫全書存目叢書》集150，第352頁。

〔註208〕明・李維楨《初春祁爾光武部招集魏國園，對雨次王司寇韻》，《大泌山房集》卷四，《四庫全書存目叢書》集150，第386頁。

〔註209〕明・李維楨《潘生以穀日生，時寓保寧庵》，《大泌山房集》卷六，《四庫全書存目叢書》集150，第428頁。

〔註210〕明・李維楨《元旦雪》，《大泌山房集》卷三，《四庫全書存目叢書》集150，第368～369頁。

〔註211〕明・李維楨《夢中偶得一絕句，覺而識之》，《大泌山房集》卷六，《四庫全書存目叢書》集150，第431頁。

外多季有多荒涼寒漠，李維楨所描繪的「四時春散雪山花」，皚皚雪山積雪寒冰逐漸消散下竟相冒出湧出的山花爛漫有多麼美麗奪人心魄，這並不是每個見過的人都能寫得出來的，如梅堯臣的「老樹著花無醜枝」一樣有「外枯而中膏，似淡而實腴」之美，單從寫景，不看此詩他句，是一種平淡內斂卻絢爛至極之美，但這種美比梅堯臣的詩美熱烈奔放浪漫，這也許是明詩與宋詩詩美不一樣的特徵。終明一代，自朱元璋始，即把明直接接續周、漢、唐，譽為盛世，明詩也許有一種「明自有詩」的特徵，也許有一種內斂背後的向外張揚力。這種寫法他還有一處，「雪色猶含生荄細，春光初入綵花開」〔註212〕，李維楨實在是愛雪，纖嫩的新綠與亮麗的彩花，在晶瑩剔透、純潔無瑕的雪色映襯下，才更美與內蘊不畏懼寒冷的生命力。但雪又是會融化消散難以永存的，美總是珍貴又透有憂傷，「白首他鄉詠式微，家人歲晚促旋歸。渡江桃葉無春在，糝逕楊花是雪飛。逆旅行歌彈後鋏，當壚取醉典餘衣。女戎莫道難相近，山澤癯儒戰勝肥」〔註213〕，將楊花獨有的「似花還似非花」墜落特性摹擬得最輕靈飛動的是蘇軾的《水龍吟》，李維楨選用楊花，正取「花飛如雪」之境象，營構行歌相送的有聲有色畫意，來抒寫離情、友情。

　　第三，他喜歡寫雪與歌的關係，「郢歌白雪」是其理想中的高度。

　　「相知殊不少，天壤有王郎。一曲歌飛雪，千金字挾霜。才誰堪甲乙，名豈借游揚。別後看明月，何曾隔兩鄉」〔註214〕，王野的癡與狂是李維楨欽佩與憐惜的，他內心「一曲歌飛雪」內容，從其詩可知：「孤舟興較山陰劇，一曲歌從郢里聽。詩品流風如宛轉，年華集霰對飄零」〔註215〕、「下里徵歌慚和郢，平臺授簡憶游梁。窮愁無賴他鄉客，亦為田公喜歲穰」〔註216〕、「曲裏陽春白雪，琴中流水高山。當時六逸何在，竹溪今又人間」〔註217〕、「直披雲

〔註212〕明・李維楨《人日陸無從宅得梅字》，《大泌山房集》卷三，《四庫全書存目叢書》集150，第369頁。

〔註213〕明・李維楨《送梁別駕還真定》，《大泌山房集》卷四，《四庫全書存目叢書》集150，第384頁。

〔註214〕明・李維楨《贈王太古》其二，《大泌山房集》卷二，《四庫全書存目叢書》集150，第349頁。

〔註215〕明・李維楨《仲春雪夜李民部宅得寧字》，《大泌山房集》卷三，《四庫全書存目叢書》集150，第370頁。

〔註216〕明・李維楨《潘生宅喜雪》，《大泌山房集》卷三，《四庫全書存目叢書》集150，第378頁。

〔註217〕明・李維楨《宗人竹溪居士曾判雅州》，《大泌山房集》卷二，《四庫全書存目叢書》集150，第358頁。

霧青天上，與奏陽春白雪前」〔註218〕，都用宋玉「陽春白雪」之典。

他有文詳敘過「陽春白雪」：「楚故都郢，于今爲江陵，宋玉所云『客有歌于郢中者』，實在其地。吾郡當楚時爲郊郢，離宮基置，車跡纏屬，後人因以『陽春』『白雪』名亭名臺。至明世宗，纂大合，華潛龍舊邸，比于豐鎬，何論楚都。於是郢歌之事，不之江陵，而專爲吾郡有矣。人言詩亡，而詩在楚，則以三閭氏《離騷》，故其能爲《離騷》者，若厭次洛陽劉中壘、嚴夫子之屬，咸目之爲《楚詞》，體不必詩，而名詩人不必楚，而詞名楚，然則吾郡之有郢歌，非無因而至也。……而所爲詩，澹然絕塵，瑩然駭矚，爽然剡溪之景，泠然姑射之膚，宛轉流便，而有餘態。吾按其編，直以爲雪耳已。乃知其詩也，備諸體，諧五音，正六律，從八風，清明廣大，終始周旋，無不具足，曲直繁瘠，廉肉節奏，無所不動人，善心吾直，以爲樂九成耳已，乃知其爲白雪之一曲也。」〔註219〕楚到明，文學爲勝，源自屈騷底蘊滋養，而嘉靖帝起於楚郢，舊邸楚郢皆比於周鎬，歌楚王帝澤之詩騷風氣，自應運而生，此類詩以其品格之高、教化之高之廣自當歸屬「郢歌白雪」，而明楚郢詩文發端之源，又應莊重中和，王澤風化，源於屈騷傳統美潔峻高的郢歌白雪思想與審美，已融合了周鎬詩經的純正禮樂思想與藝術品格，成爲了李維楨筆下嘉靖及之後的文學新風尚，他已言甚明「明中興之業，莫尙于世宗。江漢炳靈，而有乾範孔碩之詩，穆如清風，以播宇宙，太和首善，自吾郡始，彼白雪，又何足和也」〔註220〕，傳統郢歌白雪涵義與詩美，在明後期有了新的時代內蘊與現實意義。

他宣導楚郢與周風更深淵承：「郢介江漢間，昔在三代，則文王爲西伯，若日月照臨之。而益以召公，分陝之政，江漢顧化，播在聲詩，號曰《召南》。勤而不怨，樂而不淫，哀而不傷，美哉！風始基之矣。宣王中興，而江漢之產有吉甫者作誦，穆如清風，最後屈氏以騷鳴，所謂樂不淫，哀不傷，庶幾兼之，至其徒，猶能爲雄風之賦，要以發明耳目，寧體便人爲美，古郢人所爲語類如此。明興，而世宗自郢嗣大曆服，吾邑不腆，辱在湯沐，四履則召

〔註218〕明・李維楨《答張孝廉紹和》，《大泌山房集》卷四，《四庫全書存目叢書》集 150，第 390 頁。

〔註219〕明・李維楨《和雪亭詩序》，《大泌山房集》卷二十二，《四庫全書存目叢書》集 150，第 778 頁。

〔註220〕明・李維楨《和雪亭詩序》，《大泌山房集》卷二十二，《四庫全書存目叢書》集 150，第 778 頁。

南之際也。主上紹天闡繹，比隆周宣，建首善，自郢始。清風四陽，氣求聲應，如大若者，有肆好孔碩之風矣。夫郢不易民，而治上為風雅，次為騷賦，而其下則能和下里巴人，而不能和陽春白雪，故曰風也，教也，風以動之，教以化之，視所倡何如耳。大若郢人，其能為郢人語也，則所得於風教者深哉。」〔註221〕他自楚文學發展的歷程，淡化了李攀龍初期「陽春白雪」屈騷深廣怨刺發揚的一面，將其儒家思想與美學的一面，與詩經召南風格宗旨合體，故治上為風雅，次為騷賦，下等則為下里巴人之詩，故需風、教，顯然李維楨心裏陽春白雪，最上為風雅，次騷賦，皆為宣導王澤、禮儀教化中心服務，在嘉靖革新之初，於明為文學實景，在嘉靖中後期及其後，弊政漸深，時風日下，積習難返，此思想便有維護儒家正統，挽大廈將傾於不倒之堅守，這便是李維楨純儒衛道的根柢所在，也是錢謙益贊其功績是將明文學導回館閣的思想根源所在。

李維楨的鄉郢意識較強，詩文中多徵屈原的故實、政治懷抱與高尚人格，而多自謙為「楚傖」，但「陽春白雪」才是他理想中的詩品流風、曲中知音、青雲奏陽，與文學仕宦之高品有關；實質卻是救世濟用，純儒衛道的禮儀教化本旨。

故他對自我的要求甚高，在樂易雜進表象下，對人評判的標准其實亦甚高，這可從他以「雪」比人比己窺見，他有多處刻畫以「雪」來刻畫人的詩句：

邊城深夏尚餘寒，何物攜歸奉母歡。汾水之陽藐姑射，神人冰雪可中餐。〔註222〕

秋水為神雪作膚，少年官貴執金吾。才高名士三都賦，興寄遊仙五岳圖。〔註223〕

嫋嫋鬟分雲葉鬖，泠泠膚受雪華侵。〔註224〕

鶴髮千莖儷雪，雞皮三少成丹。〔註225〕

〔註221〕明・李維楨《郢人語序》，《大泌山房集》卷二十六，《四庫全書存目叢書》集151，第75頁。

〔註222〕明・李維楨《送楊元素歸省母》其二，《大泌山房集》卷六，《四庫全書存目叢書》集150，第417頁。

〔註223〕明・李維楨《贈顧所建小侯遊秦塞》，《大泌山房集》卷三，《四庫全書存目叢書》集150，第366頁。

〔註224〕明・李維楨《花燭詩，為顧小侯所建作》，《大泌山房集》卷五，《四庫全書存目叢書》集150，第406頁。

他以「雪」喻人，多取自《莊子‧逍遙遊》「藐姑射之山有神人居焉，肌膚若冰雪，綽約若處子，不食五穀，吸風飲露」之典。據初步統計，《大泌山房集》共17處用「姑射」一詞〔註226〕，其中「姑射神人」意象最多，達 9 處之多，藐姑射神人、之仙位置在「《南華》首篇《逍遙遊》云：姑射之人，不以天下為事，而塵垢粃糠，可陶鑄堯舜。亦寓言耳，古姑射不在方外，而在人間」，或更具體在山西平陽城西藐姑射山（《姑射稿序》）；所居環境是「姑射冰雪，金莖沆瀣，以為清絕」（《錢簡樓集序》）、「猶殘雪」（《釀餞叔虞得煙字》）；神人形象遠景是「雪膚綽約」（《迸珠簾，在隆慮山》），「淖約若處子」（《姑射稿序》），近景是「肌膚冰雪」、「清而蕭然」（《孤蘆集序》）；所食是「冰雪可中餐」（《送楊元素歸省母》）；是「清新朗潤」（《王文端集序》）、「明淨」（《姑射稿序》）、「泠然」（《和雪亭詩序》）風華。姑射神人的氣質風華，隱喻著他理想中的明澈剔透人格與精神境界。故他愛用姑射神人瑩澈冰雪氣質來喻人，不僅是女性，亦是男性，就連遊戲之作，詠冰鬚，所用之典亦是藐姑射神人「久知斑鬚如銀，繞涿霜華斬新。莫是藐姑射上，肌膚冰雪神人」〔註227〕，多是冰清瑩潔肌如雪的形象。就連市井鶯燕，亦愛用雪來喻「目擊總成驚蛺蝶，情癡欲學野鴛鴦。歌來白紵堪逃暑，不道宮羅疊雪香」〔註228〕。他喻才子是「才人賦雪美游梁」（卷四《送晉叔遊中州》），他自己的雪中人形象，有三詩為喻，境界極優美深廣：

> 白草連天入望寬，邊烽隱隱掛雲端。空山吹角孤城暮，急雪封
> 條一騎寒。書寄鴈行河外斷，愁添鶴髮鏡中看。面談千里三更夢，

〔註225〕明‧李維楨《胡翁少為諸生，退而隱於野。年七十矣，有嬰兒之色。其子茂才，與所善周使君、徐文學乞言為壽》，《大泌山房集》卷五，《四庫全書存目叢書》集150，第405頁。

〔註226〕分別是卷三《贈王藩伯入賀》、《寄懷王學參學憲》、卷四《釀餞叔虞得烟字》、卷五《迸珠簾，在隆慮山》、《戲詠冰鬚》、卷六《送楊元素歸省母》、卷七《呂文簡語錄序》、卷十《王文端集序》、卷十三《錢簡樓集序》、卷二十二《姑射稿序》、《和雪亭詩序》、卷二十四《孤蘆集序》、卷二十八《觀察朱公壽序》、卷五十四上《解州重修關廟祠記》、卷五十七《奕園記》、卷六十六《何中丞家傳》、卷九十三《雲南按察司僉事劉公陳安人墓志銘》。《四遊集》是卷一《和雪亭詩序》，重，不列。

〔註227〕明‧李維楨《戲詠冰鬚》，《大泌山房集》卷五，《四庫全書存目叢書》集150，第408頁。

〔註228〕明‧李維楨《金陵五日即事次韻》，《大泌山房集》卷四，《四庫全書存目叢書》集150，第393頁。

不似人間道路難。〔註229〕

　　四山猶積雪，九陌已飛花。問鼎無丹竈，吹笙有絳紗。日成巖
閃電，色醉酒流霞。却笑更闌後，依然兩鬢華。〔註230〕

　　秋雨秋風唱渭城，故人相送不勝情。南冠格是頭如雪，羞向銅
鞮宮裡行。〔註231〕

「急雪封條一騎寒」是遠景形象，人間道路難行的外化，「愁添鶴髮鏡中
看」、「依然兩鬢華」是近景形象，傷其年紀老大，卻功業難成，「南冠格是頭
如雪，羞向銅鞮宮裡行」，《左傳》成公九年「秋，鄭伯如晉，晉人討其貳於
楚也，執諸銅鞮」〔註232〕，用晉人執鄭伯於銅鞮之典，喻內心感受，內具芳
美才華，卻難如所願。

　　至此，可以總結，李維楨為何會喜寫「雪」，「雪」詩語反映了他什麼心
理特徵了。「舟雪」意象，承襲柳宗元的「孤舟蓑笠翁，獨釣寒江雪」而來，
既是他憂心國事，想烈士暮年，壯心不已為國為君竭盡所能的仕宦志意，亦
是外界仕宦環境予他內心的險惡艱難感受；他喜寫「雪」中之春來、春晴、
春雨，與「風雪」隱喻仕宦的嚴酷不暢，春來、春晴、春雨與皇恩春風、百
姓安樂豐足、萬物生機有關，「雪中花」的境象帶著瑩潔剔透的憂傷之美，「四
時春散雪山花」是他詩歌審美的最高點；他又喜寫雪與歌的關係，「郢歌白雪」
是其理想中文品、人品、仕品的高度，「南冠格是頭如雪」即是他的自我形象。
這其實反映出，一方面雪之自然的、仕宦的惡劣環境予他心靈的痛苦，「黑雲
天驟暝，赤日雪仍飛」〔註233〕、「北風吹雪路間關，匹馬蕭蕭自往還。江上風
波君乍見，何如九折太行山」〔註234〕，雖然到僑居金陵後，不得不淡卻的仕
念理想讓他寫雪時有一定變化，「雪中明月一方來，燭跋更闌數舉杯。……禪

〔註229〕明・李維楨《赴仲氏晉陽之約，至漁河驛，雪甚，夢見之》，《大泌山房集》
　　　　卷三，《四庫全書存目叢書》集150，第361頁。
〔註230〕明・李維楨《晉中元夕即事》其四，《大泌山房集》卷二，《四庫全書存目叢
　　　　書》集150，第346頁。
〔註231〕明・李維楨《蕭征西聞余移晉陽，以二絕見訊，賦答》其二，《大泌山房集》
　　　　卷六，《四庫全書存目叢書》集150，第416頁。
〔註232〕晉・杜預注、唐・孔穎達疏，《春秋左傳注疏》卷二十六，《景印文淵庫四庫
　　　　全書》第143冊，第567頁。
〔註233〕明・李維楨《太和雜韻》其十二，《大泌山房集》卷一，《四庫全書存目叢書》
　　　　集150，第344頁。
〔註234〕明・李維楨《送人還晉邸》其二，《大泌山房集》卷六，《四庫全書存目叢書》
　　　　集150，第425頁。

心覺後眞如水，詩興吟邊不在梅」〔註235〕，但他「雪」與「春」、「雪」與「歌」之關係並沒有變，因皇恩無春風、政治不清明、亂相未緩解、他對理想與自我期許未實現。一方面，他又構築出「不因風雪泣途窮，暝踏孤舟獨釣翁」堅守仕宦節操的頑強志意、「雪色猶含生菜細，春光初入彩花開」希望光明不畏寒苦的芳美生命力、「南冠格是頭如雪，羞向銅鞮宮裡行」郢歌白雪的瑩潔心性與深切憂患，「雪」的澄澈哀美，映像李維楨內心深處主客觀境象。

非常值得玩味的是，他在風雪詩中，居然塑造出「情深」的自我形象，「風雪初寒人對酒，水雲無際客歸船。……不賵葭莩中表戚，異鄉情話數忘眠」〔註236〕、「青燈白雪坐依依，戰勝紛華貌自肥。……啟事尚須卿省月，江天夢想見容輝」〔註237〕。中國詩歌史上有不少情深之詩人，如白居易即有「深於詩，多於情」的特點，他所創作的女性題材詩歌又多又好，他的《長恨歌》即有不朽的歌詠愛情的價值。如杜甫，梁啓超譽其為「情聖」，筆者誦讀其《詠懷五百字》，曾為他寫下「悵恨千秋一灑淚，人生自古有情癡」感受。

《大泌山房集中》提及「情」字約 470 餘處，因係重要概念，我們對李維楨詩文集中「情」的類型、涵義、態度、審美，進行層層分析。

第一，為「物情」、「世情」、「情形」等客觀主觀情勢。

他首先提到「物情」，有三觀點：一是順物情，二是王氣與物情有關，三是一切繫之以詩，是為詩史。如「審天時，趨地利，察物情，知人善任」〔註238〕、「順天時，因地利，察物情，盡人事」〔註239〕，「文墨議論，不達於物情，世故安所賴之」〔註240〕，「物情自任浮雲變，王氣長看瑞日懸」〔註241〕，

〔註235〕明・李維楨《月望積雪，韓納言招同焦太史，集永慶禪房》，《大泌山房集》卷四，《四庫全書存目叢書》集 150，第 384 頁。

〔註236〕明・李維楨《數過湯水部邸中作》，《大泌山房集》卷三，《四庫全書存目叢書》集 150，第 368 頁。

〔註237〕明・李維楨《訪丘汝洪使君，家居時屢推京卿》其二，《大泌山房集》卷三，《四庫全書存目叢書》集 150，第 368 頁。

〔註238〕明・李維楨《吳次公程孺人墓誌銘》，《大泌山房集》卷九十七，《四庫全書存目叢書》集 152，第 736 頁。

〔註239〕明・李維楨《楊明府考績序》，《大泌山房集》卷五十，《四庫全書存目叢書》集 151，第 557 頁。

〔註240〕明・李維楨《贈少宗伯史公序》，《大泌山房集》卷四十四，《四庫全書存目叢書》集 151，第 427 頁。

〔註241〕明・李維楨《贈黃典客》，《大泌山房集》卷四，《四庫全書存目叢書》集 150，第 381 頁。

「上至宮闈之言動，遠至四方之物情，一切係之以詩，按其編，而考政觀風，斯亦得失之林已，儻所謂詩史者歟」〔註242〕。「物情」是指物理人情，世情。故首先是天地事物規律。李維楨論「事情」之理觀點是：深切事情，中體式。如「尊卑遠邇，疎數隆殺，無不切事情，中體式」〔註243〕。故對當時朝政之大事，虜情、邊情，是「于家于國，言無隱情，從容語次，折衝千里，沉幾先物，深眣緯文，可謂國家杜臣矣」〔註244〕；於民情、群情、下情、輿情，一是強調「明習」，二是強調盡知眞僞，三是強調通達下情，如「明習朝章、國故、民情、土俗、利病、美疵」〔註245〕，「盡知民之情僞，當大用」〔註246〕，「文章家所貴四端，經明道史，垂憲封事，通下情，詔令宣上德耳，課花鳥而評風月，壯夫羞爲」〔註247〕，使民情、群情、下情、輿情歡樂，是理想狀態。其次是世態人情。對「世情」觀點，一是「波臣東海家相近，曾向滄桑見世情」〔註248〕，正因世路複雜艱辛，故「市聲無入耳，自覺世情疎」〔註249〕、「相逢羈旅衰年色，自念通家累世情」〔註250〕，有累塵世之感。隨之而來的，便是「天地情」、「常情」、「恒情」、「塵情」。如「以應天地之情而勿攖，非夫以巧勝人，以謀勝人，以戰勝人」〔註251〕，主張順應天地之自然，不應觸犯。如他常提到，超常情之外，非常情所及，態度是「非常情所忍，而孺

〔註242〕明・李維楨《王太僕續詩選序》，《大泌山房集》卷十九，《四庫全書存目叢書》集150，第722頁。

〔註243〕明・李維楨《程高年吳孺人墓誌銘》，《大泌山房集》卷九十八，《四庫全書存目叢書》集152，第748頁。

〔註244〕明・李維楨《顧司馬家傳》，《大泌山房集》卷六十五，《四庫全書存目叢書》集152，第112頁。

〔註245〕明・李維楨《韓宗伯集序》，《大泌山房集》卷十二，《四庫全書存目叢書》集150，第546頁。

〔註246〕明・李維楨《贈陝西方伯王公序》，《大泌山房集》卷四十六，《四庫全書存目叢書》集151，第462頁。

〔註247〕明・李維楨《馮宗伯集序》，《大泌山房集》卷十，《四庫全書存目叢書》集150，第514～515頁。

〔註248〕明・李維楨《贈林深州》，《大泌山房集》卷三，《四庫全書存目叢書》集150，第369頁。

〔註249〕明・李維楨《宿羅光祿館中》，《大泌山房集》卷一，《四庫全書存目叢書》集150，第351頁。

〔註250〕明・李維楨《方伯書進士假還莆中過訪》，《大泌山房集》卷四，《四庫全書存目叢書》集150，第395頁。

〔註251〕明・李維楨《督府馬公壽序》，《大泌山房集》卷二十七，《四庫全書存目叢書》集151，第101頁。

人澹然不動于懷，直以柔道勝之」〔註252〕，與順應天理同。故其「恒情」常與「大道」、「王道」對比，如「其識度操行超於恒情而合于大道者」〔註253〕，「受於性，發揮於事業，一本王道，非恒情所及」〔註254〕，常情要合於大道王道。如此下的凡心俗情，才會爽然，隱忘，如「邀月華燈下，塵情自爽然」〔註255〕、「樂志園居勝，塵情地隱忘」〔註256〕。由客觀主觀物情，漸轉為情事、情形、情狀、情態等偏內心與感情狀態。如「畢見其情事，而行其所為」〔註257〕，對偏客觀的情形，持「天地人物之情形，儼然若真，燦然具足，躍然當於人心，而古今代變，不可勝窮」〔註258〕，情形瞬息萬端，故要諳其情形，「其謀籌彼已情形如鑑如燭」〔註259〕；對外界事物引起的心理狀態的情狀，持「人有心而形之於言，言必文，然後可傳遠。故文論理必別是非，論事必明得失，一切可喜可哀可怒可愕可懼情狀如在目前，使人覽之不覺失笑，旴衡髮立，舌吐齒齗而涕欲下，乃可耳」〔註260〕，是「肝腸情狀」，強調心緒的真實吐露，再出之以心理活動與肢體活動的情態，是「至夫草樹映帶，烟霞吐納，風雨雪月，景象所觸，情態百出，不可迹求，則匡廬彭蠡九江之所同也」〔註261〕、「以治吾詩而情態不欲乏也」〔註262〕，強調情態的自然性與豐

〔註252〕明・李維楨《潘母何孺人壽序》，《大泌山房集》卷四十三，《四庫全書存目叢書》集151，第419頁。

〔註253〕明・李維楨《張母劉孺人壽序》，《大泌山房集》卷四十，《四庫全書存目叢書》集151，第403頁。

〔註254〕明・李維楨《督府馬公壽序又代》，《大泌山房集》卷二十七，《四庫全書存目叢書》集151，第103頁。

〔註255〕明・李維楨《十三日吳宅觀燈待月，聞晉臺彈事作》，《大泌山房集》卷二，《四庫全書存目叢書》集150，第349頁。

〔註256〕明・李維楨《吳師利文園長齋奉佛》，《大泌山房集》卷二，《四庫全書存目叢書》集150，第350頁。

〔註257〕明・李維楨《中丞吳公壽序》，《大泌山房集》卷二十九，《四庫全書存目叢書》集151，第124頁。

〔註258〕明・李維楨《程氏二譜序》，《大泌山房集》卷十四，《四庫全書存目叢書》集150，第599頁。

〔註259〕明・李維楨《河南武舉錄序代》，《大泌山房集》卷二十五，《四庫全書存目叢書》集151，第51頁。

〔註260〕明・李維楨《楊道行集序》，《大泌山房集》卷十二，《四庫全書存目叢書》集150，第553頁。

〔註261〕明・李維楨《胡孟弢集序》，《大泌山房集》卷十二，《四庫全書存目叢書》集150，第554頁。

〔註262〕明・李維楨《楚游稿序》，《大泌山房集》卷二十二，《四庫全書存目叢書》集

富性。

第二，重點落在各種人的感情表現狀態。

人情，有兩層釋義，一是人的感情，人之常情；二是情面，人與人之間的社會關係。第二層釋義，李維楨用「人情」一詞，統計有 170 餘條。「人情」與「性命」、「古今」、「物理」、「朝政」，是構成人類社會存在與矛盾的重要形態。故他論「根極性命，綜覽今古，人情物理，國體朝章，無不揚扢」〔註263〕，舊國舊都，雖山林草木之緝入者，十九望之暢然人情哉，「天理人情，無作好，無作惡，藹然溫柔敦厚之意。雖道有升降，政有因革，而隨時制宜，如太和元氣，周流于五行四序之中，無偏無黨，蕩蕩平平，故能建皇極而錫庶民」〔註264〕。「儒者恒言王道本乎人情，人以情生，人生而情無不善，善則無不相愛者」〔註265〕，「重禮之古今，人情不甚相遠」〔註266〕，故「爲治者，必合乎人情，宜乎士俗」〔註267〕，使人情物理，曉暢若素，「而吏治修，民情安，天下能事過半矣」〔註268〕，「人情之所最欲者，莫如夫婦偕老，子孫蕃庶，其次則功名富貴，而天與人恒不相副」〔註269〕，民情所思，富貴壽考俱備。但現實中，人情有複雜性，有緩急輕重，有濃淡之分，更有狥名好勝，喜異好奇，厭常喜新，趨文惡樸，聖人知其然故其爲教也，蓋習天時地利、人情物理，往復詘伸，變態多個儻之計劃，他也佩服「人情物理即之在耳目之前，而不必盡究其變」〔註270〕之事之人，人情須節以制其德，此天理人情之至也，

150，第 783 頁。

〔註263〕明・李維楨《蔣公鳴二集序》，《大泌山房集》卷十二，《四庫全書存目叢書》集 150，第 557 頁。

〔註264〕明・李維楨《中丞耿公壽序》，《大泌山房集》卷二十九，《四庫全書存目叢書》集 151，第 125 頁。

〔註265〕明・李維楨《郡丞沈公壽序》，《大泌山房集》卷三十一，《四庫全書存目叢書》集 151，第 164 頁。

〔註266〕明・李維楨《文藍館詩序》，《大泌山房集》卷二十一，《四庫全書存目叢書》集 150，第 757 頁。

〔註267〕明・李維楨《寄聲草序》，《大泌山房集》卷二十一，《四庫全書存目叢書》集 151，第 760 頁。

〔註268〕明・李維楨《尹司理政記》，《大泌山房集》卷五十九，《四庫全書存目叢書》集 152，第 10 頁。

〔註269〕明・李維楨《汪恭人壽序》，《大泌山房集》卷三十八，《四庫全書存目叢書》集 151，第 314 頁。

〔註270〕明・李維楨《吳汝忠集序》，《大泌山房集》卷十二，《四庫全書存目叢書》集 150，第 559 頁。

但人情多蠆尾，朝夕易變，使得世路總羊腸，尤其「世衰道微，人情奇衺百出，有助瑻爲虐者」〔註271〕，而「人情巧僞，一人之身耳」〔註272〕，這使得李維楨認爲「人情靡不苦難」〔註273〕，「鄭太史書言苦二十有二端，人情世故，歷試備嘗，動心忍性，增益其所不能」〔註274〕，「塵囂轄鎖，人情所常厭也；烟霞仙聖，人情所常願不得見也」〔註275〕，「物理極則必返，而人情窮則易變」〔註276〕，反思他以才高言謔屢中白簡，仕途連蹇，對人情世故持悲觀觀點，是可以理解的。他對「人情」與「詩」的關係，表述得也清楚，「周道隆盛，人情自悔，而處嘯乃爲歌。比其衰也，室家仳離，與嘅歎啜泣，異聲同哀，迨後若魯漆室女吳閶盧之嘯，悉與詩符。往往情所自發，不學而能至」〔註277〕，自周以來，世道昌隆，人情發而爲歡樂之歌，衰世發而爲悲凄之音，皆由內心情感自然生發；「不佞少業詩，詩本人情，情之所鍾，莫如夫婦，聖人體悉其情而潤色其詞，悽惋篤至，使人讀之不能竟，以意逆志，以身處地」〔註278〕。

　　人情中，第二層釋義，他寫有「父子之情」、「孝子之情」、「兄弟之情」、「手足之情」、「子姓之情」等「親情」；「師弟子情」、「故人情」、「故情」、「朋情」、「交情」、「情誼」、「同情」、「愛情」、「兒女情」、「閨情」、「慰情」、「恩情」等與他人的其它感情。第一層釋義，他寫有「宰物之情」、「萬貨之情」、「宮府之情」、「鬼神之情」等與外物的感情；「達生之情」、「顛蹶之情」、「革異之情」、「嫉妬之情」、「幽隔鬱滯之情」、「無情」等人類自然產生的感情；「七

〔註271〕明・李維楨《梁明府考績序》，《大泌山房集》卷五十，《四庫全書存目叢書》集151，第552頁。

〔註272〕明・李維楨《棠陰善頌敘》，《大泌山房集》卷十八，《四庫全書存目叢書》集150，第708頁。

〔註273〕明・李維楨《程母陳媼壽序》，《大泌山房集》卷四十二，《四庫全書存目叢書》集151，第398頁。

〔註274〕明・李維楨《贈費無學序》，《大泌山房集》卷四十八，《四庫全書存目叢書》集151，第510頁。

〔註275〕明・李維楨《寫山室記》，《大泌山房集》卷五十八，《四庫全書存目叢書》集151，第761頁。

〔註276〕明・李維楨《松古草堂記》，《大泌山房集》卷五十八，《四庫全書存目叢書》集151，第757頁。

〔註277〕明・李維楨《長嘯集序》，《大泌山房集》卷二十二，《四庫全書存目叢書》集150，第786頁。

〔註278〕明・李維楨《畢母余媼壽序》，《大泌山房集》卷四十二，《四庫全書存目叢書》集151，第399頁。

情」、「五情」、「六情」、「性情」、「直情」、「隱情」、「異情」、「神情」、「才情」、
「詩情」、「文情」、「情理」、「雅情」、「高情」、「俗情」、「餘情」、「本情」、「長
情」、「至情」、「春情」、「風情」、「情瑕」、「宦情」、「客情」、「遊情」、「離情」、
「別情」等在生命遭際中自我產生的多種感情。他論情的產生：「人以愛生身，
身以愛生子，情所難制莫如愛，而愛所最鍾，莫如身與子」〔註279〕，「禮非天
降地，出人情而已」〔註280〕，「人固若是將盈嗜欲，長好惡，則性命之情病矣」
〔註281〕，故通達生命之情，必不務生之所無，各類物理人情，剛柔屈伸，宜
以相長，如果「行不偕俗，道不施用，故託于山水文酒以取適也」〔註282〕。
在人世滄桑中，李維楨最重才情、神情、性情、交情、宦情、民情六類。

　　《大泌山房集》中，才情共統計出34條，僅次於人情，總數居第二位。
他喜贊「才情奕奕」、「年少才情」，尊有才情者，誦書、博古、工辭賦、談道
論學，「才情超超玄著」〔註283〕，認爲才情與詩的關係是「古人必才情學識
兼備，而後爲詩。彼其意氣雄傑，蘊蓄宏深，足以驅使百氏上下千古，而又
劌心極思，結構鍛鍊。積習既久，人力之至合於天然，故巧而若拙，沖然而
有餘味。才情學識之不足，而欲以平淡名家，陶冶未融，刻削易露，捃摭雖
勤，邊幅立窘，其氣靡，其格卑，此輓近世枯寂膚俚，而以綺語事障藉口者
也」〔註284〕，指明作詩眞平淡與假平淡者異別，有鮮明針貶後七子、公安、
竟陵三派末流不讀書之弊端。故他贊「其在成弘間者，有不盡之才情，而不
失於寒儉」〔註285〕，意興軒舉，才情輻輳，講究「情景所觸發，意匠所經營，
風骨音調，……才情日勝，其中見地，超然蟬蛻塵埃之外，冝詩之度越時流

〔註279〕明・李維楨《陳太公翁恭人壽序》，《大泌山房集》卷三十七，《四庫全書存目
　　　　叢書》集151，第278頁。
〔註280〕明・李維楨《汪王墓記》，《大泌山房集》卷五十六，《四庫全書存目叢書》集
　　　　151，第，714頁。
〔註281〕明・李維楨《沖漠館記》，《大泌山房集》卷五十八，《四庫全書存目叢書》集
　　　　151，第745頁。
〔註282〕明・李維楨《汪太學墓志銘》，《大泌山房集》卷八十六，《四庫全書存目叢書》
　　　　集152，第525頁。
〔註283〕明・李維楨《李組修集序》，《大泌山房集》卷二十三，《四庫全書存目叢書》
　　　　集150，第10頁。
〔註284〕明・李維楨《吳非熊詩序》，《大泌山房集》卷二十四，《四庫全書存目叢書》
　　　　集151，第38～39頁。
〔註285〕明・李維楨《王氏重光集序》，《大泌山房集》卷二十二，《四庫全書存目叢書》
　　　　集150，第770頁。

也」〔註286〕。

　　他論「神情」統計約 14 條，多與論詩有關。他重視神情的質，「古語傳時事，類與神情不相契。先生談理理晰，敘事事備，抒意意達，豐而潔，約而舒，雄而沉，典則而平淡，宏肆而謹嚴，樸茂而韶令，詄蕩而鎮重，使淺者深，近者遠，鄙者都雅，庸者卓詭，何以？故其才能牢籠驅駅之也，法一耳，而才有至，有不至焉」〔註287〕，內容、說理、敘事、抒意、審美、法度，具佳而神情足，有人達得到，有人達不到，爲才局限。故他之本神情，乃求其質，批評今之流弊不本神情，惟取形似，「詩文得之心而宣之口，人心不同，有如其面。古人所以大過人，各極其才，而盡其變，屢遷而日新，常用而不可敝。今人不本神情，惟取形似，刻畫無鹽爲渾沌施眉，逢丑父之似齊頃，桓溫之似劉琨，誠不足論。雖顧長康益頰毛，戴仲若削臂脾，善則善矣，非其人之質也」〔註288〕、「求之形迹，失之神情，甚者爲沈約任昉之盜而已」〔註289〕，批評「面目雖似，神情中乖，安足貴哉」〔註290〕。「在理爲正中，無襲取愧怍，故其詩神情煥發，而格力勍挺」〔註291〕、「神情恬適，則蕭蕭馬鳴、悠悠旆旌之致也」〔註292〕、「神情開朗、屬思修辭超詣若此」〔註293〕、「耳目宣朗，神情超忽」〔註294〕、「姿儀環秀，神情爽拔好學」〔註295〕等讚語，見其批評所向。

〔註286〕明・李維楨《林天會詩序》，《大泌山房集》卷二十，《四庫全書存目叢書》集150，第744頁。

〔註287〕明・李維楨《太函集序》，《大泌山房集》卷十一，《四庫全書存目叢書》集150，第527頁。

〔註288〕明・李維楨《劉仲熙集序》，《大泌山房集》卷十三，《四庫全書存目叢書》集150，第576頁。

〔註289〕明・李維楨《悅傴齋詩集序》，《大泌山房集》卷十九，《四庫全書存目叢書》集150，第729頁。

〔註290〕明・李維楨《游太初樂府序》，《大泌山房集》卷二十，《四庫全書存目叢書》集150，第740頁。

〔註291〕明・李維楨《楊蘇門詩序》，《大泌山房集》卷二十一，《四庫全書存目叢書》集150，第761頁。

〔註292〕明・李維楨《陳將軍詩序》，《大泌山房集》卷二十四，《四庫全書存目叢書》集151，第33頁。

〔註293〕明・李維楨《清溪集序》，《大泌山房集》卷二十六，《四庫全書存目叢書》集151，第78頁。

〔註294〕明・李維楨《衍園記》，《大泌山房集》卷五十七，《四庫全書存目叢書》集151，第741頁。

〔註295〕明・李維楨《詹左司馬家傳》，《大泌山房集》卷六十六，《四庫全書存目叢書》集152，第129頁。

再深入的概念，是「性情」。他論「性情」，共 11 條，著重在論詩與「性情」之關係。認為：一、詩本性情，「眼前光景口頭語，無一不可成詩」〔註296〕，「詩內取諸性情，外取諸景物，取者無禁，出者無盡藏，天鈞自轉，天籟自鳴，而人不與焉」〔註297〕，詩是外界與內心的自然湊泊。二、因詩是內取諸性情，外取諸景物，故「詩本性情之眞，際境界之實，不徼悅於不知者之目，而深契於眞知者之心」〔註298〕，性情貴眞，境界貴實，為眞知者之心，風格與喜好不同，與「性情好尙之殊」〔註299〕。三、「詩以道性情，性情夫人所有。十五國風，詩或出婦孺之口，而上人稍損益潤色之，諧之律呂，奏之朝廟，垂之竹帛，為天下萬世經至於今。縉紳學士私為己物固矣」〔註300〕，由於詩成為士大夫抒發志意的重要載體，故應重經世宰物之用，寄之於言語文字，以諭志意而達性情。從「七情之所感，一切發之於詩」〔註301〕，李維楨的「七情」、「五情」等，與王世貞的「七情」相似，都主張人的社會屬性，性情與感情注重社會教化功用。與李贄《焚書》二《雜述・童心說》：「夫童心者，絕假純眞，最初一念之本心也。若失卻童心，便失卻眞心；失卻眞心，便失卻眞人。天下之至文，未有不出於童心焉者也。……故吾因是而有感於童心者之自文也，更說甚麼六經，更說甚麼《語》、《孟》乎」，袁宏道「大抵慶、歷以前，吳中作詩者，人各為詩」〔註302〕、「文章新奇，無定格式，只要發人所不能發，句法字法調法，一一從自己胸中流出，此眞新奇也。近日有一種新奇套子，似新實腐，恐一落此套，則尤可厭惡之甚。……願兄具世外眼，勿為流俗所沉也」〔註303〕內涵迥異。故李維楨認為，時詩道大盛，哆口而自

〔註296〕明・李維楨《二酉洞草序》，《大泌山房集》卷二十，《四庫全書存目叢書》集150，第 738 頁。

〔註297〕明・李維楨《我有軒稿序》，《大泌山房集》卷二十一，《四庫全書存目叢書》集 150，第 767 頁。

〔註298〕明・李維楨《清閟閣遺稿序》，《大泌山房集》卷八，《四庫全書存目叢書》集150，第 478 頁。

〔註299〕明・李維楨《選詩補序》，《大泌山房集》卷九，《四庫全書存目叢書》集 150，第 489 頁。

〔註300〕明・李維楨《潘方凱詩序》，《大泌山房集》卷二十三，《四庫全書存目叢書》集 151，第 22 頁。

〔註301〕明・李維楨《楊太公壽序》，《大泌山房集》卷三十二，《四庫全書存目叢書》集 151，第 195 頁。

〔註302〕明・袁宏道《敘姜陸二公同適稿》，錢伯誠《袁宏道集校箋》卷十八，上海古籍出版社 2008 年，第 696 頁。

〔註303〕明・袁宏道《答李元善》，錢伯誠《袁宏道集校箋》卷二十二，上海古籍出版

號登壇者何所蔑有？要之，模擬彫琢，誇多鬥妍，茅靡波流，吹竽莫辨，試一一而覆，「案其人性情行事，殊不相合。夫詩可以觀，以今人詩觀今人，何不類之甚也」〔註304〕，袁宏道議論「大概情至之語，自能感人，是謂眞詩，可傳也。而或者猶以太露病之，曾不知情隨境變，字逐情生，但恐不達，何露之有？且《離騷》一經，忿懟之極，黨人偷樂，眾女謠諑，不揆中情，信讒齋怒，皆明示唾罵，安在所謂怨而不傷者乎？窮愁之時，痛哭流涕，顛倒反覆，不暇擇音，怨矣，寧有不傷者？且燥濕異地，剛柔異性，若夫勁質而多懟，峭急而多露，是之謂楚風，又何疑焉」〔註305〕，旨趣與落點大異，根源於後七子派與公安派對「性情」的定義迥別。

故注重經世濟用與君子品行之眞的李維楨，重「民情」、「虜情」、「君情」、「群情」等治國之情形，亦重個人事功之「宦情」，在宮府乖隔、仕途連蹇下，「交情」便成爲他在宦海文壇中的重要支撐。「民情」等前已論，不贅述，「宦情」統計約 18 條，主要是「無復宦情」，或以讒自免，或倦遊，或屏居，或從佳山水登覽，或居喪，或修道，他持「計拙宦情原自薄，性躭詩句晚逾工」〔註306〕態度，把不得意傾注在文學功業中。交遊之情誼，對他宦海沉浮與文學事功，頗見慰藉。「交情」統計約 16 條，僅次於「人情」、「才情」，居第三位，最見其情深。他嘗直言「財盡而交絕，故曰一貴一賤，交情乃見，一死一生，乃見交情。……余竊歎人情世道之日非也」〔註307〕，盛讚「貧賤生死不易交情」〔註308〕、「不以生死易交情，其慷慨急人難，天性然也」〔註309〕的崇高品質，以「古來如水論交情」〔註310〕，重君子德行、布衣情深，是「交

社 2008 年，第 786 頁。

〔註304〕明・李維楨《端揆堂詩序》，《大泌山房集》卷十九，《四庫全書存目叢書》集150，第 720 頁。

〔註305〕明・袁宏道《敘小修詩》，錢伯誠《袁宏道集校箋》卷四，上海古籍出版社2008 年，第 188～189 頁。

〔註306〕明・李維楨《送雷元亮水部歸豐城》，《大泌山房集》卷四，《四庫全書存目叢書》集 150，第 390～391 頁。

〔註307〕明・李維楨《贈吳惟用序》，《大泌山房集》卷四十八，《四庫全書存目叢書》集 151，第 516 頁。

〔註308〕明・李維楨《兵部郎中張公墓誌銘》，《大泌山房集》卷八十二，《四庫全書存目叢書》集 152，第 446 頁。

〔註309〕明・李維楨《李滄州公胡孫兩孺人子孝廉杜孺人墓志銘》，《大泌山房集》卷九十三，《四庫全書存目叢書》集 152，第 650 頁。

〔註310〕明・李維楨《送穆太學還蕭》，《大泌山房集》卷六，《四庫全書存目叢書》集150，第 434 頁。

情莫負晚相逢」〔註311〕「瑣尾相看意自親」〔註312〕，「交情傾蓋偏相好，旅
況銜杯強自寬」〔註313〕。由此延及的其他情懷，多情深意重，如寫朋友情，
是「客計寬謀食，朋情愜縱酣」〔註314〕；寫故人情，是「吹簫貧士會，絮酒
故人情」〔註315〕；寫客情是「隱几還家夢，抽簪去國情」〔註316〕、「蘭膏明
燭華鐙錯，不盡招魂楚客情」〔註317〕；寫離情別情，是「芳草不迷歸去路，
垂楊難繫別離情」〔註318〕、「清郎報政謁承明，繾綣吳儂惜別情」〔註319〕；
寫餘情，是「冉冉歲闌無復望，厭厭夜午有餘情」〔註320〕；倡「呈露本情」
〔註321〕、「長情有思」〔註322〕；他筆下的至情有三處，是「此義起之禮，以
達孝子之至情也」〔註323〕、「母子至情」〔註324〕、「骨肉至情」〔註325〕，在

〔註311〕明・李維楨《米廷評入淮南社得蹤字》，《大泌山房集》卷三，《四庫全書存目
　　　　叢書》集150，第374頁。
〔註312〕明・李維楨《臧晉叔博士過訪》，《大泌山房集》卷四，《四庫全書存目叢書》
　　　　集150，第389頁。
〔註313〕明・李維楨《金伯孚兄弟青溪水閣雨夜即席賦》，《大泌山房集》卷四，《四庫
　　　　全書存目叢書》集150，第388頁。
〔註314〕明・李維楨《雪集羅君揚宅得三字》，《大泌山房集》卷二，《四庫全書存目叢
　　　　書》集150，第352頁。
〔註315〕明・李維楨《吳幼時挽詩》，《大泌山房集》卷二，《四庫全書存目叢書》集
　　　　150，第354頁。
〔註316〕明・李維楨《泊廣陵卜居》，《大泌山房集》卷五，《四庫全書存目叢書》集
　　　　150，第402頁。
〔註317〕明・李維楨《金陵元夕前四首次韻》，《大泌山房集》卷四，《四庫全書存目叢
　　　　書》集150，第380頁。
〔註318〕明・李維楨《送雷元亮水部歸豐城》，《大泌山房集》卷四，《四庫全書存目叢
　　　　書》集150，第391頁。
〔註319〕明・李維楨《遙送張民部還朝》，《大泌山房集》卷四，《四庫全書存目叢書》
　　　　集150，第396頁。
〔註320〕明・李維楨《季冬月望黃元榦載酒舟中，分得四韻》，《大泌山房集》卷三，《四
　　　　庫全書存目叢書》集150，第377～378頁。
〔註321〕明・李維楨《李叅知詩序》，《大泌山房集》卷二十，《四庫全書存目叢書》集
　　　　150，第739頁。
〔註322〕明・李維楨《卓徵甫新詩序》，《大泌山房集》卷二十四，《四庫全書存目叢書》
　　　　集151，第26頁。
〔註323〕明・李維楨《朱母祠記》，《大泌山房集》卷五十五，《四庫全書存目叢書》集
　　　　151，第693頁。
〔註324〕明・李維楨《朱母李太孺人墓志銘》，《大泌山房集》卷一百，《四庫全書存目
　　　　叢書》集153，第30頁。
〔註325〕明・李維楨《通政使司右通政徐公墓表》，《大泌山房集》卷一百三，《四庫全
　　　　書存目叢書》集153，第82頁。

晚明尊「情」的時代大思潮中，後七子派亦受啟蒙與感染，重視人之情感本性，但不同於李贄、三袁的「童心說」，李維楨以親尊禮義為人之至情，可視作李維楨對情的最高界定。尊禮，並不全從自然之心，或說禮義與君子德行性情本自合一。他是鮮明點出自己「情之深」意識的詩人：

> 塞門飛雪鴈書遙，客有多情問寂寥。伏櫪壯心身已老，鑠金讒口骨全銷。六朝山色殘春樹，萬里江聲咽海潮。人世升沉君自見，隨緣生計學鶺鴒。〔註326〕

> 雙柑斗酒聽流鶯，明日孤帆自友生。知我情深惟鮑叔，離人泣下似荊卿。幽蘭芳杜江皋色，白雪陽春郢里聲。攜得錦囊詞賦滿，漫勞僮僕候門迎。〔註327〕

他對自己「多情」、「情深」有深刻自覺意識，有首《汪士能雪中過訪，同方子謙小酌》，如果讀其文《汪士能壽敘》：

> 仲淹卒，司馬繼之，獨仲嘉相依，而萬斛之舟覆于江，萬石之貨蕩于汝，後先所喪凡數千金。晚幸舉子子桓，美秀而文，篤志於學，摩挲愉快耳。而仲嘉復卒，每言及三兄，潸然沾襟，復酌酒自寬，客召之飲，不醉無歸。婦若小婦復卒，旁絕媵侍，外無他幸。醉即引枕而臥，醒則沉吟為詩，風調骨格無減於昔。其族眾數萬人貴者富者有爭閱，雖官府法令莫能屈折，而恒聽士能之一言，排難解紛，終不任德受謝。僮僕或以絕糧告，取鸂鶒裘付之而已。故所知交為達官，不通名謁，間有過存，謝不見。余承乏秦晉，越蜀江北河南，無一牘加遺。比年流寓金陵廣陵，而早暮相慰藉也。

> 士能曰：「……冬凝為冰，春釋為水，無定體也。江南為橘，江北為枳，無定性也。在北曰狐，在南曰貉，無定名也。吾行年七十，所歷榮悴殊狀，其來不可圉，其去不可畱。日夜相代乎前，而不能規乎其始？吾何庸，較今昔生悲喜，為古人知之，故曰：天地豈私貧我哉？故曰：大塊載我以形，勞我以生，佚我以老，得者，時也，失者，順也，安時而處順，哀樂不入，帝之懸解，吾未之逮也，而

〔註326〕明・李維楨《報李民部金陵書》，《大泌山房集》卷三，《四庫全書存目叢書》集150，第364頁。

〔註327〕明・李維楨《楊元素相與經年，殊不能別，牽課四章為贈，情之所繫，語毋論妍醜耳》其四，《大泌山房集》卷三，《四庫全書存目叢書》集150，第359頁。

有志焉耳。」

> 余乃爽然自失，揖而謝之：「君達人也，而楚傖以恒情窺測固矣。」
> 君掀髯大噱：「吾與子年相若，子飲吾酒，吾為子歌，交相樂也，交
> 相壽也。度吾醉欲眠，子且去。」〔註328〕

　　士能小李維楨一個月，這就是兩位飽經滄桑世故七十歲老人的心境，懂
情之人較一般人更深情多情，湯顯祖即是老年創作出了《牡丹亭》，李維楨對
士能作詩「不負平生交縞苧，永言為好報瓊琚。寒林鳥雀饑相喚，莫遣清尊
此會虛」〔註329〕。李維楨有大量直接嵌入「情」字的詩歌，其他詩語無發現。
此二詩語，即李維楨詩之根本的心態特徵了。雪境是用來襯托李維楨「多情」、
「情深」的美好珍貴，至此亦能解釋第一章生平研究中，對各路求文者，來
者不拒，朝扣閽，暮必予，降低詩文品格亦所不惜，對叛己回來者終不恨，
反倍親厚。至此，亦能解釋第三章李維楨在文中，極強地展現了一個關心社
會現實的衛道純儒面目，在多種文體中都展現出痛非昔今、山陽舊笛、將有
楊墨無君無父之禍的深沉悲感，亦在多層面、多節點上展現出他「情生於文」、
「文不逮情」〔註330〕、情深情癡的性格特點，一如其詩展現的情懷深處。有
一首詩最見其藝術性：

> 前日春晴花乍發，花陰坐久移明月。今來春雪滿春城，雪色花
> 枝照眼明。雪花六出為春減，萬樹春花冒雪生。入春雪與花難並，
> 有花有雪春偏勝。雪不封條解惜花，花飛如雪落誰家。君不見，傅
> 園主人種花好，三徑花深迎客掃。舊年今日賞花時，主人何在客已
> 少。花開還謝雪還消，無多雪景與花朝。看花客半頭垂雪，對雪銜
> 杯和花咽。花奴擊鼓雪兒歌，醉藉花眠休遽別。〔註331〕

　　此詩是李維楨「雪」詩語思想性與藝術性合一的總結篇。「雪」既是仕宦
與世路的嚴酷不暢，又是瑩潔高潔人格的象徵，「雪中花」是瑩潔別透的憂傷，
「白冠如雪」更是郢歌白雪的瑩潔心性與深切憂患的群體形象，「春」隱喻著

〔註328〕明・李維楨《汪士能壽敘》，《大泌山房集》卷三十四，《四庫全書存目叢書》
　　　　集151，第233頁。
〔註329〕明・李維楨《汪士能雪中過訪，同方子謙小酌》，《大泌山房集》卷四，《四庫
　　　　全書存目叢書》集150，第385頁。
〔註330〕明・李維楨《封一品夫人少保張公元配曹氏神道碑》，《大泌山房集》卷一百
　　　　十，《四庫全書存目叢書》集153，第240頁。
〔註331〕明・李維楨《丘使君招集傅園看花，是日雨雪》，《大泌山房集》卷一，《四庫
　　　　全書存目叢書》集150，第341頁。

皇恩春風、百姓安樂豐足、喜光明不畏困苦的生命芳美，詩便在「春晴花發」、「花久明月」、「春雪春城」、「雪色花枝」時間流程下，展開著花飛如雪、有花有雪、花謝雪消自然境象，主人掃徑迎客、花奴擊鼓歌雪、客半頭白如雪、對雪銜杯、醉眠花境的心理境象，寫出在晚明末世大廈將傾前期，李維楨等一批看穿世事人情、無能為又有所為的士大夫群體心態特徵，獨特在帶老年人特有的豁達與情深。故詩澄澈婉美、憂傷飄飛，筆法與劉希夷的《代悲白頭吟》裏的「落花」同，但卻全然一派明詩風味，詩雅俗相得益彰，情境交融，花雪輕盈悠回，情意醇厚深長。

三、風格類型

　　李維楨詩歌風格以後七子派的雅正嚴整為主，「雄渾壯闊」、「滄桑悲涼」與「清麗淡然」為主體風格，且隨第三仕的被迫退隱，不復仕宦之念，亦不能吐露政治理想，故詩作內容以宴飲社集，應酬紀遊寫景等為主，詩風由於寫作內容與素材、生活環境的變化轉向清麗淡然，但其詩中還常現入陝居晉在揚三期的骨力與悲涼，仍是為後七子派詩風之正宗。

　　李維楨一生的詩歌創作，並沒有大的變化軌跡。李維楨 1547 年出生至及第入京為官（1568）之前，正是李攀龍在京結七子詩社，居家建白雪樓，七子三甫名聞天下之時，李維楨早年受李攀龍時期後七子派早期詩風影響是可能的。但到李攀龍逝後（1570），是王世貞主盟詩壇時期，王世貞走的本是「舍筏登岸」的復古創作方法，加之認識到李攀龍與自己早年的失誤，其創作方法與詩歌觀有變有不變者，他晚年喜愛白樂天詩、蘇長公詩，其詩風復歸平淡，走的是蘇軾揮灑自如，行於所當行，止於不得不止，無所不可寫，無意不可入的路子，李維楨評「弇州集大成」。朱彝尊評到：「弇州標榜前後五子而外，廣為『四十子』，若似乎此外無遺賢矣。說詩者遇隆、萬朝士，或置不觀，直以公安景陵繼七子之派，即愚山之論，亦不免焉。不知隆慶諸臣，已力挽叫囂之習，歸于平澹，而定陵初年，人皆修辭琢句，出入風雅之林。若吾鄉李先生伯遠、若下鄭先生允升、吳中歸先生季思、嶺南區先生用孺，尤卓然名家。而閩中徐惟和、謝在杭、曹能始，均不為楚咻所奪，未見萬曆初之不及嘉靖季也。學者取諸家詩誦之，庶幾論世有權衡矣。」〔註332〕隆慶諸

〔註332〕清‧朱彝尊《李應徵》，《靜志居詩話》（下冊）卷十五，人民文學出版社，1990
　　　　年，第 441 頁。

臣力挽叫囂之習，歸於平澹時期，正是李維楨在京為朝臣時期，而且後七子派對糾正叫囂之習歸於平澹其實是有自省糾正的。李維楨與王世懋、黎惟敬、歐大任、李惟寅等日徵詩酒，萬曆元年王世貞入京，李維楨受其指點，始知詩家樊籬，其從年輕時即已確立了復古派雅正嚴整的主體風格，其「雄渾壯闊」、「滄桑悲涼」、「清麗淡然」正體現了後七子派克服其早期弊端的演變軌跡，如李維楨習的是杜詩，常在「雄渾壯闊」中寄寓「滄桑悲涼」，是沉鬱雄渾中有凄寒悲涼之感，同樣也是復歸平淡老成，精光內斂的。「戲謔隨性」體現了李維楨吸收公安派的詩風詩論，與時俱進，如其所作「獨步平康數十春，徽州何必強尋人。多應白嶽尊神厭，惹得黃山老嫗嗔。背上揮來拳似鐵，鬢邊擢去髮如銀。出門好訕連連叫，羞殺當年馬守真」，被沈德潛評為「汪李二公，雄文擅一世。其七言律詩，均以嚴整為宗，獨二什流麗可喜」〔註333〕，但只是偶而為之，不占主體風格，而李維楨於竟陵派詩風接受甚少。

　　另李維楨的六言體詩自有其風格，大多數都作得較好，如《題畫》兩首，再如：

　　　　成象中規中矩，書祥非霧非烟。

　　　　崇朝膚寸而合，四野甘霖沛然。〔註334〕

　　　　誤我五官中郎，笑人蕭同叔子。

　　　　驪黃牝牡之外，相馬通於相士。〔註335〕

　　明代詩學重視體，明詩講究眾體兼備，六言體詩適合李維楨的性情，故作得嬉笑戲謔，雅俗相宜。

　　本章著重梳理了李維楨的詩歌創作類型，分析了他的思想與心路歷程，考述了各期詩作與《大泌山房集》詩作的創作時間，歸納出其詩具有史傳性、紀實性、敘事性與一題多作的藝術特徵，探討了他詩語「雪」與「情」的意蘊與體現的心理特徵，其詩風格分「雄渾壯闊」、「滄桑悲涼」、「清麗淡然」、「戲謔隨性」四類，以後七子派雅正嚴整為主體風格，亦吸收公安派的詩風詩論，少量創作有「戲謔隨性」風格的詩作。明詩的研究還處於未深入階段，對明詩持

〔註333〕明・沈德符《太函雲杜二謔詩》，《萬曆野獲編》卷二十六，中華書局，1959年，第671頁。

〔註334〕明・李維楨《留雲館》其三，《大泌山房集》卷五，《四庫全書存目叢書》集150，第408頁。

〔註335〕明・李維楨《為汪貞卿眇狂作》其一，《大泌山房集》卷五，《四庫全書存目叢書》集150，第408頁。

有過於貶低與偏見是不客觀的，哪些好哪些壞，還有待研究的逐步積累與揭示。

第五章　李維楨的詩學批評（上）

　　李維楨與明後期詩歌流變的互動關係，一是通過廣交遊，爲交遊士人或請託者撰寫大量的碑誌家傳文章，參與文學活動、詩文結社，另一個主要途徑是通過大量的集序，將他與後七子派修正的理論主張發聲於文壇，對親近正統和復古主張的士人施以詩歌理論的影響。其文學交遊與晚明詩歌演變的視角價值，另將專題研究；本書作詩歌批評的基礎研究。

　　《大泌山房集》秉筆直說了大量的文學批評，尤其以詩歌批評爲主，其次有數十篇製義時文的批評。其詩歌批評：一，是變化的，與明後期詩歌演變的歷程相應發展，幾貫穿了明後期詩歌後七子、公安、竟陵三大流派此起彼伏主盟詩壇的始終，批評內容直接緊扣著三大流派詩歌發展的狀況；二，他的制義時文批評，與詩學批評直接有關聯；三，他的詩學批評內容，緊扣明後期的政治、世風、文風、學風，具有針貶時弊，再樹禮樂旨意。這三個特徵，使李維楨的詩歌批評，具有如實反映明後期詩歌發展演變的史料價值性質。但由於是個歷時變化的過程，對他的詩歌批評梳理出觀點與變化顯得尤爲重要，這在對其詩學批評的全盤梳理過程中是可自然體現出來的。由於內容量大，本章專門梳理其詩歌理論，下章專論他對公安、竟陵、後七子三大流派的批評。

第一節　李維楨的詩歌史觀

　　李維楨的詩學理論，建立在詩歌源頭《詩經》的基礎上，大部分觀點都據《詩經》來申發立論，可分爲詩歌史觀與詩歌創作觀兩大部分。其詩歌史

觀，如：「王仲淹曰：『仲尼述史者三焉，《書》、《詩》、《春秋》是也』。……
史與詩同用而異情，史主直，詩主婉，直者易見，而婉者難工。誦美命詩，
而可以興，可以羣，必其爲良史矣。有能紹明仲尼屈氏之業，俾天下後世信
仲淹之言，《詩》與《書》、《春秋》爲史一也，則美命其人哉」〔註1〕、「謂詩
盛于唐，再盛于明，而明時過之」〔註2〕、「不佞觀昔周道盛時，化行江漢，
其詩爲《召南》……。李唐之代，詩道大振，……。明興，詩與唐提衡……」
〔註3〕，見其認爲《詩》主天下教化；詩道大盛的三個節點是周、唐、明，而
明超過唐，此觀點在《弇州集序》中也有表述。本節梳理李維楨論《詩經》、
唐詩、明詩、漢魏六朝宋元詩，見其詩歌史觀。

一、論《詩經》

詩經之重要，不僅在於它是中國詩歌史之源，確立了「詩言志」、「興觀
群怨」等基本理念，也影響了後世詩歌的源流正變。「蓋以詩三百篇而下，漢
魏六朝唐五季，其源流可尋，正變可考也。鍾嶸述源流而謬，高棅序正變而
淆，上下數千年，統論之以三百篇爲源」〔註4〕，「無論後代，即三百篇，而
源流正變，已自區別矣。大雅之變，作於大臣，召穆公、衛武公之詩是也。
小雅之變，作於羣臣，家父、孟子之詩是也。風之變也，匹夫匹婦皆得以風
刺，清議在下，而世道益偷，邶鄘曹鄶四小弱國，而《國風》以之始終。邶
鄘自別於衛，諸侯無統，及其厭亂思治，追懷先王先公有如曹鄶，然君子以
爲二南可復之。會世無周公，其誰正之？故以《豳風》終篇。觀三百篇之正
變，而詩之源流愈可知己」〔註5〕，即從《詩經》反映世道變化，導致變風變
雅美刺的變化。李維楨論《詩經》，從聲音之道與政通、觀風之變兩點著重闡
述。

〔註1〕明·李維楨《據梧草序》，《大泌山房集》卷十九，《四庫全書存目叢書》集150，
　　　第722頁。
〔註2〕明·李維楨《陳季慈詩序》，《大泌山房集》卷二十一，《四庫全書存目叢書》
　　　集150，第760頁。
〔註3〕明·李維楨《李少白詩序》，《大泌山房集》卷二十一，《四庫全書存目叢書》
　　　集150，第765頁。
〔註4〕明·李維楨《詩源辯體序》，《大泌山房集》卷九，《四庫全書存目叢書》集150，
　　　第488頁。
〔註5〕明·李維楨《詩源辯體序》，《大泌山房集》卷九，《四庫全書存目叢書》集150，
　　　第488頁。

第一，聲音之道與政通。

他述《詩經》「不佞聞聲音之道與政通，世隆則從而隆，世汙則從而汙。三百篇不可勝原，第言成周，周以勤儉肇基，其詩爲《邠》，愿而厚詳，而中於人情；文王文明柔順，化行《汝墳》、《江漢》，其詩爲《周南》、《召南》，婉而有致，恭而不忒。武成之際，公旦相之，反商政，尊周道，其詩爲《雅》、《頌》，和而正，華而實，晏然而有深思。東周王迹熄，其詩爲變風雅，若板蕩怒，而《黍離》哀，去先民遠矣」〔註6〕，國家政治與國情何種，直接關係民眾生活思想心態何種，發爲反映社會內容的現實詩歌，即能體現當時的社會風貌與世態民情，故周王朝不同時期，其詩歌風格不同，這是聲音之道與政通的內在產生機制。故他說「夫詩與政相表裏。古者學必安詩宵雅肄，三官其始也。稱詩論志，賦詩徵才，往往而是。其詩溫厚，則知其政慈良。其詩潔淨，則知其政清廉。其詩平淡，則知其政簡易。其詩奧衍，則知其政惇大。其詩脩整，則知其政詳練。其詩流暢，則知其政順應。其詩爽豁，則知其政明作。其詩沉著，則知其政持重。几此數者，皆詩之善物，而政之上理也」〔註7〕，文藝作品在一定程度上或顯或隱，或正面或悖離地反映政治意識形態與執策理念風格，是客觀存在。李維楨對「詩與政相表裏」的具體表徵舉例，是有道理的。

他說「《禮》言：聲音之道與政通，太史觀民風，卿大夫觀志，皆以詩因表測裏，原始要，終善敗，一無爽。今觀龔子勤詩，而益信詩之通於政也」〔註8〕，提出對百姓觀民風，對卿大夫觀志。但因作爲史官，他清楚「古者，上自人主，下自學士大夫，以及細民，莫不爲詩，而詩盛衰之機在上。後世細民不知詩，人主罕言詩，僅學士大夫私其緒，而詩盛衰之機在下。其轉移化導之力，詎足望人主乎？」〔註9〕《詩經》時代，閭里百姓莫不言詩，士夫公卿莫不賦詩言志，故有采詩官，教化民風之力在上，周後，上下兩頭不再是作詩主體，故教化之力在士大夫，這是李維楨所竭力倡教化挽救明末士風

〔註6〕明・李維楨《唐詩紀序》，《大泌山房集》卷九，《四庫全書存目叢書》集150，第489～490頁。

〔註7〕明・李維楨《章章甫詩序》，《大泌山房集》卷二十一，《四庫全書存目叢書》集150，第761頁。

〔註8〕明・李維楨《龔子勤詩序》，《大泌山房集》卷十九，《四庫全書存目叢書》集150，第723頁。

〔註9〕明・李維楨《唐詩紀序》，《大泌山房集》卷九，《四庫全書存目叢書》集150，第490頁。

世風看得深透之處，要士大夫階層立德行，以詩教言正道，興天下教化。所
以他強調的觀風觀志，「是景聖之詩，而即樂也。是景聖之學詩，而即詩教也。
古道其有興乎」〔註10〕、「子勤以詩爲政，以政爲詩，劑量得中，而詩與政並
有聲，所醖藉度越人遠矣。不然，古人所以觀風觀志，寧獨言語文字已耶？
抑聞之古之樂，即古之詩也。動天地，感鬼神，鳥獸蟲魚靡不來格，聲音與
政通，極致如此。子勤自藩臬而上，得政日專，行政日廣，播在聲詩，當日
益嘉其響，應可得聞乎，蒙竊待命於下風」〔註11〕，實有別於周朝的民風之
歌，而集中在士大夫出則兼濟天下、處則獨善其身的詩教之聲。

正因士大夫之詩，承載著興國教民之重任，其詩教要求士大夫之品德，是
「比長而受詩，則以爲詩之教，在乎溫柔敦厚，使人咏嘆淫泆，默化其忿戾躁
進之氣，而歸之於中和，非夫比德於玉者，烏能說詩哉」〔註12〕，具中和敦厚
之玉的端正德性；所抒寫之內容，是「其經涉廣矣，其鑒別審矣，其寓興深矣。
情有偏嗜，才有觭勝，發而爲詩，富而豔婉，變而多姿，有所託之，亦有所助
之也」〔註13〕，是寓興深廣富個性才情的內容；所發抒的風格，「詩教溫柔敦
厚，而患其調與格之弱者，一以雄麗爲宗」〔註14〕，具有興國安邦與士大夫品
性才情的質，其詩自不會萎靡細僻，格調當雄麗宏深。他批評「三百篇刪自
仲尼，材高而不炫奇，學富而不務華。漢魏肖古十二三，六朝厭爲卑近，而
求勝於字與句，然其材相萬矣，故博而傷雅，巧而傷質」〔註15〕、「以詩爲詩
三百，而後最近者漢魏，其次唐，其次明，中於溫柔敦厚之指者，十得一焉。
以詩爲舉子業，而其詞溫柔敦厚，若文懿罕矣。屬文之士，於是謂詩妨舉子
業，舉子業必不可通於詩，兩者分道而背馳」〔註16〕的不良傾向。

〔註10〕明‧李維楨《王景聖詩序》，《大泌山房集》卷二十，《四庫全書存目叢書》集
　　　150，第 746 頁。
〔註11〕明‧李維楨《龔子勤詩序》，《大泌山房集》卷十九，《四庫全書存目叢書》集
　　　150，第 724 頁。
〔註12〕明‧李維楨《詩經文簡草序》，《大泌山房集》卷二十六，《四庫全書存目叢書》
　　　集 151，第 75～76 頁。
〔註13〕明‧李維楨《王先民詩序》，《大泌山房集》卷二十四，《四庫全書存目叢書》
　　　集 151，第 40 頁。
〔註14〕明‧李維楨《龔子勤詩序》，《大泌山房集》卷十九，《四庫全書存目叢書》集
　　　150，第 724 頁。
〔註15〕明‧李維楨《唐詩紀序》，《大泌山房集》卷九，《四庫全書存目叢書》集 150，
　　　第 490 頁。
〔註16〕明‧李維楨《詩經文簡草序》，《大泌山房集》卷二十六，《四庫全書存目叢書》

　　在他的文集中，聲音之道與政通觀點，可總結爲兩點：其一，「孔子論學詩可以興觀怨群而事君父，不達于政，雖多奚爲？公發揮事業，以其餘緒及之詩，又不急人知，吶吶若愚，斯爲深于詩者哉！起予小子宏矣」〔註17〕，他強調儒家正統的政教文藝觀，與明末人性解放思潮基礎上興起的爲性靈爲藝術的公安竟陵兩派，在爲詩的根本目的上，是涇渭迥異的。其二，「聲音，道與政通。自頃仕宦分途而馳，聚族而競，即談詩者，亦南北持論不相下，兩河地，當天中。中丞方開府問俗，以其詩爲政，以其政爲詩。紹河圖洛書之緒，會陰陽風雨之和，從先進，振大雅，師表人倫，立四方，極治道，詩道胥賴之矣」〔註18〕，這其實反映出明後期京師和陪都兩個不同文藝中心，北京因館閣重臣與郎官實務所在地，故爲詩崇正統儒家政教觀，南京係閒官集散地，故爲詩崇人性解放新思潮下的爲性靈爲藝術觀念，李維楨持前者一派。這也能解釋他爲何在北方，尤其陝晉中州等地區，是當之無愧的文壇盟主，實是與明後期北方主流文學契合。

　　第二，世宗始，楚郢是二南教化首善地，嘉靖至萬曆，楚風變化令君子憂慮。

　　嘉靖皇帝自安陸藩邸入京，大興文治，「肅皇帝初載，稽古右文，大振雅道」〔註19〕，此論在後七子派文集中多可見到，李維楨對此評價頗高。正由於嘉靖隆慶萬曆等帝屬楚地發脈，楚郢成爲繼應天、北京之後的第三個明帝王之基，對明後期的詩歌與作家興盛起到促進作用，李維楨對此有清晰詳細論述：

　　　　楚當周初，載列國之風，《江漢》、《召南》爲冠。肇基王化，其時則鬻熊爲儒宗，中興之代，吉甫作頌，穆如清風，而苦縣、左史、三閭、蘭陵、宋玉、景差、唐勒之徒出焉，德行政事，言語文學，於斯爲盛。國家輻員萬里，視周有加，步以章亥，楚實中樞。自肅皇起，興都豐芑，沛枌之眾，若風從虎，作者遞興，迄乎于茲，陶

　　　集151，第76頁。
〔註17〕明·李維楨《董司寇詩集序》，《大泌山房集》卷十九，《四庫全書存目叢書》
　　　集150，第721頁。
〔註18〕明·李維楨《綠雨亭詩序》，《大泌山房集》卷十九，《四庫全書存目叢書》集
　　　150，第721～722頁。
〔註19〕明·李維楨《王太僕續詩選序》，《大泌山房集》卷十九，《四庫全書存目叢書》
　　　集150，第722頁。

治薰染，非伊朝夕，本之以天運，鍾之以地靈，道之以人事，楚士
之得與于此錄也，備三才之道矣。宜其中正不頗，可以觀也。觀之
九五，觀我生，觀民也。以錄之文，爲士風，以士爲楚風，以楚爲
天下風，庶幾郁郁彬彬，比于周《召南》、《大雅》，是在觀我觀民者，
胥勵翼哉！〔註20〕

楚之先祖鬻熊爲周文王師，以儒宗教化天下；尹吉甫是周房陵（今湖北
十堰房縣）人，周三代賢臣，相傳是《詩經》的主要採集者；爾後有左丘明、
屈原等，終二周，楚地德行政事，言語文學，雲蒸霞蔚，是楚地文教淵承底
蘊，楚地與《詩經》、詩教淵源頗深。至明嘉靖帝始，楚地文教郁郁彬彬，行
《周南》、《召南》王教二風，楚士楚風大熾，從前後七子派多楚士羽翼，最
後形成公安、竟陵頂峰，影響輻射全國。

在嘉靖帝與詩經淵承關係中，李維楨詳細闡述了楚郢相當於《召南》之
周宣首善地，聲音之道與政通，故其尊《詩經》風教天下，行溫柔敦厚之風
雅等，如：

郢介江漢間，昔在三代，則文王爲西伯，若日月照臨之，而益
以召公，分陝之政，江漢顧化，播在聲詩，號曰《召南》，勤而不怨，
樂而不淫，哀而不傷，美哉！風始基之矣。宣王中興，而江漢之產，
有吉甫者作誦，穆如清風。最後屈氏以騷鳴，所謂樂不淫，哀不傷，
庶幾兼之。至其徒，猶能爲雄風之賦，要以發明耳目，寧體便人爲
美，古郢人所爲語，類如此。

明興，而世宗自郢嗣大曆服，吾邑不腆，辱在湯沐四履，則
召南之際也。主上紹天闉繹，比隆周宣，建首善，自郢始，清風
四暢，氣求聲應，如大若者，有肆好孔碩之風矣。夫郢不易民，
而治上爲風雅，次爲騷賦，而其下則能和下里巴人，而不能和陽
春白雪，故曰風也，教也，風以動之，教以化之，視所倡何如耳！
大若郢人，其能爲郢人語也，則所得於風教者深哉！是編出，而
四方治舉子業者率從之，夫人而能爲郢語，比于《召南》、《大雅》，
即衙官屈宋可也。〔註21〕

〔註20〕 明・李維楨《觀風錄序代》，《大泌山房集》卷二十六，《四庫全書存目叢書》
集151，第68頁。
〔註21〕 明・李維楨《郢人語序》，《大泌山房集》卷二十六，《四庫全書存目叢書》集

　　而實質嘉靖帝大興周道，是為其尊親父興獻王為皇考，而不尊孝宗為皇考，與祖宗禮制對抗的做法正名份，推行親親尊尊的古道。如果說朱元璋驅除元虜，恢復漢制，自明立國之始即直接接續周漢唐三代之盛大光明大統，是為復古文風之源頭，那麼嘉靖帝的再興周道，客觀上對楚地與全國復古之風起了推波助瀾作用。李維楨記到議大禮明中期世風之變：

　　　　世宗踐祚，永嘉張文忠以留曹郎議大禮，稱上意，向後言聽計
　　　　從，不數年入閣位首，揆官少師，三四出入，生而尊寵，沒而贈卹，
　　　　非諸臣所敢望。不佞讀其遺集，而知公之諡文有以也。周公監二代，
　　　　制禮作樂，以致太平，郁郁斌斌，天地之精蘊，至是煥發昌熾，故
　　　　號文公。去周千餘年，而世宗朝自郊丘宗廟、文祖文考、先聖先賢，
　　　　親耕親蠶，造士取士，大者兵戎祭祀，小者冠服品式，革今之陋，
　　　　行古之道，比迹成周，率自公贊之。公之所以為文也，《集》燦然具
　　　　矣。〔註22〕

　　嘉靖帝早年的勵精圖治、政治革新、文治教化，的確給明王朝正德帝時期的政治弊端整肅一新，「明中興之業，莫尚于世宗」（《和雪亭詩序》）。而上古三皇五帝時代被美化了的遠古社會、周公制禮作樂彬彬而盛，本就是儒家世代知識分子的政治理想。所以，即使是他隱居深宮，慕道好長生，弊政叢生，其官宦士大夫治楚時，也會自覺將其帝王之基作二南首善之地治理，推行溫柔敦厚、發乎情、止乎禮義的正風正雅詩教，如《和雪亭詩序》、《漢上吟草題辭》、《郢中詩題辭》等，這在儒家知識分子政治裏是社會清明百姓和樂的代名詞。

　　李維楨便看重「意無不暢，道無不通，詩法源出三百篇，有頌而無諝，有風雅而無變」〔註23〕的觀風，因：

　　　　不佞竊聞古之言詩者，風雅一出，於正世道。降而後有變，
　　　　大臣如召穆公、衛武公之類作，而大雅變；小臣如家父、孟子之
　　　　類作，而小雅變；匹夫匹婦得刺譏時政而風變。然而仲尼刪詩，
　　　　風終于周公，雅終于召旻，若曰有臣如周召，則變風變雅可復于

　　　　151，第 75 頁。
〔註22〕 明・李維楨《張文忠集序》，《大泌山房集》卷十，《四庫全書存目叢書》集 150，
　　　　第 509 頁。
〔註23〕 明・李維楨《魏太史游滇詩序》，《大泌山房集》卷二十，《四庫全書存目叢書》
　　　　集 150，第 735 頁。

正。伐木之詩云求其友聲，神之聽之，終和且平；小明之詩雲正
直是與，神之聽之，式穀以女。頃日眾口為政，無春秋諱尊諱親
之義，無詩人可羣可怨之風，蜩螗沸羹，識者深憂其變。王公詩
正直和平，誠得同心友若，而人而與之，反變歸正，庶幾復見周
召夾輔之盛治。不佞有大願矣。〔註24〕

此段論述，道明正風正雅的重要，孔子將《詩經》復正的原因，也道明
萬曆後期全國世風之變。而通過他親身感受的京山家鄉，可見出明萬曆後期
世道人心迥異於嘉靖年間的淳樸：

余髫齔時，見里中俗甚醇美，齊民盡力南畝，不見異物而遷，
少不凌長，卑不踰尊，父老終身不涉城市，學士大夫自所治舉子業
外，鮮以綺語相高，而教其子弟必依於正直忠厚。自頃，文章家涉
獵六籍諸史，旁及二氏，日寖淫趨奇，褻宮室衣服他器用好慕效遠
方，費愈滋而積貯愈虛，情義愈乖離。漁奪蠶食之豪，往往而有。
薦紳或脩睚眦隙，圮族敗羣少年，工為匿名歌謠，翹人過失。渫惡
民健訟，訟不于邑，而于兩臺監司，猶未已，則赴闕奏，以詞惘人，
甚乃聚眾，白晝磔人，通衢焚其屍。猾胥舞文，作奸犯科，不可詰
問，而邑遂蒙不韙聲。〔註25〕

作為明後期帝王發脈之風教首善地，獻帝陵園周遭縣邑，便已如此民風
澆漓，全國世道人心不古，可想而知。李維楨集序題草中有大量詩道陵遲的
批評，將在論明詩一節詳。聲音之道與政通，明正統士大夫發為歌詩的變風
變徵，到明末陳子龍、夏完淳等慷慨悲歌。正是李維楨因身不在政位，用正
統詩教在明王朝即將傾倒前極力挽救的根本原因。

二、論唐詩

李維楨以《詩經》〔註26〕、唐詩、明詩為詩歌的三個節點，認為三個時
期詩歌最盛，唐詩好且重要，評議唐詩之處甚多。緣於由明初閩中十子起，

〔註24〕明・李維楨《王侍御詩序》，《大泌山房集》卷二十，《四庫全書存目叢書》集
150，第737頁。

〔註25〕明・李維楨《修齊正範跋語又》，《大泌山房集》卷一百二十八，《四庫全書存
目叢書》集153，第601頁。

〔註26〕李維楨認為以《離騷》為代表的《楚辭》可視為變風變雅，他有一篇《楚辭
集註序》可詳參（《大泌山房集》卷九，《四庫全書存目叢書》集150，第485
～486頁。）

終明一代重學唐，高棅《唐詩品彙》和李攀龍《唐詩刪》在明後期流傳甚廣，影響甚大；明中後期前後七子習初盛唐，公安習元白，竟陵習中晚唐，對唐詩學習取徑不一，意見不一，尤其三派末流習唐各有弊病，李維楨評議唐詩，有鮮明的廓本清源針貶時弊的現實意義。

第一，他認爲「唐與古殊矣」，談到唐詩的不足。

詩至唐，則與古異也，即「唐與古殊矣」是李維楨唐詩觀的立論基礎。唐不同於古，主要有：

（1）盛衰之機，由人主公卿大夫下移到士子階層。「古者，上自人主，下自學士大夫，以及細民，莫不爲詩，而詩盛衰之機在上。後世細民不知詩，人主罕言詩，僅學士大夫私其緒，而詩盛衰之機在下。其轉移化導之力，詎足望人主乎？則唐與古殊矣。」〔註27〕（以下同出此文）《詩經》時代，上至公卿士大夫，下至細民，皆作詩而歌，周王下采詩官觀民風作施政調整。到唐，作詩之主體人群不再是如漢樂府之百姓、漢魏晉六朝之君王藩邸，而是唐士子，詩之盛衰之機徹底由統治上層轉移到統治下層。故自唐起，士階層從此擔負起儒家詩教之責任。

（2）唐詩因作者、數量、門類都多於古詩，故經典性下降。古詩「代不數人，人不數章」，「六朝以上，惟樂府選詩」，至唐「而益以律絕歌行，諸體復不相侔」，古詩幾一人一詩，由太史採爲潤色。而唐一人之詩，常數倍於三百篇，「一切慶吊問遺，遂以充筐篋餽牽，用愈濫而趨愈下」，故唐與古殊矣。

（3）唐之勝與詩三百之勝不同。「三百篇刪自仲尼，材高而不炫奇，學富而不務華」，貴在自然渾涵。「漢魏肖古十二三，六朝厭爲卑近，而求勝於字與句，然其材相萬矣，故博而傷雅，巧而傷質」，漢魏詩好，六朝博傷雅，巧傷質。「唐人監六朝之弊，而劘濯其字句，以當於溫柔敦厚之旨，然其學相萬矣，故變而不化，近而易窺」，其各體各期成就在「可晉而言律體，情勝則俚，才勝則離，法嚴而韻諧，意貫而語秀，初盛奪千古之幟，後無來者」，「絕句不必長才，而可以情勝，初盛饒爲之，中晚亦無讓也」，「歌行伸縮由人，即情才俱勝，俱不失體，中晚人議論多而敦琢疏，故無取焉」，「初盛諸子啜六朝餘瀝，爲古選不足論，子昂、應物復失之形跡之內，李杜一二大家，故自濯濯」。李維楨對唐律體評價很高，認爲是唐詩近體不同於古體的成就，且

以初盛唐為最；認為絕句終初盛中晚四期都好；歌行以初盛唐佳，中晚唐不足取；古選以盛唐佳，尤其李杜。

（4）漢魏詩以不使事為貴，唐近體以使事為貴。「漢魏古詩以不使事為貴，非漢魏之優於《三百篇》也，體故然也」，「六朝詩律體已具，而律法未嚴，不偶之句與不諧之韻往往而是」，「至唐而句必偶，韻必諧，法嚴矣，又益之排律，則勢不得不使事，非唐之能超漢魏六朝而為三百篇也，體故然也」，因「使事善者，必雅必工必自然，不則反是，而詩受傷矣」〔註28〕，認為唐詩用典雅工而自然。

李維楨的唐詩觀有個變化過程，早期尊三百篇漢魏盛唐，大曆以下不足觀。到他晚年，對中國詩歌各期持論即較公允，認為皆有可觀可學，「今藝林事皆好古，詩不為唐，為六朝漢魏，……余竊譬之用漢魏六朝人詩入唐調，政自佳耳」〔註29〕。而他對唐詩近體異於古詩的四點分析是較客觀的。

他分析唐詩異於古詩，指出好與不好，目的是針對學唐太過的不良時風：

> 不佞竊謂今之詩，不患不學唐，而患學之太過。即事對物，情與景合而有言，幹之以風骨，文之以丹彩，唐詩如是止爾。事物情景，必求唐人所未道者而稱之，弔詭蒐隱、誇新示異，過也。山林宴游，則興寄清遠；朝饗侍從，則制存莊麗；邊塞征戍，則悽惋悲壯；睽離患難，則沉痛感慨；緣機觸變，各適其宜，唐人之妙以此。今懼其格之卑也，而偏求之於悽惋悲壯、沉痛感慨，過也。律體出，而才下者沿襲，為應酬之具；才偏者弛騁，為誇詡之資，而選古幾廢矣。好大者，復諱其短，強其所未至，而務收各家之長，攬諸體之勝，攬擷多，而精華少，模擬勤，而本真漓，是皆不善學唐者也。〔註30〕

評唐詩之好，貴在自然，其事、情、景合而有言，內有風骨，外有文采，寫作內容與風格緣機觸變，各適其宜。針對後七子派刻意高蹈揚厲、求全貪大，批公安竟陵之弔詭搜隱、誇新示異等，皆失本真自然，是不善學唐。

〔註28〕明‧李維楨《唐詩類苑序》，《大泌山房集》卷九，《四庫全書存目叢書》集150，第491頁。

〔註29〕明‧李維楨《程伯昭書千字文跋》，《大泌山房集》卷一百二十八，《四庫全書存目叢書》集153，第610頁。

〔註30〕明‧李維楨《唐詩紀序》，《大泌山房集》卷九，《四庫全書存目叢書》集150，第490～491頁。

第二，詳述唐初盛中晚各期優劣，明學唐所在。

> 今天下三尺之童皆知有唐詩，唐之所以自爲唐而不媿古，所以自爲唐而不及古，所以自爲唐而初盛中晚區別，⋯⋯。學詩也，則可人而必言詩學詩。〔註31〕

> 蓋今之稱詩者，雖黃口小兒皆言唐，而不得唐人所從入，皆知唐有初盛中晚，而不知其所由分。即獻吉于唐有復古功，而其心力所用，法戒所在，問之無以對也，模擬剽剝，惡道全出。而新進好奇之士左袒晚唐以降，若曰目前景，口次語，即詩家絕妙詞耳。〔註32〕

唐詩初盛中晚四期優劣，他以唐、明各體對舉來論：

（1）贊唐律地位。「唐詩諸體不逮古，而律體以創始獨盛，盡善盡美，無毫髮憾」、「三百篇後千有餘年，而唐以律盛垂八百餘年」，論唐成就最高在律體。論唐律成就，在於論明律地位，「明律乃能儷之，所貴乎？明者謂其能以盛繼盛也」、「而明紹之，黜宋元於餘，分閏位，而莫敢抗衡，所貴乎？明者謂其去唐遠，而能爲唐也」，認爲明詩黜宋元接唐詩，具較高成就，代表即明律。

（2）明律成就超唐律。「唐律詩代不數人，人不數篇，篇以百計，入選十不能一，中晚滔滔信腕，遂不堪覆瓿矣」，認爲唐律佳篇與大家如詩經，皆不多，中晚唐律敗在滔滔信腕。而「明諸大家陶冶澄汰，錯綜變化，人能所極，宛若天造，篇有萬斛之泉，句有千鈞之弩，字有百鍊之金，其富累卷盈帙，使人應接不暇，所貴乎明者？謂其出于唐，而盛于唐也」，明律詩人與詩皆遠多於唐。「初唐律寖盛，迨盛唐而律盛極矣。曾幾何時中不若盛，晚不若中」，中晚唐律比不上初盛唐律，盛唐律詩係唐律詩之頂峰；而「明洪永之際，律得唐之中。成化以前，律得唐之晚。弘正之際，律得唐中盛之間。嘉隆之際，律得唐初盛之間，所貴乎明者」，故他認爲明律「其盛于唐，而久于唐也」。

（3）明律兼唐所盛，而擅唐所難。「合諸體而論之，律爲難，析律體而論之，七言爲難。唐五言律，自初及中，得一長以成一家者甚眾，至于七言，初則體未嚴，中則格已降。雖當盛時，合作者鮮。」〔註33〕他對唐律有詳細

〔註31〕明・李維楨《詩雋類函序》，《大泌山房集》卷九，《四庫全書存目叢書》集150，第492頁。
〔註32〕明・李維楨《顧李批評唐音序》，《大泌山房集》卷九，《四庫全書存目叢書》集150，第493頁。
〔註33〕明・李維楨《皇明律範序》，《大泌山房集》卷九，《四庫全書存目叢書》集150，

論述：

> 律詩之興，雖自唐始，蓋由梁陳以來儷句之漸也。唐人習尚相高，遂臻美妙，然貴乎渾雄秀麗，含蓄慎密，言有限而意無窮，格純不駁雜。（五言律詩近體）

> 七言律，又五言律之變也。在唐以前，沈君攸七言儷句，已近其調，至唐始專，此體務在渾雄富麗之中，有清沉微婉之態，故明白雅暢而不踈淺，優游含詠而不輕浮，最忌俗濁纖巧，則失言，又風調盛唐，惟李杜王岑高李最得正體，足為規矩。後之學者不曉音律，學雄渾者枯硬，學清沉者必軟腐，而歸于庸俗矣。

> 排律之體，所貴反覆，議論井井有條，意興迭出，一氣呵成，賦景入事，皆須各當其可，索然而強，益其言，則深可厭矣。若五言亥韻詩，全在調古，與興高，神氣俊邁，不貴對偶，要出自然，本與古詩一例，然此或用排對，或平易可入，與律相似，故別立一卷，惟作者自得之。（五言排律并亥韻）〔註34〕

認為唐五律名家甚眾，七律成就最高而最難，初唐時七律成型晚，中唐後格已降，盛唐七律最好，但作者和佳篇少。明律盛唐律即在七律。故他在詩體中論七律最多，評價標準以自然渾雄為貴、雅正優游為上。他說「律詩中有四格，曰興，曰趣，曰意，曰理，興有虛活，輒有微妙，意要圓活，理要簡易，說事不可僻，說人不可露，人多言而我寡，人難言而我易，自不入俗」〔註35〕，忌易忌俗，「唐之律嚴於六朝，而能用六朝之所長，初盛時得之，故擅美千古。中晚之律自在，而犯六朝之所短，雅變而為俗，工變而為率，自然變而為強造，詩道陵于斯為極，好古之士遂為之屬禁」〔註36〕，崇工雅自然，反俗率強造。

（4）中晚唐詩逗漏出世道污隆、盛衰之機。「世道汙隆，詩與之相盛衰，而盛衰之機自相倚伏。開元諸公，遺詩具在，其中一二語，業已逗漏中晚矣。

第 497 頁。

〔註34〕 明·李維楨《唐詩雋論則》，《新鐫名公批評分門釋類唐詩雋》卷首，明刻本，上海圖書館藏。

〔註35〕 明·李維楨《唐詩雋論則·律詩則》，《新鐫名公批評分門釋類唐詩雋》卷首，明刻本，上海圖書館藏。

〔註36〕 明·李維楨《唐詩類苑序》，《大泌山房集》卷九，《四庫全書存目叢書》集150，第 491 頁。

人情便于趨下，而憚于革故，是以盛者向衰易，而衰者返盛難」，他明瞭詩歌傳達的社會盛衰世相與所起的教化作用，反覆以周唐之盛比明之盛，反覆論明萬曆後的詩道陵遲，不無以唐爲明之史鑒的用心，「明自七子沒，而後進好事者，開中晚之釁，浸淫于人心，而莫之底止」〔註37〕，他憂患甚深，以風雅正教來匡救世道人心。

第三，對唐諸家的具體品評。

（1）李杜。

李維楨指出二人源出風雅，於詩道有大功。

> 李趨《風》，故詄蕩，杜趨《雅》，故沉鬱。即弇州亦言讀李使人飄揚欲仙，讀杜使人情事欲絕。

> 夫詩至唐而體備，體至李杜而眾長備，而李杜所以得之成體者，則本三百篇。

> 後人知有李杜，不知有三百篇，是以學李學杜，往往失之。少彝爲之分體，直指其本於風雅，學人得所從來，可以爲李，可以爲杜，可以兼爲李杜，可以爲風，可以爲雅，可以兼爲風雅，可以自爲聖，可以自爲神，不至爲李杜作，使寧惟有功二家，其于詩道，豈小補哉？

> 是說也，少彝亦本之李杜。李之言曰「興寄深遠，五言不如四言，至七言靡矣，況束聲調，若俳優乎？」杜以「王楊盧駱當時體」劣於漢魏，恐作齊梁後塵，別裁之，而親風雅。夫李杜學詩，必本三百篇入，安能舍三百篇學李杜？少彝見及此，宜其詩接武嗣響李杜也。〔註38〕

需指出，李杜雖有親風雅處，更多在抒性情志向中展現盛唐氣象，困守長安十年和安史亂中亂後，杜甫如椽史筆轉向社會底層，抒寫波瀾壯闊之社會畫卷與細節，最根本在當代性，不在復古性，此說李維楨有牽強之嫌。

> 余于古未深窺，第以唐論，唐詩推李杜，文推韓柳，四君子皆六代後人也。六代詩文纖靡俳偶，風流結習四百餘年，李杜韓柳歸

〔註37〕明・李維楨《皇明律範序》，《大泌山房集》卷九，《四庫全書存目叢書》集150，第497頁。

〔註38〕明・李維楨《李杜分體全集序》，《大泌山房集》卷九，《四庫全書存目叢書》集150，第494頁。

于大雅，成一家言，人知四君子不受變六代，不知四君子之善用六
代也。……四君子于六代，得其蘊蓄，采其精華，詩去纖靡，文去
俳偶，撥亂反正之功與開物成務者相似。文章詩宗李杜，文宗韓柳，
其所損益因革，擇之精，守之不變，故四君子超六代。……四君子
掃除六代，蹊逕于唐，自為古。無咎別立三唐，閫奧于今，自為古，
其致一耳。後之視今，猶今之視古。〔註39〕

此將李杜韓柳之功，歸結於善用六代文學遺產，立足為今，自為古，成
一家言，體現了李維楨對早年偏向李攀龍「詩必漢魏六朝盛唐，大曆以下不
足觀」等持論的修正，他認識到古今一也，後之視今，猶今之視古，既習今
也習古，以大雅為本位。

他評李杜，是針對後七子派錯誤認識而發：

高廷禮選唐詩，特以工部為大家，別於正始、正宗、羽翼、接
武諸目。而楊廷秀有待無待之喻，尚軒李輕杜，詩豈易言哉！今人
詩多祖述，又務為近體，以聲調俳優束之，遂成結習，韻必沈休文，
格必大曆以上，事必無使宋以後，卒不以自振拔與李杜並驅，此無
他，學李杜而失之者也。〔註40〕

李白杜甫成為唐詩最高成就，原因之一在能吸納一切有益於詩的因素，
大而能化，絕無自設界限。後七子派詩人自設復古束縛，方法不對，格局自
囿陜窄。

（2）論駱賓王、陳子昂、孟浩然、王維、劉長卿、孟郊等人。

他重孟浩然之平澹而興味足。「浩然骨貌清秀，風神閒散，學不為儒，務
掇菁藻，游不為利，期以放情」，「浩然不以詩，故浩然詩以平澹為宗，當時
稱五言獨步，然詩家所長，豈一端而已」。雖有「五言之外，其境易窮，其味
易盡」〔註41〕的缺陷，但布衣詩人無喻孟浩然。聯繫到他對明末山人的諸多
批評，如《戴瞻侯詩題辭》、《題明山高隱卷》等，對少數山人的推崇，不難
理解贊孟浩然在人與詩俱若是矣。

〔註39〕明‧李維楨《汲古堂集序》，《大泌山房集》卷十三，《四庫全書存目叢書》集
150，第573～574頁。
〔註40〕明‧李維楨《董文嶽詩序》，《大泌山房集》卷二十一，《四庫全書存目叢書》
集150，第762頁。
〔註41〕明‧李維楨《胡仲修詩序》，《大泌山房集》卷二十四，《四庫全書存目叢書》
集151，第37頁。

他評唐詩人，多針對明代詩壇不正確觀念或不良傾向而發。如：

> 詩莫盛於唐，唐時婺州能詩者，駱賓王、馮宿、馮定、舒元輿、張志和、貫休數人而已。其人有祿位者過半，獨煙波釣叟、禪月大師以布衣緇流著聲，而終不得望大曆後塵，豈時有汙隆，即才士不能自拔耶？

> 詩至本朝嘉靖慶曆之間，即唐人初盛時，或所未逮，而頃者宿素衰落，後進多岐，業已淪於中晚，大抵尚雄奇，而乏溫厚，尚工巧，而乏典雅，尚華贍，而乏清婉，景不必其時所有，事不必其人所符，反之性情迥不相侔，其下則任昉沈約之賊而已矣。〔註42〕

> 然子夏序以一國之事繫一人之本，謂之風。風，風也，教也，風以動之，教以化之。上與下安往而非詩，安往而非風，而獨曰：「在下者，以詩鳴乎不平甚矣。」江南之役，郊有不釋然者，昌黎意欲規之，故曰：「在上奚以喜，在下奚以悲。」獎其善鳴，而寬其不平，亦風人微言相感動之意耳。昔人目孟詩為郊寒，將無所謂不平者，卒未遣之胸中，而與風終相遠耶。〔註43〕

可見他晚年崇尚溫厚、典雅、清婉詩美，是景、事與性情相符的詩歌，落足仍在儒家溫柔敦厚詩教。

三、論明詩

李維楨從明詩發展與詩道陵遲評明詩。

明詩的發展歷程。

（1）明立國，精神氣象比隆周漢唐。

「高皇帝驅胡元沙漠，還中華千古帝王相傳之統，精神氣象，榮鏡宇宙，是以一代文章之士，與漢唐比隆垂二百年」〔註44〕。朱元璋立國，一方面興胡惟庸、藍黨案等冤獄，大興文字獄和迫害功臣，但另一方面恢復漢統，從統治意識上宣揚漢人精神氣象，加強禮樂文治，令在新朝成長起來的士大夫

〔註42〕明・李維楨《米子華詩序》，《大泌山房集》卷二十四，《四庫全書存目叢書》集151，第37頁。

〔註43〕明・李維楨《唱喁稿序》，《大泌山房集》卷二十三，《四庫全書存目叢書》集151，第13頁。

〔註44〕明・李維楨《太函集序》，《大泌山房集》卷十一，《四庫全書存目叢書》集150，第527頁。

對明王朝充滿自豪自信精神，黜宋元，直接接續周漢唐三盛世，「兼周漢者，是在我明矣。高皇帝用夏變夷，宇宙煥若一新。身創之，身守之，綢繆其文章，繁縟其禮樂，二百餘年」〔註45〕。故發爲詩，「明立爲人士師，色笑伊教，辭多懽愉，音多和平，一洗俗尙無病呻吟之態」〔註46〕，「高廷禮品彙唐詩，有名家大家之目，蓋以偏至深造爲名家，以兼長入化爲大家，名家不必能大，而大家不擅一名，階級次第，故甚瞭然。唐人三百年，惟杜陵氏以大家稱，其難如此。明詩過唐遠甚，余所見名家不可勝計，而大家未易數遘」〔註47〕，多歌功頌德的和平歡愉之聲，如臺閣體，認爲明詩盛於唐，尤其七律過唐。

（2）明中期，李東陽將文章從館閣體末流中起而振之，復古漸興。

「明興，教士以六經及孔曾思孟之書，諸訓詁一遵宋儒，非此不列學官，不著功令。……即爲古文辭，尙臺閣體，朱絃疏越有遺音，玄酒太羹有遺味，而其末流拾唾核，享敝帚，搏沙嚼蠟，日趨于萎弱臭腐，漢魏六朝三唐諸論著，屏棄不復省覽」〔註48〕，「按今文章家，率以館閣體興，而古法幾亡。長沙李文正實振之，……踵文正後，遂以能作古高步藝苑，又皆吾楚人也。所論著傳于世者，文正、蒲坼最富，茶陵不及其半……文正於文章有復古功」〔註49〕，以復古振興文壇多爲楚人，如楊溥、李東陽、童承敍等，但李東陽未暢厥旨。於是「學左國史漢者，稍稍繼出。其人多在他署，而翰苑缺焉。安陽、華州二三君子倡而寡和，至壬戌及第，三公始洗宋元相沿積習，一意師古，翰苑之文，弛驟三代兩京，則三公一變之力也。三公皆相，爲本朝盛事」〔註50〕，除李夢陽等在郎署的復古活動，康海、崔銑等在翰林苑唱和，至嘉曆年間，除李攀龍、王世貞等在郎署的復古，翰苑有申時行、王錫爵、余有丁一意師古，其文通於上下，布於中外，使翰苑文風一洗宋元積習而宗秦漢文風，其文詞理必準古作

〔註45〕明・李維楨《弇州集序》，《大泌山房集》卷十一，《四庫全書存目叢書》集150，第525頁。

〔註46〕明・李維楨《黃明立集敘》，《大泌山房集》卷十，《四庫全書存目叢書》集150，第524頁。

〔註47〕明・李維楨《三子詩序》，《大泌山房集》卷二十一，《四庫全書存目叢書》集150，第754頁。

〔註48〕明・李維楨《申文定集序》，《大泌山房集》卷十，《四庫全書存目叢書》集150，第512頁。

〔註49〕明・李維楨《童庶子集序》，《大泌山房集》卷十二，《四庫全書存目叢書》集150，第547頁。

〔註50〕明・李維楨《申文定集序》，《大泌山房集》卷十，《四庫全書存目叢書》集150，第512～513頁。

者，韻度秀爽，色澤充腴，規模莊重，意指深厚，討論精覈，或舂容大篇，或宋寥短章，淵源自遠，郁郁其文。

（3）嘉隆年間，文治禮樂達到明王朝盛世的頂峰。

由於嘉靖帝稽古右文，制禮作樂，大興雅道，亦由弘治正德年間何李等輩的文學積累，文學由明中期的「薛胡譚道術，李何擒文賦」〔註51〕並行，到李攀龍王世貞「始有重文輕儒之成心」〔註52〕，「久之文學斌斌稍進，又醞釀百年，而力追古始矣」〔註53〕，「成化時，李文正與羅、謝、潘、陸諸公始爲律體，有中唐風；弘治時，儲文懿公分唐音，始正中晚之格，而趙與璘宗之已；有爲六朝詩、爲杜詩者，而何、徐、康、顧、薛、蔣諸公繼起，明音遂與唐等」〔註54〕。歷下婁江等間出，發爲文章，「生氣飛動，若雲興霞蔚，不暇應接」〔註55〕，「當一統全盛之朝，學士雲蒸霧涌」〔註56〕，明「積德二百年，禮樂大興」，達到明王朝精神氣象榮鏡宇宙的頂峰時期。

李維楨認爲明中興之業，莫尙於世宗，對嘉靖間充滿追憶的感情，如唐人敘說開元天寶的味道。他在詩歌批評裏清晰勾勒出嘉隆間的詩歌發展與盛衰轉變之機的歷程。

嘉靖五年的翰院：

> 肅皇帝初載，稽古右文，大振雅道。于時，學士大夫詩不言大曆，文不言東京，而莫盛于丙戌之官吉士者，吳則陸子潛、莘子潛、袁永之，越則屠文升、秦則趙景仁、楚則邑太僕王先生，五六公其最著者也。〔註57〕

〔註51〕 明・李維楨《夢古齋稿略序》，《大泌山房集》卷十二，《四庫全書存目叢書》集 150，第 543～544 頁。

〔註52〕 明・李維楨《夢古齋稿略序》，《大泌山房集》卷十二，《四庫全書存目叢書》集 150，第 544 頁。

〔註53〕 明・李維楨《霍郡丞遺詩序》，《大泌山房集》卷二十一，《四庫全書存目叢書》集 150，第 757 頁。

〔註54〕 明・李維楨《顧李批評唐音序》，《大泌山房集》卷九，《四庫全書存目叢書》集 150，第 493 頁。

〔註55〕 明・李維楨《太函集序》，《大泌山房集》卷十一，《四庫全書存目叢書》集 150，第 527 頁。

〔註56〕 明・李維楨《邢子愿小集序》，《大泌山房集》卷十一，《四庫全書存目叢書》集 150，第 532 頁。

〔註57〕 明・李維楨《王太僕續詩選序》，《大泌山房集》卷十九，《四庫全書存目叢書》集 150，第 722～723 頁。

嘉靖中期的郎署：

> 嘉靖間郎署五子，以文命代，而三甫者羽翼之，……諸君子名
> 相次起，新安、婁江晚並建旗鼓江左，總之得九人。〔註58〕

後七子的交遊討論：

> 先生與五子交四十餘年，討論人物，揚搉今古，上九天，而下
> 三泉，靡所不悉，杯酒過從，命題分韻，與一切撰著，千里之外必
> 相寄眎，片言隻字，評正得失，不以彈射為諱，故沉吟極思，競勸
> 並進，各極其才之所至，無復遺憾，則人力勝矣。〔註59〕

後七子的影響：

> 自北地、信陽肇基大雅，而司寇諸君子益振之，海內詩薄大曆，
> 文薄東京，人人能矣。〔註60〕

中州詩文之盛：

> 江左文章家日新富有，乃至鄙夷北朝如韓陵片石語，于今益甚，
> 而李子田、李伯承、魏懋權諸君子攘臂爭之。余以為此不足辨，無
> 論遠者，即近代之開先而為北地信陽，中興而為歷下新蔡，皆灼灼
> 人耳目，其羽翼接武者不可勝數。〔註61〕

西北文壇之盛：

> 天下論文事方奔走東南，而西北諸君子起而角之，未知鹿死
> 誰手。往者江東獨步，是為弇州，與穆魏有紆縞交，惜不及見元
> 仲耳。〔註62〕

吳地詩壇之盛：

> 中原文獻自晉東渡，悉歸三吳，吳莫盛于今蘇郡。明則季迪開
> 先，禎卿中興，元美集大成，而吳之為詩者比屋矣。……明三君子

〔註58〕明・李維楨《張司馬集序》，《大泌山房集》卷十一，《四庫全書存目叢書》集
　　　　150，第528頁。

〔註59〕明・李維楨《甗甄洞續稿序》，《大泌山房集》卷十一，《四庫全書存目叢書》
　　　　集150，第531頁。

〔註60〕明・李維楨《王奉常集序》，《大泌山房集》卷十一，《四庫全書存目叢書》集
　　　　150，第529頁。

〔註61〕明・李維楨《逍遙園集序》，《大泌山房集》卷十一，《四庫全書存目叢書》集
　　　　150，第536頁。

〔註62〕明・李維楨《董元仲集序》，《大泌山房集》卷十一，《四庫全書存目叢書》集
　　　　150，第537、538頁。

超于流俗之外，故足尚也。〔註63〕

湖廣詩壇之盛：

　　　踵文正後，遂以能作古，高步藝苑，又皆吾楚人也。〔註64〕

江右詩壇之盛：

　　　嘉隆間才人寖盛海內，三尺之童知厭薄大曆，高譚六朝漢魏，而諸宗人專精殉業，鑽厲篆刻日益眾，則大江之西斌斌矣。〔註65〕

閩地詩文之盛：

　　　嘉靖時，晉江王思道先生以濂洛關閩之學爲歐蘇曾王之文。張公學承宋後，文軼宋前。頃日閩士蔚興儒林文苑，史不勝書，師友之益良多。〔註66〕

隆慶間詩文之盛：

　　　余所見嘉隆以來爲太和詩文者，王司寇、汪司馬、徐宗伯、吳祭知、馮觀察諸君子，各有精詣妙境，要以囊括千古，極命庶物。〔註67〕

　　但是，在明詩的一再振起變化中，亦經歷著盛極難繼、弊病叢生、審美疲憊、末流漸墮等必然過程，故當嘉隆盛極之時，亦倚伏著衰敗之機：

　　　國初，詩纖穠綺縟，猶有元之結習，變者務爲和平典暢，而其流失之猥鄙。弘正之際，變者務爲鉅麗雄深，而其流失之粗厲。嘉隆之代，變者始一歸于正，名家大家，具有唐人之美，而盛衰之機，實相倚伏。〔註68〕

　　　蓋本朝人文極盛，成弘而上，不暇遠引，百年內外，約有三變，當其衰也，幾不知有古。德靖間二三子反之，而化裁未盡。嘉隆間

〔註63〕明·李維楨《馬德徵詩序》，《大泌山房集》卷十九，《四庫全書存目叢書》集150，第725頁。

〔註64〕明·李維楨《童庶子集序》，《大泌山房集》卷十二，《四庫全書存目叢書》集150，第547頁。

〔註65〕明·李維楨《朱宗良詩序》，《大泌山房集》卷十九，《四庫全書存目叢書》集150，第713頁。

〔註66〕明·李維楨《張觀察集序》，《大泌山房集》卷十，《四庫全書存目叢書》集150，第520頁。

〔註67〕明·李維楨《玄覽集敘》，《大泌山房集》卷十二，《四庫全書存目叢書》集150，第549頁。

〔註68〕明·李維楨《鄧使君詩序》，《大泌山房集》卷十九，《四庫全書存目叢書》集150，第726頁。

二三子廣之，而模擬遂繁。萬曆間二三子厭之，而雅俗雜糅，一變
再變，騎于師古，二變騎于師心。〔註69〕

　　夫嘉隆諸君子善學六朝漢魏與唐者也，舍六朝漢魏與唐，而
惟嘉隆諸君子之求，故宗門漸遠，而蹊逕易窮；抑或以嘉隆諸君
子取重，恭稱師，倨稱友，近稱同社，遠稱神交，故情賞不諧，
而梔蠟輒敗。此一時也，譬之淮南雞鳴天上，犬吠雲間，既弔詭
不可方物，而其一出一入，字直千金者，雜成于小山大山之屬，
未深信爲淮南有也。〔註70〕

此三段見李維楨的明詩史觀，重源流演變的前因後果，而非簡單論風格、
弊病、師心師古優劣。他勾勒明詩自國初興變風格所產生的流弊及原因，分析
發展到嘉隆間，由於學後七子派者成風，取徑已下，故大家名家宛若鶴立於雞
群，泥沙俱下，難識眞章，其宗門漸遠，蹊逕易窮，失眞的流弊使得公安竟陵
興起，詩壇從師古轉變爲師心，而師古流弊未除，師心過之的流弊亦生。李維
楨對萬曆後的明詩，集中在盛中見衰，大量的詩道陵遲及原因的闡述。

　　第二，萬曆後的詩道陵遲及多方面原因，聲音之道與政通，詩道反映世
道，而超出詩道之外的陵遲，則更使明後期社會責任感強的士大夫群體憂患
國難。

　　第一個層面，是詩道陵遲。

　　首先，是七子倍受罪責摒棄，詩壇漸開中晚唐風尙。

　　嘉隆之間，雅道大興，七子力驅而返之古。海內歙然鄉風，其
氣不得靡，故擬者失而粗厲；其格不得踰，故擬者失而拘攣；其蓄
不得儉，故擬者失而龐雜；其語不得凡，故擬者失而詭僻，至于今
而失彌滋甚，而世遂以罪七子，謂李斯之禍秦，實始荀卿。〔註71〕

　　明自七子沒，而後進好事者，開中晚之釁，浸淫于人心，而莫
之底止。〔註72〕

〔註69〕明・李維楨《董元仲集序》，《大泌山房集》卷十一，《四庫全書存目叢書》集
　　　　150，第537頁。
〔註70〕明・李維楨《朱宗良詩序》，《大泌山房集》卷十九，《四庫全書存目叢書》集
　　　　150，第713～714頁。
〔註71〕明・李維楨《吳汝忠集序》，《大泌山房集》卷十二，《四庫全書存目叢書》集
　　　　150，第559頁。
〔註72〕明・李維楨《皇明律範序》，《大泌山房集》卷九，《四庫全書存目叢書》集150，

余竊嘆後生承學，不崇六經而好處士橫議，不信正史而拾稗官野談，不考古文而沿流俗惡札，不務大雅而喜吊詭偏見，所謂小兒強作解事語，比比皆然。取季昭父示兒者亟示之，亦今日要義也。〔註73〕

每讀時義及見諸稱詩者，則前所指數流弊恒十之九，使他不得不發爲言：

嘉隆間，稱詩者必則古昔，如故國舊家守其先世之遺，無敢失墜，故詩與開元大曆相上下。自頃好奇者學怪於李長吉，學淺於白居易，學僻於孟郊，學澀於樊宗師，學浮豔於西崑，而詩之體敝矣。〔註74〕

頃日，好奇之士欲盡去文章舊法，謂自我作祖，然終不能出古人範軌，袛以形其孤陋寂寥耳。〔註75〕

今學詩者，工摸擬，而非情實，善雕鏤，而傷天趣，增蛇足，續鳧脛，失之彌遠；抑或取里巷語，不加脩飭潤色，曰：「此古人之風，可以被絃管金石也。」敝帚自享，均以供識者嗢噱而已。〔註76〕

夫詩有氣有聲有色，其始渾合無二，而末流澆漓析亂，勢極斯返。〔註77〕

此針對公安竟陵末流之鄙俗僻澀與後七子派之模擬，痛下針貶。所以會出現這種情況，是因叔季之世，人多急功近利，對自己與社會不再持負責任態度：

雖然，嘉隆以前，爲錄者鑽研非不奧，而其言近；採摭非不博，而其指約；摛詞非不美，而其裁端，朱絃疏越，一唱三歎，有遺音焉。日者，人晞不朽之業，家執如椽之管，發洩太盡，雕劌太巧，

第 497 頁。

〔註73〕明・李維楨《示兒編題辭》，《大泌山房集》卷一百三十二，《四庫全書存目叢書》集 153，第 686 頁。

〔註74〕明・李維楨《邵仲魯詩草序》，《大泌山房集》卷二十三，《四庫全書存目叢書》集 151，第 14 頁。

〔註75〕明・李維楨《玄覽集敘》，《大泌山房集》卷十二，《四庫全書存目叢書》集 150，第 550 頁。

〔註76〕明・李維楨《綠雨亭詩序》，《大泌山房集》卷十九，《四庫全書存目叢書》集 150，第 721 頁。

〔註77〕明・李維楨《穆內史詩集序》，《大泌山房集》卷二十，《四庫全書存目叢書》集 150，第 742 頁。

稠繆太盛，無以復加矣。〔註78〕

今之時，詩道大盛，哆口而自號，登壇者何所蔑有！要之，模擬彫琢，誇多鬪妍，茅靡波流，吹竽莫辨，試一一而覆案其人性情行事，殊不相合。夫詩可以觀，以今人詩觀今人，何不類之甚也！〔註79〕

蓋上者殉名，下者殉利，追趨逐嗜之意多，而匠心師古之指少，詩道陵遲，無惑其然善乎！〔註80〕

第二個層面，嘉隆前，社會淳樸，發之於詩歌，有溫柔敦厚彬彬風雅音旨。萬曆後期，人心不古，致詩文之變；詩文之變，又給政治與社會更大破壞性。

夫知人，古今所難，有人與文兩美者，有文與人兩戾者，有文浮于人者，有人短于文者，不知文安能知人爾。時文士陋者剽攘，躁者浮誇，僻者鉤棘，壯者粗厲，所不足論，其或拾唾竺乾，操戈洙泗，務為謬悠頗僻之談，以聳黨與天下，嚾然交臂而拜，同聲而贊，而其人巧伺如狙，匿影如鷩，附羶如蟻，沉湎如猩，不名為人，于交何有？〔註81〕

今去公垂八十年，作者如林，大都刻劇以見法，馳騖以見學，卓詭以見才，藻豔以見情，至封事彈奏之文，果於掊擊，若聚訟罵坐，識者竊病其為東晉、六朝之浮薄，而更憂其有後漢、南宋之流弊矣。〔註82〕

先生沒垂四十年，朝聚訟而野橫議，澆薄險忌，日墮惡道，嘵嘵以文鳴者，若醉之狂，病之譫，夢之囈，兒婦人口之不可用，侏僂鴃舌之須重譯，識者憂其為人心世運害非淺鮮。〔註83〕

〔註78〕明·李維楨《論表策衡序》，《大泌山房集》卷二十六，《四庫全書存目叢書》集151，第64頁。

〔註79〕明·李維楨《端揆堂詩序》，《大泌山房集》卷十九，《四庫全書存目叢書》集150，第720頁。

〔註80〕明·李維楨《桃花社集序》，《大泌山房集》卷二十二，《四庫全書存目叢書》集150，第773頁。

〔註81〕明·李維楨《胡文部集序》，《大泌山房集》卷十，《四庫全書存目叢書》集150，第520～521頁。

〔註82〕明·李維楨《毛文簡公遺稿序》，《大泌山房集》卷十二，《四庫全書存目叢書》集150，第545頁。

〔註83〕明·李維楨《李文定集序》，《大泌山房集》卷十，《四庫全書存目叢書》集150，

他對政治、社會、學術、文章風尚敗壞的原因分析深刻：

> 今道術之弊甚矣，文章則浮豔而幻怪，政事則粉飾而偏煩，氣節則虛憍而忿戾，理學則拘滯而迂踈，國家生靈利害，要領不聞，有心傷力持者，而效貫豎兒女子，爭言巖廊，表著爲訟府劇場，海內靡而效之，日墮惡趣。明興踰歷四甲子以來，世道人心未有若茲囂競詐譸者也。端倪於二三臺省，省臣能言，不能令人必行，臺臣巡狩，無論藩臬郡邑，仰鼻息，唯阿不暇，即督撫重臣，肘虞旁掣，而腹應長鞭，故轉移世道人心在外，則臺臣任其貴矣。〔註84〕

> 二十年來，人情澆漓，以訐爲直，恣行胸懷，蔑弃分義，操康成之戈，彎逢蒙之矢，恬不知怪矣。〔註85〕

> 叔季學術滋晦，而講學家託於德行，以自便其膚陋苟簡之習，沿至末流，襲釋氏餘唾，舉一切而空之，破事理，障守綺語，戒其名甚尊，而使人莫能議，其術愈巧而其趨愈下，是以政事文學兼之者殊鮮，而求備於講學家爲尤難。〔註86〕

> 嘉靖而後，人人言兩京六朝三唐，復索之二氏，目前輩爲臺閣體，劌琢無餘功，發揚無餘蘊，澆醇散樸，人心世道，日趨愈下，識者竊有隱憂焉。〔註87〕

士大夫是社會的良知，亦是確立社會道德與教化的主要群體，雖明王朝自立國初經濟政治軍事制度上設計的缺陷是明王朝覆滅的深層原因，但萬曆帝的不負責任則是明朝由盛轉向衰亡的直接原因，明萬曆帝因立太子事而以不復不理政事作爲與群臣的鬥爭，但言臣激進矯造以立名，前赴後繼，黨爭激烈，也是遭致萬曆厭惡與不信任的重要原因，皇帝與群臣各打五十大打。明後期從臺省到胥吏一路下的官僚統治系統腐敗泛濫，各爭私利，置國家利益於不顧，根

　　　　第 511 頁。
〔註84〕明・李維楨《西遊四集序》，《大泌山房集》卷十二，《四庫全書存目叢書》集150，第 548 頁。
〔註85〕明・李維楨《題鄒薛二公卷》，《大泌山房集》卷一百二十六，《四庫全書存目叢書》集 153，第 567 頁。
〔註86〕明・李維楨《由庚堂集序》，《大泌山房集》卷十，《四庫全書存目叢書》集 150，第 516 頁。
〔註87〕明・李維楨《韓宗伯集序》，《大泌山房集》卷十二，《四庫全書存目叢書》集150，第 546 頁。

本在明後期由心學末流與城市商業繁榮而引起的大轉型，整個社會向物質、功利與道德滑坡轉向，造成社會各領域全方面的風尚敗壞。他認識到：

> 王符曰：「學問之士，好語虛無爭，著雕麗以求見異，此傷道德之實，而惑曈夫之大者也。賦頌之徒，苟爲饒辨屈寒之詞，競陳誣罔無然之事，以索見怪于世，此悖孩童之思，而長不誠之言者也。多務交遊以結黨，助偷世竊名以取濟，度此逼眞士之節。而衒世俗之心者也，多姦諛以取媚，撓法以便佞，此滅貞良之行，而開亂危之原者也。」士風儒術，漢猶近古而節信，持論如是，況乎叔季之世哉！〔註88〕

相較宋明理學「存天理，滅人欲」，王文成心學「致良知」給人的天性本欲提供了鬆動牆角的理論支持，最後發展成追求人性解放的王學左派之狂禪，「簧鼓之說已中人膏肓，禍且移之國家天下」〔註89〕，而當時的正統純儒，除了追本溯源，抬出明經正道的儒家法寶，拿不出其他武器：

> 迨南宋而儒者專尚名理，理不足，則畫鬼魅以自欺，學不足，則薄雕蟲小技以自高，取經之糟粕爲語錄，而儼然欲與經抗。夫六經安往而非文章，豈其有一言之俚如俗儒者哉！豪傑之士病其衰弱而欲返之先秦西京之盛，文自老莊屈宋左馬董貫卿雲，詩自建安大曆以下，屏諸耳目之外，其於振古功最烈。而末流遂有模儗剽剝之患，羔裘而狐袖，羊質而虎皮，梔黃而蠟澤，倍六經遠矣。夫意在明經而棄經之文與法，用經之文與法而遺其精蘊，兩者皆過也。〔註90〕

> 讀公之文，當弟靡波流時，卓然自爲一家，復見先進風範，良足貴也。〔註91〕

> 從先進，振大雅，師表人倫，立四方，極治道，詩道胥賴之矣。
> 〔註92〕

〔註88〕 明・李維楨《萬先生集序》，《大泌山房集》卷十一，《四庫全書存目叢書》集150，第540頁。

〔註89〕 明・李維楨《吳侍御疏跋》，《大泌山房集》卷一百二十八，《四庫全書存目叢書》集153，第598頁。

〔註90〕 明・李維楨《于于亭集序》，《大泌山房集》卷十二，《四庫全書存目叢書》集150，第562～563頁。

〔註91〕 明・李維楨《韓宗伯集序》，《大泌山房集》卷十二，《四庫全書存目叢書》集150，第546頁。

〔註92〕 明・李維楨《綠雨亭詩序》，《大泌山房集》卷十九，《四庫全書存目叢書》集

明經正道，興復大振，師表人倫，既是詩道，亦是治道，李維楨在明末代表後七子派中堅，高舉復古雅正大旗，實已進入第三期；其性質已由李攀龍第一期使文復歸正，有總持堅固之功；到王世貞第二期使文從高蹈揚厲到復歸平淡，從擬議成變到晚年定論，後七子派復古理念與文風達到鼎盛，有張皇桓撥之功；到李維楨第三期，他堅守的是「卓卓乎正矣，巍巍乎高矣，恢恢乎大矣，鑿鑿乎精矣」的道德與文章，重心是與明後期敗壞的政風、士風、學風、文風作抗爭，以明德弼教、先進厚道的長者風範，樹立儒道正統的標杆，匡救末世的明王朝，「余竊有感於末俗之薄，上交下交，無一可者，前輩風致令人賞歎不已」〔註93〕，絕不僅僅是針對公安竟陵的文學與末流流弊。故他對公安竟陵，並不是劍拔弩張地反對抨擊，除了對兩派末流如同對後七子派末流一樣的嚴厲批判，對三袁與鍾惺、譚友夏等反而持諸多讚賞評論，準確來說，是在堅守純儒救世、雅正復古本位下的寬容、學習和為我所用的態度。且需點明，李維楨雖出了翰苑史館多年，但所持其實是翰苑館閣的政治文學思想，他說「國家養士，而登進之恩甚厚，人情豔慕，故勢觭重，乘厚重以自恣，流弊至此，辱莫甚焉。更題數語於後，士無論進不，各置一編座右，作懺悔文可耳」〔註94〕，與李攀龍、王世貞等郎署和公安竟陵意識深處可能還有不同。

四、論漢魏六朝宋元詩

李維楨評議漢魏六朝宋元詩不多，可作為周詩、唐詩、明詩的對照。

第一，論漢魏六朝詩。

他認為六朝四六文好過詩，六朝詩浮豔雕繪：

> 漢魏古詩以不使事為貴，非漢魏之優於三百篇也，體故然也。六朝詩律體已具，而律法未嚴，不偶之句與不諧之韻往往而是。〔註95〕

> 唐之律嚴於六朝，而能用六朝之所長，初盛時得之，故擅美千古。中晚之律自在，而犯六朝之所短，雅變而為俗，工變而為率，自然變

150，第 722 頁。

〔註93〕明・李維楨《龍潭紀事引》，《大泌山房集》卷一百三十二，《四庫全書存目叢書》集 153，第 691 頁。

〔註94〕明・李維楨《國朝進士列卿表跋》，《大泌山房集》卷一百二十六，《四庫全書存目叢書》集 153，第 565 頁。

〔註95〕明・李維楨《唐詩類苑序》，《大泌山房集》卷九，《四庫全書存目叢書》集 150，第 491 頁。

而爲強造，詩道陵遲，于斯爲極，好古之士遂爲之屬禁。〔註96〕

律詩昉于六朝，四六文盛于六朝，字必偶，事必切，意必貫，音必諧，詞必華，兩者若相爲用而實不同，文無定裁，伸縮由人，律詩有定體，不可損益。六朝以其爲四六之文者爲詩，或坐牽合，或出強造，或競詭僻，或涉重複，而詩病矣。唐初一變，而五七言近體爾雅精工，爲千古絕技，如王勃、駱賓王、王維詩，皆澄汰六朝浮豔故習，清新典則，至四六文，組織鍛鍊，又自成一家，此于六朝，青出藍，藍謝青者也。今時詩多用律，而文不多用四六，四六多用于啓，具美鮮矣。〔註97〕

六朝詩聲色大開，重描摹，是古詩之自然音韻轉向唐近體平仄格律的過渡時期，李維楨從近體新詩的萌芽屬性來論六朝詩，故它有上述不成熟處。他論六朝詩文，多與唐代詩文對舉：

六朝之文俳偶藻麗，唐宋諸名家之文平正通達，六朝之詩雕繪妍媚，至唐，而歌行、近體、長律、絕句，以迄中晚，丰神色澤，日異而月，不同因乎。〔註98〕

即時爲六朝駢儷語，精華俊爽，超然自遠，其詩本原三百篇、漢魏六代，而以盛唐爲宗，即俯而爲大曆，而正始，風範不頹。〔註99〕

六朝詩文優點在精鑿整潔、新奇充滿，缺點在強造不根、誇多傷煩，但六朝詩文貴自然與才高，唐人李杜都比不上六朝之才：

自鮑照評謝靈運五言詩如「初發芙蓉，自然可愛」，李白稱韋良宰詩「清水出芙蓉，天然去雕飾」，而才人學士以芙蓉顏精舍，方詞賦者日眾矣。夫自然可愛，匪直象芙蓉難，即詠芙蓉亦殊不易。王勃云：「鄴水朱華，光映臨川」，之筆陳思「朱華冒綠池」，語本《招

〔註96〕明·李維楨《唐詩類苑序》，《大泌山房集》卷九，《四庫全書存目叢書》集150，第491頁。

〔註97〕明·李維楨《劉居敬詩啓序》，《大泌山房集》卷十二，《四庫全書存目叢書》集150，第554～555頁。

〔註98〕明·李維楨《祁爾光集敘》，《大泌山房集》卷十，《四庫全書存目叢書》集150，第521～522頁。

〔註99〕明·李維楨《霞繼亭集敘》，《大泌山房集》卷十一，《四庫全書存目叢書》集150，第535頁。

魂》「芙蓉始發，雜芰荷紫，莖屏風文，緣波曹之」，冒不若宋之，緣何以故？自然故也。曹爲《洛神賦》「灼若芙蓉出綠波」，豈不自然？于詩乃爾，無亦好奇之過乎？〔註100〕

若陶之把菊東籬，謝之池塘春草，柳之亭皋木葉，薛之草隨意綠，取象目前，寓意言外，而清遠逸宕，沖和微婉，玩之有餘味，出之無常態，是所以度越時流。……然六朝浮豔結習，子昂特起，釐正功故不小。〔註101〕

李曰：「自從建安來，綺靡不足珍。」杜曰：「恐與齊梁作後塵。」李杜之鄙曹劉，輕六朝也。其理是，其才實有所不逮也，亦時限之也。〔註102〕

故他認爲較理想是融合漢魏六朝與唐之所長，用六朝之才與學，出之以唐人之格調風骨，因格而求：

因體而別其詣，古選之意象馴雅，歌行之才氣宏肆，近體之律韻均調，絕句之風神誄宕，因格而求，其似漢魏之樸茂醇深，典則清舉，六朝之靡曼藻麗，盛唐之雄贍妍秀，抑何其具足也。〔註103〕

有六朝之才與學，而得唐人之格與調，錯綜之變無窮，靡曼之態非一，意奇骨勁，神合氣完，不墮外道，不縛小乘，豈不斐然才士哉！〔註104〕

結合唐論六朝，是針對浮靡或卑弱兩過之風格與明後期四六文之弊：

蓋六朝君臣濡首杯勺之嗜，蕩心帷幨之愛，所廣倡淫哇浮靡，若桑間濮上不祥語，而兩宋以理學振之，自託於聖眞天，則遞相沿襲，名爲館閣體，其卑弱如啜墨汁，無復可味，二者過猶不及也。

〔註100〕明・李維楨《芙蓉館稿序》，《大泌山房集》卷十九，《四庫全書存目叢書》集150，第 727 頁。

〔註101〕明・李維楨《陳山甫詩序》，《大泌山房集》卷二十二，《四庫全書存目叢書》集 150，第 785 頁。

〔註102〕明・李維楨《題曹蓋之詩後》，《大泌山房集》卷一百三十一，《四庫全書存目叢書》集 153，第 675 頁。

〔註103〕明・李維楨《閻汝用詩序》，《大泌山房集》卷二十一，《四庫全書存目叢書》集 150，第 750 頁。

〔註104〕明・李維楨《徐茂吾詩序》，《大泌山房集》卷二十一，《四庫全書存目叢書》集 150，第 759 頁。

仁仲輕豔不爲六朝，而卑弱不爲兩宋，彬彬中立者乎？〔註105〕

　　四六之文倣於六朝，而唐因之，或者偏取宋人，合作其在。今人更有難於古者，六朝與唐多以四六字爲句，即增不過一兩字，今句讀至數十言而後屬對，一難也。唐人四六韻不必平仄相間，今與五七言近體詩用韻無異，二難也。宋人汰綺靡，務平淡，耳目一新，而其散流爲寒儉寡味，今酌綺靡平淡之中而用之，三難也。故有爲僞兩漢易爲眞六朝難之說者。〔註106〕

吸取六朝與唐宋的成功經驗，來糾明後期四六偏頗。他另有論漢魏六朝樂府、騷賦觀點：

　　樂府尤所研精，以爲魏不如漢，無論六朝直質者，猶存古意，第其間，諧聲比字，遂開唐人近體門戶。〔註107〕

　　騷賦亦得漢魏六朝諸家法，博贍而出之爲簡潔，激昂而夷之爲和婉，訣宕而劑之爲雅馴，縟藻而收之爲澹泊，單言隻字，無窘步驟，連篇累牘，無疎位置，宜其見賞于大方家也。〔註108〕

他另有考證沈約、湯惠休的《冒伯麐詩序》、《蘇明府集序》，不贅述。

第二，論宋元詩。

李維楨論宋元詩集中在《宋元詩序》、《雷起部詩選序》、《楊蘇門詩序》、《王日常詩序》、《林和靖詩題辭》、《郭生詩題辭》等數篇中，主要涉及到對宋元詩的評價、對林和靖的前後認識、對宋人學杜與江西詩派學杜之失三個問題，而對元白與蘇子瞻的評述，是李維楨評公安派的主要切入點，故納入公安派一節論述。

首先，對宋元詩的評價。

他敘述了明人厭薄宋元人的普遍風氣及原因：「詩自三百篇至於唐，而體無不備矣。宋元人不能別爲體，而所用體又止唐人，則其遜于唐也故宜。明

〔註105〕明・李維楨《玉署篇序》，《大泌山房集》卷二十四，《四庫全書存目叢書》集151，第27～28頁。
〔註106〕明・李維楨《四六雕蟲編序》，《大泌山房集》卷十三，《四庫全書存目叢書》集150，第582頁。
〔註107〕明・李維楨《小有初稿序》，《大泌山房集》卷十三，《四庫全書存目叢書》集150，第587頁。
〔註108〕明・李維楨《蘇明府集序》，《大泌山房集》卷十，《四庫全書存目叢書》集150，第524～525頁。

興，詩求之唐以前漢魏六朝，唐以後元和大曆，駸駸窺三百篇堂奧，遂厭薄宋元人，不復省覽」，而他比長而爲詩，亦沿後七子派嘉靖年間習尚，「不以宋元詩寓目」〔註109〕。

後來，悟到宋詩亦有可學之處，「久之悟其非也」。此是他宋元詩觀的一個大轉向，與他對古今、師古師心等詩歌整體觀念逐漸變化有關。他亦用從《詩經》中悟到的道理作比：

> 古之詩即古之樂，……至于十五國風，其人或農漁樵牧、戍卒獵徒、候人伶官、棄婦怨女、妾媵之賤、淫奔之偶，其事或置兔包麕、從狼載犬、倩笑美盼、贈藥貽椒、桑中濮上、婆娑桃閭之行，悉以施五音六律，而列國聘使，往往賦之言志。以宋元人道宋元事，即不敢望《雅》、《頌》，於十五國風者，寧無一二合耶？……孔子豈不知鄭音好濫淫志，衛音趨數煩志，齊音傲辟喬志，而悉收之。聲音，道與政通，審聲知音，審音知樂，審樂知政，而治道備矣。宋詩有宋風焉，元詩有元風焉，采風陳詩，而政事學術、好尚習俗、升降汙隆，具在目前。故行宋元詩者，亦孔子錄十五國風之指也。

李維楨從觀風的角度，將宋元詩的可存可行可學價值述得非常清楚。更重要是，他借宋元詩學唐，闡釋明人學唐，猶如宋元人學唐，後人視今，猶若今人視古的道理：

> 就詩而論，聞之詩家云：宋人調多舛，頗能縱橫；元人調差醇，覺傷局促；宋似蒼老而實粗鹵，元似秀俊而實淺俗；宋好創造而失之深，元善摸擬而失之庸；宋專用意而廢調，元專務革而離實。宋元人何嘗不學唐，或合之，或倍之。譬之捧心而顰，在西施則增妍，在他人則益醜。譬之相馬，在伯樂得其神，則不論驪黃牝牡；在其子按圖，則失之蟾蜍，差以毫釐，謬以千里。安知今學唐者，不若宋元者哉！合可爲式，倍可爲鑒，精而擇之，慎而從之，……宋元人之不必爲唐，雖以進于六朝漢魏三百篇，可也。設令小給之才，一曲之見，涉獵之學，喜其易與。曰：詩詩何難作，信口任腕，不煩勞力苦思而得。是編也，無乃作法於

〔註109〕明‧李維楨《宋元詩序》，《大泌山房集》卷九，《四庫全書存目叢書》集150，第 495 頁。

涼乎？知非訏叔意矣。〔註110〕

他還有後半段的意思，即詩歌可吸收一切有益的養份，不必人爲劃定唐宋元明、漢魏六朝三百篇界限，但學宋元，絕不意味著信口任腕，隨意而作，他主值得起時間推敲與檢驗的好詩一格，尤其是偏雅正眞醇的詩歌。

他亦指出隆萬時期，後七子派與公安派等首腦人物皆認識到宋元詩有可學之處：「頃日，二三大家王元美、李于田、胡元瑞、袁中郎諸君以爲有一代之才，即有一代之詩，何可廢也？」〔註111〕如他的友人潘是仁即搜葺世所不甚傳者數十家，編成《宋元名家詩選》一百卷，李蓘編有《宋藝圃集》二十二卷、《元藝圃集》四卷，王世貞晚年喜白詩、蘇詩等。

其次，對林和靖認識的前後變化。萬曆十二年（1584）東遊時，與汪道貫、朱貞吉同遊武林，「往余泛西湖，友人汪仲淹偕行。一日過林和靖祠墓，攘臂爲余言：『此君僅『疏影』『暗香』二語爲人所稱，乃唐人詩，財易兩字耳。……和靖當治平時，其迹非奇，不見奇，則虛僞乘之。彼其屬詠，多不存草，亦自知不足存也。皋羽當革命後，抗節不仕，在理爲正，中無襲取愧怍，故其詩神情煥發，而格力勁挺，兩人優劣判然矣』〔註112〕，李維楨心服汪道貫言非謬，同意汪道貫的「其隱節不如謝皋羽，而郭索鉤輈語更俗，此兩詩獨見稱于宋人，宋詩可知已」〔註113〕觀點。此時李維楨38歲，尊後七子派早期觀點尊漢唐黜宋元，故對林逋認爲其人品詩品皆不佳。但到晚年，他對林逋的評價就客觀了。當凌濛初拿《林和靖全集》給他時，他摘句甚多，直評「此皆五七言律聯句佳者，雖其景易窮，其才未超，而就一時意象得之，故已不減唐調，其他體若起結佳句未盡收也。宋人于律詩何以舍此取彼，後人又有不讀唐後書之禁，未觀其全，遂致紛紜。試掩姓名，虛心玩之，即不足擬孟襄陽，其于郊寒島瘦，殆不多讓」〔註114〕。亦用林和靖絕筆「茂陵他

〔註110〕明・李維楨《宋元詩序》，《大泌山房集》卷九，《四庫全書存目叢書》集150，第496頁。
〔註111〕明・李維楨《宋元詩序》，《大泌山房集》卷九，《四庫全書存目叢書》集150，第495頁。
〔註112〕明・李維楨《楊蘇門詩序》，《大泌山房集》卷二十一，《四庫全書存目叢書》集150，第761頁。
〔註113〕明・李維楨《林和靖詩題辭》，《大泌山房集》卷一百三十二，《四庫全書存目叢書》集153，第693頁。
〔註114〕明・李維楨《林和靖詩題辭》，《大泌山房集》卷一百三十二，《四庫全書存目叢書》集153，第693頁。

日求遺稿，猶喜曾無封禪書」與不娶無子，來贊其隱逸高品，倡「鄉里後生表章先進厚道，當如是矣」〔註115〕。

再次，宋人尊杜與江西詩派學杜之失。

李維楨評杜甫詩：

> 昔人云詩至子美集大成，不爲四言，不用樂府舊題，雖唐調時露，而能得風雅遺意。七言歌行擴漢魏而大之，沉鬱環琦，鉅麗超逸。五言律體裁明密，規模宏遠，比耦精嚴，音節調暢。七言律稱是，至于長律，闔闢馳驟，變化錯綜，未可端倪，冠絕古今矣。〔註116〕

他評宋人學杜：

> 宋人于杜極推尊，往往得其肉，遺其骨，得其氣，遺其韻，蓋時代所限，風會所圍，而理窟禪宗之說又束縛之，是以豐贍者失於繁猥，妍美者失於儇佻，莊重者失於拘滯，含蓄者失於晦僻，古澹者失於枯槁，新特者失於穿鑿，平易者失於庸俚，雄壯者失於粗厲。明興，嘉隆諸子起敝興衰，升堂入室。而頃日，又陵夷矣。……萬曆以來，明詩小變，而起部挽之，反正爲難。〔註117〕

而江西詩派尊杜亦有詩病：

> 詩盛于唐，大江以西，唐人詩入選者，惟王有道、鄭守愚，皆開成以後唐晚年人也。其後，則理學、氣節兩家盛，而詩道衰。黃太史爲江西詩作祖，稱法少陵，專尚骨格，而罿膚采神韻，其最得意拗體，以爲杜未嘗有，至絕句亦用杜七言小詩，成突梯謔浪之資，唐人風範不復可見，又在近體下矣。蓋宋人已有病之者。或曰：主於用奇，不若杜之遇物而奇。或曰：特嘗新意，與杜爭衡，一字間如法家者流，其極寡情少恩。斯碻論也。明詩纘唐之緒，超宋之乘，二百餘年，頃且遞降。曰常詩膚理密緻，色彩豐潤，神氣況涵，韻致清舉，風骨勃挺，具五美焉。……能守大曆前矩矱，曾不移易，

〔註115〕明・李維楨《林和靖詩題辭》，《大泌山房集》卷一百三十二，《四庫全書存目叢書》集153，第694頁。

〔註116〕明・李維楨《雷起部詩選序》，《大泌山房集》卷二十一，《四庫全書存目叢書》集150，第753頁。

〔註117〕明・李維楨《雷起部詩選序》，《大泌山房集》卷二十一，《四庫全書存目叢書》集150，第753～754頁。

篤信好古，大江以西詩正派，其在茲乎？〔註118〕

他雖批宋詩缺點，但主張學習流傳好的宋詩：

> 然呂居仁、胡元任、馬端臨輩所稱江西詩派人且滿百卷，三倍之，或以爲自出機杼，別成一家，清新奇巧，是其所長，或以爲抑揚反覆，兼盡眾體，其人多當世儒林冠冕，而近代耳食之士，一切置不省。惟王元美先生嘗討論差次，標其合者與六代三唐並傳，而先生所結撰，亦往往不廢宋調，號爲大方。〔註119〕

不廢宋調，即是李維楨在對自己、亦對後七子派詩論修正的體現之一。其它修正與發展，在其詩歌創作觀中更明顯，下節從詩歌創作觀來梳理李維楨逐漸演變著的詩學理論。

第二節　李維楨的詩歌創作觀

情景事理、才學識與格調法、體、師心師古是李維楨主要的詩歌創作觀念，既有對後七子派的承襲與改造，又有提出觀點與吸收他派理論的特徵，體現了他作爲後七子派第三期盟主的作用：修正與堅守，樹雅正典範的詩文理論。

一、情景事理

情、景、事、理，是李維楨詩歌創作論的根基，亦涉及他認同的美學風格。他認爲「詩文大指有四端：言事、言理、言情、言景，盡之矣。六代而前，三唐而後，同此宇宙，寧能外事理情景立言？惟理與情有強造，事與景有附會，誇多鬭妍于句字間，而纖靡俳偶之病生焉」〔註120〕，四者是詩文主要內容，且重要性的次序有講究：事、理、情、景，這與他以詩爲史、以事存史的史傳文學觀相關〔註121〕。

〔註118〕明・李維楨《王曰常詩序》，《大泌山房集》卷二十三，《四庫全書存目叢書》集151，第16頁。

〔註119〕明・李維楨《郭生詩題辭》，《大泌山房集》卷一百二十七，《四庫全書存目叢書》集153，第583頁。

〔註120〕明・李維楨《汲古堂集序》，《大泌山房集》卷十三，《四庫全書存目叢書》集150，第574頁。

〔註121〕參本書第三章《李維楨的應用文創作》第一節《傳記文》中「李維楨的史傳文學觀」相關論述。

他說：「夫日有九道，有十煇，有兩弭，有重光，五色無主，萬象生態，錯綜變化，不可勝數，而本眞體質自如，惟詩亦然。抑揚清濁，聲以代殊，代以人異，而緣情即景，陳理賦事，幹之以風骨，文之以潤色，無論初唐六朝，先後萬世，莫能易也。用之不善，雖古不可施于今，用之善，雖今不必遜于古。」〔註122〕提出詩之本眞體質在緣情即景，陳理賦事，抒發人類社會與個體的人情物理，內有風骨，外有文采的文質雙美，不靡弱，是萬世莫易之法。關鍵在創作得好，「用之善」爲直接評判標準，而不是「古與今」的問題，是他作爲第三期復古派中堅，與第一期復古派領袖李攀龍的重要區別。

他主張「直吐智臆，⋯⋯爲人亦直示智臆，不作浮夸態」〔註123〕，情景相傳，事理相得，「言理理析，言事事核，言情情達，千里之外，千載之上，若面談然」〔註124〕，具有動人的藝術生命力。「詩者，天地自然之音。今塗㖊而巷謳，勞呻而康吟，一唱而羣和者，其眞也，斯之謂風。眞詩在民間，而文人學子顧往往爲韻言，謂之詩」〔註125〕，詩是人類文明自然產生的最美好的精華之一，明後期產生於民間的民歌，亦像《詩經》之《國風》，是風，是眞詩，眞詩在民間。但他又主張，即便如《國風》和明末民歌，被採入民歌集中，都經過加工鍛鍊，如《詩經》「則十五國之風，間巷田野、婦人女子語，奚以必潤色，而後被之管絃也」〔註126〕，才能成爲雋永的經典。這是四者於詩的整體關係，四者的內部關係，需進一步詳論。

第一，論情。

李維楨對情有很多論述。首先，通過《詩經》、《楚辭》這兩部詩歌之祖，闡釋詩緣於情。「余竊惟詩始三百篇，雖風雅頌、賦比興分爲六義，要之，觸情而出，即事而作，五方風氣，不相沿襲，四時景物，不相假貸，田野閭閻之詠，宗廟朝廷之製，本于性靈，歸于自然，無二致也。迨後人說詩，有品

〔註122〕明・李維楨《朏明草序》，《大泌山房集》卷二十三，《四庫全書存目叢書》集151，第18頁。
〔註123〕明・李維楨《邵潛夫詩序》，《大泌山房集》卷二十三，《四庫全書存目叢書》集151，第18頁。
〔註124〕明・李維楨《丁以舒尺牘序》，《大泌山房集》卷十三，《四庫全書存目叢書》集150，第583頁。
〔註125〕明・李維楨《汪敬仲詩序》，《大泌山房集》卷二十四，《四庫全書存目叢書》集151，第41頁。
〔註126〕明・李維楨《詩源辯體序》，《大泌山房集》卷九，《四庫全書存目叢書》集150，第488頁。

有調，有法有體，有宗門，有流派，高其目以爲聲，樹其鵠以爲招，而天下心慕之，力趨之，諸大家名家篇什爲後進蹈襲捃摭，遂成詩道一厄，其弊不可勝原矣」〔註127〕，他論《詩經》雖有六義，但皆觸情而出，即事而作，皆本於性靈，歸於自然。詩弊在後人對詩重心放在藝術性，後進蹈襲名家大家詩，而不如《詩經》、《離騷》時期自然而發，不爲功利。

「楚辭之寄意男女，寓情草木，以極遊觀之，適爲變風；敘事陳情，感今懷古，不忘君臣之義，爲變雅；語冥昏而越禮，擯怨憤而失中，爲風雅再變；述祀神歌舞之盛，則幾於頌，而其變爲甚」〔註128〕，楚辭內容一變再變，皆於其情之憂患程度直接相關。他認爲詩是目所經涉，情所感觸沉吟，而後有詩，感事而發，觸景而出，或仗境生情，亦或託物起興，「要之，景觸而情至，情動而性流，因趣成聲，因聲成韻，譬諸鐘應叩響苔，桴大小，疾徐高下，惟其所受所感」〔註129〕，情景所觸發意，任景之所觸，情之所發，適可而止，如天籟從竅，空虛風入，「不守一隅，不由一徑，高不必驚人，而卑不必儕俗，要於其適而止」〔註130〕，其「適」是盡抒其性靈，抒其感情，率皆情至之語。

他在情中提出了「性靈」的概念，實質是側重於社會政教屬性的「性情」，與公安竟陵本於人心、自然欲望的「性靈」有本質的區別〔註131〕。但是他提倡性情底色下的「才情」、「文情」，如「兩子才情逈上」〔註132〕、「才情超超玄著」〔註133〕、「何以情文相得，醇美深至」〔註134〕，其情有偏嗜，才有騎

〔註127〕明・李維楨《王吏部詩選序》，《大泌山房集》卷二十，《四庫全書存目叢書》集 150，第 735 頁。

〔註128〕明・李維楨《楚辭集注序》，《大泌山房集》卷九，《四庫全書存目叢書》集 150，第 486 頁。

〔註129〕明・李維楨《潘方凱詩序》，《大泌山房集》卷二十三，《四庫全書存目叢書》集 151，第 22 頁。

〔註130〕明・李維楨《來使君詩序》，《大泌山房集》卷十九，《四庫全書存目叢書》集 150，第 724 頁。

〔註131〕詳見第六章《李維楨的詩學批評（下）》第一節《對公安派的批評》中「論性情」。

〔註132〕明・李維楨《馮司成集序》，《大泌山房集》卷十一，《四庫全書存目叢書》集 150，第 540 頁。

〔註133〕明・李維楨《李組修集序》，《大泌山房集》卷二十三，《四庫全書存目叢書》集 151，第 10 頁。

〔註134〕明・李維楨《李少白詩序》，《大泌山房集》卷二十一，《四庫全書存目叢書》集 150，第 765 頁。

勝，發而爲詩，富而豔婉，變而多姿。他傾重「各適其宜，內不乖情，外不失景，亢不傷調，抑不病格」〔註135〕，豪爽有餘勁，穠鬱有餘態，微婉有餘情，博洽有餘蓄的才情輻輳，能「引物達類，窮情盡變，放言落紙，氣韻天成」〔註136〕、「言在耳目之內，情寄八荒之表」〔註137〕；能宗經而情深不詭，情極貌以寫物辭，發深情致語，道情而離深僻；能自成機杼，情事配合，意象適均，博不猥雜，新不險僻，「情與才合，調與格諧，軌轍所符，時有超然，蓋張融不因循，寄人籬下，祖斑自成一家風骨」〔註138〕，是爲放情、高情、生死情，如「而司馬已謝人間，無爲振者，高下手，左右祖，雲雨態，生死情所在」〔註139〕、「時汪仲嘉初喪，汪士能當厄，皆孺文貧賤交，言之蹙額不勝情，莫以豪賢故，棄捐素所愛，知己之感，今人何異昔人。然余竊以子建遭逢忌主，身懼不免，如詩所謂慊慊仰天嘆，淚下如垂露者，殊無生趣」〔註140〕。他主張「諷刺褒美，文質相劑，語莊而氣和，情深而義立，吏治之臧否，物情之變異，間可約畧而得之」〔註141〕的思想內容與藝術風格。

第二，論景。

首先，論觸景生情。「大要感觸景物，抒寫志意，無一切綺靡浮夸之習，可以傳道解惑，可以理人經世」〔註142〕，內取詩性情，外取諸景物，而情之所蓄，無不可吐出，景之所觸，無不可寫入的前提是即事觸景或觸景即事，興會輻輳，發言爲詩，登高作賦。故強調「觸境以生情，而不迫情以就景，取古以証事，而不役事以騁材」〔註143〕、「其所寄寓目前之景物，其所庀財

〔註135〕明・李維楨《胡仲修詩序》，《大泌山房集》卷二十四，《四庫全書存目叢書》
　　　　集151，第37頁。
〔註136〕明・李維楨《黃明立集敘》，《大泌山房集》卷十，《四庫全書存目叢書》集
　　　　150，第524頁。
〔註137〕明・李維楨《吳昌侯詩序》，《大泌山房集》卷二十一，《四庫全書存目叢書》
　　　　集150，第757頁。
〔註138〕明・李維楨《蔪堂集序》，《大泌山房集》卷十三，《四庫全書存目叢書》集
　　　　150，第580頁。
〔註139〕明・李維楨《方于魯詩序》，《大泌山房集》卷二十一，《四庫全書存目叢書》
　　　　集150，第766頁。
〔註140〕明・李維楨《塘上雜詩序》，《大泌山房集》卷二十三，《四庫全書存目叢書》
　　　　集151，第17頁。
〔註141〕明・李維楨《據梧草序》，《大泌山房集》卷十九，《四庫全書存目叢書》集
　　　　150，第722頁。
〔註142〕明・李維楨《萬先生集序》，《大泌山房集》卷十一，《四庫全書存目叢書》集
　　　　150，第541頁。
〔註143〕明・李維楨《青蓮閣集序》，《大泌山房集》卷十九，《四庫全書存目叢書》集

智中之見解，感遇醉酢，發於情之當然，事之已然，而無強造，色澤韻調無襲取，門戶徑路無偏倚，瑕瑜得失無護匿，聰明才辨無馳騁，簡易真率無繁聲，溫柔敦厚無虛憍」〔註144〕，則廊廟邊塞山林，各當其景，各適其情，意在言前，景與事會，寫照傳神，詩可以觀人。

其次，寫景的藝術性。他強調情以景生，意以詞達，不強諸景與意所未有，不事雕鏤，情景自傳，「今夫唐詩祖三百篇，而宗漢魏，旁采六朝，其妙解在悟，其渾成在養，其致在情，而不強情之所本無，其事在景，而不益景之所未有，沉涵隱約，優柔雅澹，故足術也」〔註145〕。著重在情景不復依傍的自然之趣，「以景生情，以情造言，不立門戶，不鑿本實，彼其簿領填委，不厭事，亦不樂有仕事名，隨緣應機，適可而止」〔註146〕、「景之所觸，情之所向，思之所極，匠心自妙，恒超於聞見格局之外，閉門造車，出門合轍，使古人受吾役而不為所役，善寫照者傳其神，善臨池者模其意，蓋中所獨得深矣」〔註147〕、「學非不贍，而有所不盡用，法非不程，而有所不盡泥，氣非不奮，而有所不盡露，思非不深，而有所不盡苦，景事當前，耳目偶值，皆足以寄吾情，供吾用，而必不依人籬落為名，高於李杜論詩之指，若闇合焉」〔註148〕，故他強調「以景生情，以情諧事，不強顰笑，不狥愛憎」〔註149〕、「以偶觸之境，發天然之籟，要於當可而止」〔註150〕，得情景之深趣。

第三，論事。

李維楨論事分兩個方面，一是即事，即敘事；一是徵事，即用語典事典。

150，第717頁。
〔註144〕明‧李維楨《端揆堂詩序》，《大泌山房集》卷十九，《四庫全書存目叢書》集150，第720頁。
〔註145〕明‧李維楨《青蓮閣集序》，《大泌山房集》卷十九，《四庫全書存目叢書》集150，第716頁。
〔註146〕明‧李維楨《龔子勤詩序》，《大泌山房集》卷十九，《四庫全書存目叢書》集150，第724頁。
〔註147〕明‧李維楨《快獨集序》，《大泌山房集》卷十，《四庫全書存目叢書》集150，第517頁。
〔註148〕明‧李維楨《董文嶽詩序》，《大泌山房集》卷二十一，《四庫全書存目叢書》集150，第762頁。
〔註149〕明‧李維楨《巢雲軒詩序》，《大泌山房集》卷二十一，《四庫全書存目叢書》集150，第764頁。
〔註150〕明‧李維楨《師迂軒稿序》，《大泌山房集》卷十二，《四庫全書存目叢書》集150，第553頁。

即事的內容，他有段「孔子自衛返魯而後樂正，《雅》、《頌》各得其所，其人皆天子、公侯、卿大夫、士君子之倫，其事皆宗廟朝廷、經文緯武之業，可無置議。至于十五國風，其人或農漁樵牧、戍卒獵徒、候人伶官、棄婦怨女、妾媵之賤、淫奔之偶，其事或罝兔包麕、從狼載犬、倩笑美盼、贈藥貽椒、桑中濮上、婆娑桃闒之行，悉以施五音六律，而列國聘使，往往賦之言志」〔註151〕的論述，所有可感之事皆可入詩，強調「景有所值，事有所感，情有所會，必寓之詩」〔註152〕，即事並不局限經明道史垂憲封事等大事。但他敘事，一是強調所感之事值得記，「匠心而出，法古而通，景之所會，事之所值，因應無方，不守一隅」〔註153〕；一是強調切事，「所論著，必似其人，切其事，喜怒哀樂之狀，讀之宛然在目」〔註154〕，能「事必切，語必工，韻必調」〔註155〕，善敘事理，能得人情，極命庶物，兼綜百家語，不爲傲誕輕佻，無空設體，無失宜文。在即事的創作方法上，他用杜甫樂府詩，刺美見事，即事名篇，無有倚傍事例來強調「先生虛心澄慮而順待之，不在事先，不在事後，觸境生感，天則自見，融迹爲道，與道兩忘」〔註156〕，「持論正而不激，敘事贍而能潔，師心匠意，不求傚顰抵掌之似，而斲輪削鐻有神理焉」〔註157〕，即事對物，要情與景合而有言，幹之以風骨，文之以丹彩，感染力強而出之以自然。

徵事，李維楨是不主張詩中用典的。他說「晉以前詩，直述智臆，不必肖象於物，取證於事。而後人即以其詩爲物爲事，六朝以下詩無事無物者鮮，而詩之趣，亦因以病」〔註158〕，他認爲漢魏古詩以不使事爲貴，是體故然

〔註151〕明・李維楨《宋元詩序》，《大泌山房集》卷九，《四庫全書存目叢書》集150，
　　　　　第 495～496 頁。
〔註152〕明・李維楨《尹于皇詩序》，《大泌山房集》卷二十三，《四庫全書存目叢書》
　　　　　集 151，第 11 頁。
〔註153〕明・李維楨《綠雨亭詩序》，《大泌山房集》卷十九，《四庫全書存目叢書》集
　　　　　150，第 721 頁。
〔註154〕明・李維楨《馮司成集序》，《大泌山房集》卷十一，《四庫全書存目叢書》集
　　　　　150，第 540 頁。
〔註155〕明・李維楨《四六效顰序》，《大泌山房集》卷十三，《四庫全書存目叢書》集
　　　　　150，第 582 頁。
〔註156〕明・李維楨《桂子園集序》，《大泌山房集》卷十一，《四庫全書存目叢書》集
　　　　　150，第 535 頁。
〔註157〕明・李維楨《逍遙園集序》，《大泌山房集》卷十一，《四庫全書存目叢書》集
　　　　　150，第 536 頁。
〔註158〕明・李維楨《詩宿序》，《大泌山房集》卷九，《四庫全書存目叢書》集150，
　　　　　第 487 頁。

也，而詩至唐，句必偶，韻必諧，法嚴，又益之以排律，則勢不得不使事，亦是體故然也。故他論「使事善者，必雅必工必自然，不則反是，而詩受傷矣。詩使事者，篇不必句有事，句不必字有事，其傷詩差小。詠物者，篇不得有無事之句，句不得多無事之字，其傷詩滋大。故詩詠物而善使事爲尤難，非近體之難於古選也，體故然也。使事而爲古選，譬之金屑不可入目，其可以極命庶物百出不窮者，排律耳，七言古次之，五七言律次之，體故然也」〔註159〕，崇用典雅工自然，而且不必徵典過多過繁，古選不可用典，要用典，則量須適宜，排律可徵典，七古次之，五七律再次之。他認爲詠物詩用典爲最難，詠物詩難作是他一個較突出的觀點，如「眾推納言章公擅場，以爲使事詠物，詩家所難，而音調格律意致風神種種具足，殆不易得」〔註160〕，如公安派作詠雁，眾多詩家紛起而和，竟陵派題材的偏內轉，也使詠物詩大大多於明前中期。故他對明後期興起的類書，如《詩雋類函序》、《詩宿序》，輯典故持寬容態度，「會萃唐人五類書而成，意專比事，雖詩文亦事也。《雋》意專屬辭，而以詠物，物皆備以徵事，事皆備以爲詩」〔註161〕，「惟衡于陳隋以上詩體，不甚別者，都稱古詩，惟以時代爲序。至唐則因題分類，因時分人，因詩分體，使學者知詠物徵事所眆起，視時爲升降，視人爲妍醜，或損益古而善，或模擬古而失，或師古而若非古，或不師古而自爲古，可因可革，如指諸掌，功三矣」〔註162〕，他本人的近體詩，亦講求博瞻，用典不少，被人譏爲徵實過當。

第四，論理。

李維楨詩「往往情所自發，不學而能」，但詩有別才，非關書也，詩有別趣，非關理也，並不等於不要理；相反，「然非多讀書，多窮理，則不能極其致」〔註163〕。他所論的理，指人情物理事理，但針對理學入詩有闡述，「詩何

〔註159〕明・李維楨《唐詩類苑序》，《大泌山房集》卷九，《四庫全書存目叢書》集150，第492頁。
〔註160〕明・李維楨《落花詩序》，《大泌山房集》卷二十，《四庫全書存目叢書》集150，第732頁。
〔註161〕明・李維楨《詩雋類函序》，《大泌山房集》卷九，《四庫全書存目叢書》集150，第492頁。
〔註162〕明・李維楨《詩宿序》，《大泌山房集》卷九，《四庫全書存目叢書》集150，第487頁。
〔註163〕明・李維楨《劉宗魯詩序》，《大泌山房集》卷二十二，《四庫全書存目叢書》集150，第786頁。

病於理學？理學何病於詩？而離之始雙美，合之則兩傷，固哉」〔註 164〕，因為「迨南宋而儒者專尚名理，理不足，則畫鬼魅以自欺，學不足，則薄雕蟲小技以自高，取經之糟粕為語錄，而儼然欲與經抗。夫六經安往而非文章，豈其有一言之俚如俗儒者哉！豪傑之士病其衰弱而欲返之先秦西京之盛，文自老莊屈宋左馬董賈卿雲，詩自建安大曆以下，屏諸耳目之外，其於振古功最烈。而末流遂有模儗剽剝之患，羔裘而狐袖，羊質而虎皮，梔黃而蠟澤，倍六經遠矣。夫意在明經而棄經之文與法，用經之文與法而遺其精蘊，兩者皆過也」〔註 165〕，理學與文學目的旨趣大異，有害於詩。他將南宋以來理學叛經與入詩文之弊簡要評述，委婉持異議於唐宋派隱含其中，點明為何後七子派尊漢盛崇六經，恢復緣情的文學傳統而非承襲理學道統，而後七子派末流之弊，則與唐宋派之弊性質是不一樣的。

他不贊成「理學節義，擯聲詩為外道」，認為「彼三百篇，非禮樂節義之藪耶」，而主張「持論根極理道，通政術，而匹夫匹婦可喻曉」〔註 166〕，「是文雖不盡準諸漢而亦不規規於宋，學雖不盡棄乎宋而亦不屑屑於宋，不量其力之不足，思欲通古今，貫文道而一之。……詞與理一也，有有其詞而無其理者，無理有餘而詞不足者，語有之，三代無文人，非無人也。夫人而能為文也，六經無文法，非無法也。夫文而皆法也」〔註 167〕，指出既不盡規漢宋，亦不盡棄宋學，欲通古今貫文道，因以詞貫道，其所言之人情物理事理是詞的內容，詞與理相得益彰。「蓋善為子者，往往理勝，而以入詩，則涉論議，學究語錄，豈管絃金石之韻。善為詩者，往往調勝，而以入子，則小才偏見甚，且為風雅罪人」〔註 168〕，主張春容不迫，醞藉有餘，渢渢乎溫柔敦厚之旨。

針對漢儒、宋儒以及明矯宋儒過者，皆有評議，「本原六經，如農有畔，如工有規矩準繩矣。漢儒窮經，專訓詁名物，失則支離蔓衍。宋儒得經之理，

〔註 164〕明·李維楨《劉宗魯詩序》，《大泌山房集》卷二十二，《四庫全書存目叢書》集 150，第 786 頁。

〔註 165〕明·李維楨《于于亭集序》，《大泌山房集》卷十二，《四庫全書存目叢書》集 150，第 562～563 頁。

〔註 166〕明·李維楨《毛文簡公遺稿序》，《大泌山房集》卷十二，《四庫全書存目叢書》集 150，第 545 頁。

〔註 167〕明·李維楨《夢古齋稿略序》，《大泌山房集》卷十二，《四庫全書存目叢書》集 150，第 544 頁。

〔註 168〕明·李維楨《蔣公鳴二集序》，《大泌山房集》卷十二，《四庫全書存目叢書》集 150，第 557 頁。

超歷代諸儒，直遡鄒魯，因以其語錄與經並立以爲理焉，用文，文何必法？夫六經無文非法也。苟簡俚俗不文，而理安在？依經理，用經法，則先生之所以爲文也。明興，矯宋儒而過者，歷下有寧失於理，無失於詞之說，此故不可以爲訓，而好事後進喜祖襲之，襟宇狹隘，口吻鉤棘。先生溫故知新，旁通曲暢，上下古今，咸備驅策，若不揀練而沉汰自精，若不刻削而結撰自工，何其富也」〔註169〕，即憚於修詞，理勝相掩固失，憚於窮理，詞勝相掩亦失。他主張爲詩文詞，不奪理，不掩詞，氣不傷格，格不靡氣。從大處講，其文論理，精微疏暢，解頤辨析，論事通達國體，剀切婉委；從小處講，「論理必別是非，論事必明得失，一切可喜可哀可怒可愕可懼情狀如在目前，使人覽之不覺失笑，旰衡髮立，舌吐齒齗而涕欲下乃可耳」〔註170〕，以誠之心形於文墨，足以知其人之意理，而有補於當世，「理在而不拘迫不野俚，事在而不猥雜不眩怪，始可與言詩也已」〔註171〕。

詞和理的關係，是「非理所會，則無襲語，非義所衷，則無誇語，非情所託，則無飾語，非法所宜，則無長語，非景所該，則無浮語，非力所究，則無遁語」〔註172〕。總之，是要達到一種「難狀之景，具在目前，不盡之旨，溢於語外」〔註173〕、「莊重典雅，溫厚和平，明白暢快，周至委折，……望之圭璧蒼然，味之醍醐醇然，聽之金石鏗然」〔註174〕，情景事理俱佳的質清而順、蘊藉雋永境界。

二、才學識與格調法

才學識是後七子派強調的詩學概念，李維楨有不少論述。如：「古人必才情學識兼備，而後爲詩。彼其意氣雄傑，蘊蓄宏深，足以驅使百氏，上下千

〔註169〕明・李維楨《吳中丞集序》，《大泌山房集》卷十三，《四庫全書存目叢書》集150，第567頁。

〔註170〕明・李維楨《楊道行集序》，《大泌山房集》卷十二，《四庫全書存目叢書》集150，第553頁。

〔註171〕明・李維楨《鄧太素詩序》，《大泌山房集》卷二十三，《四庫全書存目叢書》集151，第1頁。

〔註172〕明・李維楨《寧澹軒草序》，《大泌山房集》卷十九，《四庫全書存目叢書》集150，第725頁。

〔註173〕明・李維楨《李民部詩序》，《大泌山房集》卷二十一，《四庫全書存目叢書》集150，第751頁。

〔註174〕明・李維楨《葉少師集序》，《大泌山房集》卷十，《四庫全書存目叢書》集150，第514頁。

古，而又劌心極思，結構鍛鍊，積習既久，人力之至，合於天然，故巧而若拙，沖然而有餘味。才情學識之不足，而欲以平淡名家，陶冶未融，刻削易露，捃摭雖勤，邊幅立窘，其氣靡，其格卑，此輓近世枯寂膚俚，而以綺語事障藉口者也」〔註175〕，他認為作詩要具深的才學識，才能出之天然，巧而若拙，沖淡而有餘味，才情學識不足，出之以平淡，則氣靡格卑，此針對為力挽公安竟陵枯寂膚俚弊病而以綺語用典為詩者。本節梳理他的才學識論述。

　　第一，論才。

　　他認為才是先天的，不可強求，「天生材不擇地，材由天造，易地則皆然也」〔註176〕，「學雖未至，其才皆可日益也」〔註177〕，學是後天的，學未達而才則可具，「才無所不通，約法以就才，意靡所不鈔，緣法以寓意，穠不失豔，豪不至纇，憂憤不過激，奇譎不傷巧」〔註178〕。才無所不通，法應就才，才不軼於法外，「要皆就其才力所近，而發其胷懷所寄，無以雕繪傷本質，無以模擬奪天趣，格不盡泥，而有獨創，才不盡騁，而有偏至」〔註179〕。調有偏成，才有獨至，「才識高下若蒼素也，擇其善者從之，其不善者改之，存乎其人耳」〔註180〕。情有偏嗜，才有觭勝，發而為詩，有所託之，亦有所助之。

　　他非常欣賞以才來精學窮變，如他高度讚揚後七子才相伯仲，卻「沉吟極思，競勸並進，各極其才之所至，無復遺憾，則人力勝矣」〔註181〕。他欣賞才情遒上，才敏而雅質天然，古色蒼然，以偶觸之境，發天然之籟，要於當可而止，性有殊尚，而才難兼收，率其性以取適，就其才以窮詣，不狥古，不驚今，不為格束，不為學使，順情赴景，率其性以取適，就其才以窮詣，

〔註175〕明・李維楨《吳非熊詩序》，《大泌山房集》卷二十四，《四庫全書存目叢書》集151，第38～39頁。

〔註176〕明・李維楨《南都吟序》，《大泌山房集》卷二十三，《四庫全書存目叢書》集151，第3頁。

〔註177〕明・李維楨《張天放詩序》，《大泌山房集》卷二十三，《四庫全書存目叢書》集151，第21頁。

〔註178〕明・李維楨《吳叔承詩序》，《大泌山房集》卷二十四，《四庫全書存目叢書》集151，第31頁。

〔註179〕明・李維楨《米子華詩序》，《大泌山房集》卷二十四，《四庫全書存目叢書》集151，第37頁。

〔註180〕明・李維楨《唐詩類苑序》，《大泌山房集》卷九，《四庫全書存目叢書》集150，第492頁。

〔註181〕明・李維楨《甔甀洞續稿序》，《大泌山房集》卷十一，《四庫全書存目叢書》集150，第531頁。

無世俗義，哭不哀，巧笑不歡之態，「不得則古，故有率其性，就其才，爲其詩者，以諸家名之不得，則茂之之性，茂之之才，所爲茂之之詩也」〔註182〕，通過率性展才來見個人風格。

第二，論學。

李維楨贊同嚴滄浪「詩有別才，非關書也。詩有別趣，非關理也」，但學問與文學的關係，他又認爲「然非多讀書，多窮理，則不能極其致」〔註183〕。學問融入詩文中既不可少又不可多，要恰到好處，「非學不贍，而學不得過用」〔註184〕。除了學問，還要才華，「蓋言學之貴于博也，學博矣，如才不足，拾糟粕而遺精華，工形似而少變化，詳小物而闇大致，故偏至者不能具體，具體者不能詣極」〔註185〕，學博才少，就會缺少文學的根本屬性藝術之美。

他對學問與文學的淵源與當時弊病敘得甚明。「按謚法古之所謂文者，大則經緯天地，道德博聞，勤學好問。次則剛柔相濟，慈惠安民，修治班制。叔季以來，舉而歸之詞章，而復以韻耦，故離詩與文而二之抑末矣。……夫詩文雖小道，其才必豐于天，而其學必極於人，就其才之所近而輔之以學，師匠高而取精多，專習凝領之久，神與境會，手與心謀，非可襲而致也」〔註186〕。主張道德博聞，勤學好問，師匠高，取精多，不蹈襲。

他敘明初立國，重視文與學。「儒林文苑別爲傳，而文與學復判若二物矣。國家設學校造士，授之以經術，試之以文辭，而漸摩之以道德仁義，蓋並用孔氏兩科，其制甚備，其義甚正。而士趣愈卑，所就愈小，其學自二三宋儒訓詁之外不復省記，其文非舉子業不講，有取科第都卿相，而終身不識辭賦爲何物者。師以是教，弟子以是學，寖深成習，而諸博士家爲尤甚已，離德行，爲文學，又離學爲文，離文爲學，古今人不相及，可勝嘆哉」〔註187〕，

〔註182〕明・李維楨《沈茂之詩序》，《大泌山房集》卷二十四，《四庫全書存目叢書》集151，第40頁。

〔註183〕明・李維楨《劉宗魯詩序》，《大泌山房集》卷二十二，《四庫全書存目叢書》集150，第786頁。

〔註184〕明・李維楨《皇明律範序》，《大泌山房集》卷九，《四庫全書存目叢書》集150，第496頁。

〔註185〕明・李維楨《四雷堂稿序》，《大泌山房集》卷十三，《四庫全書存目叢書》集150，第568頁。

〔註186〕明・李維楨《張司馬集序》，《大泌山房集》卷十一，《四庫全書存目叢書》集150，第528頁。

〔註187〕明・李維楨《夢玉堂稿序》，《大泌山房集》卷十二，《四庫全書存目叢書》集150，第560頁。

指出八股取士本兼經義文學，但在實踐過程中，師與弟子皆除四書五經朱子注外，既不識學問又不識文學。這種危害甚巨，於學術空疏狹隘，「然有專門而無偏廢，以彼其文，亦以彼其學出之」，而末流之弊，「文士幾不知學爲何物」；於文學「以學爲文者，博蓄而省用，其神常有餘。以文爲學者，襲取而嘗試，其力常不足。有餘，則羣裁俱備，眾美互臻，縱橫闔闢，抑揚高下，惟吾所欲，莫不中倫。不足，故眞宰不居，才情易竭，趨步形影，掇拾餖飣，徒以驅染不言之烟墨，搖襞無情之紙札，亦奚爲哉」〔註188〕，更甚是浮薄罵囈，「作者如林，大都刻劇以見法，馳騖以見學，卓詭以見才，藻豔以見情，至封事彈奏之文，果於掊擊，若聚訟罵坐，識者竊病其爲東晉、六朝之浮薄，而更憂其有後漢、南宋之流弊矣」〔註189〕。

他批評今之作者苦不學，故初則境易窮，末則氣易索，倡導必要的學問入文學，則有餘情之所蓄，無不可吐出，景之所觸無不可寫，句字妥適，與其它文體裁興致各撮其勝。他用嶺南以學爲詩最盛事例進行古今對比，「自國初五子，迨丘黃黎歐諸公，無不淹通百家，囊括千載，學乃專至，詩道賴以不墜。然而學亦不可同科。古之學以積習，今之學以躐等；古之學以涵養，今之學以捃摭；古之學以潛脩，今之學以誇詡；是故鶩博不免雜，信古不免襲，偏嗜不免固，而詩與學俱病矣」〔註190〕，而學實際各得其性之所近，成其才之所宜，極鏤鎪鑽研而不詭於先民，殊途同歸百慮一致，他竊有慨於詩學之廢，學詩之道愈岐，請以學樹詩教之風。

第三，論識。

李維楨認爲「識先於學，而才實兼之，未有無識而可言學，無學而可言識，學識不備而可言才者」〔註191〕，識與才俱先於學。因是史臣出身，他對識情有獨鍾，說良史有三才，才、學、識，而明後期「今相臣率起家史官，學必閎深，才必茂敏，識必精微，即宰天下，寧復有他道，文章不盡相業，

〔註188〕明・李維楨《熊南集選敘》，《大泌山房集》卷十，《四庫全書存目叢書》集150，第521頁。

〔註189〕明・李維楨《毛文簡公遺稿序》，《大泌山房集》卷十二，《四庫全書存目叢書》集150，第545頁。

〔註190〕明・李維楨《陳憲使詩序》，《大泌山房集》卷二十一，《四庫全書存目叢書》集150，第749頁。

〔註191〕明・李維楨《王奉常集序》，《大泌山房集》卷十一，《四庫全書存目叢書》集150，第529頁。

而可徵相品，修此三者，故全也」〔註192〕，即使他不得為宰輔，但是以相品來要求人品與文品，要求文章。故「蓋以統總九流之學，驅馳千古之才，究極三靈之識，而發之為文，該博而不支蔓，奇警而不頗僻，縟藻而不纖靡，玄奧而不穿鑿，矯健而不粗厲，嚴整而不拘迫，索之有餘味，詠之有餘音，展之有餘豔，引之有餘勢，文章家所稱眾美無不具矣」〔註193〕，其學與識大有過人者，「止修于儒，以毋欺為誠，歸復于道，以無欲為玄觀，證于釋，以不妄為眞」〔註194〕，自開堂奧，直探聖心，達深思之思，超越之識，澹泊之趣，馴雅之度。

此是針對明末文風與人心世道之弊而發。他說「嘉靖而後，人人言兩京六朝三唐，復索之二氏，目前輩為臺閣體，劇琢無餘功，發揚無餘蘊，澆醇散樸，人心世道，日趨愈下，識者竊有隱憂焉。讀公之文，當弟靡波流時，卓然自為一家，復見先進風範，良足貴也」〔註195〕、「文益敝，浸淫西方之教，負奇者喜其怪，佻薄者利其放，庸愚者惑其幻，固陋者便其淺，生心害政，有識以為憂」〔註196〕，恢復人心世道、政風學風文風，即是當時最重要的識。

格調，是明代自李東陽起的重要詩學概念，在前後七子派中，亦非常重要，格調論是王世貞核心詩論，但李維楨對格調法的概念漸淡化，他的主要觀點如下：

第一，論格。

李維楨對「格」基本承襲王世貞觀點，但無王世貞認識的曲折，內涵豐富〔註197〕，李維楨論「格」相對簡單。因「格調」在他這一時期，已不再是後七子派詩學核心理念。他只保留王世貞「格調」的基本涵義。

於格，如「其人則材具有短長，格調有高下，規模有宏隘，造詣有淺深，

〔註192〕明・李維楨《丘庶子集敘》，《大泌山房集》卷十二，《四庫全書存目叢書》集150，第548頁。
〔註193〕明・李維楨《丘庶子集敘》，《大泌山房集》卷十二，《四庫全書存目叢書》集150，第548頁。
〔註194〕明・李維楨《餐霞草序》，《大泌山房集》卷十二，《四庫全書存目叢書》集150，第565頁。
〔註195〕明・李維楨《韓宗伯集序》，《大泌山房集》卷十二，《四庫全書存目叢書》集150，第546頁。
〔註196〕明・李維楨《吳中丞集序》，《大泌山房集》卷十三，《四庫全書存目叢書》集150，第568頁。
〔註197〕見本書第六章《李維楨的詩學批評（下）》第三節《後七子派詩論的發展歷程》中「王世貞論詩」。

因乎其時，則好尚有新故，體裁有損益，風氣有偏全，師承有彼此，……則各有所當也」〔註198〕，此處指內視諸要素的總和。如「嘗語余曰：『中原七子才矣，然所沈酣左馬耳，奈何置六經不講乎？武進文，必述六經，而格在宋歐氏後。夫能以六經之學爲二史之文者誰歟』」〔註199〕，武進指唐順之，華叔陽對後七子不宗六經有微詞，說唐順之爲文必述六經，但所用體制風格屬宋文，李維楨同意華叔陽格取六經。

　　但他對「格」的主要評議在藝術風格上，「故文之異，在氣格高下，思致深淺，不在裂句礫章隳廢聲韻也」〔註200〕、「氣不傷格，而格不靡氣」〔註201〕，主張「格高」、「格不卑」。如「思必深，氣必調，學必博，語必工，格必高，律必諧」〔註202〕、「定格而後有篇，故格不卑，積學而後有句，故句不薄，極思而後有字，故字不凡」〔註203〕、「詩凶于今爲甚，格不卑則亢，詞不拙則靡，意不晦則率，景不遠則鄙，事不僻則淺，聲不浮則窒，酌其中而用之，吾見亦罕矣」〔註204〕。其根本主旨還是在「三百篇而下，漢魏六朝，格以代殊，而不失其格」〔註205〕、「詩教溫柔敦厚，而患其調與格之弱者，一以雄麗爲宗」〔註206〕。

　　第二，論調。

　　李維楨論「調」，沒有王世貞深刻縝密，他基本承襲了王世貞對「調」指聲

〔註198〕明・李維楨《祁爾光集敘》，《大泌山房集》卷十，《四庫全書存目叢書》集150，第522頁。

〔註199〕明・李維楨《華禮部集序》，《大泌山房集》卷十二，《四庫全書存目叢書》集150，第552頁。

〔註200〕明・李維楨《曹應麟遺集序》，《大泌山房集》卷十二，《四庫全書存目叢書》集150，第561頁。

〔註201〕明・李維楨《張司馬集序》，《大泌山房集》卷十一，《四庫全書存目叢書》集150，第528頁。

〔註202〕明・李維楨《自可編序》，《大泌山房集》卷二十二，《四庫全書存目叢書》集150，第787頁。

〔註203〕明・李維楨《逍遙園集序》，《大泌山房集》卷十一，《四庫全書存目叢書》集150，第536頁。

〔註204〕明・李維楨《天中集序》，《大泌山房集》卷二十二，《四庫全書存目叢書》集150，第779頁。

〔註205〕明・李維楨《米仲詔詩序》，《大泌山房集》卷二十一，《四庫全書存目叢書》集150，第752頁。

〔註206〕明・李維楨《龔子勤詩序》，《大泌山房集》卷十九，《四庫全書存目叢書》集150，第724頁。

韻和風調神韻兩方面的基本涵義。如「善爲詩者，往往調勝」〔註 207〕、「景傳于情，聲諧于調，才合于法」〔註 208〕，倡以才運學，以法合調，因爲「宋人調多舛，頗能縱橫；元人調差醇，覺傷局促；宋似蒼老而實粗鹵，元似秀俊而實淺俗；宋好創造而失之深，元善摸擬而失之庸；宋專用意而廢調，元專務華而離實」〔註 209〕。他傾向不傷風骨，沉著悲壯，不傷韻致，縱橫勝蹄，不作矩矱，不相沿襲，要神采流風，骨立態韻，批評工於形似，失其本眞的詩。

他對調的認識，是有個變化過程的。從「詩之有五七言律也，猶刑之有律例也，一成而不可變，猶樂之有律呂也，一不調而不可爲樂」〔註 210〕，積字成句，積句成篇，各有定則，各有妙合，各有至境，持法度謹然的格調思想。到晚年，對法度認識深化，不再拘守表面化的高蹈揚厲與格調法度，而是化爲風格神韻與思想內容上保存後七子派的核心本旨。如思想內容上關心國事民生，以六經爲本，「不規規法其調，襲其意，而調與意時與古相得，國事民情有所感慨，形諸咏歎，率自創體裁，不復仿效，悲壯激烈，渾朴眞致」〔註 211〕；美學風格上，雄麗宏深之骨，卻可出之於平淡沖然，「其氣清，其調高，其致逸，其詣深，其材廓弘，……其丰神映發，其體潔淨精微，其秀色可餐，其味沖然而有餘，是爲華爲腴，不爲膏爲梁也」〔註 212〕。他晚年紀金陵的《金陵五日即事次韻》等，就是詩筆輕盈曼妙，其味沖淡，卻肝腸如焚，色貌若花的詩。他骨子裏還是追求「務諧聲調，而矯舉凌厲之氣自在，膽不居今人後，而顏無慚古作者」〔註 213〕的雅正之聲。但在藝術手法上，強調不亦步亦趨地機械擬古，而是「意興偶觸，聲調稍合，……旋合旋離，……情

〔註 207〕明・李維楨《蔣公鳴二集序》，《大泌山房集》卷十二，《四庫全書存目叢書》集 150，第 557 頁。

〔註 208〕明・李維楨《董司寇詩集序》，《大泌山房集》卷十九，《四庫全書存目叢書》集 150，第 721 頁。

〔註 209〕明・李維楨《宋元詩序》，《大泌山房集》卷九，《四庫全書存目叢書》集 150，第 496 頁。

〔註 210〕明・李維楨《皇明律範序》，《大泌山房集》卷九，《四庫全書存目叢書》集 150，第 496 頁。

〔註 211〕明・李維楨《游太初樂府序》，《大泌山房集》卷二十，《四庫全書存目叢書》集 150，第 740 頁。

〔註 212〕明・李維楨《朱季子集序》，《大泌山房集》卷十，《四庫全書存目叢書》集 150，第 522 頁。

〔註 213〕明・李維楨《姜氏世稿序》，《大泌山房集》卷二十二，《四庫全書存目叢書》集 150，第 771 頁。

以景生，意以詞達，而不強諸景與意所未有，其才與氣能馳逐乎格與韻之外，而恒斂之有所不敢盡，在《易》有之，巽者入也」〔註214〕，講究自然適性，韻味似淡實腴，他說「樂府擬選，根柢理道，能於古調中作新語，歌行縱不溢，斂不塞，近體調暢清麗，不露蹊徑，而不失矩矱」〔註215〕，既要根柢理道，又要古調中作新語，調暢清麗，法度雅致內斂。

此論是針對當時詩壇有關聲調、風調的流弊，「今世談詩人，不乏彼附影響，拾宿腐不足論，即其上者，豔語浮薄，急調高張，無當大雅萬一。諦觀其人，或借名以餂取，或挾勢以關說，或簡倨以示重，或押闔以相傾，或嫚罵醜詆以邀求，或唯阿奔走以乞憐，人之無良，又何足論詩乎？」〔註216〕他希望回覆到明中期方正標準，體裁聲調，各因其時的大雅風尚，「文莊當成弘正嘉間，是時作者嗣響李唐，而流播未遠，法鑒未備。其人方正有標準，不專以歌詠暢懷，句字鬭妍，大巧若樸，時合天則，文惠而下，風流自命，頗事研索，體裁聲調，各因其時，箕裘弓冶，丹腹堂構，日趨華整，故觀是集而可以得世變焉。」〔註217〕

第三，論法。

李維楨對法的論述，遠較格與調要多。這既與王世貞前後兩期對格、調於詩本體論述既深，言法未深，而李攀龍的擬古之法存在問題；也與在明末師心兩派夾攻下，相較格調，法度對維護後七子流派的純正，變得至關重要有關。

他首先論法之來源與沿革：

　　余第就其辭論今，夫詩三百篇，無一字不文，無一語無法，會
　叢諸家之長，修飾潤色之耳。〔註218〕

　　道莫大於六經，文莫善於六經，無一言非文，無一文非法，萬世

〔註214〕明・李維楨《琅玕社摘草序》，《大泌山房集》卷十九，《四庫全書存目叢書》
　　　　　集150，第728頁。
〔註215〕明・李維楨《楊蘇門詩序》，《大泌山房集》卷二十一，《四庫全書存目叢書》
　　　　　集150，第761頁。
〔註216〕明・李維楨《王太古詩序》，《大泌山房集》卷二十四，《四庫全書存目叢書》
　　　　　集151，第38頁。
〔註217〕明・李維楨《諸王集序》，《大泌山房集》卷二十二，《四庫全書存目叢書》集
　　　　　150，第769頁。
〔註218〕明・李維楨《楚辭集注序》，《大泌山房集》卷九，《四庫全書存目叢書》集
　　　　　150，第486頁。

莫之易也。國家以經進士，謂之時義，罷詞賦不用，其法甚正。而末
流之弊，諸治經者不得經之理，第襲經之詞，詞又學步效顰、餖飣宿
腐，甚者爲肷篋探囊，既以經進，棄其業如土龍芻狗矣。〔註219〕

他認爲六經，如詩三百篇等，無一言不是文，無一文不是法，萬世莫易之基
本，主張依經理，用經法，此是針對自宋儒以來，苟簡俚俗不文，使理亦不
得的語錄之弊；明興矯宋儒而過者，出現李攀龍的寧失於理，無失於詞之說，
又從重辭重文起到推波助瀾作用；到明末，學風空疏浮躁，尊經之理與闡經
之詞，就更加不濟，李維楨認爲此三種偏頗皆不可爲訓。他因崇經，對屈原
的《離騷》也認爲「或過《中庸》，不可爲法」、「其辭旨雖跌宕怪神，怨懟激
發，不可爲訓」，但從「皆出于忠君愛國誠心」、「皆生于繾綣惻怛，不能已之
至意」〔註220〕仍是高度讚揚；認爲兩漢六代三唐諸人，得《楚辭》之章法句
法字法，「遂臻妙境，奪勝場如詩三百篇，後有作者，卒莫出其範圍」〔註221〕。

法度於詩的重要性，他曾敘「蓋今之稱詩者，雖黃口小兒皆言唐，而不
得唐人所從入，皆知唐有初盛中晚，而不知其所由分。即獻吉於唐有復古功，
而其心力所用，法戒所在，問之無以對也，模擬剽剝，惡道垂出」〔註222〕，
對深入復古與創作有指導意義，無必要的基本法度，則會模擬剽竊惡拙愚笨
等弊叢生。而對明末批覆古派法度的有關評論，他立場堅定，「文章之道，有
才有法，無法何文？無才何法？法者，前人作之，後人述焉。猶射之彀率，
工之規矩準繩也。知巧則存乎才矣，拙工拙射。按法而無救於拙，非法之過，
才不足也」，才能牢籠驅馭之，他曾敘「北地之才能小而不能大，能短而不能
長，歷下之才能高而不能下，能奇而不能正，弇州以才騁法，而法不勝才」，
法是一耳，而才有至，有不至焉，「北地之法至先生而大，歷下之法至先生而
暢，婁江以無所不法爲法，先生以有所不法爲法，才之所賦，天實爲之，人
力其如何哉」〔註223〕，故非法之過，而是才之特性所限。

〔註219〕明・李維楨《獨秀軒集敘》，《大泌山房集》卷十二，《四庫全書存目叢書》集
　　　　150，第555頁。
〔註220〕明・李維楨《楚辭集注序》，《大泌山房集》卷九，《四庫全書存目叢書》集
　　　　150，第486頁。
〔註221〕明・李維楨《楚辭集注序》，《大泌山房集》卷九，《四庫全書存目叢書》集
　　　　150，第486頁。
〔註222〕明・李維楨《顧李批評唐音序》，《大泌山房集》卷九，《四庫全書存目叢書》
　　　　集150，第493頁。
〔註223〕明・李維楨《太函集序》，《大泌山房集》卷十一，《四庫全書存目叢書》集

他非常崇法：

> 其爲近體長律絕句，慷慨磊落，宛轉穠麗，深沉溜澆，儇俏平
> 澹，各得其調之所宜，其爲騷賦序記贊頌箴銘書牘之類，篇法句法
> 字法，靡不取裁，古人多所肖象。〔註224〕

> 然大抵有所依託模擬，而公神境傳合，無階級可躡尋，體無不
> 具，法無不合，不可名以一家。〔註225〕

> 意授於思，言授於意，言妙而自工，意盡而遂止，不雕刻以傷
> 氣，不敷衍以傷骨，捃拾博，而師匠高，合而爲篇，離而爲句，摘
> 而爲字，莫不有法度致味存焉。〔註226〕

> 卿自用卿法，我自用我法，善用者也。〔註227〕

法度與模擬並不存在必然的因果關係，但卻有用法不當易犯蹈襲的弊病。故他強調神境傳合，言妙自工，要自用自法，使法度致味俱存，而不傷氣傷骨，損害詩歌的風骨與韻味，法師匠宜高。因爲，有法才能「才弘而斂之，就法不爲橫溢，思深而反之，近裏不爲隱僻，氣奮而抑之，守中不爲亢厲，學博而約之，求精不爲夸靡，詞修而要之，大雅不爲豔冶，其指流暢，其格重厚，其意和平，其度整暇，非遠非近，非淺非深，非華非素，非巧非拙，斌斌乎在茲矣」〔註228〕、「爲文識偉，而學能副之，才逸而法能禦之，格高而氣能劑之，有風雅之溫厚和平，有騷些之凄緊深至，有兩京之樸茂雄渾，有六朝之靡曼精工，有唐宋之舒緩流暢，各撮其勝而調於適」〔註229〕，法度亦是不可缺之要素。各當其景，各適其情，各因其格，各暢其調，無襲跡，

150，第526～527頁。

〔註224〕明・李維楨《王行父集序》，《大泌山房集》卷十三，《四庫全書存目叢書》集150，第569頁。

〔註225〕明・李維楨《王奉常集序》，《大泌山房集》卷十一，《四庫全書存目叢書》集150，第529頁。

〔註226〕明・李維楨《桂子園集序》，《大泌山房集》卷十一，《四庫全書存目叢書》集150，第535頁。

〔註227〕明・李維楨《王行父集序》，《大泌山房集》卷十三，《四庫全書存目叢書》集150，第569頁。

〔註228〕明・李維楨《韓宗伯集序》，《大泌山房集》卷十二，《四庫全書存目叢書》集150，第545頁。

〔註229〕明・李維楨《陸無從集序》，《大泌山房集》卷十三，《四庫全書存目叢書》集150，第571頁。

才能「窺天地之正氣，得孔氏釆風家法矣」，情、景、格、調，都統攝在法度之內而出。

他曾局限地認為法即古法，如「按今文章家，率以館閣體興，而古法幾亡。……踵文正後，遂以能作古高步藝苑，又皆吾楚人也」〔註230〕。後思考深化，作出適當的修正，「頃日，好奇之士欲盡去文章舊法，謂自我作祖，然終不能出古人範軌，祇以形其孤陋寂槁耳。而公則不即不離，善與人同渾成合一矣」〔註231〕、「師古者有成心，而師心者無成法，譬之毆市人而戰，與能讀父書者，取敗等耳」〔註232〕、「有法存焉。詩之法，具在方策，而信心者往往離之。叔衛詩于法，無不合矣」〔註233〕、「詩不守一隅，不由一徑，高不必驚人，而卑不必儕俗，要於其適而止」〔註234〕，即他實質不贊同師心者摒棄法度，一味從心而出，信手信腕，如公安三袁等學力才識者寫出來是性靈，於中人或末流之資，則必使詩俚俗粗鄙。

他對法持「遵用古法，初終一致」〔註235〕，法度在他心中有兩層涵義，於思想是崇六經，於藝術是以詩三百為代表的雅正，出之便是復古的態度，此時他心中之法，已由表面化的文法風格，內化為思想與美學，一種用復古雅正來匡救明末人心世道的立場。但他對師心師今也吸收了合理的成份，故講究不泥法，而本於性靈（實性情），黜李攀龍的機械擬古，如「其時義與訓詁相表裏，其詩與唐人相出入，總之，本於性靈，式於先進，文而不靡，法而不泥」〔註236〕。

他對六經與文、法的關係是：崇經而法、文不泥，崇溫柔敦厚之美。

〔註230〕明・李維楨《童庶子集序》，《大泌山房集》卷十二，《四庫全書存目叢書》集150，第547頁。

〔註231〕明・李維楨《玄覽集敘》，《大泌山房集》卷十二，《四庫全書存目叢書》集150，第550頁。

〔註232〕明・李維楨《來使君詩序》，《大泌山房集》卷十九，《四庫全書存目叢書》集150，第724頁。

〔註233〕明・李維楨《玉光齋詩草序》，《大泌山房集》二十，《四庫全書存目叢書》集150，第730頁。

〔註234〕明・李維楨《來使君詩序》，《大泌山房集》卷十九，《四庫全書存目叢書》集150，第724頁。

〔註235〕明・李維楨《葛震父詩序》，《大泌山房集》卷十三，《四庫全書存目叢書》集150，第588頁。

〔註236〕明・李維楨《獨秀軒集敘》，《大泌山房集》卷十二，《四庫全書存目叢書》集150，第555頁。

夫意在明經而棄經之文與法，用經之文與法而遺其精蘊，兩者皆過也。〔註237〕

宇統指授，謹守師傳，如恐或失，而機杼經緯，率由自得，未嘗規規傚合，形似意不匿乎其言，而名必適乎其義，支詞曲說，不擯自黜，揆諸六經之旨，與法無不合者。〔註238〕

仲子組修眂余詩，有賦有選有近體有長篇，以精心按往格，出之有自，而合之無迹。至于賦選，則今末學，縮朒不能爲也。大槩溫厚清遠，樸茂雅馴，一遵文定家法。〔註239〕

而法與文的關係是：

惟按法而後體正，惟積學而後文著，故其詩，神明融朗，氣象高華，若魯璠璵，遠而望之煥若，近而視之瑟若，理勝乎勝也。〔註240〕

余讀公二草，視孟孺所寄者，更勝程軌，物于舊聞，任折衷于獨見，奇不幻怪，巧不儇佻，古不艱深，麗不綺靡，沉涵斂約，和平雅澹，索之有餘味，而按之無空設，居然杜陵家法矣。〔註241〕

法正體正，神明融朗，氣象高華，沈涵斂約，和平雅澹，方是妙境。而李維楨論法度還有一個重要問題，即有幾處提到「擬議變化」，我們將在第六章「後七子派詩論的發展歷程」一節論述。

三、體

明人較唐宋人在詩學批評上一個顯著特徵，是體的意識明確。尤其七子派，崇復古大曆以前詩，講究眾體兼備。

他論辨體最早是《楚辭》：「屈本《詩》，義爲《騷》，世號《楚辭》，不正名爲賦，後語所收，荀卿諸賦《成相》、《佹詩》，與賦、與騷、與詩諸體雜糅。……

〔註237〕明·李維楨《于于亭集序》，《大泌山房集》卷十二，《四庫全書存目叢書》集150，第563頁。

〔註238〕明·李維楨《于于亭集序》，《大泌山房集》卷十二，《四庫全書存目叢書》集150，第563頁。

〔註239〕明·李維楨《李組修集序》，《大泌山房集》卷二十三，《四庫全書存目叢書》集151，第10頁。

〔註240〕明·李維楨《玉光齋詩草序》，《大泌山房集》卷二十，《四庫全書存目叢書》集150，第731頁。

〔註241〕明·李維楨《楚蜀草序》，《大泌山房集》卷二十二，《四庫全書存目叢書》集150，第775頁。

則謂騷爲楚風可也。」〔註242〕認爲《離騷》與《詩經》體不同，可視爲變風。「人言詩亡而詩在楚，則以三閭氏《離騷》，故其能爲《離騷》者，若厭次洛陽劉中壘、嚴夫子之屬，咸目之爲《楚詞》，體不必詩而名詩，人不必楚而詞名楚，然則吾郡之有郢歌，非無因而至也」〔註243〕，後《楚辭》發展爲不同於《詩三百》的介於詩與文間的賦體。

辨體重要，是因爲體是辨別風格與成就的主要途徑之一。從體裁來說，「律詩昉于六朝，四六文盛于六朝，字必偶，事必切，意必貫，音必諧，詞必華，兩者若相爲用而實不同，文無定裁，伸縮由人，律詩有定體，不可損益。六朝以其爲四六之文者爲詩，或坐牽合，或出強造，或競詭僻，或涉重複，而詩病矣。唐初一變，而五七言近體爾雅精工，爲千古絕技，如王勃、駱賓王、王維詩，皆澄汰六朝浮豔故習，清新典則，至四六文，組織鍛鍊，又自成一家，此于六朝，青出藍，藍謝青者也」〔註244〕。從作家來說，「夫詩至唐而體備，體至李杜而眾長備，而李杜所以得之成體者，則本三百篇。……少彝爲之分體，直指其本於風雅，學人得所從來，可以爲李，可以爲杜，可以兼爲李杜，可以爲風，可以爲雅，可以兼爲風雅，可以自爲聖，可以自爲神，不至爲李杜作」〔註245〕，不僅於李杜二家，即於詩道，亦功大矣。

他重視唐律體成就，尤其七律。認爲唐以後古體、近體始分，「詩自三百篇至於唐，而體無不備矣。宋元人不能別爲體，而所用體又止唐人，則其遜于唐也」〔註246〕。認爲宋元人風範不及唐人。而唐詩諸體不逮古，唯律體以創始獨盛，盡善盡美，無毫髮憾，明律乃能儷之，唐律到中晚滔滔信腕，才不堪覆瓿矣。而律體中，七律尤難，「合諸體而論之，律爲難，析律體而論之，七言爲難」〔註247〕，唐五律自初盛及中唐，得一長以成一家者甚眾，成就較

〔註242〕明·李維楨《楚辭集注序》，《大泌山房集》卷九，《四庫全書存目叢書》集150，第486頁。

〔註243〕明·李維楨《和雪亭詩序》，《大泌山房集》卷二十二，《四庫全書存目叢書》集150，第778頁。

〔註244〕明·李維楨《劉居敬詩啓序》，《大泌山房集》卷十二，《四庫全書存目叢書》集150，第554～555頁。

〔註245〕明·李維楨《李杜分體全集序》，《大泌山房集》卷九，《四庫全書存目叢書》集150，第494頁。

〔註246〕明·李維楨《宋元詩序》，《大泌山房集》卷九，《四庫全書存目叢書》集150，第495頁。

〔註247〕明·李維楨《皇明律範序》，《大泌山房集》卷九，《四庫全書存目叢書》集150，第497頁。

高，而七律，初唐時體未嚴，中唐時則格已降，盛唐時，七律大家亦少，而明律其盛於唐，久於唐，是兼唐之所盛，而擅唐之所難，是以盛繼盛。

故他重視傷明律之體，他敘人所議傷體在詠物徵典。「蓋聞之先進言詩者，總諸詩之體，而論以詠物爲傷體；就一詩之體而論，以使事爲傷體」，他以爲非。「夫詩三百篇，何者非事？何者非物？多識草木鳥獸之名，孔子固有定論矣」〔註248〕，因當是時詩體與今異，漢魏古詩以不使事爲貴，是體故然，秦漢作僞易而六朝作僞難，是體故然，自唐後近體使事，亦體故然也。

什麼才是傷體呢？他有論「繇風雅頌以來，爲樂府，爲古選，爲歌行、絕句，能事畢矣，而律始出，五之爲四十言，七之爲五十六言而止，未嘗不沿于樂府、古選、歌行、絕句，而實不相似，以其體晚出，而與諸體分道而馳，勝負爭于片言，美惡縣于隻字。諸體伸縮由人，而律則爲體所束縛，故詩不易工者莫如律，其格局整而無冗長，比偶切而無渙漫。寡識者，視之爲塡詞小令之技，趨時者等之爲駢四儷六之文，投贈餞送一切用近體，其用愈繁，而其體愈壞，援引故實，點綴姓名，附會品地，不牽合則拘謭，不腐敗則濫冗，故爲詩病者莫如律」〔註249〕，對明朝有韻之文與不盡韻之詩，大都贈遺酬答慶賀弔挽，或以獻諛行媚而志分，了不相屬，其體則專五七言律，而不及古選，故律體病甚。

他亦論明臺閣體之弊，前後七子以兩京六代三唐諸體振之，「即爲古文辭，尚臺閣體，朱弦疏越有遺音，玄酒太羹有遺味，而其末流拾唾核，享敝帚，搏沙嚼蠟，日趨于萎弱臭腐，漢魏六朝三唐諸論著屏棄不復省覽」〔註250〕。成弘以前，臺閣文體卑弱不振，積弊甚深，故「嘉隆而後，唐詩漢文作者相望」〔註251〕、「其詩于兩京六代三唐，矩矱無所不合，而無模擬刻畫之迹」〔註252〕，諸體具備。

〔註248〕明·李維楨《唐詩類苑序》，《大泌山房集》卷九，《四庫全書存目叢書》集150，第491頁。

〔註249〕明·李維楨《皇明律範序》，《大泌山房集》卷九，《四庫全書存目叢書》集150，第496～497頁。

〔註250〕明·李維楨《申文定集序》，《大泌山房集》卷十，《四庫全書存目叢書》集150，第512頁。

〔註251〕明·李維楨《馮宗伯集序》，《大泌山房集》卷十，《四庫全書存目叢書》集150，第515頁。

〔註252〕明·李維楨《由庚堂集序》，《大泌山房集》卷十，《四庫全書存目叢書》集150，第516頁。

他論體，側重在兩方面，一是兼備眾體。他評體，最初多「其文之體，出入三代兩京而不爲唐宋，其詩之體，出入六朝初盛唐而不爲大曆以後」〔註253〕，「詩具諸體，……樂府古選法漢魏六朝，近體法唐，集唐人詩爲七言律，如出一手，劘琢之極，妙合渾成，騷賦亦得漢魏六朝諸家法」〔註254〕、「其體極備，其用極繁，其指盡洩，而無所復益，故若周若其，無可益也。周監於二代，郁郁乎文哉」〔註255〕、「體無所不備，境無所不詣，變無所不窮」〔註256〕，宜見賞於大方家也。但他同時意識到「詩于今無一體不具，詩人于今無一地不有，號爲極盛，而衰相業已兆矣」，因爲「其人才小識偏，心麤氣浮，涉獵鹵莽，間有所窺，遂自以爲得秘密正印，前無古人，而古人詩法從此敗壞」，他「日與二三作詩者談，未嘗不有隱憂也」〔註257〕。二是崇體大思精，華整勁潔，體偏大、高、正一格。如「明二百年而再焉，天下模楷，故楚之有先生非偶也」〔註258〕、「子愿文體沿六朝，而精鑿整潔，新奇充滿」〔註259〕、「神思體性，風骨通變，定勢情采，鎔裁聲律，麗辭練字，有至境矣」〔註260〕，講究意象骨力法律音韻無一不合古體。

但他對體的認識亦有修正。首先，認爲體由時代決定，以適爲善。「夫詩無今古，而有今古，自風雅頌，爲騷，爲五言，爲七言，爲律，爲絕，而體由代異矣。……而格由時降矣。三百篇，騷選，歌行，近體，絕句，莫不有成法焉，有至境焉，異曲而同工，古不必備，今不必劣也」〔註261〕，故體由

〔註253〕明・李維楨《南征集序》，《大泌山房集》卷十，《四庫全書存目叢書》集150，第518頁。

〔註254〕明・李維楨《蘇明府集序》，《大泌山房集》卷十，《四庫全書存目叢書》集150，第524頁。

〔註255〕明・李維楨《弇州集序》，《大泌山房集》卷十一，《四庫全書存目叢書》集150，第525頁。

〔註256〕明・李維楨《調象庵稿序》，《大泌山房集》卷十一，《四庫全書存目叢書》集150，第534頁。

〔註257〕明・李維楨《汪文宏詩序》，《大泌山房集》卷二十三，《四庫全書存目叢書》集151，第19頁。

〔註258〕明・李維楨《甄甄洞續稿序》，《大泌山房集》卷十一，《四庫全書存目叢書》集150，第531頁。

〔註259〕明・李維楨《邢子愿小集序》，《大泌山房集》卷十一，《四庫全書存目叢書》集150，第532頁。

〔註260〕明・李維楨《邢子愿全集序》，《大泌山房集》卷十一，《四庫全書存目叢書》集150，第533頁。

〔註261〕明・李維楨《亦適編序》，《大泌山房集》卷二十一，《四庫全書存目叢書》集

代異，適於其體者即是善矣。由時代之變，進而承認體有「變」，「文無常體，以有體爲常，變而屢奇」〔註262〕，重點在不因循，寄人籬下，「觸境以生情，而不迫情以就景，取古以証事，而不役事以聘材，因詞以定韻，而不窮韻以累趣，緣調以成體，而不備體以示瑕」〔註263〕，「緣調以成體，而不備體以示瑕」是對復古派論體的根本性轉變，從擬議成變、嚴守復古詩體和眾體兼具向前跨越了一大步，要求不因體而傷詩美，更多強調作家受個性氣質和情境即事景程的不同。而詩有多樣性，不必嚴守古體，「詩析諸體而各有其美，合諸體而共成其美」〔註264〕、「夫文之體裁，各有當然之則，而好尚偏定，至不相通。公大章短篇，法言異語，清辭秀句，因應無方，率有妙悟精詣」〔註265〕，貴在以妙悟自然爲宗。

其次，對體之正、高、大推崇中，加入了逸、趣、適等多種藝術風神，從風格單一而求諸體完備，走向了風格藝術的多樣化。如「律絕諸體，時韶秀，時嚴整，時簡潔，時宏肆，時幽靚，時宕逸，時藻蔚，時質直，經緯宮商，絡繹輻輳，蓋無一不從古法出，而深思遠致，脫然筌蹄之外。詩如是，可以獨步江東，並驅中原矣」〔註266〕。甚至並不刻求必須古體，「以其才適體，以其體適格，以其格適時」，以「適志，適道，適用」〔註267〕爲宗即可。風格上則更寬泛，「骨力勁挺，體勢方嚴，而風神閒適，諸所應有無不有，閩山川靈異，鬱積深厚」〔註268〕可，「神在象先，會之以景，情懸物表，運之以辭，體裁風骨，色澤趣味，陶陶遂遂，自得於山川」〔註269〕亦可，「體乾多古選，

150，第 749 頁。

〔註262〕明・李維楨《許伯彥集序》，《大泌山房集》卷十三，《四庫全書存目叢書》集150，第 577 頁。

〔註263〕明・李維楨《青蓮閣集序》，《大泌山房集》卷十九，《四庫全書存目叢書》集150，第 717 頁。

〔註264〕明・李維楨《三子詩序》，《大泌山房集》卷二十一，《四庫全書存目叢書》集150，第 754 頁。

〔註265〕明・李維楨《馮司成集序》，《大泌山房集》卷十一，《四庫全書存目叢書》集150，第 540 頁。

〔註266〕明・李維楨《王太古詩序》，《大泌山房集》卷二十四，《四庫全書存目叢書》集 151，第 38 頁。

〔註267〕明・李維楨《亦適編序》，《大泌山房集》卷二十一，《四庫全書存目叢書》集150，第 749 頁。

〔註268〕明・李維楨《鄧使君詩序》，《大泌山房集》卷十九，《四庫全書存目叢書》集150，第 726 頁。

〔註269〕明・李維楨《蕭國紀遊序》，《大泌山房集》卷二十二，《四庫全書存目叢書》

簡潔溫醇，眞質閒曠，入陶韋三謝之室，伯仲多近體，高朗藻秀，整贍都雅，登開元大曆之壇」〔註270〕均可。

他對體晚年的寬泛，與他認識到古體並不是復古雅正的根本屬性有關。一如「才」和「學」、「格」和「調」，都不是復古的根本內核，他只要嚴守尊崇六經、經世致用的純儒思想，藝術上端正以詩三百爲代表的雅正敦厚，即「識」和「法」才是更決定和匡正復古立場的內核。在藝術上他較後七子派的李攀龍、王世貞時期給出的創作自由更大，但在思想內核上卻更純淨、明晰、聚攏。

四、師古師心

李維楨和公安竟陵的認同與分歧，源於其師古師今與師古師心觀點，師古師今是師古師心的認識基礎。這個問題，相對最爲簡單明瞭。

第一，師古師今。

李維楨的師古師今觀，也有先後兩期的變化。初期，持後七子派尊古觀點，如「少彝以李好稱古，於近體若不屑，而於古離之不甯遠；杜若不屑古，而象貌色澤若未盡離」〔註271〕、「能守大曆前矩矱，曾不移易，篤信好古，大江以西，詩正派其在茲乎」〔註272〕等。但後期，就既尊古又尊今，「可以博古，可以通今，詞林之翹楚矣」〔註273〕。他批評明末復古派與師心派各執一端者，「慕古之士，束唐以後書不觀，必若所云：『人世亦何用有今。』而俗學淺陋，取給目前，又以生今不宜返古，二者皆譏無當于大方」，指出其原因在「學不博，才不豐，識不超，欲以會通今古，而時措之難矣」〔註274〕。

對師古與師今兩者的尺度，由「古今同慨」〔註275〕到「以古爲今，以今

集150，第780頁。

〔註270〕明・李維楨《何氏三園稿序》，《大泌山房集》卷二十二，《四庫全書存目叢書》集150，第771頁。

〔註271〕明・李維楨《李杜分體全集序》，《大泌山房集》卷九，《四庫全書存目叢書》集150，第494頁。

〔註272〕明・李維楨《王曰常詩序》，《大泌山房集》卷二十三，《四庫全書存目叢書》集151，第16頁。

〔註273〕明・李維楨《入蜀三編敘》，《大泌山房集》卷十，《四庫全書存目叢書》集150，第519頁。

〔註274〕明・李維楨《祁爾光集敘》，《大泌山房集》卷十，《四庫全書存目叢書》集150，第522頁。

〔註275〕明・李維楨《張中丞集》，《大泌山房集》卷十一，《四庫全書存目叢書》集150，第530頁。

為古，不即不離，可愛可傳」〔註276〕，進而到「用以為文為詩，未嘗不出古人，而不襲古人餘唾，未嘗不越今人，而不駮今人拙目，闡發性靈，經緯倫常」、「賦家之心，包括宇宙，總攬人物，斯乃得之於內」〔註277〕，才意隨心發，「手應其心，口如其腹，質實坦易，夷雅通達，與其所沉酣經子左國史漢選彙諸書，多蓄而精擇之，靈明獨裁，爐錘自運，不即不離，亦古亦今」〔註278〕，才「詩文眾體該，詩文眾妙心，所包括總攬，殆未可量」〔註279〕。他吸取性靈派的優點，融合復古派的雄文博學，以兩派之才學識，融貫古今文道，以賦家之心，包括宇宙，總攬人物，可見其仍是復古派的審美本核，對公安竟陵的性靈師今是其善用。

至於他緣何發生此轉變，一方面，他曾自敘受別人影響和自己觀點的兩則材料：

> 余讀以昭王孫《古雪齋稿》而異之。古不言何代，雪寧至今存耶？以余所游蜀峨嵋晉五臺，見積雪甚古，然而後來者居上，古今終不可辨，以昭稱名，取義安在？其友沈孺休曰：「以昭蓋言詩耳。……上天同雲，先集維霰，始飄颻而稍落，遂紛糅而無窮，其積漸也。從心浩然，何慮何營，其機恬也。此無論古今，雪故如是，以昭詩質不濁，色不闇，致不俗，變不窘，氣不萎，積不薄，出不驟，機趣自然，猶之雪矣。古雪與今雪不殊，今詩與古詩亦豈有二道哉。」余唯唯。〔註280〕

> 仲佩夢寐古人，即漢且不足慕尚，而況建安、江左，古與今一也。今之脩詞者不能加於古人之上，今之窮理者，抑能出於古人之外耶？詞與理一也。〔註281〕

〔註276〕明・李維楨《鄧太素詩序》，《大泌山房集》卷二十三，《四庫全書存目叢書》集151，第1頁。

〔註277〕明・李維楨《祁爾光集敘》，《大泌山房集》卷十，《四庫全書存目叢書》集150，第522頁。

〔註278〕明・李維楨《徐少宰集序》，《大泌山房集》卷十一，《四庫全書存目叢書》集150，第539頁。

〔註279〕明・李維楨《祁爾光集敘》，《大泌山房集》卷十，《四庫全書存目叢書》集150，第522頁。

〔註280〕明・李維楨《古雪齋稿序》，《大泌山房集》卷二十四，《四庫全書存目叢書》集151，第25頁。

〔註281〕明・李維楨《夢古齋稿略序》，《大泌山房集》卷十二，《四庫全書存目叢書》

故取古人所已言而襲之，非也；必欲得古人所未言而用之，亦非也。師古還是師今，「上下古今，質文殊尚，師承殊派，考鏡折衷，最爲簡要」〔註282〕，這言明他既取師古師今的折衷觀點，又言他重師承殊派的後七子派陣營。

另一方面，他對詩歌古近體沿革與發展的認識，亦萌芽著師古師今的觀念。

> 以三百篇爲源，魏六朝唐人爲流，至元和而其派互分，析論之：古詩以漢魏爲正，太康、元嘉、永明爲變，至梁陳而古詩亡；律詩以初盛唐爲正，大曆、元和、開成爲變，至唐末而散。〔註283〕

> 嘉隆之代，變者始一歸于正，名家大家，具有唐人之美，而盛衰之機，實相倚伏。〔註284〕

嘉隆之代，變者始一歸於正，名家大家，具有唐人之美，而盛衰之機，實相倚伏。古詩與近體的劃分，相對明詩，雖同爲古，但古詩相對明近體即是古，而唐以來近體相對明近體，又同是今，而每一段時間詩歌發展都經歷正、變、亡，亡後必有新詩出，舊中蘊含著新，古中蘊含著今。他敘友人學古體會，「益大悟司馬之與楚兩先生各自爲古也，大丈夫當如是矣」〔註285〕，重在自抒胸臆，「不爲古人役，而使古人若爲受役也」〔註286〕。但他在師古師今上，他最終立身仍在復古陣營。故他說「體格法古人，而不必立異於今人，句意超今人，而不必襲迹於古人」〔註287〕，在「排偶中不失古，於穠冶深沉中能淨能淺，故自勝耳」〔註288〕，從創作方法與詩美上進行了匡定，「語不襲

集150，第544頁。

〔註282〕明·李維楨《詩宿序》，《大泌山房集》卷九，《四庫全書存目叢書》集150，第487頁。

〔註283〕明·李維楨《詩源辯體序》，《大泌山房集》卷九，《四庫全書存目叢書》集150，第488頁。

〔註284〕明·李維楨《鄧使君詩序》，《大泌山房集》卷十九，《四庫全書存目叢書》集150，第726頁。

〔註285〕明·李維楨《蕉堂集序》，《大泌山房集》卷十三，《四庫全書存目叢書》集150，第580頁。

〔註286〕明·李維楨《譚友夏詩序》，《大泌山房集》卷二十三，《四庫全書存目叢書》集151，第4頁。

〔註287〕明·李維楨《許覺父集序》，《大泌山房集》卷二十三，《四庫全書存目叢書》集151，第12頁。

〔註288〕明·李維楨《潘景升如江集序》，《大泌山房集》卷二十三，《四庫全書存目叢書》集151，第8頁。

古，法不徇今，新拔而不怪，質實而不淺，典則而不僻，深沉而不澀，高華而不浮豔，如布帛有幅，如木從繩，蓋開元大曆之支流餘裔，而嘉隆諸子之羽翼也」〔註289〕。

第二，師古師心。

他用大量的事例與論證，闡明師古與師心，在藝術創作範圍內，只是一種創作方法，不是決定流派的根本屬性，可以在尊文學流派的框架內，師古與師心轉換自如。

如《吳汝忠集序》中，他用齊己先後拿模仿韋詩和拿己詩拜謁韋應物事，說明自抒機杼是眾多名家共同遵守的創作方法。如《董元仲集序》中，他用本朝成弘以來，百年內的明詩三變，來說明師古可以從心，師心可以作古，臭腐爲神奇，嬉笑罵悉成章矣，復古派亦如「蓋于古作者無不取財，無不具體，而景之所觸，情之所向，思之所極，匠心自妙，恆超於聞見格局之外，閉門造車，出門合轍，使古人受吾役而不爲所役，善寫照者傳其神，善臨池者模其意，蓋中所獨得深矣」〔註290〕，闡奧於今，自爲古，其致一耳，「後之視今，猶今之視古」〔註291〕。

他對公安、後七子派末流弊端皆提出批評，指出不傍人門戶，不拾人咳唾，自有風格，自成一家：

> 蓋今之作者爭言好古，奉若功令，轉相傚以成風，盛粉澤而掩質素，繪面貌而失神情，故有無病呻吟，無歡強笑，師其俚俗以爲自然，襲其叫呼以爲雄奇，字琢句劇，拘而不化，麋而虎皮，鶩而風翰，迹若近實，愈遠于以命令當世，取須臾之譽，猶夫色屬內荏穿窬之盜耳。……人生意氣，心知靈明變通，可以窮千古，羅萬有，奚必傍人門戶，拾人咳唾，因人嗔喜爲哉。〔註292〕

他提倡以情緯物，以文被質，合於自然，自言隻字，人情物理，率自胸臆出之，而自出機杼，成一家風骨，師心匠意，不傍入門戶籬落，即鄒彥吉

〔註289〕明・李維楨《邵仲魯詩草序》，《大泌山房集》卷二十三，《四庫全書存目叢書》集151，第14頁。

〔註290〕明・李維楨《快獨集序》，《大泌山房集》卷十，《四庫全書存目叢書》集150，第517頁。

〔註291〕明・李維楨《汲古堂集序》，《大泌山房集》卷十三，《四庫全書存目叢書》集150，第574頁。

〔註292〕明・李維楨《快獨集序》，《大泌山房集》卷十，《四庫全書存目叢書》集150，第517頁。

所評咀嚼一切經史子集,「實自秉一機軸,自言一門戶,自立一宗派,不信陽,不成都,不大梁,不華州,不歷下,不毘陵,不晉江,又不北地弇州,又不退之子瞻」〔註293〕。在創作方法上不立派別,主張「匠心而出,法古而通,景之所會,事之所值,因應無方,不守一隅」,以自然為善。但從文學流派與文學陣營來說,則持復古,「從先進,振大雅,師表人倫,立四方,極治道,詩道胥賴之矣」〔註294〕,詩是否出於儒家政教文藝觀,則是他與公安竟陵主人之性靈的根本區別。

故他對師古者,從創作方法上有批評,有指導:

> 詩至于今體,無所不有,名家大方,源流師承,苟求其故,較然明白,惟步趣形骸,割裂餖飣者,口實法古而去古彌遠,害古彌甚。大復先生是以有「舍筏之喻」,豈其信心縱腕,屑越前規,要在神明默成,不即不離,⋯⋯盡而有餘,久而愈新,斯合作耳。〔註295〕

> 夫取材於古,而不以模擬傷質,緣情于今,而不以率易病格,遁世之致,憤世之懷,遞相為用,而獨見其長,是則子之所為詩而已矣。⋯⋯要之,可襲取一時耳。久則必敗⋯⋯。〔註296〕

> 故其詩祖三百,宗漢魏,奧廩六朝三唐,博于庀蓄,而嚴于師匠,景有所值,事有所感,情有所會,必寓之詩。〔註297〕

> 今之為詩者,模擬刻畫,形神不屬,已乖本趣,而拾餘唾,割餘錦,幾同肱篋探囊,大為雅道辱,何惜傷手哉!長倩以自有之情,寫自見之景,以自受之才,運自然之語,獨成一家杼柚。〔註298〕

他贊成吳維岳匠心法古而為用,但思想內容上持鮮明的宗經與經世致用的儒

〔註293〕明·鄒迪光《壽李本寧太史先生七十序》,《始青閣稿》卷十三,《四庫禁燬書叢刊》集103,第311頁。

〔註294〕明·李維楨《綠雨亭詩序》,《大泌山房集》卷十九,《四庫全書存目叢書》集150,第721、722頁。

〔註295〕明·李維楨《閭汝用詩序又》,《大泌山房集》卷二十一,《四庫全書存目叢書》集150,第750頁。

〔註296〕明·李維楨《方于魯詩序》,《大泌山房集》卷二十一,《四庫全書存目叢書》集150,第766～767頁。

〔註297〕明·李維楨《尹于皇詩序》,《大泌山房集》卷二十三,《四庫全書存目叢書》集151,第11頁。

〔註298〕明·李維楨《陸長倩詩序》,《大泌山房集》卷二十三,《四庫全書存目叢書》集151,第12頁。

家政教文藝觀，創作方法上嚴守雅正法度。

　　全盤梳理李維楨的詩學批評，是不如此，就不能夠較全面地瞭解李維楨的詩學思想，不能夠解決他對明後期批評的對象與目的，也不能夠說明他對明末三個主流詩歌流派的眞正態度與所討論的主要問題。

　　筆者不同意將李維楨詩學批評歸結爲「緣機觸變，各適其宜」詩學理論上以「適」爲中心的「適才」、「適情」、「適體」、「適時」層面，這不是李維楨詩學批評的中心與本旨，僅是他「用」層面的一部分，而不是其「體」，且將使李維楨的詩學理論淹沒在性靈一派中辨駁不清。他「用」與「適」的淵承都很清晰，一是京山成長受父親與岳父家族影響的不蹈襲因子，二是自我的詩學與人生實踐，體驗閱歷漸深，認識到前、後七子派文學理論的不當與缺陷，三是一生最服膺蘇軾與王世貞，「余於宋獨善蘇端明，於明獨善王司寇」〔註299〕，蘇軾爲文「不擇地而出，滔滔汨汨，行於所當行，止於不可不止」的自然思想，對王世貞與李維楨都有深刻影響，王世貞晚年詩學思想崇白、蘇，晚年定論實質是不變與變兼有之，尤其在復古主體基礎上的集大成，無不揮灑，無所不適，對李維楨影響甚深。他將蘇軾之「適」與王世貞晚年詩學理論之「用」的觀點（王世貞晚年文學實踐實質是「適」），融彙到詩學批評中，針對明後期社會與文學具體弊病，修正擴大後七子派的詩學理論，給予其更強更通達的生命力。

　　李維楨一生都堅守在復古陣營，從親歷者、觀察者、領導者的不同身份與階段對後七子派作家與明後期詩壇發生影響。他的詩學理論，具有兩方面特徵，一是一生都是復古中堅，復古派後期的中流砥柱，他以崇經雅正本旨爲根本，對明代末世政治、世道、士風、學術、文學全方位批判與匡救，這是他不同於李攀龍、王世貞前兩期的最鮮明特徵，由萬曆後期起明季末世的政治社會世風等嚴酷現實決定，對明末詩歌主流三派的批評僅是文學的部分；二是他對性靈詩派持贊許、吸收、批評、商榷兼而有之態度，但具體到公安、竟陵，又有細處的差別，對三派末流則皆嚴厲批判。準確說，是在堅守純儒救世、雅正復古本位下的寬容、學習和爲我所用態度，與其一生的文學交游方式與範圍、詩文創作理念與思想內容一致。具體到詩學理論，是詩歌史觀下的崇經、聲音之道與政通，翼以明德弼教、先進厚德，回覆淳樸世

〔註299〕明・李維楨《氷蓮集序》，《大泌山房集》卷十三，《四庫全書存目叢書》集150，第569頁。

道人心，詩歌創作觀由早年復古思想到晚年各具體理論的變化，主性情，力抓學、識、法、師古四點，放開其餘，他的復古態度，已從追求文法風格，內化為思想與美學，一種用宗經先進的立德立行、雅正雄深旨趣來匡救明末人心世道的立場，這才是他在明文壇領導復古派保持純正性的根本要求；也是錢謙益贊其將明文學導回館閣功績的根源所在。

需要指明的是，李維楨所持的其實是翰苑館閣的政治思想與文學思想，雖不得為宰輔，但卻以相品高度來要求自己的人品與文品，要求士人的道德與文章，晚年通過文學發聲在文壇與政壇，以明經正道，興復大振，師表人倫的詩道治道為己任，這才是「靈光獨峙，砥柱江河，一代千秋，大統攸集，茫茫震旦，不遂淪為長夜，以明公在也」〔註300〕的真實涵義。筆者亦認為，直到今天，在變化實質不大的情況下，不斷吸收時代新內容的儒家思想仍應是匡救復興中國社會的主流意識，但在明季末世國家已潰爛到不可收治，行將崩塌，不是李維楨所持儒家思想能力挽狂瀾於既倒，卻是只能與應該堅守的延綿之道。

〔註300〕明‧胡應麟《報李本寧觀察》，《少室山房集》卷一百十七，《景印文淵閣四庫全書》第 1290 冊，第 859 頁。

第六章　李維楨的詩學批評（下）

李維楨對晚明公安派、竟陵派、後七子派都有評論，是他詩學思想的重要組成，以見他對晚明詩歌流變的觀點。

第一節　對公安派的批評

李維楨對公安派的評述較多，主要涉及論性情、白香山、蘇長公、雁字詩四個問題，他對公安派的眞實態度與交遊狀態，也將隨此的評論意見自然呈現。

一、論性情

李維楨《書張生箴銘後》：「余與幼于別十有七年，以入計過訪，年六十有七，有嬰兒色，問何能爾。先生笑曰：『我有嬰兒心，故有嬰兒色。我無嬰兒態，故有嬰兒心。』因出所爲箴銘示之，顧名思義，養素含貞，一切才情黜而不用，師尙父，丹書衛武公，抑戒文在茲矣。」此文作於萬曆二十九年（1601）李維楨領浙憲入計上京，經蘇州過訪張獻翼，距袁宏道萬曆二十四年（1596）在吳縣發表公安派綱領性「獨抒性靈，不拘格套，非從自己胸臆流出，不肯下筆」（《敘小修詩》）口號，時隔數年，公安派影響已風靡全國，在吳越地區有廣泛影響，張獻翼的「嬰兒心」似類「童心」，見性靈說的影響。李維楨評「三復敬題其後」。〔註1〕

〔註 1〕明・李維楨《書張生箴銘後》，《大泌山房集》卷一百二十六，《四庫全書存目叢書》集 153，第 556 頁。

　　他對「性靈」說真正的態度到底是什麼？他所持的「性靈」真正涵義是什麼？由於此詞涉及到公安、竟陵二派的核心概念，非常重要，故將《大泌山房集》中出現「性靈」評議遍列如下：

　　1. 公尊人龜川先生精象山新建之學，爲士林所宗，其詩本原三百篇，抒性靈而抉理奧，則趨庭所禀承然也。孔子《論學》：詩可以興觀怨羣而事君父，不達于政，雖多奚爲？

　　　　　　　　　（《大泌山房集》卷十九《董司寇詩集序》）

　　2. 馬使君德徵，吳人也。而詩非吳語，劉削浮華，暢寫性靈，流便而有則，豐瞻而有骨，宏放而有致，若近而遠，若小而大，若易而難，若下而高，若疎而密，蓋以三君子爲正宗〔註2〕……。

　　　　　　　　　　　　　（卷十九《馬德徵詩序》）

　　3. 余竊惟詩始三百篇，雖風雅頌、賦比興分爲六義，要之，觸情而出，即事而作，五方風氣，不相沿襲，四時景物，不相假貸，田野閭閻之詠，宗廟朝廷之製，本于性靈，歸于自然，無二致也。

　　　　　　　　　　　　　（卷二十《王吏部詩選序》）

　　4. 陳先生詩直抒性靈，不雕斷溪刻，而體裁中度，經緯成章，以方盛覽，不識何若，較筰都三歌勝之倍蓰，頗亦類其爲人，坦夷自如，不諧于俗，仕宦不得意，與司馬睪同。詩禮訓子，不督而成，八人皆文學起家，比高陽里。今其郡稱子大夫對公車擢上第者，肩背相屬，人文軼漢而上矣。

　　　　　　　　　　　　　（卷二十一《陳計部詩選序》）

　　5. 士患經不明耳，經明矣，筆之爲義，升鄒魯之堂，入濂洛之室，暢性靈之奧，敍倫彝之則，上下古今，苞舉人物，將何施而不可，謂人文不在經義，謂經義之文不足與論，於化成之道皆固也。

　　　　　　　　　　　　　（卷二十六《河隴人文錄序》）

　　6. 先生總統百家，茹含千古，澄汰浮華，獨邑性靈，約以則，深以典，河汾氏所謂君子之文也。

　　　　　　　　　　　　　（卷三十《陳子有先生壽序》）

〔註2〕三君指李迪開先，禎卿中興，元美集大成。

7. 徐公精形家言，所相地四水周環，三山前立，含和布氣，效美呈暉，霏郁輪囷，若留若往，所以豁視聽，益智慮，發抒性靈者，寧獨人傑，固地利多矣。

（卷五十三《鄧州儒學記》）

8. 其學精于易，尋微之功，不減輔嗣，禮則日執之，三百篇後，善陶靖節，所言詩雅相類，要以抒性靈，自成一家，不襲人口吻，為諸子，談析經義商略，先往名達，論霸王之餘策，覽倚伏之要害，斟酌時宜，中竅破的已。

（卷一百八《故孝廉封給事中田公何孺人墓表》）

9. 然余竊有窺焉，凡學與文未有不稟籥性靈根極理道者。左卿嘗受學胡廬山、顏沖宇二先生，窮理盡性，進德居業，其深藏若虛，其樸若未兆。是故淵默雷聲，雲興霞蔚，若丈人承蜩梓，慶削鐻，庖丁解牛，不自知其所至，而見者驚為神，聞者駭為鈞天之樂矣。

（卷十《熊南集選叙》）

10. 自漢至明，諸家集無所不捃摭，而稗官小說亦下采焉，用以為文為詩，未嘗不出古人而不襲古人餘唾，未嘗不越今人而不駭今人拙目，闡發性靈，經緯倫常，寸管代舌，幅楮傳神，晶光激射，磊砢多奇，如冊府寶玉，如武庫兵仗，如王會威儀，如海氣樓臺，出之無方，觀之忘倦，非其才學識，奄有三長將能乎哉！

（卷十《祁爾光集叙》）

11. 其時義與訓詁相表裏，其詩與唐人相出入，總之，本於性靈，式於先進，文而不靡，法而不泥，余目中不多見也。

（卷十二《獨秀軒集叙》）

12. 作經者，其人皆聖明也，且不得兼求。詩與舉子業，本理道，原性靈，輔之以氣，潤之以辭，約之以格，能各有妙境，如體敬，罕見其人矣。

（卷十二《張體敬二集序》）

從上可以得出，李維楨筆下的「性靈」，過於黏連於經義，先進德行，事君父達於政，雖他也提倡藝術上的流便自然，不事雕刻，但從思想宗旨上其本於、

直舒、發抒、獨創的是後七子派的「性情」，側重社會政教屬性，與王世貞的「性情」思想一脈相承，無根本變化，而非公安竟陵之本於人的本心、自然欲望的「性靈」。

　　李維楨對「性情」的長篇論述，集中在《書張生箴銘後》（《大泌山房集》卷一百二十六）、《讀蘇侍御詩》、《天許樓詩題解》、《萍社草題辭》（卷一百二十九）、《董文部詩題辭》、《性籟草題辭》（卷一百三十二）等幾篇題跋。首先，《讀蘇侍御詩》中：

　　　　詩以道性情，性情不擇人而有，不待學問文詞而足，故詩三百篇風與雅頌等。風多閭閻田野細民婦孺之口，而學士大夫稍以學問文詞潤色之，其本質十九具在。即雅頌作於學士大夫，而性情與細民婦孺同，其學問文詞亦就人倫物理、日用常行，爲之節文而已。今夫……，而聖人悉以被管弦金石，歌宗廟朝廷，無亦謂是性情之眞，通諸天下後世，不可易乎？〔註3〕

　　他對詩產生的根源，一起筆，就將「情」歸之於「性情」，緣於人倫物理、日用常行的社會屬性，儘管性情每人皆有，與學問文詞無關，儘管他也追求性情之眞，但顯然與李贄「赤子之眞心」的不受社會屬性制約的「童心」說，與公安、竟陵本之於人的本心，不受社會屬性束縛的自然欲望的「性靈」有著天壤之別，兩者從根基上就完全不同，一從屬儒家傳統政治教化觀，一從屬尊重人性解放的自由思潮，分歧無法彌補，不容調合。這點李維楨並不是沒有意識到的，而是對人完全不受道德政教束縛的自然本性嚴厲貶黜，根本不予承認，因他在《徐文長詩選題辭》裏大加撻斥：

　　　　三君誦其四六書疏及二三詩篇，率有致，後全集出，殊不然，而袁中郎晚好之，盛爲題品，天下方宗鄉中郎，羣然推許，大雅之士謂中郎逐臭嗜痂，不可爲訓。夫詩文自有正法，自有至境，情理事物孰有不經古人道者，而取古人所不屑道，高自標幟，多見其不知量也。昔顏延年薄湯惠休詩：「委巷間歌謠耳，方當誤後生。」如文長集中，疵句累字，誤人不小。甬東薛千仞奮曰：「文長佳者自有，奈何以瑕掩瑜？」遂作笑柄。選其瑜者以傳，在長文爲忠臣，在中郎爲益友矣。文長曾居李文定先生幕下，不合而去，獄中有《謝文

〔註 3〕明・李維楨《讀蘇侍御詩》，《大泌山房集》卷一百二十九，《四庫全書叢書存目》集 153，第 622～623 頁。

－386－

定啓》云：「三自反而以忠，又何難於禽，獸七縱，禽而必獲，終信
服乎蠻夷？」今集不載，嫌其太詘，諱之也。〔註4〕

　　他對選徐渭詩選的薛岡雖寬厚地讚譽，但卻把對徐渭的不贊同盡抒筆
端，「詩文自有正法」，指的是維護古代統治秩序的道德禮法規範，是嚴肅不
容藝瀆，「自有至境」，即道德君子理應修得的儒家德性至境，「情理事物孰有
不經古人道者」，指的就是儒家基本的倫理綱常、情景事理，前人早已歷代相
傳，延綿不絕。而對追求個性與人性解放合理正當要求，則黜之為「古人所
不屑道」、「高自標幟」、「不知量」，連帶袁宏道也一併罵到，因徐渭全集真章
一出，動搖儒家思想根基，禍亂不小，「疵句累字」指的是思想，而非文句。
他引了徐渭的《謝文定啓》事例，徐渭用諸葛亮七擒孟獲，點出封建倫理綱
常的偽善，不合本真，值得懷疑，不值得遵守，這自是衛道封建正統的大雅
之士不能接受與容忍的。李維楨對人性自然欲望的個性解放不予承認，大加
批判，那人與詩文的「性情之壞」問題出在哪呢？他將之歸結於學問文詞，
這當然是不正確的：

　　　　魏晉人詩，始用學問文詞，然本諸性情者故多，自宋迄唐，則
學問文詞專用事，而性情廑有存者，流弊迄今，非但與性情不干涉，
即學問文詞剽襲補綴，口墮惡道矣。〔註5〕

　　他認為社會性受儒家詩教觀制約是人的根本法則，無可厚非，人的自然
欲望就包括在社會屬性的性情之中，儘管他高度讚揚公安派的振起詩道之功：

　　　　吾鄉二三君子起而振之，自操機杼，自開堂奧，一切本諸性情，
以當於三百篇之指。雖不諧眾口里耳，弗顧也。……獨六朝人閨閣
豔曲與俗所傳南北詞及市井歌謠，往往十五國風，遺意男女，人之
大欲存焉，不慮而知，不學而能，此之謂性情，古今所同，是以闇
合。蓋無意為詩，而自得之，其在宗廟朝廷所作，則學士大夫先有
作詩意橫於胸中，更做古詩營構，故其詩受學問文詞束縛，去風雅
頌彌遠。性者，天下大本，情者，天下達道，大而三千，細而萬物，
遠而八荒，千古無一不供吾驅使，無一不受吾陶冶，宇宙在手，萬

〔註4〕明・李維楨《徐文長詩選題辭》，《大泌山房集》卷一百三十二，《四庫全書存
　　　目叢書》集153，第694頁。
〔註5〕明・李維楨《讀蘇侍御詩》，《大泌山房集》卷一百二十九，《四庫全書叢書存
　　　目》集153，第623頁。

化生身，何但一詩？詩本性情，而緣飾以學問文詞，歌則八風從律，舞則五色成文，其極至於動天地，感鬼神，豈夫覆瓿衃壁之語，付之秦灰有餘穢者哉！詩道淩遲，非但爲性情之賊，亦學問文詞之辱矣！吾鄉二三君子矯矯不凡，其人爲誰？就余所見，袁中郎、蘇潛父兄弟是也。〔註6〕

　　此段闡述可視爲李維楨「性情」說的核心文論，其與公安竟陵派的隔閡，他的落後性與局限性一覽無遺，他將一切詩歌皆歸之於詩三百，顯然不對。明末城市商業大發展，人的思想意識已不再爲明立國那套漸發展到僵化的意識形態與政經結構所能牢籠得住，人性解放思潮更起到摧化加速作用，其文學中所反映所抒寫的思想內容，已出現也要求出現人性啓蒙的新質素，不再盡是經過周太史整理過的溫柔敦厚詩教的詩三百，在寫作方法上力求不先有作詩意橫在胸中、古詩營構和學問文詞，而講究「獨抒性靈，不拘格套，非從自己胸臆中流出，不肯下筆」，內容上也絕不是全爲宗廟朝廷而作，而是爲人、爲自己而作，公安竟陵絕不願認同將詩歌之源歸於「性者，天下大本，情者，天下達道」，所有一切無不歸於大本大道，而且是在「性」（儒家德性）決定下的「情」（帶有德性印記的情感）。李維楨的根本錯誤在對人的社會屬性、儒家政教觀過於強調，過於狹隘，只強調人的社會性、群體性、政治教化觀，而不接受人的自由性、個體性、純藝術觀。他從國家層面對明季末世的憂國憂民，無疑是有積極匡救價值的，但從人性合理層面，對當時有進步思想啓蒙的人性解放思潮不予吸納接收，無疑是令人遺憾的。他沒有像宋初整合儒釋道，將儒家事功化爲外在，將瀟灑林泉化爲內在，內外俱成士大夫道德修養新人格的一部分；這可能也與當時李贄、徐渭等領引的人性解放對儒家思想與統治秩序具有的是破壞性，而不具備建構與整合性有關；故當時正統士大夫將之視爲洪水猛獸，將有楊朱無父無君之禍，李贄被視爲異端自殺於獄中，徐渭被關在獄中，李維楨並未應朋友請託予以營救。而文論上的自說自話，難以溝通和商榷，使得袁宏道、鍾惺對這位有德長者皆採取不發表文學評論的方法。袁宏道在《答李本寧》書信中贊其德行才學和影響，傷其不遇，但於文論則不發表意見。鍾惺早年推崇李維楨，請其爲第一部詩稿《玄對齋集》作序，復致書，贊李維楨文學成就與李夢陽、李攀龍同，而性

〔註 6〕明・李維楨《讀蘇侍御詩》，《大泌山房集》卷一百二十九，《四庫全書叢書存目》集 153，第 623 頁。

寬厚，獎掖後進，後以竟陵派執詩壇之牛耳，改旗換幟的鍾惺，受李家恩惠甚深，與李維楨弟及侄子輩往來密切，對這位曾積極提攜自己的長者，發表異議是不厚道，易遭忘恩負義之譏，乾脆三緘其口，隻字不評。

　　但是，李維楨對二派的商榷、討論與批評卻是認真而真誠的。他單方面發表了諸多評論。如《天許樓詩題辭》：

　　　　夫血氣心知人物所同，然知聲而不知音，是爲眾物；知音而
　　　　不知樂，是爲眾庶；唯君子能知樂。歌永言，詩言志，聲依永，
　　　　律和聲，而樂興焉。由此觀之詩者，天所獨許君子也。晚近世稱
　　　　詩不本于天，而以人從事，于是有強造，有偏嗜，有模擬，有蹈
　　　　襲。……君詩根于性情而潤色之，事理不能違古人，而調格不欲
　　　　類今人，寧瑕爲璧，無贋爲鼎，和以天鈞，中於天籟，余故曰：「君
　　　　之詩，亦天所許也。」〔註7〕

此他點出公安派的詩不源於「天」，即儒家的人倫物理、日用常行等社會準則，而源於人之自然本心欲望，但將公安俚俗粗鄙弊病歸之於此，而不是末流之弊，顯然不正確。他也儘量在以儒家詩教觀本旨上，「寧瑕爲璧，無贋爲鼎」，對公安性靈作適當的吸收，力圖使性情和以天鈞，中於天籟。他嘗就天籟有闡釋：

　　　　而梅郡丞吟草以《性籟》名者何？其說出於《莊子》：地籟則眾
　　　　竅，人籟則比竹，天籟則吹萬，不同而使其自己，凡孔竅機栝皆得
　　　　籟名。郭象所謂天籟豈別有物？即眾竅比竹之屬接乎？有生之類，
　　　　會而共成一天耳。宮商異律，短長高下，聲雖萬殊，而所稟之度，
　　　　則一優劣，無所錯其間，自性生故也。昌黎以詩文善鳴，比于風，
　　　　其說本此。郡丞詩無所因襲，有感而通，而以詩能窮人，最無謂，
　　　　故三仕三已無慍色，葢于天地人三籟者有妙悟焉。宜其言之矔，若
　　　　眾竅和，若比竹也。詩以道性情，得性籟之詩，而指益明，是儒門
　　　　知性之學，出乎言語文字之外矣。〔註8〕

他強調於天地人三籟有妙悟，而詩之本旨在道性情，故得性籟之詩，本

〔註7〕明・李維楨《天許樓詩題辭》，《大泌山房集》卷一百二十九，《四庫全書存目叢書》集153，第639頁。

〔註8〕明・李維楨《性籟草題辭》，《大泌山房集》卷一百三十二，《四庫全書存目叢書》集153，第697頁。

旨益明，而君子德性之學，出乎言語文字之外，而在修德與事功。故他對「性」為何物，作了深入探討。他有一篇《萍社草題辭》，據萍「無定性，漂流隨風」之性，敘「鄭氏取名於不沉溺，今稱詩者溺其旨矣，蹈襲剽剟十蓋六七」。考據萍草之性，「是草也，得之自運闔合，往則若無本而浮，常與水平然」、「是草也，以止水之心出之，有生趣焉」、「是草也，各肖其人，不相假借，根於性也」，又曰「楊花入水，化為浮萍，乾道變化，品物流形」，望能擬議以成其變化。〔註9〕強調「真者，精誠之至也，其用於人理事親，則慈孝，事親以適，不論所以矣」〔註10〕，真性真情發之於詩，則「本於性靈（實性情），歸於自然」、「抒性靈，自成一家，不襲人口吻」了。但彼「性情」、「自然」與公安之「性靈」、「自然」是大相逕庭的。

二、論白香山

對詩宗白居易的闡述，也是李維楨與公安派討論的一個主要問題。主要集中在《讀蘇侍御詩又》、《律詩千首題辭》（《大泌山房集》卷一百二十九）、《西湖遊草跋》、《汪生詩題辭》、《題楊生卷》（卷一百三十）、《澹齋詩跋》、《書丁南羽詩後》、《黃友上詩跋》（卷一百三十一）等篇。

最重要觀點集中在《讀蘇侍御詩又》：

> 余友鄒孚如嘗言王元美先生《卮言》抑白香山詩太過，余謂此少年未定之論，晚年服膺香山，自云有白家風味，其續集入白趣更深。香山邃於禪旨，翛然物表，又不立崖岸門戶，故其詩隨語成韻，隨韻成適，興象玲瓏，意致委宛，每使老嫗聽之易解而後可，不則再三更定，是以真率切至，最感動人。威權如天子，猜刻如憲宗，讀其諷諫百餘篇而善之，有自來矣。儒者言柳下惠不羞汙君，不卑小官，不去三黜，不嫌袒裼，裸裎於側，而中自有三公不易之介。彼流俗倣效，為晉人放達，名教掃地，遂使神州陸沉，遊戲三昧，豈凡夫俗子所能！王先生恐效香山而失之，故峻為之防，所謂以魯男子之不可學柳下惠之可耳。唐人推尊香山廣大教化主，而杜牧之疵其纖絕不逞，流於民間，疏於屏壁，子父母女，交口教授，入人

〔註9〕明・李維楨《萍社草題辭》，《大泌山房集》卷一百二十九，《四庫全書存目叢書》集153，第639頁。

〔註10〕明・李維楨《書姚仲基事後》，《大泌山房集》卷一百二十六，《四庫全書存目叢書》集153，第556頁。

肌骨，不可除去：「吾無位，不得用法治之，使後代有發憤者。」司空圖云：「力就而氣屛，都市豪估。」李珏〔註11〕謂：「憲宗朝輕薄之徒，摘章繪句，譏諷時事，謂之元和體。」亦有所指。此論固不始自弇州，非但詩家，即禪家燒木佛施棒喝，豈可平等皆然，守爲常法。若以世眼觀，無眞不俗，若以法眼觀，無俗不眞。

孚如首肯，後寄余詩，亦學白，而終未免縛律。余復誚之，果位菩薩，三十二相，百寶瓔珞，莊嚴妙麗，種種天然，而變化神通，在在具足。以此論詩，即子與今元美，昔香山，未易輕許。然元美與子不盡如香山，蓋恐損詩名，故不若香山大放厥辭，近於無名欲。

孚如復言：「禪家，固有首座多聞、聞音起舞者，何妨上乘？名在詩，欲在詩名，蓮花生汙泥而不滓，斯所貴耳。香山以禪爲詩，以詩爲禪，前乎此者，有王右丞，後乎此者，有蘇端明，與香山材相等，三人詩格，各因時代，不必求異，不必求同，此其入禪深處。夫無名，名之至也。無名欲，欲之至也，安所逃乎？昔人有引禪宗論三種：其一隨波逐浪，謂因物應機，不主故常；其二截斷眾流，謂超出塵外，非情識可到；其三函蓋乾坤，謂泯然皆契，無間可俟。香山破綺語，戒除事理障覺，於第三種尚未達一間。嚴滄浪曰：『學漢魏晉與盛唐詩，臨濟上也。學大曆以還詩，曹洞下也。』論詩則是，論禪則非，臨濟曹洞，有何高下？」

余不知禪，無以復孚如。第就詩論，香山有言：「風月花草，三百篇所不廢，大都假以風刺興發於此，而義歸於彼。」後人餘霞成綺，澄江如練，落花委露，別葉辭風，去六義不河漢耶？又曰：「奉而始終之，則爲道；言而發明之，則爲詩。」自是不易至理。香山、弇州互相發也。

袁中郎、蘇潛父皆香山分身，中郎《瀟碧堂集》出，如雞林賈人，以百金易白詩一篇，如女子誦得白學士《長恨歌》，索價數十萬。潛父集三十卷，祕不示人，茲得其新詩少許行之，當令肆中紙貴，恨不起元美、孚如九京共相賞咏耳！〔註12〕

〔註11〕按：「珏」的刻誤。
〔註12〕李維楨《讀蘇侍御詩又》，《大泌山房集》卷一百二十九，《四庫全書存目叢書》

　　首先，要梳理出後七子派對白香山所持態度。後七子派領袖對大曆以下詩的吸納，改變自王世貞始，在王世貞又突出表現爲白香山與蘇長公，他服膺香山的詩與禪，服膺蘇長公的適性自然，以達集大成。

　　這是則珍貴的史料，李維楨作爲最服膺與熟悉王世貞的第三期後七子派中堅，說明的確存在王世貞少年未定之論，晚年服膺蘇白，明後期人即有晚年定論之說，但與錢謙益對王世貞所評價的「晚年自悔說」有區別，其自悔與悔什麼、悔到何種程度，還有待辨析。這則評價，既符合王世貞晚年詩論，又與上海圖書館藏明抄本《弇州續稿》卷二一《書李西涯樂府後》「當余學《藝苑卮言》時，年未四十，方與于鱗輩是古非今，此長彼短，以故，未爲定論，至於戲學《世說》，比擬形肖，既不甚切而傷猥輕，弟行世已久，不能復秘，姑隨事改正，勿令誤人而已」〔註13〕王世貞自述一致。李維楨敘王世貞晚年服膺香山，自云有白家風味，其續集入白趣更深，緣由他對詩歌持論的變化，晚年詩持論與作詩都復歸平淡自適。王世貞對白居易與蘇軾服膺什麼，其實可作爲王世貞晚年文學思想研究的一個重要問題作深入研究。但可以指出的是：白居易的「獨善」只限於個人生活方面，在政治生活中他並沒有放棄「兼濟」的理想，終生都沒有放棄所堅定的道德原則和政治立場，他事實上無法做到身如槁木而心如死灰。只是隨著年齡的增長，閱歷的豐富，他在牛李黨爭黨魁皆多自己好友與妻族的尷尬處境中屢請自放，大和二年後，劇烈的政治地震連續接踵而來，白居易早於許多人先跳出了長安，以洛陽作爲退居避禍之地，對急遽變遷的政局和殘酷的政治鬥爭，已變得冷靜和成熟，由關懷朝廷大局、抨擊時弊轉向在遠禍自全的前提下，盡力做些有利於國家和百姓的實事好事。但內心深處並沒有完全放棄「兼濟天下」的宏大志向，對「同時六學士，五相一漁翁」（《李留守相公見過池上泛舟舉酒話及翰林舊事因成四韻以獻之》）的不同際遇，詩人終究不能釋懷。劉禹錫對白居易的『中隱』生活作過這樣的描述：『散誕人間樂，逍遙地上仙。詩家登逸品，釋氏悟眞筌。制誥留臺閣，歌詞入管絃。處身於木鴈，任世變桑田。吏隱情兼遂，儒玄道兩全。』（《酬樂天醉後狂吟十韻》）這種『中隱』的生活方式調和了吏與隱、兼濟與獨善的矛盾，融合了儒家『樂天知命』、道家

集153，第623～624頁。

〔註13〕此材料源於魏宏遠發現與考辨，轉引自魏宏遠《王世貞晚年文學思想研究》，博士學位論文，復旦大學，2008年，第131頁。

『知足知止』、釋家『隨緣自適』的思想，似乎是處於入世與出世之間，既可以避開世事紛擾，又不必擔心生活困乏的最佳生存方式。但中隱既喪失了儒家以隱逸作入世前後權宜之計的精神指向，又缺乏道家以隱逸抗爭現實的批判精神，更無法填補政治生活中的失落和空虛，淪爲解決生計和存身保命的現實策略，隱逸的超越精神已經蕩然無存了。這也正是白居易晚年儘管物質生活優裕，又以西方淨土爲精神歸宿，而內心卻始終無法徹底歸於平靜的根本原因。〔註14〕

　　白居易中隱的晚年其實是非常寂寞而又對世事平靜接受的晚年，王世貞對香山服膺處，既有思想上也有藝術上的，但有同有異，筆者非常讚賞魏宏遠對王世貞的評論：

　　　　王世貞是一位極富貴者，其富貴不僅僅在於擁有財富、門第及後人的景仰，更在於其晚年依然保持不斷求索之精神。……富貴、博學、謙恭、待人以善如王世貞者，何以在晚年不斷自我反省、自我悔改？生命的燭火可以熄滅、可其孜孜以求的精神卻依然熠熠生輝，這或許正是王世貞的可貴之處——保持一種不斷創新、進取、與時俱進之精神。〔註15〕

　　李維楨此處即扣緊了王世貞服膺香山入於禪旨，無拘束於物表，又不性格高異、剛介不苟、不樹朋黨，不私一家言的思想狀態，爲詩又眞率切至，最感動人，藝術上興象玲瓏，意致委宛，可使老嫗聽而易解，爲廣大教化主。讚揚其中年諷諫詩，有其產生的原因。白居易的入禪，自不會失名教，但凡夫俗子則易學偏，使名教掃地，神州陸沉，故王世貞恐凡夫俗子學白香山而失之，故嚴厲爲防，謂不可學白矣。李維楨接下來引唐人對白詩之微辭，皆從有傷名教與發憤而述，再次強調由於受眾資質天賦不同，不宜平等待之，還是要守爲國家長治之常法。此不是白詩不好，白詩通俗而眞率，眞與俗的關係，是以世眼觀，無眞不俗，以法眼觀，無俗不眞，君子學之，自無問題，但不宜凡夫俗子，人人學之，如流俗仿傚，必如晉人放達，名教掃地。李維楨此論有一定道理，明末狂禪一派，於哲學於政治於風尙，的確是使末流於

〔註14〕白居易的詠老詩文極有成就。晚年詩文，如《西樓獨立》、《醉吟先生傳》等諸多篇目，可參見筆者與師合著的《白居易詩文選》導讀、晚年詩文選注與賞析，臺灣三民書局，2009 年 11 月。

〔註15〕魏宏遠《王世貞晚年文學思想研究·後記》，博士學位論文，復旦大學，2008年，第 225 頁。

名教掃地境地；而文學，公安派尊白居易、蘇軾，袁宗道集即名《白蘇齋類集》，其末流也將詩歌導向了粗俗鄙陋，而非雅正崇高。所以他說王世貞不盡如白香山，不若香山在眞率與通俗上大放厥辭，近於無名欲，是恐損詩名，恐損詩教。但其實白居易詩的俗化，由於白居易有堅定的道德原則和政治立場作底蘊，他的詩並未流於損害名教，末流無此政治理想，純粹一派俗話俗願，自會菁華盡喪，莠稗全拾。白居易珍貴在近於無名欲，蓮出污泥而不染，由此引出他所論的第二個問題，即以禪入詩。

他引鄒孚如言，論唐宋時，以禪爲詩，或以詩爲禪，成功者有王維、白居易和蘇軾，三人各因時代，不必求異，不必求同，入禪深處，不爲名，而名之至，無名欲，而欲之至，三人並未能徹底逃脫名欲。故以禪入詩，有三種境界，第一境是隨波逐流，因物應機，不主故常；第二境是截斷眾流，超出塵外，非情識可到；第三境是函蓋乾坤，泯然皆契，無間可俟。白居易於第三境還未達。李維楨又認爲於詩有三境之分，而於禪則無高下之分。他不知禪，但知詩，引白香山言「風月花草，三百篇所不廢，興發於此，而義歸於彼」，奉而始終之爲道，言而發明之爲詩，是不易至理，香山與弇州互相申發了此理。這一點還是基本符合白居易與王世貞爲詩之旨的。接下來評「袁中郎、蘇潛父皆香山分身」則不對，袁宏道與蘇潛夫初期更多受到了晚明縱情享樂的世風和士風影響，受狂禪思潮影響，與白居易思想自是不同。但李維楨最初對袁、蘇二人之尊白，則是表示新奇與讚賞的。

但他對公安派宗白居易眞正的態度，則在《黃友上詩跋》中有闡釋：

> 今言詩莫盛于吳，吳得一弇州先生名世，天下翕然宗之。余嘗疑杜子美不當有十王摩詰語，竊以爲軒輊太過。後見先生晚年定論，殊服膺摩詰，又極稱香山、眉山，非後人所可輕議，乃知先生網羅千古，集詩道之大成，其名世宜也。自先生蚤歲尸祝少陵，以洗吳人軟美脂膩之習。而吳人詩，壯或失之躁厲，工或失之穿鑿，富或失之餖飣，深或失之闇塞，新或失之詭僻，去唐人聲調彌遠矣。今得江陰黃友上詩，不專匠心，不純師古，內緣情而外傳景，斂華就實，斲雕爲朴，書畫家所謂逸品，即不知於右丞何如，夫亦白蘇流亞已。友上不襲弇州少年持論，故其于少陵，能以魯男子之不可學柳下惠之可，其于弇州，不至爲老氏之申韓，荀卿之李斯。夫白舍人、蘇端明嘗遊吳，文采風流，照映後來。又身及事弇州爲廣大教

化主之日，友上方得是詩稱之。嗟乎，何今人易言詩也！〔註16〕

　　李維楨評王世貞早年以杜詩之雄渾深沉，來改吳詩軟美脂膩之習，而改後的吳人詩，則失溫潤調和，王世貞也認識到少年持論之失，詩風上復歸平淡適性，走的是蘇軾揮灑自如，無所不可寫，無意不可入的路子，集詩道之大成。而且隆慶朝士與後七子派都認識到叫囂之習，詩在諸臣力挽與後七子派的自省糾正中已漸歸於平澹，但主張的是雅正詩美的似淡實腴，似枯實槁，正與蘇白陶柳詩旨趣殊途同歸。所以，李維楨對蘇白詩，其實持的是贊許態度，他平生最服膺的於宋即蘇端明，於明則王弇州，對蘇軾讚譽有加無微辭，而對白居易，除了贊白居易的儒心正道和以禪入詩，還贊白詩七律品格之高，「余憶唐楊汝士賦詩自謂壓倒元白，今所傳『文章舊價』、『桃李新陰』二語，雖事實稍切，風格卑卑，似未堪令元白短氣。然香山『雲裏高山』、『海中仙果』、『沉舟側畔』、『病樹前頭』小有意耳。而劉賓客亟賞之」〔註17〕，白居易律詩品格，正在於思想與藝術的雅正雋永，故經得起時間的檢驗，具名篇佳作的經典意味。他贊黃友上走的正是後七子派糾正早期高蹈揚厲，將表面化的叫囂復歸藝術的平淡豐贍詩美，思想上保持以儒家思想為主體，是柳下惠，而不是魯男子，這是李維楨對宗白蘇的內在標準。他對公安派早年的狂禪思想持委婉批評：

　　　　余何所知，竊聞佛無言語文字，深戒綺語。又謂大地山河之象涵于妙，明竅于靈，覺生所長兩端，與法門了無干涉。然而晉遠公，名德沙門，嘗訂《毛詩》篇什，所為《東林詩》、《二泉記》，不減文士。王昌齡曾題其畫《江淮名山圖》，豈了悟後，宇宙在乎？萬化生身，遊戲三昧，殆未易言也。謝靈運自負慧業，文人可生天成佛，求入白蓮社，遠公不許。而好酒陶淵明，攢眉延入，送過虎溪。此中大有揚扢，生以質觀察及堅公云：「何且啟予之蒙覆？」〔註18〕

　　李維楨用謝靈運與陶淵明之例，在釋家慧遠對德行修為的認同，即便慧遠亦認同《毛詩》，此中大有揚扢，而不在好不好釋的表面文章。所以，他對公

〔註16〕明‧李維楨《黃友上詩跋》，《大泌山房集》卷一百三十一，《四庫全書存目叢書》集153，第681～682頁。
〔註17〕明‧李維楨《律詩千首題辭》，《大泌山房集》卷一百二十九，《四庫全書存目叢書》集153，第626頁。
〔註18〕明‧李維楨《題楊生卷》，《大泌山房集》卷一百三十，《四庫全書存目叢書》集153，第653頁。

安之狂放解放思潮，破壞名教地只崇白香山俗與淺的詩風，其實是不贊成的。
這表現在：即使袁宏道等公安派的一些文人來到京師後，更多地瞭解了明王朝
存在的嚴重問題和官員的精神面貌，也由於因當時黨派紛爭的政治環境影響引
起的壓抑謹慎心理，在李贄事件與攻禪事件後，袁宏道和袁中道亦加入了由狂
放逐漸向傳統程朱理學回歸的晚明思潮轉變之中〔註19〕，文學思想的變化之一
是重視淡和質，以此為真性靈〔註20〕，李維楨仍是對此提出批評：

> 詩自有律，有排律，而富麗工巧極矣。反古之士以澹為宗，蓋
> 絲不如竹，竹不如肉，貴自然耳。富麗工巧，歸諸自然，澹之至也。
> 孤陋寡聞者，借澹為口實，恣憑胷臆，滔滔信腕，談何容易哉！陸
> 龜蒙論詩云：「始則凌轢波濤，穿入險固，囚鏁怪異，破碎陳敵，卒
> 造乎澹？」此可謂知澹之本，而其詩不能超中晚與初盛方駕，況其
> 他乎？〔註21〕

他批公安末期之澹，仍在末流之才學識不足，非似枯實綺，似淡實腴之
澹，他說「陶淵明好讀書，不求甚解，每有會意，欣然忘食。張思光云：『文
豈有常體，但以有體為常師耳。以心不可使耳，為心師。』……故學而不工
者有矣，未有不學而工者，若不工而實工，若不學而實學，此學與工之詣極
也。友人示余汪千頃詩，得之讀書，而不為書所縛，澹然陶家風味，其不因
循，寄人籬落下，亦與思光同，而不至為世人所驚」〔註22〕，如他對穎人王
澹父即提出不僅要得少陵所以澹，且要得少陵所為澹，得杜甫蕭散自然的真
髓。如他評蘇軾之澹，「余從酒所讀爾醇《西湖游草》，蓋邇日題咏，發抒胸
臆，自合繩尺。昔蘇端明以西子比西湖，淡粧濃抹俱相宜。夫宜不難於濃，
難于淡，濃以人為，差可掩俗，目淡則質，任自然，得之天趣為多。東家效
捧心，貽譏千古，其質縣殊也。爾醇詩質勝，故能淡，彼粉澤豔冶，望之自
失。」〔註23〕其實袁宏道在《行素園存稿引》與《敘咼氏家繩集》中都提出

〔註19〕 賈宗普《公安派文學思想研究》，中國社會科學出版社，2011 年，第 115～116、
122 頁。
〔註20〕 賈宗普《公安派文學思想研究》，中國社會科學出版社，2011 年，第 266 頁。
〔註21〕 明・李維楨《澹齋詩跋》，《大泌山房集》卷一百三十一，《四庫全書存目叢書》
集 153，第 673 頁。
〔註22〕 明・李維楨《汪生詩題辭》，《大泌山房集》卷一百三十一，《四庫全書存目叢
書》集 153，第 680～681 頁。
〔註23〕 明・李維楨《西湖游草跋》，《大泌山房集》卷一百三十，《四庫全書存目叢書》
集 153，第 648 頁。

了「質」，質也是眞，與公安派文人重眞的思想並不矛盾，但就審美內涵來說，已發生了變化，從注重情感的自由流瀉，轉爲重視一種恬淡的詩歌境界與人生境界，相較於《識張幼於箴銘後》提出的率性而行之眞人人格相較，對呂氏的眞率簡易人格，已無適性之特徵，強調的乃是呂氏的超越世俗的精神〔註24〕，而李維楨眞正貶公安的，並不是袁氏等後期追求恬淡的詩歌境界，因兩派末流的淡都有東施之弊，而兩派高手似淡實腴的詩美其實無大差別，而是不認同公安超越世俗精神的質，認爲復古派儒家衛道正統之此「質」要高於公安竟陵之彼「質」。對李維楨此觀點，在明季末世，應辯證評價：對維護世道人心，有一定的匡救積極意義；對人性精神自由的追求，有禁錮的落後性；在維護儒家教義下保持合理度內的超越世俗精神，是順應中國社會發展的合理要求與時代趨勢。

三、論雁字詩

　　李維楨有五篇論述《雁字詩》的題跋，《莊靜甫鴈字詩題辭》（《大泌山房集》卷一百二十七）、《鴈字詩跋》、《李民部鴈字詩題辭》、《題孟生鴈字詩》（卷一百二十九）、《書黃大夫雁字詩後》（卷一百三十二）。《雁字詩》評述，能較好見李維楨對晚明詩歌流變的觀察視角價值。

　　首先，李維楨敘述了最初接觸到此詩的經過與感受。

　　《雁字詩》緣起，首見袁小修「得李本寧先生書云：『近讀《漁陽集》，不知《雁字詩》，便中幸寫寄我。』《雁字詩》，乃予丙午春間作。因僧無際作得二首，予與中郎于橘樂亭前相角，共得詩十首。後龍朱陵見之，歎以爲佳，亦和得十二首；龍君超亦得十首，曾、雷二太史各得二首。余詩刻之《篔簹集》中。」〔註25〕「鴈字詩起於吳下諸人，吾楚袁中郎、龍君贊伯仲近皆有作。不佞擬和如數，詩成，而君贊輩亟賞之。不佞則竊有形穢之慙耳。」〔註26〕「僧有作《鴈字詩》者，眾詫以爲難。予乃與中郎坐橘樂亭中角此題，自晨至午，各得七言律十首，都無一字同者。」〔註27〕知

〔註24〕費宗普《公安派文學思想研究》，中國社會科學出版社，2011 年，第 266～268頁。

〔註25〕明·袁中道《珂雪齋遊居柿錄》卷一 12，錢伯城點校，上海古籍出版社，1989年，第 1107 頁。

〔註26〕明·費尚伊《鴈字詩十二首》，《市隱園集》卷九，《四庫未收書輯刊》伍輯第23 冊，第 674 頁。

〔註27〕明·袁中道《雁字》，《珂雪齋集》卷四，第 155 頁。

起於僧人無際首作二首，吳諸詩人驚詫難說而和作。萬曆三十四年（1606）春，袁宏道、中道兄弟在公安坐橘樂亭中，以《雁字》爲詩，由此將吳中爭論，成爲了吳楚詩壇以《雁字》爲題，競相爭勝的轉折點。是年多十二月二十九日，龍膺赴甘州任途中，作和詩十二首〔註28〕，隨即寄在晉李維楨。三十五年（1607），貞成王孫入晉訪李維楨，捎費尙伊序與書信，維楨作《答費國聘》、《荊豔題辭》，貞成返楚，託寄朱提予費尙伊，故貞成此趨，維楨已讀到了貞成郢邸諸詞人《荊豔詩》所作《雁字》各一首、費尙伊因和《荊豔詩》而作《鴈字詩二十首》〔註29〕；因此也知費尙伊作《雁字詩》前，中郎、小修，君超、君御雙伯仲於萬曆三十四年間，各作十首《雁字》（君御十二首）。三十七年（1609）秋，龍襄再作《雁字詩》三十首〔註30〕。

因此，李維楨記到：「龍君御寄余《鴈字詩》，藻贍新奇，余以爲無可復措手處已」，接著費尙伊寄他十二首《鴈字詩》，「沉雄典麗，使人駭矚」，龍膺詩，本是和袁家兄弟，李維楨後見袁宏道的《鴈字詩》於《瀟碧堂集》中，以爲「高華清遠，信爲妍倡」。七律最難合作，詠物詩最易傷體，前輩名家集中佳作董董可數，是他一貫觀點，故他高度評價三君的詠雁詩，「自成一家言，而才情、學力、韻致、調格無不盡美，多多益善，殆難甲乙，第以年齒鴈行耳」，他接著又贊「詩道於今極盛，而後進好事，或漸兆衰相，三君振起之功

〔註28〕《龍膺集·綸滬詩集》卷十一《雁字詩十二首有引》（嶽麓書社 2012 年，第 634 頁）：「經金佛峽，車中讀袁中郎小修《雁字詩》各十首，錦心綺思，霞舉雲流。予興勃勃，因和如數，下車走筆書之。末增二首，用贈中郎兄弟，猥云拙速寶藉起予，時丙午除夕前一日也。」

〔註29〕按，費尙伊《市隱園集選》卷十一有《江夏懷貞成宗侯，時入晉訪李本寧太史二首》（伍輯 23～698）「只今地主招賢日，可似從官載筆時」，卷八《荊豔詩有引》（伍輯 23～670）「貞成宗侯結客於郢，與雲杜王稚恭伯仲、謝通明文學革暨吾沔王爾耳諸詞人爲《荊豔詩》凡二十首，既付歈厥，不佞與李本寧太史敘而行之。宗侯復邀余擬作如數，傳神寫照，既爲不易效顰，學步更覺苦難，宗侯其何以命之？其《鴈字》一首別錄」，詩題二十，分別係《月華》、《虹梁》、《氷花》、《水紋》、《石筍》、《麥浪》、《柳絮》、《竹粉》、《荷珠》、《榆錢》、《松濤》、《蓮房》、《荇帶》、《遊絲》、《花影》、《麴塵》、《燭淚》、《睡蝶》、《鶯梭》，加所缺《鴈字》。卷九別錄《鴈字詩二十首有引》（23～674）。因知尙伊《荊豔詩》、《鴈字》二十首俱作於萬曆三十四至三十五年。

〔註30〕見《龍膺集》卷十一《哭吾兄文》：「記己酉秋，兄不三日和弟《雁字詩》三十首，思入霞表，語語驚人，神一何王！」（嶽麓書社 2012 年，第 260 頁）讀小修文知襄前已作十首，三十七年，再作三十首。此推斷存之待證，襄作《雁字》暫以四十首爲記。

自非小。《語》曰：『詩亡而詩在楚』，斯一徵也。」龍膺、費尚伊是他的好友，都寄給他楚地詩人競相和作的詠雁詩，故對《雁字》，李維楨是知道得較早的，對這一引領詩壇新動向的標誌性詩篇，他給予極高的讚譽，並迫不及待向友人索中道詠雁詩，「小修詩，丘長孺許寄未至」〔註31〕，後便直接書信小修索詩，以一睹小修《雁字詩》為快。

第二，李維楨記錄了《雁字詩》引起的詩壇極大關注，作手競相爭和盛況。

> 余在晉陽，得龍君御和二袁《雁字詩》，與洪孺傅亟賞詠之。復得費國聘、袁中郎所作，合為一集，然尚未見小脩詩。已而，龍君超、揚文弱各以其詩來，則余予告歸，不及授梓矣。曹丘生、季布俱楚人，遊揚其名，意如是耳，豈敢以楚盡天下士？自是四方和者彌眾，不可勝收。比見李元祉民部三十四章，用事精切而渾成，搆語密緻而馴雅，立格整嚴而流暢，如山陰道上，千巖競秀，萬壑爭流，令人應接不暇，如凌雲臺，材木大小輕重，一一相得，於以並驅中原，莫能尚矣。」〔註32〕

此則材料說明他在山西陝西任上，本擬將收到的公安與後七子派詠雁詩結集出版，因仲弟急難事輟官而作罷。李民部，指李當泰，字元祉，泗州人，維楨領越憲事，泗上李元祉為海鹽令，金相玉質，冠冕一時，維楨與之定交，積資六載，僅為民部郎，以母洪太孺人老請歸。後母卒，請維楨作《李母洪太孺人墓志銘》（見卷一百）、元祉囑維楨為侍御史王公作《肅寧縣重修城隍廟記》（見卷五十四上）、泗人常伯行奉李民部元祉所為狀請其父常三省志墓，維楨為作《湖廣布政司右參議常公墓誌銘》（見卷八十）。維楨另有七律《民部李元祉起家水部》兩首（見卷四）、七律《仲春雪夜李民部宅得寧字》一首（見卷三）。可見，兩人是非常好的朋友。元祉著有《字學訂偽》二卷，有詩集《話山樓詩》，維楨為其作《李民部詩序》，評：

> 雅介於風與頌之間，風廣而後雅，雅久而後頌乎？……今泗州濱淮，皇明帝業所肇基，列聖光熙前緒二百餘年，不啻文武周公之盛，而雅音缺如，將無待人而興乎？比讀李民部元祉《話山樓詩》，

〔註31〕 明・李維楨《鴈字詩跋》，《大泌山房集》卷一百二十九，《四庫全書存目叢書》集153，第624頁。

〔註32〕 明・李維楨《李民部鴈字詩題辭》，《大泌山房集》卷一百二十九，《四庫全書存目叢書》集153，第626頁。

而後知雅在斯也。其詩法無不具，而調無不諧，勢無不極，而格無不整，難狀之景，具在目前，不盡之旨，溢於語外。其材富，故出而不窮，屢遷而各當；其神完，故敏而易辨，馳驟而自適；其學久，故深而無滯，博而無靡，可謂雅矣。《序》又以政有小大，故有小雅，有大雅。……民部有偏至，以窮其妙，有具體，以該其勝，人情物理，朝章世道，大小之政升降汙隆之變，就其詩而得之，可以觀興怨羣，非所謂同音不僭者耶？……詩道，關乎治運，不信然哉！
〔註33〕

　　知李當泰持論與詩風，應屬後七子派。而詠雁詩，當時應是天下諸多包括公安派、後七子派詩人都紛紛有和作，「頃日，海內文章之士，才情勃發，好爲鴈字詩賦。自余所見數十人，音以賞奏，味以殊珍，文以明言，言以暢神，劉越石四美具焉」，李維楨有記金陵和《雁字》詩人，「余兄弟交于閩莊靜甫深，別十六年，復會白門，讀其詠《鴈字》七言律，調格藻秀，無所不合，而天趣渾成，脫去蹊逕」〔註34〕亦知李維楨贊《雁字》詩，評判尺度，仍是雅正格調等後七子派的藝術標準，並沒有發生改變。而且，對過猶不及者，用揶揄作善意地戲謔：

　　　　楚人爲鴈字詩，余所見者，費、龍、兩袁、小楊之屬，多不過十二章，君超三倍之，業已不羣。今孟生七言六十，五言三十，抑何富麗工巧也。其友湯、劉兩君評許甚至，良非溢美。余三復口，呿而不合，舌撟而不下久之，乃謔曰：「昔人善畫馬者，遂墮馬趣。足下發揮鴈情形無遺蘊矣，將無作鴈王乎？」〔註35〕

　　據目前已知的材料，當時作的楚詩家有：1.袁氏兄弟，各十首。2.龍襄（字君超）、龍膺（字君御，號朱陵）氏兄弟，襄四十首〔註36〕，膺十二首。3.貞

〔註33〕 明·李維楨《李民部詩序》，《大泌山房集》卷二十一，《四庫全書存目叢書》集150，第751頁。

〔註34〕 明·李維楨《莊靜甫鴈字詩題辭》，《大泌山房集》卷一百二十七，《四庫全書存目叢書》集153，第581頁。

〔註35〕 明·李維楨《題孟生鴈字詩》，《大泌山房集》卷一百二十九，《四庫全書存目叢書》153，第635頁。

〔註36〕 小修曰龍襄作十首，另一說爲三十餘首，李維楨《題孟生鴈字詩》：「楚人爲鴈字詩，余所見者，費龍兩袁小楊之屬，多不過十二章，君超三倍之，業已不羣。」（《大泌山房集》卷一百二十九，《四庫全書存目叢書》集153，第635頁）維楨乃目見龍襄詩，不排除襄後又加作《雁字詩》之可能。二說姑且注明。

成王孫、王稚恭、謝通明、王爾耳、費尚伊，前四人疑各一首，費尚伊十二首〔註37〕。4.楊嗣昌（號文弱），詩數不知〔註38〕。5.曾退如，二首。6.雷思霈，二首。

　　吳詩家有：1.僧無際，二首。2.陸寶，八首〔註39〕，有《讀李昭武鴈字詩二首》〔註40〕。

　　其它地域者：1.茅維，五首〔註41〕。2.彭堯諭，河南歸德人，十首〔註42〕。3.李當泰（字元祖），安徽泗人，三十四首〔註43〕。4.黃禹鈞，浙江栝蒼人，詩數不知〔註44〕。5.莊靜甫，閩人，有《雁字詩》，詩數不知〔註45〕，與維楨會於白門。6.李昭武，《雁字詩》，詩數不知。7.孟生，七言六十首，五言三十首〔註46〕。8.徐桂，徙余杭，遂爲浙人《雁字》，《大滌山人詩集》卷七，首數不詳，七言。

　　可知，當時《雁字》引起詩壇較大關注，李維楨對該詩題自晉至白下，歷時數年，所讀詩較多，對詩壇新動向作出及時的評價。

　　第三，李維楨記錄了《雁字詩》興起的深刻原因。

　　他對《雁字詩》緣何興起，亦作了敘述：「吳楚諸名家，意似爭勝。余以鴈喻鴈何高下？而呼王，呼臣，呼侶，呼奴，蓋人強而名之。詩名在一時，

〔註37〕見費尚伊云：「貞成宗侯結客於郢，與雲杜王稚恭伯仲、謝通明文學輩暨吾沔王爾耳諸詞人爲《荊豔詩》凡二十首，……宗侯復邀余擬作如數。……其《雁字》一首別錄。」（《市隱園集》卷八《荊豔詩有引》）費尚伊擬《荊豔詩》只十九首，因知別錄一首《雁字》詩在卷九《鴈字詩十二首》中，亦知貞成王孫輩《荊豔詩》二十首中各有一首《鴈字》擬詩。

〔註38〕見李維楨《李民部鴈字詩題辭》：「已而龍君超、揚文弱各以其詩來。」（《大泌山房集》卷一百二十九，《四庫全書存目叢書》集153，第626頁）

〔註39〕見陸寶《霜鏡集》卷十二《鴈字八首》，明崇禎刻本，上海圖書館藏。

〔註40〕見陸寶《悟香集》卷六，清順治刻本，上海圖書館藏。

〔註41〕見茅維《十賚堂乙集》卷十一《雁字詩五首》，明刻本，上海圖書館藏。

〔註42〕見彭堯諭《雁字十首袁中郎先生首唱諭和韻共十首時予年十七，前集刻一首，今盡刻之》，《西園續稿》卷十六，明刻本，國家圖書館。

〔註43〕見李維楨《李民部鴈字詩題辭》：「比見李元祖民部三十四章」（《大泌山房集》卷一百二十九，《四庫全書存目叢書》集153，第626頁）。

〔註44〕見李維楨《書黃大夫鴈字詩後》（《大泌山房集》卷一百三十二，《四庫全書存目叢書》集153，第697頁。

〔註45〕明・李維楨《莊靜甫鴈字詩題辭》，《大泌山房集》卷一百二十七，《四庫全書存目叢書》集153，第581頁。

〔註46〕明・李維楨《題孟生鴈字詩》，《大泌山房集》卷一百二十九，《四庫全書存目叢書》集153，第635頁。

何常之有？夫亦從所好，任所遭耳。」但爭勝爭名僅是外部原因，詩歌的內部原因是：

> 「昔毗舍離于大林爲佛作堂，形如鴈字，一切具足。……余以禪喻，僧寶傳懷公提唱語曰：『鴈過長空，影沉寒水，鴈無遺蹤之意，水無留影之心。』蘇端明悟于禪者，其詩亦云：『人生到處知何似，還似飛鴻踏雪泥。泥上偶然留爪指，鴻飛那復記東西。』達嚫國有迦葉佛，伽藍穿大石山，作之五重，最下爲鴈形。然則鴈字詩賦，何用爭勝，又何足爭勝哉！」靜甫長者，遊戲翰墨，是爲詩禪，非與少年角技競名。詩可以觀，觀者宜得於詩之外，無論鴈字矣。〔註47〕

李維楨前引莊靜甫詠雁詩十六章前的小序，點出《雁字詩》興起與詩禪有關，此是公安引領詩壇新變的思想底蘊。李維楨即指出，《雁字詩》是爲詩禪，非少年爭名爭勝，觀者宜於詩外得之，無論雁字矣。

《雁字》詩，與佛家「雁形」有關。較早見《天竺記》，中有「從此南行二百由延，有國名達嚫。是過去迦葉佛僧伽藍，穿大石山作之，凡有五重：最下重作象形，有五百間石室；第二層作師子形，有四百間；第三層作馬形，有三百間；第四層作牛形，有二百間；第五層作鴿形，有百間。最上有泉水，循石室前繞房而流，周圍迴曲，如是乃至下重，順房流，從戶而出。諸層室中，處處穿石，作窗牖通明。室中朗然，都無幽暗。其室四角頭穿石，作梯磴上處。今人形小，緣梯上，正得至昔人一脚所躡處。因名此寺爲波羅越，波羅越者，天竺名鴿也」〔註48〕。知法顯所記最底層作象形，並非雁形，第五層作鴿形，寺名鴿，但鴿雁同類，唐代習尚以雁爲貴，凡言鳥者多以雁代之，故到唐徐堅《初學記》裏已明確寫爲「《佛遊天竺本記》曰：達親國有迦葉佛伽藍，穿大石山作之。有五重，最下爲雁形，……」〔註49〕。玄奘《大唐西域記》記「窣堵波」（佛塔）名「亙娑」，玄奘注云「唐言雁」，在漢文佛教文獻中，「雁」多譯爲「桓娑」；「雁塔」在中古時代被廣泛用來描述佛塔，在唐代非常普遍，根源於「雁」（桓娑）和佛教的密切關係；桓娑是吠陀時代主神梵天的坐騎，在印度

〔註47〕明・李維楨《莊靜甫鴈字詩題辭》，《大泌山房集》卷一百二十七，《四庫全書存目叢書》集153，第581頁。

〔註48〕又名《歷遊天竺記》、《釋法顯行傳》、《佛國記》等，見《景印文淵閣四庫全書》第593冊，第628頁。

〔註49〕唐・徐堅《寺》第八《敘事》，《初學記》卷二十三《道釋部》，中華書局1962年，第5559頁。

教裏它象徵著梵天，在不二論哲學裏，這種鳥生活在水邊但是羽毛卻並沒被水打濕，因此被用來形容生活在充滿物欲的世界裏但是卻不被這些表象所玷污；在印度哲學和文學中，大多數情況下，桓娑代表著個體的靈魂、精神，或者是宇宙精神（在佛教中，多數指佛陀本身或佛陀舍利）、最終現實，作爲象徵靈魂和再生的桓娑，象徵著佛教對跳脫六道的追求，這也是佛教的一種最基本的理想；從印度本土，到大乘佛教興起的犍陀羅地區，桓娑作爲跟佛陀、涅槃、重生、舍利供養等佛教意涵緊密相連的符號和形象，沿著絲綢之路一路東進，在佛教藝術和建築上，我們都看到了桓娑成行飛行的形象；另一方面，作爲重要概念，「桓娑」被翻譯爲「雁」進入中土佛教的話語系統，佛塔（塔的本意就是墳墓）作爲保存佛陀舍利的神聖空間，也就被冠以「雁塔」的名稱。〔註50〕「雁堂，善見律云。毗捨離於大林爲佛作堂。形如雁子。一切具足」〔註51〕，佛堂形如雁子。隨著佛教的中國本土化，雁的禪語，著名的莫過於「僧問：『鴈過長空，影沈寒水。鴈無遺蹤之意，水無沈影之心。還端的也無？』師曰：『蘆花兩岸雪，江水一天秋』」〔註52〕，形容自己的內心如一江澄澈之寒水，外物就像掠過長空之秋雁，雁影沉於水中，水絲毫沒有擾動，來喻世間萬物變化無窮，都一一留照心中，但心靈卻依然平靜如水，不起波瀾，以此來論禪的一種境界；而此喻，又因富含詩意的禪理，亦如隱含著禪理的詩，成爲詩禪之例。

　　無際《雁字》詩今無見，但二袁《雁字》俱收集中。袁宏道詩如下：
　　　　幾回聯絡幾回分，整整斜斜自作羣。龍女波中呈樣帖，天孫機上出迴文。長戈偶散平沙月，春蚓時盤塞北雲。翔鵲驚鴻徒有語，家雞那得健如君？（其一）

　　　　長鋒短折布空輪，筆勢蕭疎絕點塵。萬轉豈能無別意，千行何事只書人？青腰玉女霜前牘，大顛先生化後身。浙水巴江從此去，漫將老健敵清新。（其二）

　　　　常時風卷復霞舒，萬箇勻勻點點疎。雲裏豈煩蒼頡氏，空中誰讀典墳書？鵝溪展去綃千丈，榆塞回時載幾車。毛穎禿來今在否？月天試問老蟾蜍。（其三）

〔註50〕孫英剛《大雁與佛教信仰》，《讀書》2016年第1期，第139～148頁。
〔註51〕宋·釋道誠集《釋氏要覽》卷上，《大正藏》第54冊，NO·2127·P0257。
〔註52〕宋·釋普濟《五燈會元》卷十四，《景印文淵閣四庫全書》第1053冊，第600頁。

絹素無功法不傳，幾將封事達天邊。青山卓似含鋒筆，碧霧濃如滲紙烟。體勢已超鷺鷥上，契書知在鳥官前。明霞淡月疎疎見，染取成都十樣牋。（其四）

瘦畫涓涓半欲欹，分如釵股絡如絲。千行寫盡黃姑練，一字題成碧落碑。南浦逆風文破碎，西江披雨墨淋漓。斜騫蔓引黃沙去，譜出胡笳出塞詩。（其五）

篆烟劃月過瀟湘，流麗森疎綴幾行。禪客辨來知半滿，儒生記去識邊傍。回波影出雙鈎搨，暮雨催成急就章。鳳鳥不來河洛隱，年年編錄爲誰忙。（其六）

秋風漠漠散毫端，謾道迷烟逗浦難。細去雲棱如界墨，密來星點似鉛丹。纔從夢筆驛前過，又向造書臺上看。入夜幾聲嘹喨去，梧桐枝上一鈎寒。（其七）

輕飄亂灑入纖濃，挂角羚羊那有蹤。鴉點紛紜呈惡札，鷹蟠險怒出狂鋒。征圖每暗蓬婆雪，退墨虛留石廩峯。我亦頻年有蟲癖，扶搖猶可一相從。（其八）

一行行起布青天，只在明沙遠水邊。孤點乍隨如帶墨，數羣中斷似殘箋。鶯簧借與塡新曲，鳳史煩爲記往年。莫道書成無虐燄，江南洲渚有秦烟。（其九）

儒生習氣總難除，萬轉千番楮墨餘。入地也應爲帶草，化蟲依舊作蟫魚。江南塞北難移性，兄弟妻孥總解書。一掃雲間狂蹟去，研光千尺展空虛。（其十）〔註53〕

袁中道詩如下：

雲漢溪藤萬丈長，規煙裁雨下瀟湘。有時密密排千點，何處匆匆墜一行。凌月乍同王矯勁，隨風忽作旭顛狂。果然寫出《秋思曲》，青草湖頭夜夜霜。（其一）

先後參差結構同，同排筆陣向湘中。畫波隱現沉沉霧，使轉輕盈細細風。書去書來愁雨雪，文成文減付虛空。偶然霞氣侵天路，仙篆丹砂燦爛紅。（其二）

〔註53〕 明・袁宏道《瀟碧堂集》之十《雁字》，錢伯城箋校《袁宏道集箋校》卷三十四，上海古籍出版社 2008 年，第 1087～1090 頁。

　　倒薤懸針點碧煙，依行燕雀似旁箋。路經練瀆重多態，影落巴
江兩鬪妍。龍躍天門隨變化，蚪縈秋草失翻翩。慇懃寫就清秋曲，
譜向江南十五弦。（其三）

　　苦向西風憶斷羣，聯翩兄弟總能文。行分勢布剛辭渚，鬖鬖絲
騫盡入雲。河北峯巒生墨氣，江南田畝展羅紋。盈盈六幅瀟湘水，
都作羊欣白練裙。古人詩中有羅紋田。（其四）

　　翩翩文采出烟蘿，電激龍盤勢更多。數點忽留如想像，一行纔
起便吟哦。朝衝白月都垂露，夜宿青溪盡偃波。鋒鍔不須凌屬甚，
前途尤恐大張羅。（其五）

　　形容天上逼高寒，南斗闌干北斗殘。芳草池邊縈草易，白沙洲
上畫沙難。疾徐總以昏朝變，肥瘦還須遠近看。宋玉宅邊逢燕子，
緘書一字報平安。（其六）

　　霞布雲舒縱復橫，祇爲過去要留聲。時和氣潤行偏好，日燥風
炎陣未成。頡史也須稱弟子，宜官何處拜先生。前途若向長沙去，
代我修書問屈平。（其七）

　　動如得意靜如憂，力倦心慵且暫休。何用十年工八法，只將一
字傲千秋。密來乍可同梁鵠，忙處還應效史游。不是衡陽過不得，
金書玉簡好淹留。（其八）

　　星河減後見文章，妙處拖雲更挾霜。偶傍草邊尋鄭叟，閒過齋
裏笑蕭郎。九霄已自懸珠玉，百口何須足稻梁。可是湘川多怪鳥，
欲將封事上鸞凰。（其九）

　　水作心情霞作衣，多能肋骨少能肥。煙籠雨暗青重殺，月冷霜
寒白更飛。忽畫一橫詮《易象》，乍飄三點露禪機。江南儘有淋漓地，
何事風塵要北歸。〔註54〕

　　文學中較早詠雁，見《詩經‧小雅‧鴻雁》「鴻雁於飛，肅肅其羽」，興
流民苦辛流離之傷。「雁字」較早見於白居易「風翻白浪花千片，雁點青天字
一行」（《江樓晚眺景物鮮奇吟玩篇寄水部張員外》），詠雁飛高空，列隊前進，
「字」指群雁飛行時排成「人」字或「一」字形隊列。南宋陳元晉有《雁字》

〔註54〕袁中道《雁字》，《珂雪齋集》卷之四，錢伯城校點，上海古籍出版社1989年，
　　　　第154～157頁。

「超然聖處過張顚，整整斜斜落照邊。好寫人間不平事，叫開閶闔爲箋天」，《雁字》漸以詠物詩題入文學，指成列而飛的雁群，或像飛雁整齊而有秩序的行列，或代書信義。中郎十詩，便以雁隊形態入詠，首詩歌詠群雁矯健飛翔長空的自由變化形貌；故二三詩承首詩雁形變化，化爲文學中構思與筆勢的萬轉千行，蕭疏自由，「漫」指沒有限制約束，「雲裏豈煩蒼頡氏，空中誰讀典坟書」可見公安文學旨趣，用雁形雲裏自由翱翔，倡心性舒展，書於文學，不受經典禁錮，「毛穎秃來今在否？月天試問老蟾蜍」暗含皇帝寡恩難遇欲隱之悲；四至十首，詠政事難達，則寄情於歌詩，盡抒將滿腔理想與興趣寄情文學的堅定志向，意象與用典圍繞雁形變幻、風骨，重疊描繪創作與行文時多種狀態、情思、境界、風格、結果。小修詩與兄略不同，十首中對朝政見旁觀與嚮往，不見仕宦悲愴，多依其兄以雁形喻文學創作與追求，故情感興寄未達兄深闊，但小修「忽畫一橫詮《易象》，乍飄三點露禪機」，開晚明詠雁形與卦象禪機的引子。《雁字詩》中，二袁兄弟用聯章組詩，創新了詠物詩的厚度與寬度，使傳統的詠物絕律小詩短什，大大拓寬爲抒心志情懷、詩法詩境等文學理論規律探討的長篇巨製；創新二，將雁在佛教中個體靈魂精神的自由追求與跳脫再生，借用雁形長空這一典型意象，注入他們在文學理想的追求中，達心性與創作馳騁恣肆的自由境界，尤其對雁形這一詠物意象集中的塑造，緊扣著他們對詩歌抒寫的狀態體會，暗契著公安派思想解放的啓蒙旨趣，將雁與我的關係，傳神寫意得極好，加之筆勢開闊，風格清新，景物清麗淒婉，氛圍迷蒙幽恍，哀而不傷，自由而不離，胸臆情懷與學問文章恰到好處，尤其中郎詩，爲晚明詩歌題材的內轉與風格尚好的新變，創造了抒情言志與創作技法的新天地。

　　未佚尚見《雁字》詩，有費尚伊〔註55〕、茅維〔註56〕、陸寶〔註57〕、彭

〔註55〕費尚伊《雁字詩十二首有引》，《四庫未收書輯刊》集部05輯第23冊，第674～675頁，此書易見，不引。

〔註56〕茅維《雁字詩五首》：「（其一）九月風高紫塞垣，隨陽徙影逼天門。連翩初破鴻濛畫，曲折疑垂鳥篆痕。梵字誤鐫多寶塔，帛書空射上林園。試看徐落汀洲上，**點點銀沙墨瀋翻**。（其二）白草黃沙刷雁羣，離離南指渡江雲。排空宛似鋒鋩逸，洒雨旋驚筆陣分。點就青冥原是**刃**，收來色象搃成文。分明蒼頡傳書法，烈焰如秦不可焚。（其三）雁行離褷法何如，曳練垂垂染太虛。天上無端傳鳥跡，人間空自篆蟲魚。分行勾出縱橫媚，急就翻來體製踈。誰解此中傳艸聖，至今猶寶戲鴻書。（其四）從來蛇蚓陋書評，鳳舃鸞翔潑墨輕。橫去聯翩難寫乙，斜飛錯落不成丁。低昂漫學懸針勢，斷續虛摹拔薤形。擲向盧

堯諭〔註58〕，兼陸寶《讀李昭武雁字詩二首》〔註59〕，前四人皆用雁形變幻

空都作字，雁王說法太縱橫。（其五）一望晴空灝氣鮮，幾行渥墨碧苔箋。也知飛白書難學，尚有塗黃塌可傳。影落湘江義畫亂，書藏委宛禹碑懸。愛他急雨衝風後，斜點汀沙態最妍。」（《十賚堂乙集》詩卷十一，明刻本，上海圖書館藏）

〔註57〕陸寶《鴈字八首》：「（其一）飛灑雲箋一幅寬，遠從塞北到江干。研池借水濡徧足，筆勢乘風縱不難。斜起數行雷我讀，高懸八法與空看。蘇卿去後無人識，想像題書報歲寒。（其二）腕力憑將翩借風，新文過眼劇匆匆。朱絲直劃明霞上，墨瀋先投寒雨中。蒼頡造來仍托鳥，深源書罷未離空。籠鸞舊蹟饒君說，總不如今學戲鴻。（其三）毫端不定欲書雲，權以秋光代練裙。霜簡一痕雷作楷，天符幾道判成文。奇來倒薤誰能續，斷處長戈自此分。寫得騷篇幽意出，年年南浦送湘君。（其四）半空飛白使人驚，書癖知緣夙業呈。寒至疾揮多旅怨，北來傳寫或邊情。筆花五色虹分綵，釵股雙懸月界清。最是秋關體勢，披雲撥草並時成。（其五）隨陽陣陣起江烟，無意臨池却宛然。紙拂雲梢穿欲破，碑成天體寫能全。同文細碎難毛舉，顛草淋漓仗尾旋。疑是虛皇眞詰出，還憑鳥譯爲傳宣。（其六）不隨鷗鷺泛秋湖，湖上彌天筆陣圖。直化全身爲點畫，徧招同類習之无。書經火後楓林赤，句截雲來荻岈孤。家有數株蕉代紙，好雷眞蹟慰潛夫。（其七）驚看擲筆在空虛，六翮先成若起予。天上別番毛穎傳，畫前元具鳥官書。變鋒鸞鵠紛俱出，逸格鍾王快未如。若使雙鈎堪貯得，春歸載櫝定盈車。（其八）幾番高舉幾甃低，兄弟聯行筆法齊。絹素不粘眞妙運，形聲冥合是天倪。峯同紙尾何年剩，宕聚文心盡興題。載酒若從揚子問，草玄閣上接雲梯。」（《霜鏡集》卷十二，明刻本，上海圖書館藏）

〔註58〕彭堯諭《雁字十首，袁中郎先生首唱，諭和韻時予年十七，前集刻一首，今盡刻之》：「（其一）塞雁風驅日已曛，依稀蒼字體初分。虛將翰墨題秋色，何似霜毫寫暮雲。戲向海中翻筆陣，飛來江上混鷺羣。梁園昨夜平沙雪，榻得羊欣白練裙。蔡中山先生每誦一和章，詫謂在袁白雁顧白燕之上，中郎不足道也。（其二）掃成飛帛致殷勤，歷亂參差字未眞。序重弟昆同載筆，情憐夫婦共書人。深秋欲榻驚風雨，半夜驚看泣鬼神。塞北塞南春信到，行行醉墨寄來頻。（其三）明是先天一畫餘，學人多少眛元初。高低影落雙鈎帖，前後圖成八陣書。暮雨尋行驚散漫，秋雲數墨點蕭疎。從他諸體誇臨本，萬里同文自卷舒。右軍有八陣書法。（其四）界破秋旻卵色箋，寄來字字挾飛仙。淋漓淡墨斜揮日，搖曳蒼毫仰劃天。陣敵右軍開羽翼，體同張旭落雲烟。會來紗義虛空裏，點畫蕭疎草自玄。（其五）從來書法未經師，鐵畫銀鈎體怪奇。春蚓秋蛇疑劃漢，家雞野鶩訝臨池。掃空點綴霞箋字，映水分明鳥篆碑。昨夜江關深雪裏，幾行春信寄離思。（其六）不勞楮墨硯精良，毫穎生成字字蒼。點畫亂飛皆鳥篆，雲烟紛墜出天章。文隨急雨時分體，草入同風又數行。書法非從王氏得，龍門鳳闕其廻翔。（其七）梁園池水動波瀾，一帶蒼毫寫遠灘。雨積澄江沾字濕，秋橫醉葉映書丹。唧蘆沙暖揮毫倦，戲海濤翻響榻難。筆勢凌天誇巨手，雲箋萬丈墨光寒。（其八）參差體勢影重重，雨腳雲頭以類從。狂墨潑來虛點筆，仙書掃去不雷縱。初分雨畫無疎密，遍看同文少淡濃。岣嶁神碑雷禹跡，同風先避祝融峰。（其九）百疊霞紋製作箋，濃添墨汁掃雲烟，

喻書法之理。費尙伊，以父卒歸，不仕進者五十餘年，修辭精進不倦，其爲詩文，師王李友維楨，非兩漢三唐不道，沔自童承敘、陳玉燭後，即推尙伊著作之林。彭堯諭，號西園公子，崇七子，以詩擅名天啓崇禎間。尙伊詩融情入典，側重借雁形抒寫酷愛書法，以書寄文遠遊修佛的隱逸情志。堯諭和詩時年十七，學識閱歷尙未老練，故塑雁形意象豐滿，來擬附對書法的體認。陸寶，吳人，其詩對書法揮灑自如的摹象很是動人。茅維，越湖州歸安人，茅坤第四子，以同郡臧懋循、吳稼澄、吳夢暘並稱「四子」，爲名士，較費陸彭《雁字》詩要好，也較二袁禪理更深，組詩寓個人興寄於書法理，抒寫鴻鵠之志難達，飛白之書難學，不如急雨衝風後，自適保全最隱逸，尤其「點就青冥原是刁，收來色象摠成文。分明蒼頡傳書法，烈焰如秦不可焚」、「擲向虛空都作字，雁王說法太縱橫」，「色象」源自《涅槃經・德王品四》：「（菩薩）示現一色，一切眾生各各皆見種種色相」，指萬物的形貌，「雁王說法」借佛家故事，喻世事無常，榮華富貴都將衰落消亡，要常懷慈悲心腸，忠信仁義，節制進退，修習正法，以脫離生死輪迴。茅維此詩，雖未達「雁過長空，影沉寒水」心靜如水，但與中郎的雁形意象，都達象由心生、因象成境的詩意與禪趣。雖已無法見到明晚詩人們的全部《雁字》風貌，二袁、費彭陸茅諸存詩中也無法得見《雁字》詩禪之境，但雁字由中國古典詩文意蘊的豐富沉澱，又因其變幻多態，扣合著人生境遇與生命體驗、書畫文學的創作規律與技法，如自陸寶《讀李昭武鴈字詩二首》可知李照武詩託雁形詠書法文學於一體，故在作手紛紛，創作極富情況下，喻詩理禪趣的詩作是可以想像會有的，如莊靜甫所作《雁字》，維楨即記是爲詩禪。李開先云：「詩禪何所於始乎？其當中古之時乎？人心稍變，直道難行，有託興，有佹詩，有諷諫，有寓言，有隱語，有庾詞，俗謂之謎，而士夫謂之詩禪。如禪教深遠，必由猜

開函字寄秋閨裏，繫帛書裁漢使前。飛札欲成霜滿地，臨池初榻水連天。從他領悟看蛇鬪，未若蒼毫得正傳。（其十）兀兀窮年守蠹魚，秋風吹字落庭除。梁園對客抽毛穎，遼海何時斷羽書。日射案頭形易辨。氷殘硯北體難舒。莫疑丹篆從蒼頡，盡把眞文寫翠虛。」（《西園續稿》卷十六，明刻本，國家圖書館藏）

〔註59〕陸寶《讀李昭武鴈字詩二首》「（其一）鴈序遠悠悠，靈心百徧揉。客元精八法，天忽示雙鉤。譯出知邊徼，吟中叶野謀。便堪存墨副，點作幾汀秋。（其二）筆墨蹊俱泯，聲形句獨傳。思通秦火外，契合鳥官前。急就胸雷譜，長戈口代箋。君才勝蒼頡，重見造書年。」（《悟香集》卷六，明刻本，上海圖書館藏）

悟，不可直指徑陳，徑直則非禪矣」〔註60〕，王士禛云：「捨筏登岸，禪家以為悟境，詩家以為化境，詩禪一致，等無差別」〔註61〕，正與雁形作喻合，略以二評形容。

第四，李維楨對《雁字詩》作出了後七子派的評論。

他對晚明詩壇《雁字》現象與性質辯證看待得很清楚。他對眾詩人《雁字》詩高度讚揚：「才情勃發，……自余所見數十人，音以賞奏，味以**殊**珍，文以明言，言以暢神，劉越石四美具焉」〔註62〕，道出雁字題材的獨特性與藝術創作中的「擬議變化」實質緊扣，「余竊意有天地來即有鴈，有文字來即有詩，前人所為鴈字詩若賦不多傳，傳不必盡佳，今諸君子討論潤色，擬議變化，真千載罕遘事，兩間物理，取之無盡，人心靈明，用之無窮，出愈奇，多愈善，行愈遠，久愈新，國家文運治運昌熾未艾，斯焉可徵，誰謂詩小技乎哉？夫鴈字不足盡詩，詩不足盡民部，乃欲以楚盡天下士，非余所知也」，晚明詩壇對詩探討創作得越激烈，越能反映明朝文運國運繁榮昌盛，反對因爭勝而壓制任何一方地域者以偏概全的危害作用。以上都是他對當代詩壇及時導向的積極作用。

但對《雁字》評論，亦體現他堅持七子派的基本立場與主張。如他的旨趣用語，「調格藻秀，無所不合，而天趣渾成，脫去蹊逕」〔註63〕、「用事精切而渾成，構語密緻而馴雅，立格整嚴而流暢，如山陰道上，千巖競秀，萬壑爭流，令人應接不暇，如凌雲臺材木，大小輕重，一一相得，於以並驅中原，莫能尚矣」〔註64〕。尤其它闡明自己對雁字詩的態度：「嘗考《爾雅・釋鳥》：「舒鴈，鵝。」郭璞註引《禮記》：「出如舒鴈。」此文載《儀禮》中，云《禮記》誤也。《聘禮》曰：「私覿愉愉焉，出如舒鴈。」鄭注：「威儀自然而有行列。」竊謂律體有行列而歸之自然，是為合作。禮贄大夫用鴈聘，則大夫奠鴈禹鈞位，奉訓大夫習於禮，以禮為詩，宜其得

〔註60〕明・李開先《詩禪序》，卜鍵箋校《李開先全集》，上海古籍出版社 2014 年，第 2013 頁。

〔註61〕清・王士禛《香祖筆記》卷八，《景印文淵閣四庫全書》第 870 冊，第 478 頁。

〔註62〕明・李維楨《莊靜甫鴈字詩題辭》，《大泌山房集》卷一百二十七，《四庫全書存目叢書》集 153，第 581 頁。

〔註63〕明・李維楨《莊靜甫鴈字詩題辭》，《大泌山房集》卷一百二十七，《四庫全書存目叢書》集 153，第 581 頁。

〔註64〕明・李維楨《李民部鴈字詩題辭》，《大泌山房集》卷一百二十九，《四庫全書存目叢書》集 153，第 626 頁。

體眞出如舒鴈矣」〔註65〕他從小學與《禮》的注釋，引出「雁」與「威儀自然有行列」有關，從禮的思想，冀士大夫能習禮，以禮爲詩，得體眞出如舒雁，還是宗經治道思想，與公安師禪師心有天壤之別。他也作有《宮鴈》十首〔註66〕，從彭堯諭跋知抄於丁巳（1617）歲，維楨原詩可推知作於萬曆四十四或四十五年左右，時已七十上下，距《雁字》詩壇爭勝有段時間，知可體現對詠物創作的取旨，此組詠物，彭堯諭論贊「洽博雕鏤，人極天錯」，溫柔敦厚，端莊沉雅館閣風，可堪維楨宗經治道、博學典雅詩學思想的體現。但比較袁宏道的《雁字》，不管詩學思想，還是創作技巧，對晚明詩壇的引領與新變作用，在明詩史的價值地位，都不能與中郎媲美，見維楨此詩宛若隔代的局限性，此由其詩學思想決定。

第二節　對竟陵派的批評

李維楨對竟陵派的批評，主要集中在《玄對齋集序》、《章章甫詩序》(《大泌山房集》卷二十一)、《譚友夏詩序》（卷二十三）。他對竟陵派眞正的態度與批評意見，要通過詳敘他與鍾惺、譚友夏的交遊來談。

一、評鍾惺

鍾惺與李維楨籍貫皆屬江右，所遷之地皆京山皀角鎮，屬同籍同鄉。李維楨敘：「余與鍾伯敬孝廉，上世皆自江右徙其地，曰皀角市，市當四邑，介可數千家，農十之三，賈十之七。」〔註67〕鍾惺與維楨少弟維楫子營道友善，爲營道生母作有《李母曾孺人墓誌銘》，「予先世自江西吉安永豐，與吉水李氏同徙景陵縣之皀市。皆用質行著於鄉里。……宗儒爲狀，請於其友鍾某志其墓」〔註68〕。鍾惺《家傳》「李方伯五華先生，與大父善，爲孝廉時，計偕有日矣，儉其主而後行，……（祖）獨與封君李公南臺爲布衣交。封君者，方伯父也。朝相過，或暮歸，祖往，亦如之。方伯課子嚴，即長公本寧先生，

〔註65〕明・李維楨《書黃大夫鴈字詩後》，《大泌山房集》卷一百三十二，《四庫全書存目叢書》集153，第697頁。
〔註66〕見本書第二章第四節《詩文輯佚》之詩輯佚。
〔註67〕明・李維楨《玄對齋集序》，《大泌山房集》卷二十一，《四庫全書存目叢書》集150，第755頁。
〔註68〕明・鍾惺《李母曾孺人墓誌銘》，李先耕、崔重慶標校《隱秀軒集》卷三十三，上海古籍出版社，1992年，第543、544頁。

夙慧早達，不免與杖，惟祖能釋之。嘉靖甲子，本寧舉於鄉之歲也。明日，登舟赴省試矣，偶以小嬉，方伯怒，夜抽園籬笞之。祖往曰：『吉行也，曷免而屬諸？』乃令謝而去。祖沒歲餘，本寧繇詞林外補，歸里，方伯引而弔，指靈牀令亟拜：『是曾免汝笞者。』拜已，方伯北向揖，呼：『南翁，吾兒歸拜爾在此。』聲淚俱下，酸感而罷。……方伯又僉其主，蓋兩世矣。……李方伯之篤舊，皆世所謂大人君子，無足異者。」〔註 69〕說明在京山農少賈多的多山縣邑里，李鍾二家同以質行著名鄉里，李淑與鍾惺曾祖、祖交誼甚深，李淑父南臺公與其祖情誼甚好，嘉靖二十八年（1549）冬，李維楨三歲時，李淑主鍾惺曾祖鍾弘仲喪事，後萬曆二年左右，又主惺祖父鍾山（號南鎮）喪，萬曆三年（1575），李維楨外放途中急歸家期間，李淑嘗命維楨拜祭鍾山靈牀，故李鍾兩家爲世交，青年時期鍾惺即與維楨侄輩交遊甚密。鍾惺萬曆二年七月生，時李維楨已二十八歲，故維楨、維楫皆視惺爲「猶子伯敬」，爲通家後輩。

　　李維楨嘗記與鍾惺交遊經過：「即余嘗備位史局，以濫吹斥，今且老，曾無一言窺作者之藩。而伯敬少余二十許歲，能工古文辭。余於古文辭即不能，然竊好之，諸弟與猶子輩亦竊好之，而亟稱誦伯敬所爲古文辭。余盰衡擊節，以爲吾里山川靈秀菀積，不知幾何年而始收之伯敬五寸之管、五色之豪。今年，少弟內史復以其《玄對齋集》視余，使序。」〔註 70〕可知李維楨最先自諸弟與侄子輩喜愛稱誦中得知鍾惺，少弟維楫讓長兄爲同邑青年才俊鍾惺《玄對齋集》作序，因睹其古詩文，擊節稱賞，以爲是京山靈秀積多少年始出的文學奇才，欣然爲序。

　　據李維楨文可知，此是鍾惺年輕時第一部詩集，共百餘篇。鍾惺此期爲孝廉，文學交遊面尚狹，師法古文辭尚取徑後七子派，推崇維楨甚明。李維楨敘了青年鍾惺的詩法取徑，「而漢魏六朝三唐語，若起其人於九京，口占而腕書者，余益駭嘆非人間物也」〔註71〕，但同時顯示出鍾惺的氣象非凡，「又不輕出一語，恐襲前人餘唾」，青年鍾惺即顯示出強烈的取法古人而不肯蹈襲

〔註69〕　明・鍾惺《家傳》，李先耕、崔重慶標校《隱秀軒集》卷二十二，上海古籍出版社，1992 年，第 367、368、370、371、372 頁。
〔註70〕　明・李維楨《玄對齋集序》，《大泌山房集》卷二十一，《四庫全書存目叢書》集 150，第 755 頁。
〔註71〕　明・李維楨《玄對齋集序》，《大泌山房集》卷二十一，《四庫全書存目叢書》集 150，第 755 頁。

的獨創精神，故爲李維楨所敬重。序竟，李維楨「貽書責猶子伯敬：『夫非盡人之子與無，若阿伯悔不可追』」，對青年時代後七子派擬古弊病悔恨不已。而鍾惺復致信維楨：「士立身有本末，豈在浮名？明興三李：濟南、北郡，近於仲舉性峻，先生近於太丘道廣，以故士願附齒牙者，往往借名之心多於請益。生人大業，經世、出世二物，小子實請事焉。而僅名，文人才士，況遊大人成名，是謂我不成丈夫也。即不得已而名，文人才士，其在何休不窺園十七年，司馬子長遊萬里後乎？」〔註 72〕此信顯示出鍾惺在青年時期即已認爲大丈夫志在實行，不求名利，更鄙薄遊大人以成名的文人才士，日後追尋「眞詩」、「隱秀」的文學思想已見肇始之由。此期鍾惺贊李維楨的人格，推崇與從學之意甚明。

李維楨益壯伯敬志，而爲書報之曰：「極知。」感慨與盛讚：「是集不足盡子，顧歲不我與矣。他日人謂我生與子同里同時，而不知子，我且有遺憾。第據子今日詩敘之，以子爲里杓之人，不亦可乎？」〔註 73〕鍾惺日後果然成爲執天下之牛耳的詩壇領袖，李維楨在鍾惺青年時第一部詩集序言裏就已論及此子潛力，是爲知人。

鍾惺與李維楨論詩出現分歧，是在鍾惺定交袁中道，爾後近十年間，鍾惺接受公安派「性靈」詩學的一些觀點。但到萬曆二十八年（1600）秋，鍾惺郡試罷去，試時曾與魏象先論「明詩無眞初、盛而有眞中、晚，眞宋、元」〔註 74〕。此論，鍾惺後發揚爲批江盈科一派詩，便是假中、晚，假宋、元，學袁、江二公其弊反有甚於學濟南諸君。萬曆三十二年（1604），鍾惺中鄉試，次年與譚元春締交。竟陵派詩學觀即在他們相與商討中逐步形成。三十八年，鍾惺京闈及第，座師公安派雷思霈。萬曆四十二年（1614）春，鍾惺江行還

〔註 72〕 明・李維楨《玄對齋集序》，《大泌山房集》卷二十一，《四庫全書存目叢書》集 150，第 755～756 頁。

〔註 73〕 明・李維楨《玄對齋集序》，《大泌山房集》卷二十一，《四庫全書存目叢書》集 150，第 756 頁。

〔註 74〕 鍾惺《隱秀軒集》卷三三《明茂才私諡文穆魏長公太易墓誌銘》（522 頁）：「語次及明詩，余卒然曰：『明詩無眞初、盛，而有眞中、晚，眞宋、元。』又曰：『近日尸祝濟南諸公，親盡且祧。稍能自出語，輒詫奇險：「自我作祖，前古所無。」而不知已爲中、晚人道破，由其眼中見大曆前語多，長慶後語少。忘其偶合，以爲獨創。然其人實可與言詩。」此墓誌作於戊申（1608）十月。魏象先，字太易，生甲戌，卒戊申秋，其家京山著姓，其家與李維楨姻親，維楨見象先文經奇，異焉：「他日當以文鳴世。」娶譚完女，女嫁譚如絲子譚結。象先嘗與其邑王、謝、譚爲黃玉社。

楚，四月及到，秋再過夷陵，與譚元春有《西陵唱和詩》。作《題茂之所書劉
脊盧詩冊並序》，提出「精裁」、「審作」、「慎示」、「選而後作，勿作而聽人選」
等詩學主張。林古度為鍾惺刻《隱秀軒集》於南都，鍾惺將萬曆三十八年（1610）
前詩作刪削殆盡。是年冬起，鍾惺、譚元春精定《詩歸》，翼舉古人精神，發
覆指迷，其評語傳達出與李維楨迥然不同的詩學觀。四十四年（1616），鍾惺
作《隱秀軒集序》，提出「務求古人精神所在」、「古人精神別自有在也」。四
十五年十一月，譚元春作《詩歸序》，提出「冥心放懷，期在必厚」，「靈迥樸
潤」、「真有性靈之言」。四十六年，鍾惺請寓南都，秋，《詩歸》刻成，在文
壇幾與《詩經》並行，鍾惺倡以「厚」救清新。〔註75〕

　　《隱秀軒集自序》：「庚戌以後，乃始平氣精心，虛懷獨往，外不敢用先
入之言，而內自廢其中拒之私，務求古人精神所在。」庚戌（1610）正是鍾
惺以進士及第為標誌，將竟陵派主張推向全國詩壇。他一方面深省擬古模古
之作，與李維楨之間劃開了一條明顯界線，一方面，他與「教人反古」的公
安派也保持了一定的距離。鍾惺詩論核心主張是師事「古人之精神」，是因清
醒地意識到身處衰世，與李維楨的修正與堅守不同，鍾惺不願再沉醉於所謂
的聲名、文物、禮樂之盛一類的表象，而主張換一種視野審視世界。他以《隱
秀軒集》命名其詩文集，在他看來，「隱秀」不僅是一種文學風尚，還載負著
士人的人生理想。「隱」既是文章的「重旨」，也是人生的「重旨」，「秀」既
是文章的「獨拔」，也是人格的「獨拔」。《詩歸序》云：「真詩者，精神所為
也。察其幽情單緒，孤行靜寄于喧雜之中，而乃以其虛懷定力，獨往冥遊于
寥廓之外」，追求人格與文章的「重旨」與「獨拔」，乃鍾惺主張師事「古人
之精神」的主要內涵。〔註76〕

　　李維楨對鍾惺的改旗易幟當然知道，他對開宗立派後的鍾惺採取商榷態
度，先後借給竟陵派核心成員譚友夏、章章甫寫作詩序的機會，隔空傳話鍾
惺。如《譚友夏詩序》，李維楨起筆就敘鍾惺對後七子派的反對：「友人譚友
夏嘗序鍾伯敬詩，謂：『子亦口實歷下生耶？不知者，河漢其言？』而余竊以
為獨知之契也。輪扁不云乎：『古之人與其不可傳也，死矣。』今所讀書，古

〔註75〕鍾惺譚元春行實，引述師陳廣宏《鍾惺年譜》（復旦大學出版社，1993 年）良
　　　　多，下文行實徵引出處亦同。
〔註76〕李聖華《鍾惺與李維楨詩歌之比較研究》，《鄭州大學學報》2004 年第 1 期，
　　　　第 126～128 頁。

人之糟粕耳。取糟粕而為詩，即三百篇，漢魏六朝三唐，清言秀句，皆若殘津餘沫，而何有于歷下？」〔註77〕同是師古，表面上看來，鍾惺反對後七子派擬古機械問題，鍾惺重獨創，獨師古人之精神，當然反對後七子派的太拘於擬古之形跡。但實質不是這個問題，李維楨講的也不是機械擬古的問題，而是將三百篇、漢魏六朝三唐的文學作品，都可視為承古人之書而來，都可視「古人之糟粕」，皆「殘津餘味」，而獨後七子派何？

其實鍾惺與李維楨根本分岐在，鍾惺師事「古人之精神」，追求古人人格與文章的「重旨」與「獨拔」，取的是在衰世不再匡救社會，而獨善其身，在隱中追求士人獨拔的人格與精神境界。所以，從這點意義上，竟陵與公安在人性解放思潮中，追求人格的獨立解放、詩主性靈又是內在相通的。公安享樂縱慾，狂放狷介，取俗樂之途，竟陵幽情單緒，孤行靜寄、靈迥樸潤，走孤高之徑。與李維楨的堅守匡救末世，知其不可而為之的殉道精神是迥別的。因此根本性分岐，也是鍾惺沒有辦法與李維楨溝通商榷得了之處，故鍾惺不對李維楨作直接的文學與政治評論，只能三緘其口。

鍾惺保留下來的與李維楨的有關交遊記載，見《隱秀軒集》卷八《喜鄒彥吉先生至白門惺以八月十五日夜要同李本寧先生及諸詞人集俞園并序》三首〔註78〕，其情感性的句子，可能泄露了鍾惺對李維楨的態度，其序中有「以此清秋，於焉嘉客。白露蒼葭，新染芰荷衣上；歌童舞豎，半攜書畫船中。愧時一相思，惟小子之戒行太晚；雖禮無往教，在先生之乘興何妨。以賓主而易師生，懷斯盡矣；由合離而成壯老，感亦因之。……履舄雜還，高人自領孤情；絲肉喧闐，靜者能通妙埋〔註79〕。各稱詩以言志，用體物而書時。」

〔註77〕明・李維楨《譚友夏詩序》，《大泌山房集》卷二十三，《四庫全書存目叢書》集151，第3頁。

〔註78〕鍾惺萬曆四十四年前八月在京，為行人七年，以「閒冷為常」，故請假而南。八月二十五入舟沿運河行，同行有吳惟明、林古度，十月登泰山，十二月入江。四十六年（1618）鍾惺請假寓南都。天啟元年（1621），鍾惺授南禮部儀制司主事，遷祠祭司郎中，冬以秩滿遷福建提學僉事，侍親還楚。李維楨在金陵萬曆三十八年以急難寓廣陵金陵間，至四十四年九月七十壽前歸；天啟元年初會朝議者登用耆舊，召為南京太僕卿，旋改太常，未赴，聞諫官有言，辭不就，時方修《神宗實錄》，給事中薛大中特疏薦之，未及用；天啟四年起南京太僕寺卿，稍遷南就禮部右侍郎，五年正月乞骸骨歸，時鍾惺以天啟四年二月被疏科場舞弊、兼父喪而與妻妾遊武陵，由是坐辛。疑此詩作於萬曆三十八年至四十四年間，或天啟元年中秋。

〔註79〕查臺灣《明代論著叢刊》第二輯《隱秀軒詩集》（上）第322頁作「理」字，

〔註 80〕鍾惺在此處的興懷感慨，不光對其老師鄒彥吉先生，亦可能有對李本寧先生。他與李維楨時同處南京，又同是鄉里，此期鍾惺主盟詩壇，卻交遊無多，鄒觀光是李維楨的摯友，到白門，必想見李維楨，又值中秋佳節，鍾惺故邀李維楨同遊俞園，並寫下此詩和序，反由此可見，平時兩人在南京的交遊可能不多，因兩人詩文集中，均再無見南京交遊的詩文。鍾惺第一首詩「從公無小大，皆不自言還」，敘他們一行歡聚的暢快，第二首「頗悟歡場裏，高人有靜機」，不無夫子自道的感悟，而第三詩「夜與水相得，秋惟月最親。留都清絕地，祭酒老成人。道廣周旋恕，情深領察眞。典刑欽在坐，游謔荷陶甄」〔註 81〕，祭酒是指鍾惺，「道廣」，從《玄對齋集序》可知鍾惺青年時期書信裏即稱李維楨爲「先生近於太丘道廣」，從詩歌對仗，下聯「道廣」指人，「道廣周旋恕，情深領察眞」指李維楨的可能性極大，鍾惺生性嚴冷，李維楨善戲謔玩笑，又機敏善言辭，宴會交際能力是其擅長，鍾惺對李維楨宴會上爲己的周旋體貼照顧，故寫下了對李維楨長者德行風範的「道廣周旋恕，情深領察眞」的感動之辭與眞實情感。筆者認爲這是所能見到的鍾惺立派後對李維楨眞正態度的最直接材料，這種內心情感的表達，也決定了他與李維楨之間的交遊狀態與李維楨對竟陵派與鍾惺的態度。李維楨並不埋怨鍾惺的改旗換幟，雖兩人關係因立派立論而關係微妙，但以不挑破點明爲貴，故李維楨對竟陵派，與對公安派不同，李維楨與三袁、黃輝、陶望齡、江盈科等核心成員有些或無多的直接交遊〔註 82〕，雖讚譽有加，但批評與發表異議也

《隱秀軒集》本作「埋」字訛，或李先耕、崔重慶先生校勘誤，或是書排版時誤。

〔註 80〕明・鍾惺《隱秀軒集》，李先耕、崔重慶標校《隱秀軒集》，上海古籍出版社，1992 年，第 120～121 頁。

〔註 81〕明・鍾惺《隱秀軒集》，李先耕、崔重慶標校《隱秀軒集》，上海古籍出版社，1992 年，第 121 頁。

〔註 82〕袁宏道《答李本寧》：「不肖未弱冠，已知有本寧先生。乃家伯季俱得親侍杖屨，而不肖獨抱空懷，何緣慳之甚也！」（《袁宏道集箋校》卷五十五，第 1610 頁）知宗道、小修皆與維楨有交遊，但二人文集皆無與維楨交遊文字，後與宏道有書信往來，維楨居晉擬爲宏道梓《雁字詩》合集，宏道爲維楨參閱《合諸名家評注三蘇文選》。江盈科集中未見與維楨交遊詩文，但有與其仲弟李維極交遊篇目，見《雪濤閣》集一《李本建飲署中》、卷三《李本建博士》。《大泌山房集》卷一百三十三《跋泰京藏黃昭素帖》文中述邢侗、黃輝「兩君皆余知交」，檢上海圖書館藏天啓刻《黃愼軒先生文集》未存有兩人交遊文字。

是直截了當，言論不少。但對竟陵派，其領袖人物鍾惺、譚元春都是京山李氏的世交，屬與維楨兄弟、猶子輩往來密切的世侄，尤其與譚元春、章章甫友善，不管從身份得宜、情感、詩論尊古上，都以商榷較多，直接點名批評沒有，在他處發表了一些批評，但較對公安派要少和含蓄。

如他在《章章甫詩序》中，就傳遞給鍾惺：

> 王穉恭孝廉以詩鳴里中，愛章甫詩，行之金陵，鍾行人伯敬方執詩壇牛耳。又章甫比宇連牆，膠漆金石之交也，其以余言質之：「昔孔子許子夏可與言詩，猶曰：『闖其門不入其中，安知其奧藏之所在乎？』悉心盡志已。入其中，前有高岸，後有深谷，泠泠然如此。既立而已，不能見其裏，謂精微者也。余以詩與政並論，蓋得之門，未得之奧藏。二君游章甫久，切磋琢磨，功力深至，所見必有進此者。且他日後先為政于天下，與詩相發明。余竊從門闖之，何如？」〔註83〕

李維楨在此承認竟陵派與後七子派的不同，自謙欲窺其門而入其中，想知其奧藏所在，願悉心盡志瞭解，他觀竟陵派詩後的感受是，入其中，前有高岸，後有深谷，泠泠然如此，但仍不能見其裏之精微者。因他以詩與政並論，堅持聲音之道與政通的儒家詩教，知竟陵派取避世詩論，故得之門，不能得之奧藏。他贊王穉恭、章章甫與鍾伯敬之詩，翼三人他日後先為政於天下，與詩相發明，他竊從門窺之，何如？只能說，他與鍾惺的分岐，是無法彌合的。以上是李維楨與鍾惺的關係考述，李維楨對鍾惺詩論詩歌的評價亦見此中。

二、評譚元春

譚元春係維楨世侄，情誼很深。元春敘其父字德父，號念湘，嘉靖辛酉（1561年）九月生，萬曆丁未（1607年）九月卒，譚湘涯公子，九歲孤，十八為諸生，性佻達，與諸少年為衣馬聲伎之樂，後悔改；好客，坦衷率性，直腸快口，士交元春者，先與念湘談，其語笑倍；子六，長元春，字符暉，字小米，次元聲，次元方，次元禮，次元亮〔註84〕。維楨作有《譚翁壽序》（《大泌山房集》卷三十五）、《復李長叔》（《四遊集》卷十三），敘邑有譚湘涯公，父事維楨祖南臺公，

〔註83〕明・李維楨《章章甫詩序》，《大泌山房集》卷二十一，《四庫全書存目叢書》集 150，第 761 頁。

〔註84〕明・譚元春《先府君志銘》，陳杏珍標校《譚元春集》卷二十五，上海古籍出版社，1998 年，第 696～698 頁。

弟事維楨父李淑，維楨小時，父事湘涯公，湘涯二子，另有甥李廷平與從子譚
肖坡公，肖坡公有子三，與廷平子李長叔等十許人結丹雞社，維楨嘗入其社中，
維楨有「（肖坡）公之子之友加多於從父父子之友而才視余」〔註85〕，即譚元春
祖父、父係維楨世伯與友，故元春爲維楨家交誼深厚的世侄。

　　譚元春出生於萬曆十四年（1586），小李維楨三十九歲，屬後輩。兩人交
遊，《大泌山房集》中見兩處，一是李維楨爲其所作《譚友夏詩序》中敘到「友
人譚友夏嘗序鍾伯敬詩，謂……」〔註86〕，二是《跋吳潤卿書黃庭經》中敘
到「友人譚友夏示余吳潤卿所書黃庭經，云……」〔註87〕，僅提到友人，沒
有進一步的交遊資料。另譚元春爲維楨參閱了《大泌山人四遊集》卷之五至
七、九至十四、十六至二十二卷共 16 卷，近全書的 73%。譚元春爲李維楨寫
作有二詩：「黃髮盈朝日，寅清托豈微。英君讒失志，良史郟無識。神自周千
古，腰新長一圍。老成能夙夜，孤立肯從違。名壽山河借，鬚眉雅頌歸。秋
雲耆舊色，江月上卿衣。傭販爭相問，賓遊欲再依。似因文獻缺，物望答南
畿。」〔註88〕「一生官盡典文章，老掌容臺少史場。傳得奇才驚內苑，宜收
大集進今皇。士攜金去驕韓愈，客散門前負孟嘗。祇覺自天題處厚，種松多
是北枝長。」〔註89〕譚元春前詩寫李維楨赴南京任職的儒家長者風範，含蓄
敘李維楨以高齡出仕是爲修史。後詩可知作於李維楨逝後，贊其平生文章功
業，傷其不遇悲劇。從上可知譚友夏與李維楨的交遊較鍾惺與李維楨要密切，
關係友善，譚友夏對這位同邑長者非常尊敬。

　　李維楨對譚元春詩評價爲：「友夏詩無一不出於古，而讀之若古人所未道」，
點出譚元春師古而自出機杼的性靈特點，又敘譚元春持論爲：「夫三百篇未敢輕
許人，其近者莫如漢魏。漢人詩傳流較三百篇更少，六朝惟晉人去漢魏未遠。

〔註85〕 明・李維楨《譚翁壽序》，《大泌山房集》卷三十五，《四庫全書存目叢書》集
　　　　 151，第 248 頁。
〔註86〕 明・李維楨《譚友夏詩序》，《大泌山房集》卷二十三，《四庫全書存目叢書》
　　　　 集 151，第 3 頁。
〔註87〕 明・李維楨《跋吳潤卿書黃庭經》，《大泌山房集》卷一百三十三，《四庫全書
　　　　 存目叢書》集 153，第 723 頁。
〔註88〕 明・譚元春《李本寧太史之任南太常八韻》，陳杏珍標校《譚元春集》，上海
　　　　 古籍出版社，1998 年，第 245 頁。
〔註89〕 明・譚元春《二祭葬詩一爲京山禮部尚書李公維楨--爲吾邑吏部尚書周公嘉
　　　　 謨二公年德可述又郵典同時春曾被知獎作詩志之二首》其一，陳杏珍標校《譚
　　　　 元春集》，上海古籍出版社，1998 年，第 501 頁。

曹子建謂：『仲宣數子，不能飛騫絕跡，一舉千里。』晉陸士衡云：『精瞳曒而彌鮮，物昭華而互進，傾羣言之瀝液，漱六藝之芳潤。』又曰：『雖杼柚于予懷，怵他人之我先，苟傷廉而愆義，亦雖愛而必捐。』」〔註90〕點出譚元春志向高遠，對才華要求很高，詩美生新芳潤而能採擷化用古人菁華，強調個人獨創的精神。此為李維楨所認同，他也明白竟陵派強調師古人之精神的獨創不蹈襲，故說「余欲以宋齊迄唐人語目友夏，友夏必姑舍是」，讚揚譚友夏詩是「別構一體，仗氣生奇，動多振絕，真骨凌霜，高風跨俗」，點出譚友夏詩與劉楨詩風骨的相似處。他總結譚友夏的詩：「不為今人，為古人，不為古人役，而使古人若為受役也」、「言不苟華，必經典，要盡而有餘，久而更新，殆近之矣」，並讓譚友夏對此兩點轉告鍾惺：「試以質諸伯敬何如？」〔註91〕他對自己總結的譚友夏或者說竟陵詩派的特徵是較滿意的，故說給鍾惺商榷。

但是，讀鍾惺為譚友夏所作的《簡遠堂詩序》，就會發現他與李維楨的區別：「詩，清物也。其體好逸，勞則否；其地喜淨，穢則否；其徑取幽，雜則否；其味宜澹，濃則否；其遊止貴曠，拘則否。之數者，獨其心乎哉？⋯⋯夫日取不欲聞之語，不欲見之事，不欲與之人，而以孤衷峭性，勉強應酬，使耳目形骸，塵雜臭處，而欲其性情淵夷，神明恬寂，作比興風雅之言，不已遠乎？⋯⋯索居自全，挫名用晦，虛心直躬，可以適己，可以行世，可以垂文，何必浮沉周旋而後無失哉？」〔註92〕鍾惺取孤迴人格與精神境界，在師古之精神上，他完全是以自我之精神、以自我之性靈為主體，李維楨雖強調「不為古人役，而使古人若為受役也」的不蹈襲精神，但較鍾惺的獨創精神則有重心的根本不同，他仍是以古人之精神，即崇經正道為主體。兩人的詩美也是大有區別的，鍾惺詩急懟激宕，李維楨沉鬱悲愴，鍾惺詩幽冷孤峭，李維楨詩平靜清麗，簡之，鍾惺吐寫的是時代末世的迷茫困惑和幽思苦緒，李維楨師法詩三百與杜詩，偏向雅正、溫厚一格。

譚友夏作有《詩歸序》，相較鍾惺的更重個人幽情單緒，譚友夏更重古：「乃與鍾子約為古學，冥心放懷，期在必厚」，但相較於復古者擬古者的「夫變化

〔註90〕 明・李維楨《譚友夏詩序》，《大泌山房集》卷二十三，《四庫全書存目叢書》集 151，第 3～4 頁。

〔註91〕 明・李維楨《譚友夏詩序》，《大泌山房集》卷二十三，《四庫全書存目叢書》集 151，第 4 頁。

〔註92〕 明・鍾惺《簡遠堂詩序》，陳杏珍標校《譚元春集》，上海古籍出版社，1998年，第 944～945 頁。

盡在古矣」、「抑其心目中別有夙物」、「瑟瑟然務自雕飾」，譚友夏強調「夫眞有性靈之言，常浮出紙上，決不與眾言伍」，「專其力，壹其思，以達於古人，譽古人亦有炯炯雙眸，從紙上還矚人，想亦非苟然而已」，強調的是用自己的性靈之眞，達到古人極致的藝術至境，故才會覺「古人亦有炯炯雙眸，從紙上還矚人」的心靈與藝術體驗的相通，故他才會評價說「古人大矣」。他由此批判學其滯熟木陋之格調字句、自詡爲學古理長味深的大家正宗者，是喪失自我的精神之原，甚至藉此以求名，這才是喪失了古人爲藏神奇、藏靈幻最根本的東西。他認爲「夫人有孤懷，有孤詣，其名必孤，行於古今之間，不肯遍滿寥廓，而世有一二賞心之人，獨爲之咨嗟徬皇者，此詩品也。……彼號爲大家者，終其身無異詞，終其古無異詞，而反以此失獨坐靜觀者之心，所失豈但倍也哉？」認爲人有孤懷孤詣，其名必孤，行於古今之間，不肯遍佈寥廓，這種獨坐靜觀之心正是他與鍾惺「重旨」、「獨拔」的內在相通之處。故他們選古詩的宗旨是有不徇名之意，不畏博之力，不膈靈之眼，「法不前定，以筆所至爲法；趣不強括，以詣所安爲趣；詞不準古，以情所迫爲詞；才不由天，以念所冥爲才」，古人「雖一字之耀目，一言之從心，必審其輕重深淺而安置之」，以必求其人之精神可至今日爲選旨，「而當一出，古人之詩之神所自爲審定安置，而選者不知也」，是詩歸矣！〔註93〕由上可看出譚元春在師古上與李維楨根本性的不同，他以性靈爲法，以詣安爲趣，以情爲詞，以念爲才，持獨坐靜觀的孤懷孤詣，顯然與李維楨的嚴守雅正法度，以宗經爲經世致用的儒家政教文藝觀是迥別的。李維楨在《譚友夏詩序》中對譚友夏的評價，雖然給出了「不爲古人役，而使古人若爲受役也」、「言不苟華，必經典，要盡而有餘，久而更新」的詩論，不是「殆近之矣」，終是未搔到癢處，未切中要旨。

　　李維楨對竟陵派的態度，雖竟陵重性靈，後七子派重儒家詩教，有根本分岐，但由於師古重古的大前提一致，李維楨的批評多不對竟陵領袖，多針對末流而發，與直接對公安派批評不同。他與鍾惺、譚元春的世交身份感情，使他們都選擇不發直接批評對方的言論爲宜，免見面尷尬、遭不容晚輩與背恩前輩之譏，這也是與公安派對後七子派犀利批評有別處，無疑對李維楨與竟陵派論爭打了折扣。

〔註93〕明・譚元春《詩歸序》，陳杏珍標校《譚元春集》，上海古籍出版社，1998年，第593～595頁。

第三節　後七子派詩論的發展歷程

　　後七子派是個儒家正統的詩派，在詩歌思想與政治思想上都接續著前七子的復古理念。但後七子派自身也有個發展變化的過程，李攀龍主盟詩壇時期為第一期，王世貞主盟詩壇時期為第二期，汪道昆、吳國倫、李維楨雖自世貞逝後共同主盟詩壇，但到1593年汪吳二人皆逝世，第三期主要是李維楨主盟，多由他獨力撐起復古旗幟。之所以如此分期，與歷下、弇州、雲杜三位領袖，對復古派在三個階段不同詩論與引領有關。作一梳理，可大致瞭解後七子派核心詩論的發展歷程，其一脈相承性，亦可瞭解李維楨詩論所作新變的內容與原因所在。

一、李攀龍論詩

　　李攀龍鮮明的復古理論主張，主要有兩個，一是眾所熟知「擬議成變，日新富有」的擬古創作方法；一是強烈的「怨刺」詩學觀，高舉雄偉勁迅的美學風格。

（一）「擬議成變，日新富有」的擬古創作方法

　　嘉靖三十八年正月，王世貞過訪，二人對賦、樂府、絕句、律詩等的創作及各自成就，全面分析對比，總結成敗得失，創作擬古樂府、擬古詩。李攀龍一生總體文學思想，摘其要分列如下：

　　（1）認為文學有裨治世。

　　他贊宗臣言「朝廷可使無文章之士，則靈鳥不必鳴岐山，而麒麟為檮杌」是「知言哉！所論萬古一事者矣。……無論明良喜起賡歌君臣之盛於唐、虞之廷；即其次，朝不坐，燕不與，憫時政得失，主文而譎諫，言之者無罪，聞之者足以戒，達於事變；而懷其舊俗，亦何所不得於我？」〔註94〕他反對「世方病文學之士無吏事」〔註95〕、「痛人詆其文辭相矜，不達于政」〔註96〕的錯誤觀點。

　　（2）為文章經國大業，不朽盛事，但到明已雅道不傳，應擎起復古大旗。

〔註94〕明・李攀龍《送宗子相序》，《滄溟先生集》卷十六，包敬第標校，上海古籍出版社，1992年，第402頁。

〔註95〕明・李攀龍《廣陵十先生傳序》，《滄溟先生集》卷十五，包敬第標校，上海古籍出版社，1992年，第376頁。

〔註96〕明・殷士儋《明故嘉議大夫河南按察司按察使李公墓誌銘》，《滄溟先生集》附錄二，包敬第標校，上海古籍出版社，1992年，第719頁。

　　「文，大業也。校文，大役也。秦、漢以後無文矣」，明興，有一二君子倡言復古，但存不近人情的弊端，提出要學習遷、固古文〔註97〕。他觀於文章，明朝作者，無過數十家，夢陽「寧失諸理」，唐宋諸家「持論太過，動傷氣格，憚於修辭，理勝相掩」，「同一意一事而結撰迥殊者」，使才有餘成就不至，而後生學士模仿的結果是「不能自發一識」，遂令古之作者「千載無知己」〔註98〕。他認為心學是「迂闊自嫌」、不能擔當「世務」、「文學」的職能〔註99〕。他願「居前先揭旗鼓，必得所欲，與左氏、司馬千載而比肩」、「能為獻吉輩者，乃能不為獻吉輩者乎？」〔註100〕

　　（3）要以群體的力量改變天下文風。

　　「海內二三兄弟……握手中原，悲歌相視，旁若無人，今彌月矣」〔註101〕，止如古調已吾徒〔註102〕，士之所寧無友也，而友必以知己者，非知之難，而處共知之難也〔註103〕，吾黨漂搖，見復種種〔註104〕，每得一士，臭味苟同，不啻骨肉〔註105〕，文章之道，童習白紛，「乃欲一朝使舍所學而從我，日莫途遠；且彼奚肯苦其心志於不可必致者乎？夜蟲傳火，不疑於日，非虛語也。」〔註106〕

　　（4）追求秦漢盛唐文學。

　　七子派認為：詩文有別，「詩依情，情發而葩，約之以韻；文依事，事述

〔註97〕明・李攀龍《答馮通府》，《滄溟先生集》卷二十八，包敬第標校，上海古籍出版社，1992年，第647頁。
〔註98〕明・李攀龍《送王元美序》，《滄溟先生集》卷十六，包敬第標校，上海古籍出版社，1992年，第394頁。
〔註99〕明・李攀龍《介石書院子游祠堂記》，《滄溟先生集》卷十九，包敬第標校，上海古籍出版社，1992年，第452頁。
〔註100〕明・李攀龍《送王元美序》，《滄溟先生集》卷十六，包敬第標校，上海古籍出版社，1992年，第395頁。
〔註101〕明・李攀龍《與吳明卿》，《滄溟先生集》卷二十九，包敬第標校，上海古籍出版社，1992年，第667頁。
〔註102〕明・李攀龍《答寄子威》，《滄溟先生集》卷五，包敬第標校，上海古籍出版社，1992年，第124頁。
〔註103〕明・李攀龍《與許殿卿》，《滄溟先生集》卷二十九，包敬第標校，上海古籍出版社，1992年，第674頁。
〔註104〕明・李攀龍《與徐子與》，《滄溟先生集》卷三十，包敬第標校，上海古籍出版社，1992年，第693頁。
〔註105〕明・李攀龍《報薛晨》，《滄溟先生集》卷二十八，包敬第標校，上海古籍出版社，1992年，第663頁。
〔註106〕明・李攀龍《送王元美序》，《滄溟先生集》卷十六，包敬第標校，上海古籍出版社，1992年，第394頁。

而核，衍之以篇。葩不易約，而核不易衍也。」葩與核對立不相爲用，不易
兼工，所以孟子云：詩亡然後春秋作。得春秋之緒者，爲戰國、先秦，而其
間《左氏》、《短長》、《莊》、《列》、《韓非》、《呂覽》，諸君子汪洋其言也，燦
然而章，文到西漢已臻極致，詩則衰微。東漢、曹魏以後，稍稍能取其材而
小變其格，發展到陶淵明、謝靈運時，已恬靜美好、文質兼備，到唐時詩已
發展到頂點，文則衰微。歷千餘年，受國力不復強盛束縛，人的識見亦受此
影響，漢唐宏偉文學不復再現，李夢陽出，稍知詩文兼出，但未達完美〔註107〕。

（5）「擬議成變，日新富有」。

歷來引述李攀龍接續西漢盛唐的綱領，主要來自殷士儋與王世貞：

> 文自西漢以下，詩自天寶以下，若爲其毫素污者，輒不忍爲
> 也。〔註108〕

> 以爲紀述之文厄於東京，班氏姑其狡狡者耳。不以規矩，不能
> 方圓；擬議成變，日新富有。今夫《尚書》、《莊》、《左氏》、《檀弓》、
> 《考工》、《司馬》，其成言班如也，法則森如也。吾摭其華而裁其衷，
> 琢字成辭，屬辭成篇，以求當於古之作者而已。……蓋于鱗以詩歌
> 自西京逮於唐大曆，代有降而體不沿，格有變而才各至，故于法不
> 必有所增損，而能縱其凤授，神解於法之表，句得而爲篇，篇得而
> 爲句。即所稱古作者，其已至之語，出入于筆端而不見跡；未發之
> 語，爲天地所秘者，創出於胸臆而不爲異。〔註109〕

此兩條材料，成爲後人批評李攀龍擬古最主要的依據：一是狹隘，否定西漢
以後文，盛唐以後的宋元詩。二是字模句仿的擬古途徑，尤其幾百首《古樂府》、
擬古詩十九首、魏晉諸公體，有些只置換幾字成己篇，遭人詬病。這的確是李攀
龍取法對象過於激烈、擬古過於僵硬的弊病。雖然李攀龍集中僅數處論到：首先
是取法對象，文是「以好古多所博外家之語，慕左氏、司馬子長文辭，與世枘鑿
不相入」〔註110〕，對詩「漢魏以逮六朝皆不可廢，惟唐中葉，不堪復入耳」〔註

〔註107〕明·張佳胤《張序》，《滄溟先生集》附錄一，包敬第標校，上海古籍出版社，
1992年，第714、715頁。

〔註108〕明·殷士儋《明故嘉議大夫河南按察司按察使李公墓誌銘》，《滄溟先生》附
錄二，包敬第標校，上海古籍出版社，1992年，第718頁。

〔註109〕明·王世貞《李于鱗先生傳》，《滄溟先生集》附錄二，包敬第標校，上海古
籍出版社，1992年，第721頁。

〔註110〕明·李攀龍《許母張太孺人序》，《滄溟先生集》卷十八，包敬第標校，上海

111〕觀點贊同。第二，不能達到的原因是：「今之不能子長文章者」法自己，不知或未嘗一語不出於古人，或子長逡巡不爲者，關中文章家引於繩墨「用心寧屬辭比事未成」，皆「巧者有餘，拙者不足」〔註112〕，「文有所必不可至，語有所必不可強，與其奇也寧拙，漸近自然。斯公輸當巧而不用者也」〔註113〕。第三，實現途徑，「佳集取材班、馬，氣骨卓然。《古樂府》等書，興寄不淺，固誼一洒凡近。……豈由質之華易，而由華之質難邪？……字爲句將，句爲篇宗。」〔註114〕所以，《古樂府・序》以「擬外貌」與「擬天機」對舉〔註115〕，他選取先做好「擬外貌」，再到「擬天機」的途徑，擬議是達變化的基本方法。《古詩後十九首並引》對其字句篇模擬的極至是得意欣賞的〔註116〕。即便與王世貞在把酒論詩中說「吾擬古樂府少不合者，足下時一離之；離者，離而合也，實不能勝足下」〔註117〕，仍認爲是自己只做到擬外貌，而還未達到伯樂相馬，得其精而忘其粗，在其內而忘其外，「有以當其無有擬之用」的第二層境界，「有所似不若無不似者之爲工。然必相形而後眞得焉，可以無似無不似而術神矣。」〔註118〕

　　蔣鵬舉《復古與求眞：李攀龍研究》第三章第四節對李攀龍擬古理論，雖未明文提出，但似有翻案或辯護傾向。筆者認爲李攀龍擬古理論並未變，也未達「傷合，無待後人批判，李氏個人早已幡然醒悟」，蔣著所提論據外圍旁繞，不足證明（見蔣著第201～208頁）。《題太恭人圖》內證「太恭人稱未

　　　　古籍出版社，1992年，第443頁。

〔註111〕明・李攀龍《報劉子威》，《滄溟先生集》卷二十六，包敬第標校，上海古籍出版社，1992年，第599頁。

〔註112〕明・李攀龍《王氏存笥稿跋》，《滄溟先生集》卷二十五，包敬第標校，上海古籍出版社，1992年，第584頁。

〔註113〕明・李攀龍《與謝九式書》，《滄溟先生集》卷二十六，包敬第標校，上海古籍出版社，1992年，第595頁。

〔註114〕明・李攀龍《報劉子威》，《滄溟先生集》卷二十六，包敬第標校，上海古籍出版社，1992年，第599頁。

〔註115〕蔣鵬舉《復古與求眞：李攀龍研究》，中國社會科學出版社，2008年，第202頁。

〔註116〕李攀龍《古詩後十九首並引》「其文則十九首，而以屬辭辟之。制彎筴於垤中，恣意於馬，使不得旁出，而居然有一息千里之勢。斯王良、造父所爲難爾。」（《滄溟先生集》卷三，包敬第標校，上海古籍出版社，1992年，第71頁。）

〔註117〕明・王世貞《書與于鱗論詩事》，《弇州四部稿》卷七十七，《景印文淵閣四庫全書》第1280冊，第297頁。

〔註118〕明・李攀龍《題太恭人圖》，《滄溟先生集》卷二十五，包敬第標校，上海古籍出版社，1992年，第583頁。

亡人四十年，……稱太恭人二十年，歲七十猶尚良食」〔註119〕，1522年李攀龍9歲孤，其母稱未亡人四十年，知在1562年，《為太恭人乞言文》「不肖年九歲，為迪功君遺孤。太恭人年二十有八歲，襁抱二弱弟，稱『未亡人』」〔註120〕，知其母生年1494，歲七十猶尚良食，知在1564年，1550年攀龍刑部主事任三年考滿，依例父母及妻受封，其母稱太恭人，其母稱太恭人二十年在1570年，其母1569年閏6月5日死，年75，稱太恭人只19年，20年乃取整數。簡之，《題太恭人圖》最早作於1562，最晚1569，晚於王世貞嘉靖三十八年（1559）與之論詩好幾年。他對法自己者、法子長文而不得的關中文章家皆有指謫，主張寧拙勿巧，與其重「氣」與「勢」、「剛亦不吐」有關，此點終生未變。其承認王世貞「離而合」高於己者，是承認王世貞「舍筏登岸」與他擬古取徑的不同，自己未達化境，並沒改變擬古理論。

（二）強烈的「怨刺」詩學觀，高舉雄偉勁迅的美學風格。

李攀龍對秦漢文學追求雄偉勁迅的美學風格。「淩厲」、「慷慨」、「悲壯」、「雄麗」等都是他詩文中多次出現的詞彙，尤其在詩，講究「氣」與「勢」。這與李攀龍的詩學觀有關：

> 故里巷之謠，非緣經術；招隱之篇，無涉玄旨；義各於其所至，是詩之為教也。……有所不得，有所不安，而後有以欲之，是為詩之教也。故經術所以立雅，而動不能不趨於風；玄旨所以養恬，而發不能不趨於俊。……君子曰：惟其有之，是以似之。……蓋自屈、宋之相師友，而楚人為詩，由來遠矣。獨異夫栖栖不遇，而徘徊以自解，以求所欲焉。是為可以怨，而猶之楚人之聲而已。〔註121〕

詩，非關經學，非關義理，經學樹立標準，故形成社會禮節習俗，義理培養恬靜寡欲的思想，故才智出眾。詩是有所不得，有所不安，在百不得、百不安中發言為詩，詩之怨刺，猶屈宋之辭。李攀龍鮮明把詩高格在「楚人之聲」，美學特徵有：

> 唯是我公邁今上改元之會，總持風裁，綱紀維新之政：著尊國

〔註119〕明‧李攀龍《題太恭人圖》，《滄溟先生集》卷二十五，包敬第標校，上海古籍出版社，1992年，第584頁。

〔註120〕明‧李攀龍《為太恭人乞言文》，《滄溟先生集》卷二十五，包敬第標校，上海古籍出版社，1992年，第573頁。

〔註121〕明‧李攀龍《蒲圻黃生詩集序》，《滄溟先生集》卷十五，包敬第標校，上海古籍出版社，1992年，第379、380頁。

體，養一代作肅之氣，以中正大觀爲當朝重，天下翕然壯之也。

（卷二十七《上御史大夫王公書》）

詩有之，「剛亦不吐」。

（卷二十八《報李參戎》）

諸詩有格，微辭兼到，其《白雪樓》……等篇，尤爲雄麗。蓋恥爲輕便，專求興象，正盛唐諸公擅美當年，而足下所縣以羽翼二三兄弟者。

（卷二十八《報歐楨伯》）

近示詩文，統詣妙境，迹藏于思，可與知微。

（卷二十九《與許殿卿》）

蓋詩之難，正唯境地不可至耳。至其境地矣，精思安在哉？十二圍營，一軍吏領神機諸部，七劑相載，聲聞百里。此何故？氣欲實也。精思非氣所爲乎？此固元美養氣之學，而以望諸子與。子與誠能盡所爲集，以積精蓄思，一朝自至，併其境地俱泯；……將視元美、明卿彙鞚中原，職志不淺。

（卷三十《與徐子與》）

余德甫晚成七言律，乃有其勢，雖氣未備，生惡可已，小美之下，將其人焉。……終當自詣爲大江以西一人。其於吾道所樹不淺矣。

（卷二十九《與余德甫書》）

我朝諸公，選可七八十首，……。彼中文獻地，雅有藏本，不憚訪錄，以備當代之音。近詩二紙，間有古體可采，今呈，欲令殿卿知我輩不徧觀百代，悉索諸家，斯無以集大成，聲金振玉耳。

（卷二十九《與許殿卿》）

李攀龍欣賞詩歌淩厲、悲壯、俊逸的雄麗之美，尤重「氣」，「勢」低於「氣」，詩之「氣」應是「著尊國體」的一代「作肅之氣」，這氣要「實」，要「聲聞百里」，是「剛亦不吐」、「專求興象」，諷刺要藏於精思之中，積精蓄思，大義凜然，氣象卓然，聳動天下，聲金振玉，對明朝當代的選詩與批評標準也主要著眼於此。因爲李攀龍認爲：

詩可以怨，一有嗟嘆，即有永歌，言危則性情峻潔，語深則意氣激烈，能使人有孤臣孽子擯棄而不容之感，遁世絕俗之悲，泥而

　　不淬，蟬蛻滋垢之外者，詩也。〔註122〕

　　這是一條多被忽視的文論，但它卻是李攀龍詩論觀的最核心之論，它是被王世貞引入少年未定之論的《藝苑巵言》中具有總論綱領性質的第一卷第四條，論詩是什麼。李攀龍認爲文學有益於治世在其批判諷諫作用，正聲爲儒家詩教服務，詩歌應著重發揮其諷刺功能，言危亡要稟性氣質剛勁凝練，語深刻要志向氣概激起高亢，使醜惡不容於世，俊偉染而不黑，這才是詩。這樣的詩美，不符合儒家溫柔敦厚、怨而不怒，反而切近屈騷的深廣激越。李攀龍的文學，是具有使惡勢力不容於世、迥絕塵俗的人格力量，擔負著刺時政、淳風俗的治世理想，開創復古秦漢盛唐的文學革新，追求凌屬勁迅雄麗美學風格的崇高文學，也必不爲帝王權輔所喜、世俗所和，不若陽春白雪，皎皎其上，又更能比喻什麼？

　　李攀龍除了「風塵」，還有一重要意象「白雪」。「白雪」最主要情感指向是哀痛悲涼，寄寓對國家的深切憂患與關切；「白雪」，又代表著他關懷朝政與變革文學的艱難，他有強烈革新理想卻選擇避宦的文學戰鬥形式，在明代後期士子心態中具有典型文化意義與價值，契合皇權不受遏制、言路阻塞、王朝行將衰敗、一類士之代表決心起而救之的歷史眞實面貌。羅宗強先生《明代後期士人心態研究》以「韓邦奇案」、「楊爵案」、「楊繼盛案」、「沈煉案」開篇剖析，分諫臣、思想家、士人、改革者等七類士之代表論之，可參看。李攀龍救世方式屬七類之外，但在後七子其他五子中有同一性，可視以文學家疾呼政治文學革新與姦佞凜然戰鬥的一類代表，是對當時朝堂認爲「文士無事功」時俗觀點的駁斥。白雪樓，是李攀龍峻潔人格與革新精神的象徵。〔註123〕

　　李攀龍因身世性格與時事際遇，形成的詩論與歌詩中，融楚風騷怨精神於中正雄偉的秦漢盛唐氣象追求，結社、選詩、主盟等文學活動，有可能對後七子派中楚調的發展造成影響。經高岱開七子前茅，國倫歸田後海內西走下雉，到世貞逝後，其子王士驌等力推楚人李維楨主盟後七子派，以與歸有光、徐學謨爲主的吳地時風抗衡，更與自徐禎卿、黃省曾、王世貞等吳地七

〔註122〕明・李攀龍，《送宗子相序》，《滄溟先生集》卷十六，包敬第標校，上海古籍出版社，1992年，第403頁。

〔註123〕魯茜《「風塵」與「白雪」：李攀龍詩歌的心態特徵》，《湖南第一師範學院學報》2015年1期，第88～92頁。

子派詩人外綿長深厚的吳風對舉，這在客觀上爲楚地人才競出、公安竟陵的楚調盛極一時，打下了深厚根基。晚明詩歌流變的中心問題之一，需探索出較清晰的晚明吳楚詩壇嬗替發生、發展與狀態。

（三）李維楨對李攀龍的繼承與新變

李維楨對李攀龍刺時政、淳風俗的治世理想，崇高雅正文學，是一脈相承的，都是儒家正統詩教觀，這一後七子派根本屬性自李攀龍、王世貞一直接續到了李維楨。但因萬曆中期後，明漸趨末世，亂象紛紜，李維楨已不抱開創盛明文學的革新理想，更不追求淩厲勁迅雄麗美學風格，而是轉向了《詩經》中觀風觀志之雅正溫厚的美學風格，思想上由李攀龍的不宗經重文學獨立性轉向了鮮明地宗經正道匡救世道人心爲根本主旨，這既有政治與文學的原因，也有李維楨政治與文學思想深處屬館閣相臣思想，與李攀龍的郎署怨刺意識還不相同。

而從論詩層面來說，李維楨在重法度中，有幾次提到「擬議變化」，就可見出後七子派發展到李維楨的第三期，已與第一期李攀龍持論有很大的區別。他先述「擬議變化」之特徵「文字之興，原於八卦，重之爲六十四，而象象爻繫卜筮之用，不可勝窮，擬議變化，存乎神明」〔註124〕，文字之變化，源於八卦推衍之辭，本身就具以變化無窮爲特徵，所以他論「擬議成變」，已不像第一期李攀龍由於要以復古立正尚停留在擬議的初級階段，經過第一、二期復古派幾十年的積累，尤其王世貞晚年的努力，詩風與格調也已成熟而轉向平淡溫厚，此期李維楨的「擬議成變」就轉而強調「成變」了，以將復古派詩歌藝術推向一個更高的藝術境界。故他強調的成變，實際可具體到「至境」，「詩文才有偏長，而境有獨至，……杜少陵於詩，韓昌黎於文，擬議變化，命世無雙，而未聞以少陵文敵其詩，昌黎詩敵其文者，況其他乎？」〔註125〕杜甫於詩、韓愈於文都達到了擬議變化的至境，命世無雙。所以，其後他以此對胡孟弢詩文的評語，就可見出他眞正所指：「其營宇奧邃，涉歷難窮，其瑰琦位置，神理自然，其亭亭物表，各爲尊高，不相揖拱，有匡廬之勝焉。其茹納總褫，無所不有，其奔逸橫放，瞬息千里，其曲折縈迴，候遠

〔註124〕明・李維楨《韻會小補序》，《大泌山房集》卷九，《四庫全書存目叢書》集150，第483頁。

〔註125〕明・李維楨《胡孟弢集序》，《大泌山房集》卷十二，《四庫全書存目叢書》集150，第554頁。

候近，有彭蠡九江之勝焉。至夫草樹映帶，烟霞吐納，風雨雪月，景象所觸，情態百出，不可迹求，則匡廬彭蠡九江之所同也」〔註126〕，極其講究在景象所觸下的，由景興感，情態自在流出，極富變化而又毫無雕琢之跡，上段各種描述都重在「化」之境。再如他對吳次魯的評價也是如此：

> 余嘗讀荀卿《雲賦》，以為擬議變化，廣大精神，必其于雲得趣深耳。今以次魯詩質之荀賦，聲律體調按無不合，則所謂圓中規，方中矩也。字琢句鍊，組織精麗，則所謂五采備而成文也。游思六合之外，而體物耳目之前。揚之無浮，抑之無沉，鉅之無荒唐，細之無猥雜。則所謂精微毫毛而盈大宇宙，充而不窕，入郄穴而不偪也，比物連類，旁通曲暢，以景生情，以情諧事，不強顰笑，不狗愛憎，論世尚友，旦夕千古，聲應氣求，千里比肩，則所謂託地而游宇、子雨而友風者也。荀卿因雲成賦，游戲翰墨。而次魯以雲成詩出尋常蹊逕，兩者並奇矣。漢皇誦司馬長卿《大人賦》飄飄然有凌雲氣，杜工部亦云「揮毫落紙如雲烟」，古人豈欺我哉？〔註127〕

此處述吳宗儒在尊復古格調中達到藝術的成熟之境時，其變化的廣大精神，飄飄然有凌雲氣，揮毫落紙如雲煙等眾多描述，皆是指對擬議變化進入藝術至境的體驗感受。李維楨與吳宗儒等後七子派等成員，此時既講求不丟了擬議這個復古之本，又講究變化達至境，此期已不再是李攀龍亦步亦趨字字必像的機械擬古，而是精微毫毛而盈大宇宙，比物連類，旁通曲暢，以景生情，以情諧事，不強顰笑，不狗愛憎，旦夕千古，千里比肩，自由馳騁於天地宇宙古今中，只抓復古最根本的思想與法度，師古師心自由任用，以適為用。李維楨第三期對「擬議成變」的先擬形似再漸變到自然，積澱到了復古本體在心直接就到自然的程度，不需形似，只講神似和自然。所以他說「形似者，謂是足以盡」〔註128〕，神達至境，形便自然達到至境。其實維楨對攀龍此條有改造，維楨一直用的是「擬議變化」，側重在「擬」和「化」，既不丟本旨，即復古，又直達化境，即自然，而不是李攀龍第一期「擬議成變」

〔註126〕明・李維楨《胡孟弢集序》，《大泌山房集》卷十二，《四庫全書存目叢書》集150，第554頁。

〔註127〕明・李維楨《巢雲軒詩序》，《大泌山房集》卷二十一，《四庫全書存目叢書》集150，第764頁。

〔註128〕明・李維楨《巢雲軒詩序》，《大泌山房集》卷二十一，《四庫全書存目叢書》集150，第764頁。

的「擬」和「成」。他說「變則化，化則神，古今幾何人哉」〔註129〕，但不變
則必陷入死胡同，雖難達至境，但也要往化和神的方向努力前行。

他論到雁字詩「擬議變化」：

> 余竊意有天地來，即有雁，有文字來，即有詩。前人所爲鴈字
> 詩若賦不多傳，傳不必盡佳。今諸君子討論潤色，擬議變化，眞千
> 載罕遘事。兩間物理，取之無盡，人心靈明，用之無窮，出愈奇，
> 多愈善，行愈遠，久愈新。國家文運治運，昌熾未艾，斯焉可徵，
> 誰謂詩小技乎哉！〔註130〕

雁字詩，實質是晚明詩壇探討競勝「擬議變化」這一詩歌創作重要問題。
李維楨便用此例來說明他的詩學思想，一是天地與詩，兩間物理，取之無盡，
人心靈明，用之無窮，變則通，通則久，此不光是指詩道，亦是治道，故最後
一句「國家文運治運，昌熾未艾，斯焉可徵，誰謂詩小技乎哉」，便是他堅持復
古雅正的詩道治道以匡救明季末世的根本原因。擬議變化，一方面指思想層面。

> 要之，發乎情，根極乎性，就其才之所近，自成一家言。……
> 擬議變化，境與格各有所長。……夫引伸觸類，不拘不襲，心摳之，
> 神遇之，天隨之，若不習，無不利，則有太公所不能喻者，是詩家
> 之輪扁也。〔註131〕

另一方面，指藝術層面，在堅持儒家正統性情與雅正格調之基礎上，自
可藝術自由馳騁，引伸觸類，不拘不襲，神明遇合，順應自然。他在此強調
的「擬議變化」，是「化境」與「格調」各有所長，缺一不可。

> 禹鈞實似之間，用唐體無不合，作唐人詩，在初盛間者，其源
> 自樂府古詩出，擬議變化，故能以其詩命代，大夫於此勤思馳騖，
> 宜其詩不類中晚及宋人語也。明文章之業由青田、金華、烏傷諸君
> 子正始。今詩體陵夷，得大夫中興于括蒼間，浙西地靈人傑，殆非
> 偶矣。〔註132〕

〔註129〕明・李維楨《擬議草題辭》，《大泌山房集》卷一百三十三，《四庫全書存目叢
書》集153，第715頁。

〔註130〕明・李維楨《李民部鴈字詩題辭》，《大泌山房集》卷129，《四庫全書存目叢
書》集153，第626頁。

〔註131〕明・李維楨《董文部詩題辭》，《大泌山房集》卷132，《四庫全書存目叢書》
集153，第695頁。

〔註132〕明・李維楨《黃禹鈞詩草跋》，《大泌山房集》卷132，《四庫全書存目叢書》
集153，第697頁。

　　由李攀龍飽受批評的「擬議成變，日新富有」發展到李維楨的「擬議變化」，在藝術層面，除了保留雅正的藝術格調外，其他都已放開。李維楨強調雅正，是認爲明末詩體陵夷，後七子派的雅正格調，才是保持明初自宋濂、劉基等開創的正始之音，匡救詩道治道之本，他是以後七子派爲明詩之正統的。

二、王世貞論詩

　　王世貞在擬古上，取法的是「舍筏登岸」，重神似，不同於李攀龍的「擬議成變，日新富有」機械擬古。但李維楨在第三期倒對「法」與「筏」有一段詩論：

> 昔信陽有舍筏之喻，蓋既濟而後可以無筏，未有無筏而可以濟者。自頃才士恣行胸臆，若曰蹈水，有道不煩，憑籍師心，徒手矜以爲奇，而卒漂蕩不收，沉淪不反，孰與人涉卬否者，可自全哉？飛仲深則厲，淺則揭，大則餘皇，小則舴艋，或亂流而過，或逆流而上，或順流而下，莫不有法存焉。其舍筏也，乃由善用筏得之者也。余讀其題《大復春雨草堂篇》，精神相契，夢寐相通，非索諸形迹之似者，可及與秦京並驅中原，不亦宜乎？雅有之，雖無老成，人尚有典刑，求辭人之典刑，則在茲矣。〔註133〕

　　李維楨此論，主要針對重師心的公安與竟陵派，爲維護後七子派在區別於公安與竟陵派在思想與藝術兩方面的純正性，重視法度較後七子派發展的第一期、第二期有了不同的意義。王世貞核心詩論是「格調說」，「格調」亦可視爲與法度有著內在聯繫。

　　王世貞詩歌理論主要散落珠璣在《鳳洲筆記》32 卷、《弇州四部稿》180卷（一說爲 174 卷）、《續稿》207 卷、《〈弇州山人續稿〉附》11 卷、《讀書後》8 卷中，但又相對集中在《藝苑卮言》八卷裏。王世貞《原序》一開篇明義，指出《談藝錄》、《升菴詩話》、《滄浪詩話》不足，要補三家之未備者。所以，三家之未備者是指什麽，是《藝苑卮言》的原點問題。陸潔棟指出「他的目的就在於全面評述古今作家以求找到一種詩文的『法度』，作爲師法的典範」〔註134〕，筆者認爲點出王世貞此書本旨。但王世貞是怎麽樣闡釋他的詩文「法

〔註133〕明·李維楨《彭飛仲小刻題辭》，《大泌山房集》卷一百三十二，《四庫全書存目叢書》集 153，第 695 頁。

〔註134〕陸潔棟、周明初批註《藝苑卮言·前言》，鳳凰出版社，2009 年，第 2 頁。

度」，通過哪些要素支撐起其詩文觀核心，才是本點要解決的關鍵。

　　細讀《藝苑厄言》八卷，號稱「厄言」，又歷時八年增補，雖無嚴密體系，還是初顯結構，第一卷總論，全面闡述王世貞詩文理論觀，第二三卷舉先秦漢魏詩賦及先秦文，第四卷唐宋元之詩，重仕唐各體詩，第五卷明朝前輩名家詩，第六卷明詩名家詩話，第七卷後七子派詩話，第八卷論三代而後之文及痛斥明時文。

　　第一卷最重要，是打開王世貞詩文觀的鑰匙，它實承徐禎卿和李東陽而來：

　　　　徐禎卿曰：「因情以發氣，因氣以成聲，因聲而繪詞，因詞而定
　　　　韻，此詩之源也。然情實窅渺，必因思以窮其奧；氣有粗弱，必因
　　　　力以奪其偏；詞難妥貼，必因才以致其極；才易飄揚，必因質以定
　　　　其侈。此詩之流也。」〔註135〕

　　此將詩歌具象化為情→氣→聲→詞→韻的產生過程，這是成立的。且因情感之深遠精微，必用「思」來窮其奧秘；因氣有粗弱，必用「力」來規範其偏頗；因詞難妥貼，必靠「才」來達其極致；又因才氣橫溢而不善約束，必因「質」來確定其誇大和過度，王世貞贊同把詩歌發生過程指實細化到具體概念：「情」由「思」決定，「氣」由「力」決定，「詞」由「才」決定，「才」由「質」決定，他進一步引徐禎卿詩論闡述原因：

　　　　又曰：「朦朧萌折，情之來也；汪洋曼衍，情之沛也；連翩絡屬，
　　　　情之一也。馳軼步驟，氣之達也。簡練揣摩，思之約也。頡頏累貫，
　　　　韻之齊也。混純貞粹，質之檢也。明雋清圓，詞之藻也。」又云：「古
　　　　《詩三百》，可以博其源；遺篇《十九》，可以約其趣；樂府雄高，
　　　　可以屬其氣；《離騷》深永，可以禪其思。」〔註136〕

前者描摹在創作過程中情感之興發、充沛和抽繹凝練的過程，對「情」作簡要精練地悉心探求；是「思」之約束限定，對「聲」之變化作上下連續的貫通，是「韻」之齊備；對「才」的混雜純正不一，是「質」要打磨成純潔粹美；明雋清圓，如「初日芙蓉」、「彈丸脫手」精彩華妙之自然，是「詞」之美。此處點出「法度」分別在「氣」、「思」、「韻」、「質」、「詞」作何種必要

〔註135〕明·王世貞《藝苑厄言》卷一，陸潔棟、周明初批註，鳳凰出版社，2009年，第7頁。

〔註136〕明·王世貞《藝苑厄言》卷一，陸潔棟、周明初批註，鳳凰出版社，2009年，第7～8頁。

作用，法度實貫通創作的全過程。而在創作實踐中，《詩三百》、古詩十九首、漢樂府、《離騷》各爲詩之情、詞、氣、思的典範。至此，他概括到：

> 李東陽曰：「詩必有具眼，亦必有具耳。眼主格，耳主聲。」又曰：「法度既定，溢而爲波，變而爲奇，乃有自然之妙。」〔註137〕

他拈出李東陽「格」和「聲」，格主詩之文字內容見之目視的審美感受，聲主詩之聲調韻律聽之耳聞的審美感受，所以「格」和「調」是詩之根本法度，法度確定後，衍爲波，變爲奇，詩便有自然之超妙。

他論中國詩歌史各體詩歌的最高成就與做法：

> 四言詩須本風、雅，間及韋、曹，然勿相雜也。

> 擬古樂府，如《郊祀》、《房中》，須極古雅，發以峭峻。《鐃歌》諸曲，勿便可解，勿遂不可解，須斟酌淺深質文之間。漢、魏之辭，務尋古色。《相和》、《瑟曲》諸小調，繫北朝者，勿使勝質；齊梁以後，勿使勝文。近事毋俗，近情毋纖。拙不露態，巧不露痕。寧近無遠，寧樸無虛。有分格，有來委，有實境。

> 古樂府，……當時先詩而後聲，詩敘事，聲成文。必使志盡於詩，音盡於曲。……辭者，其歌詩也。聲者，若「羊」、「吾」、「韋」、「依」、「那」、「何」之類也。豔在曲之前，趨與亂在曲之後，亦猶《吳聲》，前有和，後有送也。

> 世人《選》體，往往談西京建安，便薄陶謝，此似曉不曉者。毋論彼時諸公，即齊梁纖調，李杜變風，亦自可采。貞元而後，方足覆瓿。大抵詩以專詣爲境，以饒美爲材，師匠宜高，掇拾宜博。

> 七言歌行，靡非樂府，然至唐始暢。其發也，如千鈞之弩，一舉透革。縱之則文漪落霞，舒卷絢爛。一入促節，則凄風急雨，窈冥變幻。轉折頓挫，如天驥下坂，明珠走盤。收之則如纍聲一擊，萬騎忽斂，寂然無聲。

> 五言律差易得雄渾，加之二字，便覺費力。雖曼聲可聽，而古色漸稀。七字爲句，字皆調美；八句爲篇，句皆穩暢，雖復盛唐，代不數人，人不數首。古唯子美，今或于鱗。驟似駭耳，久當論定。

〔註137〕明·王世貞《藝苑巵言》卷一，陸潔棟、周明初批註，鳳凰出版社，2009年，第8頁。

　　七言律，不難中二聯，難在發端及結句耳。發端，盛唐人無不
佳者；結頗有之，然亦無轉入他調及收頓不住之病。篇法有起有束，
有放有斂，有喚有應。大抵一開則一闔，一揚則一抑，一象則一意，
無偏用者。句法有直下者，有倒插者。倒插最難，非老杜不能也。
字法有虛有實，有沉有響，虛響易工，沉實難至。……篇法之妙，
有不見句法者；句法之妙，有不見字法者。此是法極無跡，人能之
至，境與天會，未易求也。有俱屬象而妙者，有俱屬意而妙者，有
俱作高調而妙者，有直下不偶對而妙者，皆興與境詣，神合氣完使
之。然五言可耳，七言恐未易能也。勿和韻，勿拈險韻，勿傍用韻。
起句亦然，勿偏枯，勿求理，勿搜僻，勿用六朝強造語，勿用大曆
以後事。

　　絕句固自難，五言尤甚。離首即尾，離尾即首，而腰腹亦自不
可少。妙在愈小而大，愈促而緩。

　　和韻聯句，皆易為詩害，而無大益，偶一為之可也。然和韻在
於押字渾成，聯句在於才力均敵。聲華情實中，不露本等面目，乃
為貴耳。〔註138〕

　從上述標點處，可見王世貞對各體詩歌的主張，「格」、「調」作為內容與
聲律是詩歌「法度」的根本，尤其七律，是落到字法、句法、篇法的鍛鍊，
要求字句調美，篇字穩暢，並旁及到構成格調的境、氣、神、合等概念。
他總結到：

　　古樂府、《選》體、歌行有可入律者，有不可入律者，句法字法
皆然。唯近體必不可入古耳。

　　才生思，思生調，調生格；思即才之用，調即思之境，格即調
之界。

　　詩有常體，工自體中；文無定規，巧運規外。……故法合者，
必窮力而自運；法離者，必凝神而並歸。合而離，離而合，有悟存
焉。〔註139〕

<hr>

〔註138〕明・王世貞《藝苑巵言》卷一，陸潔棟、周明初批註，鳳凰出版社，2009年，
　　　　第10～13頁。
〔註139〕明・王世貞《藝苑巵言》卷一，陸潔棟、周明初批註，鳳凰出版社，2009年，
　　　　第14～15頁。

　　王世貞詩歌觀是建立在明確的詩歌史分體意識上，詩歌各體發展的藝術特徵規範也約束著各體的本質，這成爲他講「法度」的內在支撐。「情」、「氣」、「聲」、「詞」、「韻」、「思」、「力」、「才」、「質」、「境」、「興」、「神」、「合」、「離」、「字」、「句」、「篇」、「法」、「調」、「格」、「用」、「界」等是他「格調」論重要術語。重點論「情與詩」、「格與見」、「調與聽」三點。

（一）情與詩

　　他關於情、氣、聲、詞、韻、思、力、才、質、境的觀點，以情爲原點。

　　王世貞提及的「情」，指人的七種感情或情緒，源自《禮記‧禮運》：「何謂七情？喜、怒、哀、情、愛、惡、欲，七者弗學而能」。「情」與文學的關係，「大者經，小者傳，心者謨，跡者史，和而頌，怨而騷，性而雅，情而風，其言即人人殊，要之，未有不通於德與功者也」〔註140〕，人的情感與詩最爲緊密，因爲「言爲心之聲，而詩又其精者」〔註141〕，強調詩緣情的本質屬性，根源於他對文學分體源流的功用與審美意識：「柳宗元曰：『本之《書》以求其質，本之《詩》以求其情，本之《禮》以求其宜，本之《春秋》以求其斷，本之《易》以求其動，參之《穀梁氏》以厲其氣，參之《孟》、《荀》以暢其支，參之《老》、《莊》以肆其端，參之《國語》以博其趣，參之《離騷》以致其幽，參之《太史》以著其潔』〔註142〕。

　　王世貞獨特處在指出「七情」與「境」的因果關係：「自《三百篇》出，而諸爲詩故者，亡慮數十百家。即爲詩故者數十百家，而知詩者不與焉。獨蔽之于孟氏曰：『以意逆志』。得之哉！得之哉！夫所謂意者，雖人人殊。要之，其觸於境而之於七情一也」〔註143〕，認爲有感於具體情境而發之於詩，這對於七情是一致的。正緣於具體的境，使得其「情」重物情、性情和才情三個方面。

　　首先，物情，物理人情，世情也。《張肖甫集序》（《弇州四部稿》卷六十八》）：

〔註140〕明‧王世貞《黃嶽山人集序》，《弇州四部稿》卷六十六，《景印文淵閣四庫全書》第 1280 冊，第 153 頁。
〔註141〕明‧王世貞《章給事詩集序》，《弇州四部稿》卷六十九，《景印文淵閣四庫全書》第 1280 冊，第 186 頁。
〔註142〕明‧王世貞《藝苑卮言》卷一，陸潔棟、周明初批註，鳳凰出版社，2009 年，第 9 頁。
〔註143〕明‧王世貞《劉諸暨杜律心解序》，《弇州四部稿》卷六十六，《景印文淵閣四庫全書》第 1280 冊，第 155 頁。

「夫文章之與吏道，其究若霄壤然，然其精內通而無所不容者，物情也。故辭士之爲辭，以所見無非辭者，必欲求高，吾思遠出於物情之表而後快。法吏之爲法，以所見無非法者，顛倒束縛於三尺之末，而不能求精於物情之變而後安，彼無論其不相通而已，其所以爲辭者偏，而所爲法者拘也。……語法而文，聲法而詩，舂容而大，寂寥而小，雖所探適結構者不一，然大要不欲出物情之表而後快也。境有所未至，則務伸吾意，以合境；調有所未安，則寧屈吾才，以就調；是故肖甫之才恒有餘，而意無所不盡爲其劑。量吾黨之間能去太甚，而獨稱通明士者，固不特文章已也」〔註144〕

此段點明賢明開通於物理世情，更益於文學（詩道）與吏治；而詩道之暢快，也更有益於吏治，反之亦然；物情與文學、吏道相互促用。這其實是王世貞文章乃經國之大業儒家經世致用觀的表述，也是對時俗文士於政治無用論的駁斥。他對「唐之沈佺期、宋之問、柳宗元是三君子，皆以譴行者也。其侘傺失志毋論，前有不得死之憂，而後有非分之覬戰於胸中，而不容已，乃姑托之詩若文。其於道路之艱危，氣候之羯羠，物情之險薄，皆巧詣其形容而至有過實者，乃若山川之奇秀必毀而歸之惡，風俗之淳朴必毀而歸之陋，皆褊心躁意之所發，君子寧有取也？」〔註145〕的論述，見詩文的物情表達得當與否，直接關係到品評君子的事功與德性。進而返求於君子個體，文學中表現「情」的第二個層次是「性情」。

人有生不識先墓，指睪然者而示之曰：「此而先人藏也。」則爲之咨嗟涕洟而不已，可以爲孝子之情也，因境而生者也。躬而土，手而樹，畢葬而不能舍，攀柏而號，草木變色，鳥獸易性，可以爲大孝乎？之情也，托境而篤者也。因境而生者，以間發者也，發而即止者也。托境而篤者，猶有待也，有待則猶有間也。孟氏得其旨，推以爲終身之慕，始謂之大孝而歸之。〔註146〕

生人之用皆七情也，道何之乎？舍七情奚托焉？聖人順焉而立

〔註144〕明・王世貞《張肖甫集序》，《弇州四部稿》卷六十八，《景印文淵閣四庫全書》第 1280 冊，第 173 頁。

〔註145〕明・王世貞《沈純甫行戌稿序》，《弇州續稿》卷四十六，《景印文淵閣四庫全書》第 1282 冊，第 612 頁。

〔註146〕明・王世貞《寓目松楸卷序》，《弇州四部稿》卷六十九，《景印文淵閣四庫全書》第 1280 冊，第 194 頁。

道，釋氏逆焉而立性，賢者勉焉而就則，不肖者任焉而忘本。夫父
子生於欲者也，君臣生於利者也，奈之何其逆而銷之也？〔註147〕

王世貞用最悲痛之境說明人內在的情感是「託境而篤者」、「因境而生
者」，與原有事物便有間隙，是有待、有間者，孟子由此推出君子修身之道。
王世貞對聖人、釋家、賢君子、不肖、父子、君臣之間的七情關係看得很透
徹，進而七情與文學在人內心的層面是：

理數一發而合者，其《易》乎？探數以求合理者，其《太玄》
乎？玄則人，人則不神，故夫《書》也，政道一發而合者也；詩
也，情性一發而合者也；魯論也，言德一發而合者也；如之何其
擬也？〔註148〕

而于鱗之所取，則亦以能工於辭，不悖其體而已，非必盡合于
古，所謂發乎情止乎禮義，興觀羣怨之用備而後謂之詩也。是故存
詩而曰《刪》，曰《刪》者，刪之餘也，為若不得已而存也。〔註149〕

伯起應曰：「吾不知也。吾發於吾情，而止於性。發於意，而止
於調。反之，我而快質之古而合，以為如是足耳。……」〔註150〕

所謂詩，發乎情，止乎性，用自媮適而已。〔註151〕

王世貞的「情」是「發乎情，止乎禮義」君子性情，發抒於詩是「興觀
群怨」又「詩無邪」。這點是與李贄、湯顯祖、公安三袁的「情」迥別，與李
攀龍切近屈騷深廣激越的白雪郢歌極不一樣，這也成為李攀龍主充滿理想色
彩的「詩必盛唐」、而王世貞還主師有一定情感節制和蘊味的「大曆長慶」之
審美差別的情感原點。

余嚮者執窮而後工之說，求於古而得柳柳州。夫柳州之辭信工，
然其大要不過寫其山川風物之險怪硠瘠而已，而其情不之於悲思，

〔註147〕明・王世貞《箚記內篇一百三十六條》，《弇州四部稿》卷一百三十九，《景印
文淵閣四庫全書》第1281冊，第283頁。

〔註148〕明・王世貞《箚記內篇一百三十六條》，《弇州四部稿》卷一百三十九，《景印
文淵閣四庫全書》第1281冊，第288頁。

〔註149〕明・王世貞《古今詩刪序》，《弇州續稿》卷六十七，《景印文淵閣四庫全書》
第1280冊，第163頁。

〔註150〕明・王世貞《張伯起集序》，《弇州續稿》卷四十五，《景印文淵閣四庫全書》
第1282冊，第595頁。

〔註151〕明・王世貞《喻太公傳》，《弇州續稿》卷七十六，《景印文淵閣四庫全書》第
1283冊，第124頁。

則之於怨悔，不能超其境，而詣於所謂達者。蓋至於白少傅之於江
州，而其記於廳壁於匡廬者，而後始有會也。〔註152〕

　　在節制守禮的基本上，王世貞要求情不窒，因「天機啓則六情自調，六
情滯則音韻頓舛」〔註153〕，因爲詩本身就是情阻塞不通才發諸吟詠，「天下有
疑行而後有《易》，有窒情而後有《詩》，有跡治而後有《書》」〔註154〕，何
謂詩情不窒？與達意有關。見《陳于韶先生卧雪樓摘稿序》（《弇州續稿》卷
四十四）。

　　王世貞要求情之暢達的獨特處在：他要求情不能揚厲過度，如同假象不
能過大，造辭不能過壯，辨言不能過理一樣，事工傷情，情工傷氣，氣過暢
而厲直傷思，思深沉簡而傷態，態勝治靡則傷骨。他贊詩之於情：

　　　　外觸於境而內發於情，不見題役，不被格窘，意至而舒，意盡
而止。〔註155〕

　　　　元瑞材高而氣充，象必意副，情必法暢，歌之而聲中宮商而徹
金石，攬之而色薄星漢而攄雲霞，以比於開元大歷之格亡弗合也。
〔註156〕

　　　　李公才甚高，其下筆靡所不快，乃不欲窮其騁以瘵吾格。治漢
魏，旁趨齊梁，以至大歷，靡所不究，乃不欲悉於語，以窒吾情。
其思之界，可以靡所不詣，乃不欲求超於物表，以使人不可解。大
要，辭當於境，聲調於耳，而色調於目，滯古者不得卑，而媚今者
無所用其駭，以爲二家之業當如是已耳。〔註157〕

　　這根源於王世貞所認同的「七情」，是儒家兼濟天下的事功之情與道德君

〔註152〕明・王世貞《徐太僕南還日紀序》，《弇州四部稿》卷六十七，《景印文淵閣四
　　　　庫全書》第 1280 冊，第 159～160 頁。
〔註153〕明・王世貞《藝苑巵言》卷一，陸潔棟、周明初批註，鳳凰出版社，2009 年，
　　　　第 5 頁。
〔註154〕明・王世貞《觚記內篇一百三十六條》，《弇州四部稿》卷一百三十九，《景印
　　　　文淵閣四庫全書》第 1281 冊，第 285 頁。
〔註155〕明・王世貞《白坪高先生詩集序》，《續稿》卷四十三，《景印文淵閣四庫全書》
　　　　第 1282 冊，第 571 頁。
〔註156〕明・王世貞《胡元瑞綠蘿館詩集序》，《續稿》卷四十四，《景印文淵閣四庫全
　　　　書》第 1282 冊，第 584 頁。
〔註157〕明・王世貞《李氏在筍稿序》，《弇州四部稿》卷六十七，《景印文淵閣四庫全
　　　　書》第 1280 冊，第 160～161 頁。

子性情的內外合一，發諸於情感指向，便是恢復開元盛世蹈歌理想和在巨大國家災難下的君子節制與慨然中興的大曆長慶風神，發諸於形式，便是從詩之視與聽上歸入「格」與「調」的法度之中，所謂敘情若訴，才是妙境，才是千古情語：

> 《孔雀東南飛》質而不俚，亂而能整，敘事如畫，敘情若訴，長篇之聖也。〔註158〕

> 「入不言兮出不辭，乘回風兮載雲旗」，雖爾恍忽，何言之壯也。
> 「悲莫悲兮生別離，樂莫樂兮新相知」，是千古情語之祖。〔註159〕

性情淪爲名利的奴顏膝骨後，發抒情感、人格、氣骨之詩道便下。他理想中君臣之至情是「情則肺腑，寄者以心，報者以身，蓋自古迄今，君臣之誼，未有若是」〔註160〕，發之於詩，才能「情眞，景眞，意眞，事眞」，「澄至清，發至情」。〔註161〕

王世貞是個大才子，他又重視情的第三個層次：「才情」，倡導在不違禮法下人的個體氣質特點張揚。他有一句「夫何子不以情奪禮，卒亦不以禮屈情，而心終之殆猶賢乎哉」〔註162〕，可代表他認爲的情與禮之正確關係，即尊從人心之眞實，又如子張、舜帝之能成聖。他多次讚賞人與詩，如蘇軾（見《書蘇長公司馬長卿三跋後》），即與才情有關，他認爲「才情所發，偶與境會，了不自知其墮者」〔註163〕。

上述對情的理解，基本貫穿在《弇州四部稿》、《弇州山人續稿》和《讀書後》三書中，沒有大的變化，如果說有新質素，其一是民間湧動的男女情慾有存在其擬古樂府、詞中，如《讀曲歌》其六、《子夜變歌》（《弇州四部稿》卷七）、《南鄉子》、《和王明佐新聲慰其不遇名曰怨朱絃》（《弇州四部稿》卷五十四）

〔註158〕明·王世貞《藝苑巵言》卷二，陸潔棟、周明初批註，鳳凰出版社，2009年，第30頁。

〔註159〕明·王世貞《藝苑巵言》卷二，陸潔棟、周明初批註，鳳凰出版社，2009年，第31頁。

〔註160〕明·王世貞《紀漢昭烈關張諸葛畫壁神趣事》，《續稿》卷六十六，《景印文淵閣四庫全書》第1282冊，第879頁。

〔註161〕明·王世貞《藝苑巵言》卷一，陸潔棟、周明初批註，鳳凰出版社，2009年，第7頁。

〔註162〕明·王世貞《永慕堂詩敘》，《弇州四部稿》卷六十九，《景印文淵閣四庫全書》第1280冊，第191頁。

〔註163〕明·王世貞《藝苑巵言》卷四，陸潔棟、周明初批註，鳳凰出版社，2009年，第56頁。

等。體現出心學啓蒙和商業經濟發展下時代新動向和新思潮的暗起，這一點在後七子李攀龍、謝榛詩詞中都有。主情之眞，在王世貞論書與畫裏，比論詩更明顯。

其二是父死後，政治態度由國事民瘼向個人隱逸轉變，心境上不和恬淡，崇佛道，尤其師從曇陽子後，於「情」倡「無情」與「修持」之道。見《曇陽先師授道印上人手跡記》（《弇州續稿》卷六十一）、《曇陽大師傳》（《弇州續稿》卷七十八）。

誠然，王世貞晚年在日常生活及趣尚方面，較之早年發生了重大轉變，由昔日好書、好酒、好文轉變爲好蒲團（魏宏遠《王世貞晚年文學思想研究》第 60 頁），但其對「情」的根本觀點並未發生改變。《弇州四部稿》中評屈陶：「盖古之怨者，莫過於屈氏，至遠游數語而微露其體，達莫過於陶氏，至荊卿一章而稍見其用，此所謂知。知其妙於體用之，不能盡掩彼所謂知。知其達而怨，知其怨而達，以爲是足以究二家之精微而不悟其自遠也」〔註164〕。《弇州續稿》中評張獻翼書跋「武王受丹書後，無所不銘，幼于殆得其遺意。唯不能忘情於文，間出巧語；不能忘情於世，間出感慨語耳。雖然，亦可觀矣」〔註165〕。早年從藝術層面，晚年從書法層面，其於「情」之本旨，並未改變。

王世貞關於「興」、「神」、「合」、「離」、「字」、「句」、「篇」、「法」、「調」、「格」、「用」、「界」等觀點，將以「格」和「調」爲中心。

（二）格與見

「格調論」是王世貞的核心詩論，縱觀貫穿王世貞一生的格調文獻出處，「格」其實已上陞爲藝術中人格、氣質、情感、體制、色澤、時代風格等一切可訴諸「內視」諸因素的總和，涵蓋文學、書畫等藝術形式，即從作品中可通過眼睛「見到」、「感受」到的東西。且書和畫上的詩文，書畫內在的格與詩文的格都應該好，三者皆好，書法表現出來的詩文格就高，畫配的詩或詩配的畫，其格也高，三者之格，相得益彰。

此由宇宙與社會內含客觀規律而來。王世貞有首《天津道中述懷》：「宛

〔註164〕明・王世貞《徐太僕南還日紀序》，《弇州四部稿》卷六十七，《景印文淵閣四庫全書》第 1280 冊，第 160 頁。

〔註165〕明・王世貞《張幼于四跋》，《弇州續稿》卷一百六十，《景印文淵閣四庫全書》第 1284 冊，第 307 頁。

然天津樹，一夜風吹索。停耳多哀音，寓目寡鮮澤。況乃淹道途，脈焉芳華鑠。浩浩四序交，天地爲常格。憂歡生殊態，豈必當搖落。阮公廻車慟，慮生誠不薄。陶令愛沉酣，中懷何能度」〔註166〕，此處的「格」指法式，規範，即天地有常態的客觀規律。在既定自然環境發展起來的人類社會，自有與之相適應的世態與人情法則規範，在中國即儒家倫理規範在日常生活與國家政治的體現，這點在王世貞述「塵格」（《封太常陳翁八十》）和諸多論明代政治包括國家法令、官員任免、科舉、外交等一切事宜中有體現，如「共道絲綸徵舊德，自將忠藎格皇天」〔註167〕、「夫禮格乎強暴，而法伸於明主，則未有媒中者也」〔註168〕、「莫公於格宜遷，詔復下，吏部復持之曰：『莫某誠病，顧賢也，而且才是，不可以歸徇也』」〔註169〕、「再以疾不入試，即入，而坐誤格，試不終，即試所爲文當於有司意矣」〔註170〕、「蠻夷猾夏，俾咨繇作，士明五刑於方迍之間。甚或有苗弗格，舞干羽於兩階，不亦迂闊事情哉。然以之格苗而賓蠻夷，若取寄李子淑問身臨涖其郡，郡有咨繇矣」〔註171〕，格即格範，格尺，格令，格法，格條，格樣等規範之意。

王世貞認爲，文學隨時代的變化，內在「格」會出現變化。如《擬古有序》中的「時代既殊，規格從變」（《弇州四部稿》卷九）。

於文學，什麼是王世貞眼中的「時格」？

> 夫自國家設爲四端，以試公車士，而其最近理而遠格者，莫如經書義。自經書義名，而文別爲古今，若論而表而策，則亦古文辭之屬耳。士又日降其格，以傳於經書義，總而名之曰「時」，而倍於古益遠矣。

> （《東壁遺稿序》，《弇州四部稿》卷六十七）

〔註166〕明‧王世貞《天津道中述懷》，《弇州四部稿》卷十四，《景印文淵閣四庫全書》第 1279 冊，第 182 頁。

〔註167〕明‧王世貞《顧丈伯剛重封異數，其先大夫再得給事京兆誥封》，《弇州四部稿》卷四十二，《景印文淵閣四庫全書》第 1279 冊，第 527 頁。

〔註168〕明‧王世貞《送憚比部光世擢湖廣僉事序》，《弇州四部稿》卷五十五，《景印文淵閣四庫全書》第 1280 冊，第 12 頁。

〔註169〕明‧王世貞《送浙江右布政使華亭莫公予告序》，《弇州四部稿》卷五十八，《景印文淵閣四庫全書》第 1280 冊，第 45 頁。

〔註170〕明‧王世貞《送王惟正之浦城令序》，《弇州四部稿》卷五十五，《景印文淵閣四庫全書》第 1280 冊，第 8 頁。

〔註171〕明‧王世貞《送太倉州學正李君之南寧推官序》，《弇州四部稿》卷五十九，《景印文淵閣四庫全書》第 1280 冊，第 56 頁。

王世貞說得很明白，即爲中舉或進士要做的四書五經八股文，是時文，與以文學性和情感爲本的古文辭無關，時格卑下，今與古背益遠。前後七子所要做的，就是從日漸卑弱枯燥的臺閣體與崇理複道的唐宋派手裏，復歸主情主眞主藝術審美的古文學傳統。從廣義說，王世貞不僅反對「時格」，還反對一切平庸、不成功的「凡格」、「俗格」作品。

王世貞倡導的是哪些「格」？這在其評他人詩文書畫作品中多有表述：

第一，是不阿格，保持個人創作的獨立性、嚴肅性、純粹性。如《潘潤夫家存稿序》（《弇州四部稿》卷六十八）、《徙倚軒稿序》（《續稿》卷四十一）。雖王世貞爲維護後七子派的文學復古使命，有鮮明文壇領向與主盟意識，但從尊崇藝術創作的獨立性原則與個體因各種原因導致的創作差異性，是持寬容態度的。

第二，他提倡藝術要有「骨格」，內含風力蘊藉，情懷要正大端莊，格調要高宏。

如他早年爲謝榛寫的歌行：

> 開元以來八百載，少陵諸公竟安在。精爽雖然付元氣，骨格已見沉滄海。先朝北地復信陽，一柱不障東瀾狂。人握隋珠戶和璧，及吐中夜無精光。謝家一瓿椒漿水，晨興自薦開元鬼。俯仰寧教俗子罵，聲名肯傍豪賢起。〔註172〕

王世貞的「骨格」，是大者，從社會國家和時代風尚，小至個人和流派的人格力量、節操情感注入到作品中，使作品呈現出昂揚高正的風骨格調。他對工夫在詩外，有清醒的自覺意識，且有闡釋，如：

> 勝國之季，業詩者，道園以典麗爲貴，廉夫以奇崛見推。迨於明興，虞氏多助，大約立赤幟者二家而已：才情之美，無過季迪；聲氣之雄，次及伯溫。當是時，孟載、景文、子高輩，實爲之羽翼。而談者尚以元習短之，謂辭微於宋，所乏老蒼；格不及唐，僅窺季晚。然是二三君子，功力深重，風調諧美，不得中行，猶稱殆庶，翩翩乎一時之選也。樂代熙朝，風不在下，斥沉思於宇外，擷流景於目前，志逞則滔滔大篇，尚裁則寂寂數語，武陵人之不知有晉，夜郎王之漢孰與大，非虛語也。其後成、弘之際，頗有俊民，稍見

〔註172〕明・王世貞《謝生歌，七夕送脫屣老人謝榛》，《弇州四部稿》卷十六，《景印文淵閣四庫全書》第1279冊，第204頁。

一斑，號爲巨擘。然趣不及古，中道便止，搜不入深，遇境隨就。即事分題，一唯拙速，和章累押，無患才多。北地矯之，信陽嗣起，昌谷上翼，庭實下眦，敦古昉自建安，扢華止於三謝，長歌取裁李、杜，近體定軌開元，一掃叔季之風，逐窺正始之途。天地再辟，日月爲朗，詎不媺哉！然而正變雲擾，剽擬雷同，信陽之舍筏，不免良箴，北地之效顰，寧無私議？以故嘉靖之季，尚辭者醞風雲而成月露，存理者扶《感遇》而奪《詠懷》，喜華者敷藻於景龍，畏深者信情於元和，亦自斐然，不妨名世。第《感遇》無文，月露無質，景龍之境既狹，元和之蹊太廣，浸淫諸派，涸爲下流。中興之功，則濟南爲大矣。今天下人握夜光，途遵上乘，然不免邯鄲之步，無復合浦之還，則以深造之力微，自得之趣寡。詩云：「有物有則。」又曰：「無聲無臭。」昔人有步趨華相國者，以爲形跡之外學之，去之彌遠。又人學書，日臨《蘭亭》一帖，有規之者云：「此從門而入，必不成書道。」然則情景妙合，風格自上，不爲古役，不墮蹊徑者，最也。隨質成分，隨分成詣，門戶既立，聲實可觀者，次也。或名爲閏繼，實則盜魁，外堪皮相，中乃膚立，以此言家，久必敗矣。

（《藝苑卮言》卷五）

這是一段重要論述，王世貞是從體式格調梳理明初、前、中三期詩歌流變軌跡，他敘明初格不及唐，僅窺季晚，癥結正在格乏老蒼，不高正宏大，然有高啓、劉基等二三君子，功力深重，風調諧美，可視可聲，文質彬彬；永樂洪熙兩朝，風調不卑下，卻無深刻直面社會與人生的思想內容，只寫宮庭官署，導致臺閣體高蹈大論，空洞乏情；李東陽及其茶陵詩派始振起，然存在趣不及古，中道便止，搜不入深，遇境隨就不足，且有臺閣體弊病尾巴；所以李夢陽、何景明、徐眞卿等前七子，直接恢復中國古代歷史上優良的文學傳統與本眞面目，他們復古取的是「敦古昉自建安，扢華止於三謝，長歌取裁李、杜，近體定軌開元，一掃叔季之風，遂窺正始之途」（《藝苑卮言》卷五），可見，前後七子所要復興的是能眞正承載有明一代大一統盛世文學，它應該是具備如漢魏建安的凜然風骨，志深筆長，梗概多氣，如大唐開天盛世一樣的詩之定軌定則，廓清一切末世或沒落的卑瑣文學，建立代表本朝「正王道之始」與「合乎禮儀法則之始」的明文學。到弘治時，明興國已百餘年，這是明代有識有志士大夫的必然與合理要求，具鮮明的時代色彩，所以王世

貞大聲吶喊「天地再辟，日月爲朗，詎不媺哉」！正因新文學提出中，風雅正變和辭理宗尙等創作原則紛亂不清、復古剽擬不成熟，使得詩壇持不同主張的流派各尋其宗，縱橫分崩。李攀龍和王世貞正是要正本清源，廓清雜流，強力一統文壇，恢復到承載明盛世新文學的方向來。所以才會有後面的警醒：天下人手持夜光之珠，師法上乘，卻不達合浦之地，形跡之外學之，僅得其表，去之彌遠，日臨《蘭亭》，從門而入，不成書道。能正其始在有創建承載有明盛世大一統的新文學，此最「高格」具備了，「情景妙合，風格自上，不爲古役，不墮蹊徑者」，是最上等之文學，也是眞正理想的明代之音；「隨質成分，隨分成詣，門戶既立，聲實可觀者」，是第二等有明之文學；「或名爲閏繼，實則盜魁，外堪皮相，中乃膚立」（《藝苑巵言》卷五），此是最末等之明文學，代表終將走入死胡同，失敗的必然結局。這一文學復古的革新本旨，王世貞既終生不變也終生爲之奮鬥，發揚光大，如他評《古今詩刪》「雖然令于鱗以意而輕退古之作者，間有之。于鱗舍格而輕進古之作者，則無是也。……蓋于鱗之所最善爲世貞，其屬存于鱗刪者不少。然自戊午而前及他倡和之什耳。其人雅自信，落落寡與，家僻處濟上，則于鱗之于今賢士大夫多所與而少所見可知也。問爲繼于鱗志者如之何？曰：『代益之，不失所以，精之意而已矣。』」〔註173〕李攀龍已從詩文中興上完成了他的文學功業與歷史使命，王世貞是明代詩文使命繼往開來的引領者，他對詩文理論的闡發與文學功業的執行，遠遠大於李攀龍的作爲，也逐漸改變他對有明一代新文學之「格」的體認與內化。

　　早年，由於人生閱歷與理解簡單化，王世貞與後七子普遍存在把「高格」等同「高蹈揚厲」人格、氣質、精神、情感與詩文風格層面。他有段可視爲李攀龍主盟時期的總結性論述：

　　　　蓋于鱗以詩歌自西京逮於唐大歷，代有降而體不沿，格有變而才各至，故于法不必有所增損，而能縱其夙授，神解於法之表，句得而爲篇，篇得而爲句。即所稱古作者，其已至之語，出入于筆端而不見跡；未發之語，爲天地所秘者，創出於胸臆而不爲異。亡論建安而後諸公有不徧之調，于鱗以全收之，即其偏至而相角者，不啻敵也。

　　　　（《李于鱗先生傳》，《弇州四部稿》卷八十三）

〔註173〕明・王世貞《古今詩刪序》，《弇州四部稿》卷六十七，《景印文淵閣四庫全書》
　　　第 1280 冊，第 163 頁。

－443－

這是攀龍逝後，他反思攀龍擬古「不以規矩，不能方圓，擬議成變，日新富有。今夫尚書、莊左氏、檀弓、考工、司馬，其成言班如也，法則森如也。吾擴其華，而裁其衷，琢字成辭，屬辭成篇，以求當於古之作者而已」法徑之嚴情況下，仍能高於其它諸子成就原因，不僅在於攀龍能出之變化，更重要是攀龍在認同「代有降而體不沿，格有變而才各至」，故「于法不必有所增損」，而能融合一切積累，神解在法度之中，由句得而爲篇，或篇得而爲句，皆出於胸臆中自然，即使是他們所要仿傚學習的古作者，之前已有的語言，古作者們化用於筆端也不見模擬的痕跡，而古作者們自創語自在流出胸臆也不以爲異，不論是建安，之後的諸公有不全面的，于鱗全融合收之，合爲己用，而那偏頗極端互牴牾的，則摒棄不取。這其實包括了融合調劑進而化爲獨創的漸進思想。而「合」和「劑」是王世貞重要文學觀念之一，王世貞的「合」、「劑」觀念有直接的淵承原因：

> 士業以操觚無如吾吳者，而其習沿江左靡靡，或以爲土風清淑而柔嘉，辭亦因之。北地武功，諸君起中原，自屬其格，以求合古，而不能盡釋其豪踈之氣。吾吳有徐迪功者，一遇之而交與之劑，亦既彬彬矣，而不幸以蚤歿。乃淳父能劑矣。夫辭不必盡廢舊而能致新格，不必步趨古而能無下。因遇見象，因意見法，巧不累體，豪不病韻，乃可言劑也。

（《黃淳父集序》，《弇州四部稿》卷六十八）

王世貞對出生的吳中文風淵承與地域文風形成原因都有明確認識，贊許徐禎卿與黃淳父融合南北文風的成功。他認爲南方文學的發展方向是既保留自己清嘉柔婉的聲辭，又學習北方貞剛的氣骨，兩美融合，辭不必盡廢舊也能致新格，不必步趨古而能無卑下，因遇見象，因意見法，巧不累體，豪不病韻，然後文質彬彬，這其實正是初盛唐合南北文學優長創造出新的唐代文學的歷史軌跡。對此，王世貞從地域角度闡述了千年來中國南北文學分流的根源及歷程：

> 余竊謂自東京而後爲永嘉，而大江始畫地而南北，其北日侵尋於馬上之業，不暇調宮徵，理經緯，而噫嚘之所發爲悲歌慷慨，其氣完而骨勁；南則以其泉石之餘地，舟楫之餘暑，負隱囊握斑管而課花鳥，字組而句，句組而篇，然亦不勝其靡靡業膚立矣。蓋餘二百年而爲隋，而始合其文之調亦如之。而又垂五百年而爲宋季，而又分文之調亦如之。雖未幾而爲元，然地合而調不盡合也。……驟

而披之，若舒繡擷綵近於南之靡麗者，徐味之而不失所謂沉深矣。

夫靡不病氣，麗不病骨，用其南以程北而鮮不合也。

（《郢垔集序》，《續稿》卷四十一）

　　明人在文學中一是有鮮明地域意識，一是有鮮明宗黨結社的流派意識，地域意識反映到批評與創造中，正確導向必然是保留自身獨特性基本上的調劑融合。王世貞主張保留吳中文學的地域特質又合北方悲歌慷慨之氣骨格調，用南來規矩與法式北，兩者達到融合於無跡化爲自然，即爲「合」。王世貞的「劑」內容複雜，概言之，分藝術元素之調劑（格調之劑、文辭之劑、「意」「象」「法」之劑、聲音節奏之劑、文體之劑、總體之劑）、藝術風格之調劑（南北文風之劑、時代文風之劑、個人風格之劑），從創作者角度言，「劑」是指創作者調和、配合各種藝術元素、藝術風格的能力，從審美者的角度言，「劑」是一種通過調和眾美而達到的中和協調的美學境界〔註174〕。

　　正因有「劑」與「合」理念的存在，更因爲他們參透「法」與「劑」的關係，如上述李王共同認同的「代有降而體不沿，格有變而才各至，故于法不必有所增損，而能縱其夙授，神解於法之」（王世貞《李于鱗先生傳》）。所以，李王二人對不同詩風存在寬嚴不一的彈性空間，如李攀龍「雖然令于鱗以意而輕退古之作者，間有之」，但因要一統弘治後主兩漢盛唐、主魏晉六朝、主唐宋等幾流縱橫的詩壇，振起承載有明大一統的新文學，一方面李攀龍「舍格而輕進古之作者，則無是也」，一方面他排斥不同異議者甚嚴，包括早期後七子成員謝榛也被黜派。但王世貞與李攀龍無論是家世、經歷、成就、交遊、具體文學發展使命較李攀龍主盟的第一期都有所不同或更爲寬鬆優越，這也造成王世貞後期對「格」這一文學核心概念認識與主盟既有核心堅守，又出現轉變深化的新態勢。

　　自晚明至今，對王世貞一生，主要有「三期說」、「二期說」，依數種代表性劃分標準，晚年起點可細分爲萬曆元年、萬曆三年兩種〔註175〕。本文持萬曆三年王世貞50歲入晚年，之前爲早年。

　　王世貞晚年對「格」內涵理解的確有深化。對「格」的論述《續稿》遠

〔註174〕鄭靜芳《論王世貞折衷調劑的審美觀念》，《北京化工大學學報》2010年第2期，第44~49頁。

〔註175〕魏宏遠《王世貞晚年文學思想研究》，博士論文，復旦大學2008年，第14~17頁。

多於《四部稿》，見其晚年思考論述之多，緣於王世貞對「格」思考有複雜與駁雜性，要細細梳理出他思路的軌跡。

第一，摒棄早期「高蹈揚厲」格調，變爲「辭達」、「深思」、「情實」。

> 始余謝諸生學，即喜爲古文辭，與一二友生信眉談說西京建安業，以爲後世亡當者。今操觚之士亦徃徃能舉之，大較有二端：柔曼瑰靡之辭勝，則見以爲才情，然其弊使人膚立而不振；感慨揚厲之辭勝，則見以爲風骨，然其弊使人氣溢而多競。此二者驟而畧讀之，以爲非治世音不可。然所以爲治世者，不在也。公之所撰著文若詩，於格固亡論。余得竊窺一二，若觸邪之簡、峭、直、深、毅，何異劉子政、蔡中郎籌事諸箚，晳幾中縈，庶幾陸敬輿、蘇眉山敍記志傳，蘊藉疏暢，得之廬陵爲多；詩古近體，溫厚爾雅，颯颯錢左司、劉隨州遺響。要而歸之，尼父之一言曰：「辭達而已矣。」
> 〔註176〕

指出過去把「柔曼瑰靡」與「才情」、「膚立不振」、「感慨揚厲」與「風骨」、「氣溢多競」簡單等同，而盛世氣象、治世音者關鍵不於此，將意思表達明白暢達就可以了，如「《繫辭》焉，以盡其言，而所謂辭者，達而已矣」〔註177〕。

但他的辭達是講究「沉思」與「情實」之後的辭達，絕不是言之空疏無物與浮泛之情的簡單辭達。他仍追求明文學的盛世之格，但強調通過個人氣質才情後出之以沉思情實的自然：

> 若五七言古體，雖不爲繁富，亦不孜孜求工於效顰抵掌之似，大較氣完而辭暢，出之自才，止之自格，人不得以大歷而後名之。至於近體鏗然其響，蒼然其色，不揚而高，不抑而沈，固中原之所鍾靈而盛世之響也。

（《方鴻臚息機堂詩集序》，《續稿》卷四十五）

> 而雲間馮咸甫氏復以所業詩來贄，則又觀其和平暢爾，能酌於深淺濃淡之間，高不至浮，庳不至弱，稍加以沈思，則可揖讓高岑

〔註176〕明・王世貞《馮祐山先生集序》，《弇州續稿》卷四十五，《景印文淵閣四庫全書》第1282冊，第591頁。

〔註177〕明・王世貞《姜鳳阿先生集序》，《弇州續稿》卷五十三，《景印文淵閣四庫全書》第1282冊，第695頁。

而蹈藉錢劉矣。……子姑爲我見元瑞，使彼不惜格降而博求其變。
子程格而務深沈其思，又何古人之不可作。雖然，吾老矣，無所藉
於世矣。名將逐子而走，若影之傳體，可畏哉！子其託蔭而息焉可
也。

（《馮咸甫詩序》，《續稿》卷四十五）

自先生之壯時，天下之言詩者已爭趣北地、信陽，而最後濟南
繼之，非黃初而下，開元而上，無述也，殆不知有待詔氏，何論先
生！雖然，聲響而不調，則不和；格尊而亡情實，則不稱；就天下
之所爭趨者，亟讀之若可言，徐而覈之，未盡是也。先生與文待詔
氏之調和矣，其情實諧矣，又安可以浮響虛格輕爲之加而遂廢之，
抑不特詩。

（《湯廸功詩草序》，《續稿》卷四十七）

今夫士一操觚翰而業詩，即知有五七言近體，業五七言近體即
知有唐，而不知唐之盛而衰孽之，蓋至於懿昭之際而極矣，溫韋韓
羅諸君子不能有所救改而屢屢焉。用其小給之才，偏悟之識，汎獵
之學，苟就之思，以簧鼓聾虫之耳。粗者快於事，精者巧於情，其
萎葍颯沓之氣不待詞畢，而小夫爲鼓掌，大雅之士有掩耳而歎息矣。
以故黃齊白馬之禍，淺者不見用，用者不見免，而唐遂瓜剖而爲六
七，歷數世而弗能一，寧非其徵也。今驟而誦公之詩，若無以易諸
君子者，顧其於辭，爾雅而不詭，寬大而不迫，窶處不寒儉，歷亂
無傾危，委蛇雍紆，儼然盛世，大人之象有餘地焉。是故英主掃除
亂氛，雲蒸龍變，以傳於功名之會，而天下之文歸之，夫豈偶然已
哉！汪生謂不佞論詩不當爾，不佞曰：「非也。所謂彼一時也。」

（《宋太史詩集序》，《續稿》卷五十）

他言詩與國家強弱有直接關係，大明一統與大唐盛世有相似之機，文學理
當反映盛世，反駁汪仲淹評他論詩不妥；他認爲明詩發展有不同時期，面臨不
同階段的任務，批評當時詩歌弊病，認爲不是「格調」不好，而是將反映盛世
之「格調」狹隘化，誤以爲高蹈揚厲的氣骨辭調，即爲「格調」，實則「浮響
虛格」、而「聲響」卻實「不調」，是「格尊」卻「亡情實」，是以調「不和」
與「不稱」；故天下爭趨的文風，亟讀表面可以，但細品不盡人意。他提出「沉
思」、「情實」，即深入思想的飽滿眞摯與情感的蘊藉回味，遭際才華自然適意，

－447－

達到古體不爲繁富，不孜孜機械擬古，而講究自才、自格的自然發抒狀態，近體鏗然蒼然、不揚不抑的鍾音盛響與平淡老成境界。他希翼胡應麟「格降而博求其變」，「格降」並不眞是降低盛世正格，而是把以往簡單化的高昂揚厲風格下降沉實，從單一自覺轉變到自然呈現多種藝術面貌。「博求其變」，肇始他早年不認同李攀龍擬古窮極苦心，模擬已達極致，卻僅惟妙惟肖的古雕塑，格調單一狹隘化，不是鮮活眞實的，更不是自己的、明之格的〔註178〕。到晚年深化「變」的取徑方式，一是習古取徑要變，不能專以「開元」「大曆」以上名之，不能「即知有唐而不知唐之盛而衰孽之」，一是復古方式要變，既「程格」，又「深思」、「情實」、「辭達」、「調和」。

總之，對七子派復古，不能再狹隘性表面化的高蹈揚厲，這是晚年之變。

第二，用「格調」作「明之尊格」本旨晚年不變，所變是藝術層面上「復古」不再是目的，是涵養取徑之一，涵養囊括歷代名家之集大成，門徑要廣，宜採不宜法。

由上可知，王世貞晚年所尊格調是承載有明盛世品格風格的文學本旨不變，但將早年強調復古之調爲立「明尊格」目的，轉變爲是達「明尊格」涵養的源泉，實質可對歷代所有好作家與藝術學習，既集大成，又淡澹涵泳：

> 大抵足下所問多於外境上着力，今宜但取三百篇及漢魏晉宋初盛唐名家語熟翫之，使胸次悠然有融洽處，方始命筆，勿作凡題、僻題、險體、險韻，坌入惡道，俟骨格已定，鑒裁不爽，然後取中晚唐佳者及獻吉于鱗諸公之作以資材用，亦不得臨時剿擬。至於僕詩門徑尤廣，宜採不宜法也。足下苦心，非他後進比，所患天趣時乏，蹊逕尚存，然宜從容涵泳得之，毋助長也。

（《徐孟孺》，《續稿》卷一百八十二）

「門徑尤廣」「宜採」「不宜法」一語中的。創作需作家涵養與藝術沖澹，風骨深隱，精光偶現。批評外境使力，應涵養骨格，如陶潛「《詠荊軻》一篇，慷慨感激，於劍術之疎，深致意焉。然則先生之壯心，寧獨栖栖於一文苑而已也」〔註179〕，骨格來自內心志氣襟懷，能達較好藝術性出之，需涵養。他

〔註178〕明・王世貞《答陸汝陳》其一，《弇州四部稿》卷一百二十八，《景印文淵閣四庫全書》第1281冊，第148頁。

〔註179〕明・王世貞《彭戶部〈說劍餘草〉序》，《弇州續稿》卷五十五，《景印文淵閣四庫全書》第1282冊，第720頁。

述養的區分清楚：「所願更益充吾學，養吾氣，氣完而學富，遇觸即發，有叩必應，吾常操彼之柄以役之，而不受彼役，乃足稱大家耳。六朝以前所不論，少陵、昌黎而後，蘇氏父子亦近之，惜爲格所壓，不得超也。北地、濟南格超矣，其詩不受役，文不能不受役也。」〔註180〕重養學、養氣、氣完備而學充富，遇境即觸發，有叩境必有回應，要達以我馭法，非法馭我境界，乃是大家。

　　第三，法度本旨不變，定格再通變、和調。

　　「詩有起，有結，有喚，有應，有過，有接，有虛，有實，有輕，有重，偶對欲稱，壓韻欲穩，使事欲切，使字欲當，此數端者，一之未至，未可以言詩也。足下文差健，而有古意，然篇法則未講也，句法奇，然句病乘之，字法奇，然字病乘之，而俱不自覺也。僕以爲足下且勿輕操觚，其詩須取李杜高岑王孟之典顯者熟之，有得而稍進於建安潘陸陶謝，文取韓柳兩家平正者熟之，有得而稍進於班馬先秦，其氣常使暢，才常使饒，意先而法，即繼之驕然」〔註181〕，見強調詩之法度與做法，講究篇章句法，強調學詩逐次進步，對擬古習古並非推翻，而是努力改正不足：

　　　　于鱗居恒謂富有之，謂大業日新之，謂盛德，擬議以成其變化，爲文章之極，則余則以日新之與變化皆所以融其富有擬議者也，間欲與于鱗及之，至吻瑟縮而止，不意得絕響於足下也。至足下稍有疑於僕，夫足下豈惟僕疑也？將僕子箴也。夫僕之病在好盡意而工引事，盡意而工事，則不能無入出於格，以故詩有墮元白或晚季近代者，文有墮六朝或唐宋者，僕亦自曉之，偶不能割愛，因而災木，行當有所刪削也。

　　　　　　　　　　　　　　　　（《屠長卿》，《續稿》卷二百）

　　他主張「日新」「變化」，以明朝當代事與文，廣採古今，融擬古於自然，使復古達鮮活生命力。他承認他的歌詩，有元白長慶體，也有明代吳風，文有六朝味，又有唐宋風，這是晚年詩文的轉變。但對格、法、變，依然是「格調」爲法度，「定格」後「通變」、「和調」：

〔註180〕明·王世貞《答華孟達》，《弇州續稿》卷一百八十一，《景印文淵閣四庫全書》第 1284 冊，第 589 頁。
〔註181〕明·王世貞《于鳬先》，《續稿》卷一百八十三，《景印文淵閣四庫全書》第 1284 冊，第 617 頁。

才騁則禦之以格，格定則通之以變，氣揚則沈之使實，節促則
澹之使和，非謂足下所少而進之，進僕所偶得者而已。

（《答胡元瑞》其一，《續稿》卷二百六）

足下於詩，緣世定格，緣格定品，以故秩然經緯，而至於本性
之情，窮極窈眇，因常究變，曲盡劇剔。

（《答胡元瑞》其二十，《續稿》卷二百六）

內容與形式，既互存又矛盾，有內在聯繫，本質又不同。理想境界，是古體如「詩三百」、「古詩十九首」，既質樸天成，又有法度，千錘百鍊，達中國詩歌情感與藝術的原點與亞原點典範；近體如盛唐詩，發展到李白，很多詩都天機洋溢，有觸即發，直抒懷抱，自在流出，純乎天籟，他詩中的自然美，從根本上說，既是天才本色，也是汲取自身精神氣質，藝術爐火純青後將萬法鎔鑄於胸，達對法度超越的自由王國境界。中國詩歌史，發展到杜甫前，雖作家們多關注藝術，總體仍遵遁內容爲主藝術爲輔的自然本色創作方式。但藝術形式也在緩慢發展，謝靈運始，情性未必隱，聲色已大開的南朝詩美，重要特徵就是對藝術形式與技巧，第一次提到與內容並重的自覺意識，從沈約四聲八病說、宮體詩，到庾信暮年合南北文學之優長，進而到上官體、文章四友、初唐四傑、沈宋、盛唐詩派，藝術形式穩定發展，到杜甫成爲新的質變點。杜甫一是提到「詩史」高度，二是把敘事詩的優秀傳統與表現手法創新到前所未有的成就，三是晚年漸於詩律細，把律詩藝術開創到登峰造極境界。前一條道路，情感與藝術的自然本色創作，發展到李白後，基本不再作爲後代的主流，宋蘇軾能走此路。中唐後至清，古典詩創作多走杜甫道路，杜詩是可學習，且可達較高藝術成就的，故自黃庭堅與江西詩派習杜，歷代詩人重法度與循序漸進之法。在詩歌史上，重藝術與形式漸成爲與情感內容並齊走路的兩腿，不再偏廢，實質是詩歌發展的必然選擇與結果。明人建立本朝之詩，通過繼承文學遺產創新，復古對象歷經曲折變化。自明初期朱元璋、劉基、王逢、楊維楨、明初五派等，明前中期館閣省垣、李東陽與長沙門人、吳中布衣沈周與吳儼等鉅公勝流，進而弘治朝明詩史正變分流，前後七子發展到明後期，「格調」演變爲內容與形式融合的概念。它是明代政治與文學內外綜合作用，也是詩史將形式法度立到前所未有的重視結果；故在其發展初期，在明代它會有局限甚至認識性偏差，要歷經清代理論與創作兩方面，吸取明人成敗得失經驗，才達到內容與形式對文學遺產與當代書寫的較好圓融與集大成時期。理解了內容與形式在中國詩史進

程中的發展關係，就知前後七子派倡導眞情正格，乃明代文學的方向和要求。同時，倡眞情法度的尺度和時機也很重要，在李攀龍、王世貞分任文壇盟主階段，進步與保守成分，在他們理論與創作中同時並存；其次，「格調」涵義起決定性作用，王世貞本質要創作明朝的當代文學，卻以先唐到長慶格調爲法度，不是如唐人創唐詩，宋人立宋詩，他沒有提出「明自有詩」理念，反映出在唐詩「豐神情韻」與宋詩「筋骨思理」不同詩美前，明人開創新範式和復古的雙重窘境。這既緣於他受身處的文學與政治生態決定，也受其交遊與文學使命影響，使得王世貞的文學思想與詩歌理論處明代「格調」論中重要一環，故要他全盤推翻「格調」產生機制、定義、內涵、作用，另立新主張，極不現實。且綜觀其一生，沒有出現新理論代替「格調說」，也沒有出現對「格調」的全盤否定，或「否定之否定」的情況，而是修正與完善，深化與堅守。「詩三百」、「古詩十九首」是寫今寫心，盛唐歌詩也是書寫社會生活與個人懷抱性情爲主，對前朝遺產繼承與創新爲輔，明詩應如它們來創明詩以成明格，竟陵「人自有詩」、「明自有詩」深處即是對「格調」內核的反撥。王世貞的「格調說」，力圖創明代盛世文學，卻在思想與方法上有局限，這也使他處於和明詩史要求裂變的高點上。即使晚年爲「調」再「捃拾宜博」拓寬，摒除七子派高華雄健的單一化；但北地歷下爲格調確立的風調，同時也被打破，格調說在臻於極盛時也潛藏著被瓦解的契機〔註182〕，王世貞恰是肇始者。深植於內容與形式處置不當，根源上帶來的矛盾：要用法度格調的傳統典範，來創自我才情藝術的當代表達，主次關係的倒置必造成創作內在的背離。他晚年倡「博」、「淡」、「適」、「用」，以達「高妙自然」、「有意無意間」，實質正是規避藝術各種偏離過度，來調劑法度格調與當代表達的悖反矛盾。調合當然不能徹底解決兩者的一體兩端狀態；晚年愈將「集大成」、「離而合」推到極廣極致，愈與以「今」以「心」，來創「明格」成「明調」文學規律悖逆；故後子派後期李維楨、胡應麟等，再堅持「格調」本源，調劑融和，也無法阻止公安、竟陵登上文壇主盟地位。但同理，亦因「格調」儒家性情至理、雄健雅深的合理內涵，在明末天啓崇禎的複雜政治鬥爭中，在宗經思想與雅正法度前提下，後七子派代表詩論在創作方法與藝術層面已達全然放開融合高度，師心與師古，實質不全然是文學問題，更大意義上，根本是政治取向問題。儒家詩教與復古雅正詩美之「格調」，爲陳子龍、夏

〔註182〕陳文新《明代格調派的演變歷程及其對意圖說的否定》，《武漢大學學報》2001年 2 期，第 207 頁。

完淳等在激烈悲壯的抗清實踐中發揚，成爲明詩接續到清初士大夫對明亡歷史反思與風雅傳統的歌詠。

（三）「調」與「聽」

「調」也是王世貞詩論的核心概念，最重要莫過於《藝苑巵言》「才生思，思生調，調生格。思即才之用，調即思之境，格即調之界」。袁震宇、劉明今先生認爲：「此語包含兩重意思，一是由才思產生格調，二是格調爲才思的境界。也即是說：詩文的格調是作者個人才思的體現，反過來格調又對作者的才思起一定的制約與規範作用。」〔註183〕陳伯海先生認爲：「詩人的才情形成了詩篇的構思，構思產生了音調，音調的高下又決定著作品的形體規格」、「用特定的形體規範來給詩歌音調立界，更以形體與聲音的規範來制約詩人的才思」〔註184〕。

王世貞的「調」，主要有兩個方面，一是指聲韻，古體律詩在音韻方面差別甚大，二是指風韻，詩的一種風致神韻〔註185〕，但因「格」已上陞爲藝術中人格、氣質、情感、體制、色澤、時代風格等一切可訴諸「內視」諸因素的總和，涵蓋文學、書畫等藝術形式，即從作品中可通過眼睛「見到」、「感受」到的東西。所以王世貞「調」中風調神韻這一部分，其實與「格」中可視呈現出來的各因素有重疊，但「格」側重在「視」的效果，「調」則側重在「聽」的效果，「調」傾向於指一切聲容意興的品質，它總是與一定的體制與風格聯繫在一起〔註186〕，它表現爲可聽的音調節奏、語調、風調、氣調與時代音調、樂調等〔註187〕。王世貞把調首先即分爲「聲調」（可聽）和色調（風調，可視），但相較「格」，側重在聲容意興的可聽方面。

王世貞探討了「調」的緣由，它在詩歌創作中與其他因素的關係。

> 李公才甚高，其下筆靡所不快，乃不欲窮其騁以瘉吾格。治漢
> 魏，旁趨齊梁，以至大歷，靡所不究，乃不欲悉於語以窒吾情。其

〔註183〕袁震宇、劉明今《中國文學批評史》，上海古籍出版社，1996年，第262頁。

〔註184〕陳伯海，《中國詩學之現代觀》，上海古籍出版社，2006年，第336～337頁。

〔註185〕陳文新《明代格調派的演變歷程及其對意圖說的否定》，《武漢大學學報》2001年第2期，第205頁。

〔註186〕李樹軍《王世貞「才、思、調、格」的文體意義》，《江漢論壇》2008年第3期，第110頁。

〔註187〕鄭靜芳《論王世貞折衷調劑的審美觀念》，《北京化工大學學報》2010年第2期，第44頁。

思之界可以靡所不詣，乃不欲求超於物表，以使人不可解。大要辭
當於境，聲調於耳，而色調於目，滯古者不得卑，而媚今者無所用，
其駭以爲二家之業，當如是已耳。

　　　　　　　　　　　（《李氏在笥稿序》，《弇州四部稿》卷六七）

　　王世貞表明詩的「才」、「辭」、「思」都受到一定的法度規範，使「格」、
「情」、「物」得以確立，他總結在「辭」應當適合於它的「境」，「聲調」適
合於「耳」，「色調」適合於「目」，使崇古派不得卑，崇今派無所用，當出之
以獨立的時代風格而又內具典範的法度之美。此段見王世貞把調首先即分爲
「聲調」（可聽）和「色調」（風調，可視），但相較「格」，側重在聲容意興
的可聽方面。

　　王世貞認爲「調即思之境，格即調之界」，他討論了「調」與「境」的關
係：「不之於情，則止於性，達適其趣，而和平其調，縱心之所嚮，以與境際」
〔註188〕，主張源於情性，以「達適其趣」與「和平其調」爲宗旨，達到一種
自由馳騁情思，期與境會的創作狀態。他說「吾於詩文不作專家，亦不雜調，
夫意在筆先，筆隨意到，法不累氣，才不累法，有境必窮，有證必切，敢於
數子雲有微長，庶幾未之逮也，而竊有志耳」〔註189〕。「不作專家」其實表明
了王世貞不同意於李夢陽、李攀龍擬古有餘而變化不足的根源在於如果完全
重複一兩個典範，如同臨帖一樣複製典範，那就算不得眞正的藝術作品，詩
人必須尊重傳統，但不應該只去適應過去的某種標準〔註190〕。他由此提出「師
匠宜高，捃拾宜博」、「僕詩門徑，尤廣宜探」、「不用雜調」，又維護傳統，尊
崇法度格調，達到一種格調、法度與才情較理想的調劑自由境界，而在「境
有所未至，則務伸吾意以合境，調有所未安，則寧屈吾才以就調」〔註191〕。
所以，一方面，在「伸意達境」與「以才就調」上，表明了王世貞較明顯地
維護格調、法度的立場。另一方面，強調自然伸意的獨創，追求神似而不拘
泥形式上的尺寸古法，要「離而合」：「而伯承稍稍先意象於調，時一離去之，

〔註188〕明・王世貞《環溪草堂集序》，《弇州四部稿》卷六十七，《景印文淵閣四庫全
　　　　書》第 1280 冊，第 161 頁。
〔註189〕明・王世貞《藝苑厄言》卷七，陸潔棟、周明初批註，鳳凰出版社，2009 年，
　　　　第 119 頁。
〔註190〕陳文新《明代格調派的演變歷程及其對意圖說的否定》，《武漢大學學報》2001
　　　　年第 2 期，第 207 頁。
〔註191〕明・王世貞《張肖甫集序》，《弇州四部稿》卷六十八，《景印文淵閣四庫全書》
　　　　第 1280 冊，第 173 頁。

然而其構，合也。夫合而離也者，毋寧離而合也者，此伯承旨也」〔註192〕，所以他贊杜甫對樂府即事名篇的創造，「擬者或舍調而取本意，或舍意而取本調，甚或舍意調而俱離之，姑仍舊題而創出。吾見六朝浸淫，以至四傑、青蓮俱所不免，少陵杜氏迺能即事而命題，此千古卓識也」〔註193〕，推崇「篇法之妙，有不見句法者；句法之妙，有不見字法者；此是法極無跡，人能之至，境與天會，未易求也。有俱屬象而妙者，有俱屬意而妙者，有俱作高調而妙者，有直下不偶對而妙者，皆興與境詣，神合氣完使之。然五言可耳，七言恐未易能也。勿和韻，勿拈險韻，勿傍用韻，起句亦然。勿偏枯，勿求理，勿搜僻，勿用六朝強造語，勿用大曆以後事，此詩家魔障，慎之慎之」〔註194〕，他提出「文生於情，世所恒曉；情生於文，則未易論，蓋有出之者偶然，而覽之者實際也。吾平生時遇此境，亦見同調中有此。……然有意無意之間，卻是文章妙用」〔註195〕，將格調法度與自我才情藝術的解決辦法歸之於調劑的「高妙自然」、「有意無意間」境界，對藝術上各種偏離過度的規避。簡之，早年重「調」產生、定義、方法、「高格正調」。

他晚年其「調」內涵也沒變，但深化完善，思考更臻嚴密。

第一，晚年強調抑才就格、完氣成調，養意趣、審格調，神來從容中道，氣來觸處而發，情來優遊而得，以代定格，詩自為格，對比早年，是更平和豐富了的傳統復古之調。

> 夫格者，才之禦也；調者，氣之規也。子之嚮者，遇境而必觸，蓄意而必達，夫是以格不能禦才，而氣恒溢於調之外，故其合者，追建安武開元凌屬乎？貞元長慶諸君而無愧色，即小不合，而不免於武庫之利鈍。今子能抑才以就格，完氣以成調，幾於純矣。
>
> （《沈嘉則詩選序》，《續稿》卷四十）

「才騁則禦之以格，格定則通之以變，氣揚則沈之使實，節促

〔註192〕明・王世貞《李氏擬古樂府序》，《弇州四部稿》卷六十四，《景印文淵閣四庫全書》第 1280 冊，第 129 頁。

〔註193〕明・王世貞《樂府變十九首有序》，《弇州四部稿》卷六，《景印文淵閣四庫全書》第 1279 冊，第 72 頁。

〔註194〕明・王世貞《藝苑卮言》卷一，陸潔棟、周明初批註，鳳凰出版社，2009 年，第 12 頁。

〔註195〕明・王世貞《藝苑卮言》卷三，陸潔棟、周明初批註，鳳凰出版社，2009 年，第 40 頁。

則澹之使和，非謂足下所少而進之，進僕所偶得者而已。」

（《答胡元瑞》，《續稿》卷二百）

這段詩論，我們再參以兩段詩論細味：

徐禎卿曰：「因情以發氣，因氣以成聲，因聲而繪詞，因詞而定韻，此詩之源也。然情實窅渺，必因思以窮其奧；氣有粗弱，必因力以奪其偏；詞難妥貼，必因才以致其極；才易飄揚，必因質以定其侈，此詩之流也。」

（《藝苑卮言》卷一）

詩有常體，工自體中；文無定規，巧運規外。……故法合者，必窮力而自運；法離者，必凝神而並歸。合而離，離而合，有悟存焉。

（《藝苑卮言》卷一）

王世貞闡述詩創作原則與過程並沒改變，認爲詩有創作發生的根本原則，即因情以發氣，因氣以成聲，因聲而繪詞，因詞而定韻，這是詩之源也，然後因情窅渺，思窮其奧，氣有粗弱，要力奪其偏，詞難妥貼，要才致其極，才易飄揚，因質定侈，由於創作主體的差異與這其間的情、思、氣、力、詞、才、質所把握與達到的度不一樣，從而造成詩之差異的萬千氣象，這是詩之流也。但是儘管詩由於作者不同而有差異，他強調詩有基本的藝術審美標準，工自存於體中，文無必然的規則，但巧運規外，所以法度合者，必窮力自運，法離者，必凝神並歸，法度的合與離尺度是一種法度與內容達較完美圓融的關係，靠創作中的妙悟與感覺。所以，他進一步提出「格」是「才」的駕御，「調」是「氣」的規範，以格御才，格定通變，氣揚要沉以實，節促要澹以和，他指出沈明臣「遇境必觸，蓄意必達」之過度，造成其詩「格不禦才，氣溢調外」內容與所追求的格調不合效果，要沈明臣能「抑才就格，完氣成調」，然後詩爲純矣。這其實與他晚年詩中格調、情感的平和純正、不卑弱不揚厲、自然適意宗旨一致。

夫以代定格，以格定乘者，嚴儀氏也。詩自爲格，格自爲乘者，蒼雪翁也。……大指意趣在養，格調在審，二語盡之。而所謂神來者從容中道，氣來者觸處而發，情來者悠游而得，則嚴儀氏未前發也。

（《蒼雪先生詩禪序》，《續稿》卷四十）

在「以代定格」同時，提出「詩自為格」；在現實土壤決定時代風格同時，強調詩歌體式內在的藝術獨立性與形成的文體特徵；認為「養意趣」、「審格調」是創作的兩個重要方面，「神來者」是從容中道，「氣來者」是觸處而發，「情來者」是優遊而得。

第二，以恒調、風調、調外之味、達、適，補浮響虛格、聲響不調、格尊無情實弊病。

首先，晚年的王世貞，養的何種意趣？審的何種格調？

仍是儒家兼濟天下的事功與儒家道德君子的至真至性之情，「情與詩」之節論述已多，以其一則材料作結：「伯起應曰：『吾不知也，吾發於吾情，而止於性，發於意，而止於調，反之，我而快質之，古而合，以為如是足耳。且夫辭達者，孔父之訓也。』」〔註 196〕發之於調，還是傳統典範的復古之調：

> 本寧文筆峭峻，而指奇新，能出人表。……詩格調高秀，聲響宏朗，而入字入事皆古雅，家弟畏之，固當即令僕整幟而遇前茅，不亦三舍哉！
>
> （《答胡元瑞》，《續稿》卷二百六）

> 余方禪居雲陽觀，稱病謝客，聞元瑞來，喜不自勝，與語久之，……，蘭溪令喻邦相豪於詩，與元瑞意合忘形爾，汝嘗與偕過趙學士靈洞山房，倡和連日夕。……助甫，余兄弟友也，奇元瑞詩，擊節曰：「二十年亡此調矣。」
>
> （《胡元瑞傳》，《續稿》卷六十八）

對後七子派多頌揚他們尊高華雄秀的古近體詩風，但如對「格」一樣，對「調」多了深化與善用，他談到了古體「能以宋齊樂府之調」出入「建安之門」、近體大曆長慶詩美〔註 197〕，談到「彼見夫盛唐之詩，格極高，調極美，而不能多，有不足以酬物而盡變」〔註 198〕之單調化，正是從「調」來補前後七子派易流於「浮響虛格」、「聲響不調」、「格尊無情實」弊病：

〔註 196〕明・王世貞《張伯起集序》，《弇州續稿》卷四十五，《景印文淵閣四庫全書》第 1282 冊，第 595 頁。

〔註 197〕明・王世貞《潘景升東游詩小序》，《續稿》卷五十四，《景印文淵閣四庫全書》第 1282 冊，第 711 頁。

〔註 198〕明・王世貞《書蘇詩後》，《讀書後》卷四，《景印文淵閣四庫全書》第 1285 冊，第 48 頁。

　　五言古似韋蘇州，而時時上之，七言古似高達夫，五言律似常建、郎士元，七言律似李頎，絕句在大歷長慶中，未易才也。孟達之所構結，以淡雅為體，以和適為用，其始非必皆自然，淘洗之極，歸而若自然者也，而至於才之所不能抑，則間出而為奇警，情之所不能禦，則一吐而為藻逸。嗟乎！詩如是足矣。

　　　　　　　　　　　（《華孟達詩選序》，《續稿》卷五十三）

　　夫文有格有調，有骨有肉，有篇法，有句法，有字法，今觀足下集并集中諸君子語，非北地、濟南、新都弗述，其格古矣，骨樹矣，句字修矣，所少不備，幸相與勉之而已。文之所以為文者三，生氣也，生機也，生趣也，此三者諸君子不必十全也，無但諸君子，即所稱獻吉諸公，亦不必十全也。願足下多讀戰國策史漢韓歐諸大家文，意不必過抑王道思、唐應德、歸熙甫，旗鼓在手，即敗軍之將，僨轅之馬，皆我役也。至於詩，古體用古韻，近體必用沈韻，下字欲妥，使事欲穩，四聲欲調，情實欲稱，縠率規矩定，而後取機於性靈，取則於盛唐，取材於獻吉于鱗輩，自不憂落夾矣。

　　　　　　　　　　（《顏廷愉》，《續稿》卷一百八十二）

　　他提出「淡雅為體」、「和適為用」、「淘洗之極歸自然」，文要立秦漢傳統，又拓寬到韓、柳、歐、蘇；古體近體詩體制相異，字妥事穩，聲調情實，法度格調即定，而後取機「性靈」，取則盛唐詩法，取材盛明北地、歷下輩。這兩段論述，體現藝術與創作的調劑過渡性質：風調，尊高秀宏深要注意淡雅、和適、自然；取材，汲取前代文學優秀傳統，又要及時吸收當代優秀詩風；方法，尊法度格調上要注意聲調情實，特別是重「性靈」，體現對詩人意趣、才情、思致充分肯定。但王世貞「性靈」，非公安「自在流出」、「不拘格套」，是既在儒家正統情性的內容規範與理想、又有格調法度形式規範下詩人自我的性靈，太過沉重。但從高蹈揚厲變為倡情味韻趣、平和沖淡、圓融成熟，倡「恒調」、「風調」、「調外之味」、「達」、「適」：

　　乃豹孫稍異於是，大約劑華實，約事景，其遇物觸興不取自於人，而取自於己。是以有恒調而無越格，至五言古、近體則尤彬彬雋永矣。

　　　　　　　　　　　（《真逸集序》，《續稿》卷四十二）

　　余近始得而習之，颯颯乎其調也，雋乎其味，使人易知而難忘，

若古體之於左司，近律之於香山，當其所得意，匪甲而乙，不至相
徑庭也。

（《龔子勤詩集序》，《續稿》卷四十七）

全集三復，不忍釋手，往往有法門調辭外味。

（《鄒彥吉》其三，《續稿》卷一百九十一）

他晚年講究「辭旨咸調暢清麗，句穩而字妥，不露蹊逕」〔註199〕的老成
詩風，寬容不盡然古調的詩人詩論，如他說「不必一一同調，而臭味則畧等
矣」〔註200〕、「初以不盡同調，故畧之，……屈指眼底，漸鮮其倫，不勝山
陽酒爐之感，因次第咏之」〔註201〕，立足在「先生詩富才情，格不必盡古，
而以風調勝，往往膾炙人口，文小弱，然亦宛宛雅趣」〔註202〕，重情調新趣，
「能於古調中作新語」〔註203〕，「澹辭取適而已」〔註204〕。

第三，尊六朝文、蘇軾、宋元詩文，但持「非式」「可用」觀點，尊唐抑
宋。

正因持「詩在濃淡間，時具悠然之趣，而調復朗朗，文簡勁有法，尺牘
尤雋永」〔註205〕，故對大曆錢劉、長慶元白詩風、進而對六朝文、蘇長公詩
文都是尊崇的：

「其詩五言律最工，七言次之，有錢劉風調，文慕稱六朝。」

（《像贊·于邑》，《續稿》卷一百四十九）

他認為理想詩文「有響有象，有色有格，有情有調」〔註206〕，「古色爛

〔註199〕王世貞《郭鯤溟先生詩集序》，《弇州續稿》卷四十六，《景印文淵閣四庫全書》
第1282冊，第606頁。

〔註200〕王世貞《四十詠》，《弇州續稿》卷三，《景印文淵閣四庫全書》第1282冊，
第34頁。

〔註201〕王世貞《八哀篇》，《弇州續稿》卷三，《景印文淵閣四庫全書》第1282冊，
第39頁。

〔註202〕王世貞《像贊·顧璘》，《弇州續稿》卷一百四十八，《景印文淵閣四庫全書》
第1284冊，第156頁。

〔註203〕王世貞《章子敬詩小引》，《弇州續稿》卷四十六，《景印文淵閣四庫全書》第
1282冊，第607頁。

〔註204〕王世貞《亡弟中順大夫太常寺少卿敬美行狀》，《弇州續稿》卷一百四十，《景
印文淵閣四庫全書》第1284冊，第50頁。

〔註205〕王世貞《答華孟達》，《弇州續稿》卷一百八十一，《景印文淵閣四庫全書》
1284冊，第589頁。

〔註206〕王世貞《王光州仲叔》，《弇州續稿》卷二百七，《景印文淵閣四庫全書》第
1284冊，第915頁。

然」要「中間宛複深至」〔註207〕，「音象鴻爽，才情調暢」要「當於岑李錢劉間求之，別致時義，典雅精潔，殊堪程式」〔註208〕。他早年便喜白蘇，白居易、蘇軾的達觀對他政治挫折多有啓發，見《案頭蘇詩一編》（《弇州四部稿》卷十五）、《徐太僕南還日紀序》（《弇州四部稿》卷六十七）等，亦和其愛長公才情相關，見《書蘇長公司馬長卿三跋後》（《弇州四部稿》卷一百二十九）等。其對少年與老年論蘇軾有自評：

> 「當吾之少壯時，與于鱗習爲古文辭，其於四家殊不能相入，晚而稍安之。毋論蘇公文，即其詩最號爲雅變雜採者，雖不能爲吾式，而亦足爲吾用。其感赴節義，聰明之所溢，散而爲風調才技，於余心時有當焉。」

（《蘇長公外紀序》，《續稿》卷四十二）

此段置於他終生「詩之情」、「詩之格調」、晚期變與不變各是哪些，對舉才清楚：（1）雖晚年政治態度、生活趣尚是隱逸，心境淡泊寧靜，崇佛道，主「無情」、「修持」，但視「情」爲世情、性情、才情沒有變化，這使得其把復古格調立爲正本清源、復興大一統的盛世文學高格高調、建立本朝「正王道之始」與「合乎禮儀法則之始」明文學理想不會改變，並把復古落實爲明影響力最強時期。（2）晚年對「格調」，將早年「師匠宜高」和「捃拾宜博」下降沉實，既維護漢魏古詩和盛唐律詩的格高調逸，還贊陶謝、大曆長慶和蘇詩，文贊六朝、韓柳、歐蘇，用情味風調平和內斂「虛格浮響」；格主「沉思」、「情實」、「辭達」，調主「調暢」、「恒調」、「風調」、「調外之味」、「達」、「適」，主濃淡之間、悠然之趣，是對七子派理論老成圓熟推進。（3）還重法度，晚年詩講究蘇白的眞率自然與集大成，因怕凡夫俗子學偏，名教掃地，詩道粗鄙，仍強調復古派雅正格調，而比較早期強調體式格調、字句篇法等，已內化作雅正美學風格，爲七子派繼承。

他對六朝文、蘇軾、宋元詩文，落點在「非式」、「可用」：

> 「余所以抑宋者，爲惜格也。然而代不能廢人，人不能廢篇，篇不能廢句，蓋不止前數公而已，此語於格之外者也。今夫取食色之重者與禮之輕者比之，奚嘗食色重？夫醫師不以參苓而捐溲勃，

〔註207〕王世貞《陳季迪》，《弇州續稿》卷二百七，《景印文淵閣四庫全書》第 1284 冊，第 919 頁。
〔註208〕王世貞《馮咸甫先輩》，《弇州續稿》卷二百七，《景印文淵閣四庫全書》第 1284 冊，第 915 頁。

大官不以八珍而捐胡祿障泥，爲能善用之也。雖然，以彼爲我則可，以我爲彼則不可。子正非求爲伸宋者也，將善用宋者也。……乃信陽之評的然矣，曰「宋人似蒼老而實疎鹵，元人似秀峻而實淺俗」之二語也。其二季之定裁乎？後之覽者，將以子正用宋抑元，以信陽不爲宋元入，斯可耳。」

（《宋詩選序》，《續稿》卷四十一）

　　唐宋詩他取前者。「遠邁漢唐」是明祖與明士大夫普遍社會文化心理，積弱的宋代始終未能成爲朱明的國家理想與前代榜樣，宋代正而失統招致明人更大的評判，明人對蒙元在文化層面展開嚴格強烈的禮俗抨擊，漢、唐、明的正統序列折射出明人大一統華夏本位，作爲時代精神的復古信念，更成爲明代文化心理中的深層結構與集體意識，並因「漢唐盛世」的特殊文化內涵與心理張力而呈現爲明詩生態中的「漢唐情結」，「文必秦漢，詩必盛唐」既是復古典範李、何、李、王四大家的核心凝聚力，也是史家對其詩文態度的總結〔註209〕。七子派「格調」正是復現漢唐情結的禮樂規範與藝術表現，創造皇明盛世文學的內容與形式，是他們復古的原點支撐，絕無變轍拋棄。到李維楨，在國家內憂外患、思潮與文藝碰撞激盪時，主性情，力抓學、識、法、師古四點，放開其餘，復古和格調本旨皆已調整；復古從追求文法風格，深隱爲思想與美學，格調從創皇明盛世文學，轉變爲用宗經先進、雅正雄深旨趣來匡救明末人心世道，維護明詩文正格。但後七子派第二期隆慶萬曆早期，王世貞不可能與劇變的明末政治文學土壤相遇。李維楨評「誦先生集而知兩三代有明，明有先生，非偶然也。……先生於唐好白樂天，於宋好蘇子瞻，儒雅醞藉，風流標致，二公蓋有合者，而文品則大勝之矣」〔註210〕，「文品」即指「格調」。李維楨後對尊世貞爲周漢間人崇古思想作了大修正，但對「文章關乎世運」、王世貞集大成、代表世運隆盛之明文學最高成就定評終生未變。故從深層社會文化背景看王世貞的「抑宋」爲「惜格」也。晚年他圓通處在不以代廢人，不以人廢篇，不以篇廢句，但這是「格之外者」，是善用，不是伸宋，是以彼爲我所用則可，以我爲彼所誤則不可。何景明語宋元詩僅文學具象缺點。他晚年格調論，是不

〔註209〕郭萬金《明詩文學生態研究》，博士論文，中國社會科學院，2008年，第33～49頁。

〔註210〕明・李維楨《弇州集序》，《大泌山房集》卷十一，《四庫全書存目叢書》集150，第526頁。

改變早年尊「格調」根本觀點的深化與完善。

　　此旁及到錢謙益「弇州晚年定論」問題。王世貞「熙甫集中有一篇盛推宋人，而目我輩爲蜉蝣之撼不容口，當是于陸生所見報書，故無言不酬。吾又何憾哉！吾又何憾哉」〔註211〕，亦被用以論晚年自悔。其實，放在王世貞論「詩之情」與「詩之格調」核心觀點、晚年變與不變來看，他對詩文之格調是終生未變的，變的只是對前後七子復古派簡單化、狹隘化弊端的修正與深化。他評歸有光雖是論文，但在王世貞文學觀層面來說，是相通一致的。他晚年於文贊六朝、韓柳、歐蘇，也是取「師匠宜高」、「捃拾宜博」的「變」與「善用」角度出發的，如他言「願足下多讀戰國策史漢韓歐諸大家文，意不必過抨王道思、唐應德、歸熙甫，旗鼓在手，即敗軍之將，僨轅之馬，皆我役也」〔註212〕，而且持論更平和寬容。王世貞是大史學家，在詩文上有強烈的以詩、像贊等來爲古代、當代名家存史意識，如《續稿》文部《像贊》，且晚年對各家評判更爲客觀通達，但他復古格調核心卻是終生未曾易幟。他在《書歸熙甫文集後》與《像贊·歸有光》二文中評歸有光，是一致的，認識到歸文的藝術優長，中肯指出歸文不足，對其文出之自史漢，折衷於昌黎、廬陵，且志傳碑表多承昌黎識見、不事雕飾而自有風味，超然當代名家盛讚，其贊云「風行水上，渙爲文章，當其風止，與水相忘。剪綴帖括，藻粉鋪張，江左以還，極于陳梁，千載有公，繼韓歐陽，余豈異趣，久而始傷」，「風行水上，渙爲文章」指文章興發構思行文的創作狀態，「當其風止，與水相忘」指文章應達到自然風味高妙的藝術境界，「剪綴帖括，藻粉鋪張，江左以還，極于陳梁，千載有公，繼韓歐陽」指韓愈歐陽修文復古散文傳統，與唐宋時文駢文相抗的成就，是卓越領袖。歸有光也是承繼韓歐復古秦漢唐宋傳統，與明八股制科時文相抗的名家，且在吳中江左地域，千載以還，當此一人，「余豈異趣」是指自己在復古文辭傳統上難道是不同此趨向志向的人嗎，顯然不是。「久而始傷」其實況味複雜，可能有回想起自己與友人們爲之奮鬥一生的文學事業曲折艱辛、所受責難、文學與事功在個人遭際與政治時議中的相互爲累、最後歸以淡泊心境，回溯此生，有諸多傷感與無奈，倒不盡然是傷歸

〔註211〕王世貞《書歸熙甫文集後》，《讀書後》卷四，《景印文淵閣四庫全書》第1285冊，第56頁。

〔註212〕明·王世貞《顏廷愉》，《續稿》卷一百八十二，《景印文淵閣四庫全書》第1284冊，第604頁。

有光與己或多數文人不遇的坎坷遭遇，或他晚年文學持復古格調本質的改變。

王世貞早年對格調的產生原因、「情、格、調」內涵都有清晰闡釋。詩應抒寫物理人情與君子性情、創建明朝盛世文學的高格正調，這一格調論主張，王世貞終生都未改變。但晚年又確有轉變，追求「格降而博求其變」的平和老成風調。「變」與「不變」性質，是本質堅守格調不變，方法上變爲深化與完善。

筆者認爲解決此公案的理路可剖析爲：第一，王世貞晚年詩文集中，已多有「自悔」敘述；第二，明人文獻中，如王錫爵、焦竑、胡應麟、陳繼儒、袁宗道等都有王世貞晚年詩文轉變的論述，每人立論點多不一致。自小成長於七子陣營年家子、後七子派第三期領袖李維楨《讀蘇侍御詩又》、《黃友上詩跋》〔註213〕敘述清晰，知晚明已確有弇州「少年未定之論」與「晚年定論」，維楨觀點與本文述王世貞晚年「格調」一致。第三，自錢謙益「弇州晚年定論」以來，清人對王世貞少年、晚年說亦多論述，對錢氏立此公案亦大有評說。今人錢鍾書、郭紹虞、卓福安、孫學堂、李聖華、李光摩等皆有研究，分批錢與贊錢兩種，並對錢氏立此公案目的各提觀點。尤其魏宏遠著數十篇論文，對王世貞晚年文學思想轉變、錢氏此論學界成果梳理甚深，可參見。

第四，對王世貞晚年自悔情況、錢謙益「弇州晚年定論」應分別研究，兩者是有聯繫的不同兩個問題。鑒於研究的深廣度與難度，宜先分後合。比較研究，是理想方法。首先，王世貞「少年未定之論」與「晚年定論」所變內容，是「全盤」還是「部分」？有無「變」與「不變」？進而「變者何」？「不變者何」？這是解決弇州、明詩史流變大關節點、錢氏弇州公案的最重要內證。早晚兩期作比較研究，解決問題簡明，有說服力。重要問題有：弇州文學理論及承繼、影響，作早晚兩期全面比較，包括他對中國各時段、各文體的具體觀點、代表作家與背後深層評判標準，他對明代詩文演進、各時期各地域各流派總評、代表作家的早晚兩期評價，對比研究；早晚兩期詩文風格對比、淵源研究；早晚兩期的交遊和文學活動、對各人評論所體現的文學觀，進行對比研究；特別是晚年通過「五子」、「四十子譜系」對全國尤其吳越文壇、楚文壇的影響狀況，進行比較；反過來，同時代人對他早晚兩期的評價對比。其次，對錢謙益《列朝詩集》的明詩史觀、旨歸、相關評判標準、思想與文學觀在明末與清初的變化發展作透徹研究。再把王世貞與錢謙

〔註213〕參見本章第一節第二點《論白香山》所引兩文。

益兩個問題的內外證，進行大視域、綜合性的比較研究，徹底闡釋清楚來龍去脈、前因後果、眞相事實，把這些成果比較箋釋《列朝詩集小傳・王尚書世貞》原文，逐句做出詳實小傳《補正》，才能得出較可信結論，弄清楚弇州本人晚年定論、錢謙益「弇州晚年定論」，本質一致還是兩碼事。在完成之前，忌作「部分之變」、「全盤本質之變」、「未變」定論。過早得出的結論，也不是科學的結論。

　　「弇州晚年定論」，關係到錢謙益《列朝詩集》持「自悔」後的弇州是「李東陽」、「王世貞」、「錢謙益」明詩正格三大支撐節點的明詩史觀；對東陽、吳中詩派承續不斷一脈，夢陽攀龍公安末流竟陵的明詩，乃「正」與「變」兩途的根本評價；錢氏評「弇州自悔」原因複雜，但對王世貞有褒非貶。錢氏構築的明詩史統攝清代述明詩史，影響至今。「弇州晚年定論」，是關涉清人、今人對明詩史與明詩評價的關鍵問題之一，我們任重道遠。

三、李維楨論詩

　　以上兩節，通過述李攀龍、王世貞的主要詩論，可看出後七子派詩歌理論發展的前兩期狀況，從李攀龍早期的中興與確立之功，到王世貞中期的擴大深化之功，可以說，王世貞對「格調」說思考是深刻的，建立了後七子派「復古」後期理論的基本框架、走向與高度，也是明代「格調」說的集大成之論。第三期的李維楨，已無法在深度上有所超越，而是繼承與適用、通融，如他對法度、格調、適、達、復古、詩教等諸多概念，我們都可看到是對王世貞格調說理論的運用與擴展。第五章對李維楨詩學理論的梳理可知，他面對公安、竟陵兩派的詩學理論批評，結合明後期的政治、世風、士風、學風，對復古派詩論持堅守、聚攏思想，主張儒家正統詩教、法度創作、雅正藝術內核本旨，而放開其餘，達到一種復古詩學理論較大程度的「用」與「適」。

　　李維楨與李攀龍、王世貞不同處在，李、王都視制科時文與古文辭爲對立，他們要作的是融興寄風雅其中的以文學性和性情爲本的大雅之音，如：

> 夫自國家設爲四端，以試公車士，而其最近理而遠格者，莫如
> 經書義。自經書義名，而文別爲古今，若論而表而策，則亦古文辭
> 之屬耳。士又日降其格，以傳於經書義，總而名之曰「時」，而倍於
> 古益遠矣。
>
> （《東壁遺稿序》，《弇州四部稿》卷六七）

　　王世貞說得很明白，即明諸生未中進士前要考的四書五經八股文，是時文，因與以文學性和情感爲本的古文辭無關，時格卑下，與古背益遠。前後七子要做的，就是從日漸卑弱枯燥的臺閣體與崇理複道的唐宋派手裏，復歸主情主眞主藝術審美的古文學傳統。對文學性的要求，放在了抒寫性情的前面。

　　但到第三期，面對世道、詩道陵遲的末世，李維楨認爲文學與個人的不受約束都走得太過。他詩論中還有一個重要觀點，就是他對時文與古文辭的關係，尤其與詩歌的關係進行了大調整，認爲時文並不損害詩道，爲國家選士正道，最爲醇正，與詩道同爲治道服務。他極重視制義，有許多論制義的評論。其總結性觀點在以下幾段：

> 國家以五經孔曾思孟四書教士，而試以文，文不由此不錄，學術文體最爲醇正。向後，制舉之業，緣飾《左》、《國》、《史》、《漢》，繼以《老》、《莊》、《呂覽》、《鴻烈》，取其辭與理不相悖，而好奇之士薄爲凡庸，旁及貝典，浸淫竄入於儒，且駕吾儒之上，異端橫議，甚於楊墨，有識者爭言放距，而積習卒不可解。余嘗欲得反經君子，以示正鵠，而後進竊非笑之。乃今嶺南盧元明孝廉之文平易雅馴，無一語不本於五經四書。聖賢微言大義，雖在千古，如答問授受，爲吾道羽翼鼓吹，匪直有功制舉業也。……生心害政，自孟氏而後知言者鮮。孔融當東漢之季，黨人標榜清議，取怨羣小，幾危國祚，然清議不失爲正，病在過激耳。即康成臆說，才高意廣，賢知之過。道之所以不明不行，而況邪說誣民，決裂大道，豈可容於文明之代，不有君子，其能國乎？元明爲制義，出入五經四書，所謂修其本以勝之，道不外此，世人不察，猥以尋常制舉業同類而並觀也。余爲具述所繇，以誌夫營道同術者。〔註214〕

　　近年對明清八股科舉文研究有成果，可參看。李維楨詳敘了明制科由學術文體最爲醇正走向敗弊的原因，他從立儒修本，反經君子將時文提到國家大道的高度，冀能再使時文醇正，爲儒道羽翼鼓吹。他論制義與詩的關係：

> 夫詩與舉子業殊塗，而未始不相通，有學識，有才情，有氣格，有韻致，缺一不可，拙者合之兩傷，而能者收之兼美。……夫詩傳自上古，而明興舉子業垂三百年，前人以此名家，後人安能出其範

<hr>

〔註214〕明・李維楨《盧元明制義題辭》，《大泌山房集》卷一百二十七，《四庫全書存目叢書》集153，第588頁。

圍？世多拾牙後慧者，殊可厭憎。昌黎曰：「陳言務去，憂憂乎難哉！」
余讀長卿詩，無一不合古法，而中有自我作古者，深得昌黎之旨，
他日即取高第，其爲文苑雄長，在此不在彼也！〔註215〕

他對制義，講究有好的思、味、章、致、體、勢，要求「有杳冥之思，
有冲澹之味，有綺麗之章，有委婉之致，有嚴重之體，有軒舉之勢」〔註216〕，
既要有好的思想性，又要有好的藝術性，時文與詩歌從匡救國家之本而言是
相通，殊途而同歸，故與詩道是離之兩傷，合之兼美，言舉子道也即爲言詩
道，同爲君子立身宣教的大雅正道。

　　六經無文法，非無法也，夫文而盡法也。末世憚於修辭，於法
　　一切弁髦棄之，而以談理自飾其瑕，諸子若史直以爲畔道，擯不視。
　　然則文無法乎？法安在乎？説經而壞經法者，莫如今舉子業，敝不
　　勝僂指已。潁上社之爲舉子業也，不爲舉子業也。其所取材，則老
　　莊左馬四家爲多，要以談理中於窾實，較世儒奚啻勝之。假令舉子
　　業皆若是，又何病焉？故法得理而勝，未聞理足而離法者也。執法
　　而文猶不具，未聞廢法而能文者也。四家之言，具在理與法，皆沿
　　六經，至謂六經無法，不亦悖哉。〔註217〕

此則材料最關鍵是李維楨所強調的「法」和「理」，舉子業本取四書五經
之儒家根本，但說經而壞經法者，最大就在制科時文，「六經無文法，非無法
也，夫文而盡法也」，其「法」指的是千百年來維護儒家統治秩序與社會倫理
綱常的根本規範，不是指文法，文法只是儒家倫理一定程度上行於文中的文
風法度體現，「理」指中國古代倫理德行之道，包含回歸宋明理學，不是明中
後期流行的陽明心學。李維楨眾多言論，強調制科時文與詩道所要回歸的「法」
與「理」，最根本上是指要返經返君子立德修身致國平天下之道，即回歸尊崇
儒家倫理綱常回歸治經，這是明末社會思潮成心學弊端泛濫後的反正，是包
括公安派、竟陵派在內的諸多有識之思對明末國家社會危機的反思，重又開
始向實學義理、向傳統宋明理學轉向。李維楨有論：「文章與時高下，……自

〔註215〕明・李維楨《馮長卿詩題解》，《大泌山房集》卷一百二十九，《四庫全書存目
　　　　叢書》集153，第635頁。

〔註216〕明・李維楨《汪象輿時義題辭》，《大泌山房集》卷一百二十七，《四庫全書存
　　　　目叢書》集153，第588頁。

〔註217〕明・李維楨《潁上社草後語》，《大泌山房集》卷一百三十三，《四庫全書存目
　　　　叢書》集153，第713～714頁。

余束髮受書，今且老，殆不啻十變矣。……禮以義起，何常之有？……必與今步武相準，寧能師心，與時違乎？……彼一時也，此一時也。要以發揮經術，博雅中倫，殊途而同歸，異曲而同工矣。昔者顏氏於孔子，步亦步，趨亦趨，孔子絕塵而奔瞠乎，其後雖欲從之未由也已。然顏氏卒以此庶幾彼，有自得於步趨之外者也」〔註218〕，講得非常明確，文學要符合時代的要求，豈能爲師心而破壞國家利益，師心學者，是彼一時也，此一時也，明末應是發揮經術，博雅中倫，返回儒學義理的時機了。當然，重宗六經與實學，並不等於亦步亦趨，在保證根本內核情況下，對創作方法與藝術層面，在宗經思想與雅正法度前提下，是全然放開了的。在明末，師今與師古，實質不全然是文學問題，更大意義上其根本是政治取向問題。

筆者認爲第五六章李維楨的詩學思想歸納，以對後七子派後期的指導詩論爲主，他的詩歌理論成就不及王世貞，他詩學批評最大成就在將復古派第二三期的詩學理論，借寫作序文與交遊的方式，及時地總結、評論，輸入文壇，爲明朝復古派的延綿傳承立下汗馬功勞。這可從《大泌山房集》中他所寫作集序的對象與他的交遊來看。

筆者在做的《李維楨年譜》，考出他交遊人物 1500 餘人，做出簡要人物小傳的文學交遊人物已有 300 餘人，據李維楨撰文敘述與其他相關參閱資料可知，絕大部分屬於尊儒或復古的正統人士。李維楨對明後期詩歌的批評，筆者已全盤梳理，已可見對後七子派的批評觀點，不再贅述。而以一段詩論作結：

> 余嘗論詩：前人做法于儉，猶恐其奢，後人取法乎上，僅得乎中。鍾記室《詩品》謂：某源出某。嚴滄浪云：學詩以識爲主，入門須正，立志須高，差毫釐，謬千里，可不慎哉？七子沒垂三十年，而後生妄肆詆訶，左袒中晚唐人，信口信腕，以爲天籟元聲。殷丹陽所臚列野體鄙體俗體無所不有，寡識淺學，喜其苟就，靡然從之。詩道陵遲，將何底止？介卿遡源七子，而服膺吳先生，高矣，正矣。七子於明詩爲正宗，爲大家，爲名家，介卿於七子詩爲羽翼，爲接武，相提而論，中興之功，殆難軒輊。胡明府與余樂有是舉也，匪直以吳先生鄉里後進之私也。」〔註219〕

〔註218〕明・李維楨《學步草題辭》，《大泌山房集》卷一百三十三，《四庫全書存目叢書》集153，第714頁。

〔註219〕明・李維楨《吳韓詩選題辭》，《大泌山房集》卷一百三十二，《四庫全書存目

在明後期的詩歌流變中，李維楨認爲明詩或學詩，就以識爲主，入門須正，立志須高，差毫釐，謬千里，他以後七子派爲明詩的正宗、大家、名家。這既是李維楨對後七子派的觀點，亦是終明一朝，復古派詩論的根本立足點。儒家詩教與復古雅正詩美爲陳子龍、夏完淳等在激烈悲壯的抗清實踐中發揚，成爲明詩自明初至明末發展之始終，接續到清初士大夫對明亡歷史的反思與風雅傳統的歌詠。

本章論李維楨對明末詩歌主流三派的詩歌批評，主要談兩個內容。第一，李維楨對明末性靈詩派的眞實態度，贊許、吸收、批評、商榷兼而有之，是在堅守純儒救世、雅正復古本位下的寬容、學習和爲我所用態度。但具體則有差別。對公安派以論性情、論白香山詩、論蘇長公、論雁字詩四個選點切入，逐步展現李維楨對公安派早期破壞名教崇白香山俗與淺不贊成，對後期向傳統程朱理學回歸提出的淡與質，實質也不贊成，認爲復古派儒家衛道正統之「質」要高於公安竟陵超越世俗精神之「質」，故讚揚雖多，批評也直接明瞭。對竟陵派，主要結合他與鍾惺、譚友夏的交遊過程、詩序觀點，來說明李維楨對竟陵派詩論評論的偏離。雖竟陵重性靈，後七子派重儒家詩教，有根本分岐，由於師古重古一致，李維楨以商榷較多，批評多對末流，而堅守經世致用的儒家詩教觀，使其對竟陵批評不得要害，亦承認得窺其門不得奧藏。對三派末流，則皆嚴厲批判。

第二，主要述後七子派詩論在明詩中的特徵所在，是重點。主要從後七子派第一期領袖李攀龍核心詩論、第二期領袖王世貞核心詩論、第三期李維楨核心詩論，以見後七子派詩學批評的發展歷程，說明李維楨詩學理論的繼承、新變與原因所在。更重要在探索八十年的後七子派詩學理論與文化內涵的實質所在，以及對明末詩歌主流走向的影響。

李攀龍詩論，著重論述了他「擬議成變，日新富有」擬古創作方法的弊病，李維楨對其改造爲「擬議變化」，側重在「擬」和「化」，既不丟本旨，即復古，又直達化境，即自然。著重論了李攀龍源屈騷楚風的強烈「怨刺」詩學觀，雄偉勁迅的美學風格；明季末世，由李攀龍不宗經重文學藝術，李維楨轉爲以宗經正道匡救世道人心爲根本主旨，這既有政治與文學的原因，也有李維楨政治與文學思想深處館閣相出思想原因，與李攀龍的郎署怨刺意識不盡相同。

叢書》集 153，第 694 頁。

　　王世貞詩論，通過「情與詩」、「格與見」、「調與聽」三點，著重論述他在第二期以「格調」為中心，對法度與復古規範確立的深化過程。王世貞的「情」是物理人情的世情與君子事功德性的性情，這兩個內外方面沒有變化，這決定他把復古之格調定在正本清源、復興真正承載有明大一統新盛世文學的高格高調、建立代表本朝的「正王道之始」與「合乎禮儀法則之始」的明文學理想沒有改變，且把復古主張落實成為明代影響力最強的階段。但他晚年對「格調」的確從早年簡單化高蹈揚厲、高華雄健，將早年「師匠宜高」和「捃拾宜博」下降沉實，追求「格降而博求其變」的平和老成風調，既維護漢魏古詩和盛唐律詩的格高調逸，又詩古體大贊陶謝，近體贊大曆長慶和蘇詩，文贊六朝、韓柳、歐蘇，用後者的情味風調來平和內斂前後七子流弊的「虛格浮響」，格上主「沉思」、「情實」、「辭達」、調上主「調暢」、「恒調」、「風調」、「調外之味」、「達」、「適」的濃淡之間、悠然之趣之詩美，其實是對前後七子主張內容與藝術更老成圓熟的精深推進。

　　王世貞「格調論」還有重法度的一面，早年為了完成主盟第二期的文學歷史使命，為了理論主張在文壇的影響力，晚年詩講究蘇白詩的真率自然與集大成，因怕凡夫俗子學偏，使名教掃地，詩道鄙壞，仍強調復古派的雅正格調。相對早年的強調西京到大曆古文古詩體式格調，強調詩的法度做法，講究成熟無病的字句篇法，強調習詩作文的漸進之法，則漸轉化為雅正的美學風格。此對法度的推崇，由重外在形式轉變到重內在美學風格，為李維楨繼承。但王世貞的「性靈」既在儒家正統情性下的內容規範理想，又是在復古傳統格調法度形成規範下的性靈，束縛太重，末流效法的實質必是格調壓倒性靈，不及李維楨在第三期對法度尺度把握的恰當。

　　後七子派發展到李維楨主盟的第三期，明王朝已走向末季，李維楨不再是確立本朝盛世文學規範，而轉向為以明經正道、以詩教合時義取士治國、先進厚德的詩道治道來匡正世道人心。堅守君子性情、力抓學、識、法、師古四點，放開其餘，他的復古態度，已從追求文法風格，內化為思想與美學。他視後七子派為明詩正宗，思想上用宗經先進立德立行、風格上用雅正雄深美學、創作上用蘇軾之適性自然與王世貞晚年之適用集大成，來保持復古派和明文學的純正接續。李維楨堪稱是叔季衰世為明清正統詩文延綿傳承做出貢獻的傑出代表。

結　語

　　李維楨是一位在歷史長河中被淹沒甚至被誤讀的有德長者。他出生與成長在嘉靖中後期，家庭成長環境與師友影響，使他青少年時期即形成了宗經尚實、先進厚德的正統儒家思想。他天賦聰穎，學識博瞻，吏政精實，雖因性格弱點與際遇機緣，不得拜將入相，但他將一生的政治才華與愛國忠誠，盡情馳騁於紙端，在史學、文學領域開疆闢土，嘔心瀝血地持續發聲在文壇與政壇，以明經正道、師表人倫的詩道治道爲己任，以知其不可而爲之的精神，疾呼吶喊，堅守在明後期政治與文學的前沿陣地。

　　李維楨又是明後期一位重要的作家與批評家。他終生治《詩》，是後七子派的中堅人物，亦可稱爲明後期文壇盟主之一。他八十年的一生，尤其隆萬年間，於政治正是明王朝由繁榮穩定向亂相衰世的轉折時期，於文學卻是明王朝經過兩百年積累走向全盛時期，相當於唐朝的開元天寶年間。李維楨長於斯、行於斯、逝於斯，實質是以明朝第一流史學家和文學家高屋建瓴地觀察、批判、引領晚明詩學思想與風尚的走向。他政治思想與文學思想的進步意義與局限原因，在文中其實清晰可見。

　　本文六章。第一章敘述李維楨的生平，分析他在青少年時期形成的思想性格，側重在其父李淑對李維楨先進厚德、宗經、詩教的深刻影響，論述他走立德立言道路的深層原因，描述李維楨三仕三出的歷程，重在勾勒重要人物、重要事件、心境對他政治文學際遇的影響、他思想心態的變化過程。第二章考稽李維楨的著述。分別從集類、經類、史類、子類著述，對李維楨的著述、結集和刊刻、版本、館藏等情況，進行詳細考述。他別集的編撰思想，他重要評點校注本與史部撰著的選擇對象、評釋內容，也是其政治、史學、文學思想的體

現。此兩章見李維楨的個人基本概況。

第三章詳述李維楨的應用文創作。他的文受《左傳》影響尤重敘事，爲補明代正史之缺、實錄不足的修史保存各方面史料史資而作，不爲文學而作，故強調求實徵信，重記錄史料，文風博綜雅醇、中和宗經；大量展現了明末社會多方面的眞實情況，是對國事、時局、政治、吏治、學術、士風、世風的憂患與批判，具有較高的明後期人物與文學史料價值。是他情深情癡性格特點在應用文創作的體現，與下章詩歌創作、待人交遊、憂國憂君的「情深」有同一性。「情直質，意深長，事核具，文綢繆」才是他文的根本特點，李維楨兩千多篇文，才氣弘肆，當得起明後期文的大家。

第四章分析李維楨的詩歌創作。詩歌是展現他政治諷諭情懷與家庭、心態的重要窗口，具有史傳性、紀實性、敘事性與一題多作的藝術特徵。後七子派雅正嚴整爲其詩的主體風格，亦吸收公安派的詩風詩論，少量創作有「戲謔隨性」風格的詩作。「雪」與「情」是李維楨的獨特詩語。「舟雪」意象，是仕宦人世予他內心的艱阻感受；「雪中花」境像是心緒憂傷的躍出質變，「四時春散雪山花」是瑩潔雪色下不畏苦寒的蓬勃生命力，是他詩歌審美的最高點；「郢歌白雪」宣導嘉靖發源地屈騷峻潔芳美與周鎬召南禮樂教化融合的思想，是其文品人品仕品理想，「南冠格是頭如雪」是深切憂患與瑩潔心性的自我形象。「雪」境背後，飽含洞諳世事的「情深」，雪境之淒傷，爲襯托「多情」、「情深」之美好珍貴，較其應用文，更深地展現他情深情癡的性格特點。《丘使君招集傅園看花，是日雨雪》是他「雪」詩語思想性與藝術性的總結篇，寫出在晚明末世大廈將傾前期，李維楨等一批看穿世事人情、無能爲又有所爲的士大夫群體心態特徵，帶老年人特有的豁達與情深，詩澄澈婉美、憂傷飄飛，與劉希夷《代悲白頭吟》「落花」同，卻全然一派明詩風味，詩雅俗相得益彰，情境交融，花雪輕盈悠回，情意醇厚深長，並不全符合明無好詩的貶低與偏見之語。

第五六章梳理李維楨的詩學思想。他的詩學思想，具有兩方面特徵：一是以崇經詩教爲根本，對明代末世政治、世道、士風、學術、文學全方位批判與匡救，這是他不同於李攀龍、王世貞前兩期的最鮮明特徵；二是對明末詩歌主流三派的批評，對公安派早期破壞名教崇白香山俗與淺不贊成，對後期向傳統程朱理學回歸提出的淡與質，實質也不贊成，認爲復古派儒家衛道正統之「質」要高於公安的超越世俗精神之「質」；對竟陵派，堅守經世致用的儒家詩教觀，使其批評不得要害，得窺其門不得奧藏。李維楨所持實質是翰苑館閣的政治思

想與文學思想，以相品高度來要求自己的人品與文品，匡救明末士人的道德與
文章，終生以明經正道、師表人倫的詩道治道為己任。具體到詩學理論，詩歌
史觀下的崇經、聲音之道與政通，翼以明德弼教、先進厚德，淳樸世道人心，
詩歌創作觀由早年復古思想到晚年主性情、力抓學、識、法、師古四點，放開
其餘，他的復古態度，已從追求文法風格，內化為思想與美學。他視後七子派
為明詩正宗，思想上用宗經先進立德立行、風格上用雅正雄深美學、創作上用
蘇軾之適性自然與王世貞晚年之適用集大成，來保持復古派和明詩的純正接
續。此四章從創作、批評見其與明代文學的關係。

　　本文以第一二章生平思想與著撰為立論基礎，第三、四、五、六章分別從
應用文創作、詩歌創作、詩學批評三根線索闡發和聚攏，後四章的具體觀點與
第一二章的「思」與「行」有內在一致與因果聯繫。本文每章節實際是隨貫而
下的珍珠，以第一二章為花骨朵的串珠花結構，雖此珠花織繞的極簡單與未完
成。

　　本文從作家個案研究，還可衍伸出《李維楨文學交遊與晚明詩歌演變》專
題。李維楨是明代文壇出色的文學社交家與活動家，隆萬年間後七子派的傑出
代表，《大泌山房集》、《新刻楚郢大泌山人四遊集》就是這樣一種文學角色的直
接產物，具有較高的文學交遊與批評史料價值。筆者將在《李維楨年譜》文學
交遊史料的基礎上，專力做湖廣、吳越徽、江右、閩中、兩廣、西南等南方詩
壇，北直、陝西、中州、江左等北方詩壇，北京、金陵兩詩壇中心，後七子、
公安、竟陵三大流派中，他與交遊文人的詩文活動，他的詩學批評影響，最大
程度還原視點考索闡釋晚明詩史演變的事件、風貌、規律；以嘗試突破歷來前
後七子、公安、竟陵紛爭遞變格局，在各地域各流派各代表詩人間見細節與焦
點、重點、融合與論爭，呈現客觀生動的晚明詩史演變畫卷。

　　李維楨給後世的感動，是「靈光獨峙，砥柱江河，一代千秋，大統攸集，
茫茫震旦，不遂淪為長夜，以明公在也」〔註1〕，這是中國知識分子的情操所
在，也是中國人心的良知所在。李維楨在明季末世國家已潰爛到不可收治，行
將崩塌，不是他所持儒家思想能力挽狂瀾於既倒，卻是只能與應該堅守的延綿
之道，是支撐人世間的希望與光明所在。

〔註1〕　明·胡應麟《報李本寧觀察》其一，《少室山房集》卷一百十七，《景印文淵
　　　　閣四庫全書》第1290冊，第859頁。

參考文獻

（一）古籍、整理本

1. 〔唐〕白居易：《白居易集》，北京：中華書局，1979 年。
2. 〔唐〕劉禹錫：《劉禹錫集》，北京：中華書局，1990 年。
3. 〔宋〕嚴羽：《滄浪詩話》，北京：人民文學出版社，1983 年。
4. 〔宋〕釋普濟：《五燈會元》，《景印文淵閣四庫全書》第 1053 冊，臺北：臺灣商務印書館，1986 年。
5. 〔明〕李維楨：《大泌山房集》，《四庫全書存目叢書》集部第 150～153 冊，濟南：齊魯書社，1997 年。
6. 〔明〕李維楨：《大泌山房集》，明刻本，北京大學、中科院、上海圖書館藏。
7. 〔明〕李維楨：《新刻楚郢大泌山人四遊集》，明刻本，北京大學、南京圖書館藏。
8. 〔明〕李維楨：《李本寧先生詩》七卷，清抄本，《淵著堂選十八名家詩六集》第一集第三種，雲南大學圖書館藏。
9. 〔明〕李維楨：《翠娛閣評選李本寧先生小品》，何偉然、丁允和選，陸雲龍評《皇明十六名家小品》第九家，《四庫全書存目叢書》集部第 378 冊，濟南：齊魯書社，1997 年。
10. 〔明〕王世貞、李維楨等撰：《笠澤四遊記》，明萬曆刻本，國家圖書館藏。
11. 〔明〕李維楨：《瑄玗琪館文存》，民國十九年遼寧鉛印本，遼寧省圖書館藏。

12. 〔明〕李維楨：《新鐫名公批評分門釋類唐詩雋》，明刻本，上海圖書館藏本。

13. 〔明〕楊慎選、李維楨評注、袁宏道參閱：《諸名家合評楊升菴先生原本三蘇文選》，明崇禎刻本、康熙刻本，復旦大學圖書館藏。

14. 〔明〕王世貞撰，李維楨注釋：《明萬曆書舍林顯刻本重鍥鳳洲王先生文抄注釋》，明萬曆刻本，美國哈佛大學哈佛燕京圖書館藏。

15. 〔明〕李維楨：《史通評釋》，上海圖書館藏明刻本、明末刻本、崇禎間蛾術書屋刻本；明刻本，國家圖書館、中科院藏；《四庫全書存目叢書》史部第 279 冊，濟南：齊魯書社，1996 年。

16. 〔明〕李維楨：〔萬曆〕《山西通志》，崇禎刻本，上海圖書館藏。

17. 〔明〕李維楨：〔萬曆〕《山西通志》，《稀見中國地方志彙刊》，北京：中國書店，1992 年。

18. 〔明〕雷禮撰，李維楨續補：《國朝進士列卿表》，明萬曆刻本，國家圖書館藏。

19. 〔明〕李維楨：《馬將軍傳》，明萬曆刻本，清華大學、上海圖書館藏。

20. 〔明〕李維楨，閻調羹撰：《明都察院右僉都御史張公暨元配王恭人墓誌銘一卷行狀一卷》，明萬曆刻本，國家圖書館藏。

21. 〔明〕李維楨，《黃帝祠額解》，陳繼儒：《寶顏堂彙秘笈四十二種八十六卷》本，明萬曆刻本，復旦大學、國家圖書館藏。

22. 〔明〕陳絳撰，李維楨批點：《新刊批點金罍子上篇二十卷中篇十二卷下篇十二卷》，明泰昌刻本，清華大學圖書館藏。

23. 〔明〕潘膺祉撰，李維楨等評：《潘方凱墨評》，故宮博物院抄本，中國科學院自然科學史研究所圖書館藏。

24. 〔明〕周伯畊撰，李維楨、鄭思鳴選注：明萬曆初刻本，《李本寧先生選注虞精集》，國家圖書館藏。

25. 〔明〕周伯畊撰，徐奮鵬評，周家賢注《新鍥官板批評注釋虞精集》，《四庫全書存目叢書》子部第 93 冊，濟南：齊魯書社，1995 年。

26. 〔明〕李維楨：《新刻本寧先生詳訓對類四卷》，明刻本，國家圖書館藏。

27. 〔明〕李維楨：《新刻本寧李先生對類二十卷》，明刻本，國家圖書館藏。

28. 〔明〕吳承恩：《射陽先生存稿》，民國十九年故宮博物院圖書館鉛印本，上海圖書館藏。

29. 〔明〕彭堯諭：《西園前稿□卷續稿□卷》，明刻本，國家圖書館藏。

30. 〔明〕彭堯諭：《四家評唱泰丘集》，明刻本，河南省圖書館藏。

31. 〔明〕毛澄撰：《三江遺稿》，《四庫全書存目叢書》集部第 46 冊，濟南：齊魯書社，1997 年；潘道根手抄本，國家圖書館藏。

32. 〔明〕吳懷賢：《吳翼明先生存集》，明崇禎刻本，中山大學圖書館藏。

33. 〔明〕陳絳：《金罍子四十四卷》，《四庫全書存目叢書》子部第 84 冊，明萬曆刻本，濟南：齊魯書社，1995 年；《續修四庫全書》第 1124 冊，上海：上海古籍出版社，2001 年。

34. 〔明〕不題撰者：《稗乘四十二種》，北京：中國書店，1986 年。

35. 〔明〕周嘉冑：《香乘》，《叢書集成三編》，臺北：新文豐出版股份有限公司，1997 年。

36. 〔明〕湯道衡：《禮記纂注》，明刻本，《四庫全書存目叢書》經部第 93 冊，濟南：齊魯書社，1997 年。

37. 〔明〕李攀龍：《滄溟先生集》，包敬第標校，上海：上海古籍出版社，1992 年。

38. 〔明〕王世貞：《弇州四部稿》，《景印文淵閣四庫全書》第 1279～1281 冊，臺北：臺灣商務印書館，1986 年。

39. 〔明〕王世貞：《弇州山人續稿》，《景印文淵閣四庫全書》第 1282～1284 冊，臺北：臺灣商務印書館，1986 年。

40. 〔明〕王世貞：《弇州山人續稿》，明抄本，上海圖書館藏。

41. 〔明〕王世貞：《〈弇州山人續稿〉附》，明刻本，上海圖書館、浙江省圖書館、無錫圖書館藏。

42. 〔明〕王世貞：《讀書後》，《景印文淵閣四庫全書》第 1285 冊，臺北：臺灣商務印書館，1986 年。

43. 〔明〕王世貞：《藝苑卮言》，陸潔棟、周明初批註，南京：鳳凰出版社 2009 年。

44. 〔明〕謝榛：《謝榛全集校箋》，李慶立校箋，南京：江蘇古籍出版社 2003 年。

45. 〔明〕徐中行：《天目先生集》，《明代論著叢刊》，臺北：偉文圖書出版社有限公司，1976 年。

46. 〔明〕梁有譽：《蘭汀存稿》，《明代論著叢刊》，臺北：偉文圖書出版社有限公司，1976 年。

47. 〔明〕孫蕡、歐大任等著：《南園前五先生詩、南園後五先生詩》，梁守中、鄭力民點校，廣州：中山大學出版社，1990 年。

48. 〔明〕宗臣：《宗子相集》，明代論著叢刊，臺北：偉文圖書出版社有限公司，1976 年。

49. 〔明〕吳國倫：《甔甀洞稿》，明代論著叢刊，臺北：偉文圖書出版社有限公司，1976 年。

50. 〔明〕吳國倫：《甔甀洞續稿》，《續修四庫全書》第 1350～1351 冊，上

海：上海古籍出版社，2001 年。

51. 〔明〕汪道昆：《太函集》（全四冊），胡益民、余國慶點校，合肥：黃山書社，2004 年。

52. 〔明〕王世懋：《王奉常集》，《四庫全書存目叢書》集部第 133 冊，濟南：齊魯書社，1997 年。

53. 〔明〕張佳胤：《居來先生集》，《四庫全書存目叢書補編》第 51 冊，濟南：齊魯書社，2001 年。

54. 〔明〕張九一：《綠波樓詩集》，《四庫全書存目叢書》集部第 128 冊，濟南：齊魯書社，1997 年。

55. 〔明〕吳維岳：《天目山齋歲編》，《四庫全書存目叢書》集部第 105 冊，濟南：齊魯書社，1997 年。

56. 〔明〕歐大任：《歐虞部集》，《北京圖書館古籍珍本叢刊》，北京：書目文獻出版社 1988 年版。

57. 〔明〕王道行：《王明甫先生桂子園集》，明萬曆刻本，國家圖書館藏本。

58. 〔明〕黎民表：《瑤石山人稿》，《景印文淵閣四庫全書》第 1277 冊，臺北：臺灣商務印書館，1986 年。

59. 〔明〕屠隆：《白榆集》，《四庫全書存目叢書》集部第 180 冊，濟南：齊魯書社，1997 年。

60. 〔明〕屠隆：《由拳集》，《四庫全書存目叢書》集部第 180 冊，濟南：齊魯書社，1997 年。

61. 〔明〕屠隆：《棲真館集》，《續修四庫全書》第 1360 冊，上海：上海古籍出版社，2001 年。

62. 〔明〕胡應麟：《少室山房集》，《景印文淵閣四庫全書》第 1290 冊，臺北：臺灣商務印書館，1986 年。

63. 〔明〕胡應麟：《詩藪》，上海：上海古籍出版社，1979 年。

64. 〔明〕皇甫汸：《皇甫司勳集》，《景印文淵閣四庫全書》第 1275 冊，臺北：臺灣商務印書館，1986 年。

65. 〔明〕朱多煃：《朱宗良集》，明萬曆刻本，南京圖書館藏。

66. 〔明〕穆文熙：《穆考功逍遙園集選》，《四庫全書存目叢書》集部第 137 冊，濟南：齊魯書社，1997 年。

67. 〔明〕劉黃裳：《藏徵館集》，明萬曆刻本，上海圖書館藏。

68. 〔明〕王稚登：《王百穀十九種三十九卷》，《四庫禁燬書叢刊》集部第 175 冊，北京：北京出版社，2005 年。

69. 〔明〕于慎行：《谷城山館詩集》，《景印文淵閣四庫全書》第 1291 冊，臺北：臺灣商務印書館，1986 年。

70. 〔明〕鄒迪光:《石語齋集》,《四庫全書存目叢書》集部第 159 冊,濟南,齊魯書社,1997 年。

71. 〔明〕鄒迪光:《調象庵稿》,《四庫全書存目叢書》集部第 159～160 冊,濟南,齊魯書社,1997 年。

72. 〔明〕鄒迪光:《始青閣稿》,《四庫禁燬書叢刊》集部 103,北京:北京出版社,2005 年。

73. 〔明〕佘翔:《薛荔園詩集》,《景印文淵閣四庫全書》第 1288 冊,臺北:臺灣商務印書館,1986 年。

74. 〔明〕張元凱:《伐檀齋集》,《景印文淵閣四庫全書》第 1285 冊,臺北:臺灣商務印書館,1986 年。

75. 〔明〕邢侗:《來禽館集》,《四庫全書存目叢書》集部第 161 冊,濟南,齊魯書社,1997 年。

76. 〔明〕汪道貫、汪道會:《二仲詩》,清康熙汪氏五世讀書園刻本,國家圖書館藏。

77. 〔明〕華善繼:《華孟達詩稿》,《四庫全書存目叢書》集部第 176 冊,濟南,齊魯書社,1997 年。

78. 〔明〕費尚伊:《市隱園集選》,《四庫未收書輯刊》5 輯第 23 冊,北京:北京出版社,2000 年。

79. 〔明〕黃汝亨:《寓林集》,《續修四庫全書》第 1368～1369 冊,上海:上海古籍出版社,2001 年。

80. 〔明〕馮琦:《馮用韞先生北海集》,明萬曆刻本,上海圖書館藏。

81. 〔明〕何白:《汲古堂集》,《四庫禁燬書叢刊》集部第 177 冊,北京:北京出版社,2005 年。

82. 〔明〕方日升:《古今韻會舉要小補》,《四庫全書存目叢書》經部第 212 冊,濟南:齊魯書社,1997 年。

83. 〔明〕陳繼儒:《陳眉公先生全集六十卷年譜一卷》,明崇禎刻本,上海圖書館藏。

84. 〔明〕龍膺:《龍膺集》,梁頌成、劉夢初校點,長沙:嶽麓書社 2011 年。

85. 〔明〕袁宗道:《白蘇齋類集》,錢伯城標點,上海:上海古籍出版社,1989 年。

86. 〔明〕袁宏道:《袁宏道集箋校》,錢伯城箋校,上海:上海古籍出版社,1981 年。

87. 〔明〕袁中道:《珂雪齋集》,錢伯城點校,上海:上海古籍出版社,1989 年。

88. 〔明〕鍾惺:《隱秀軒集》,李先耕、崔重慶標校,上海:上海古籍出版

社，1992 年。

89. 〔明〕譚元春：《譚元春集》，陳杏珍標校，上海：上海古籍出版社，1998年。

90. 〔明〕謝肇淛：《北河紀》，《景印文淵閣四庫全書》第 576 冊，臺北：臺灣商務印書館，1986 年。

91. 〔明〕茅維：《十賚堂甲集詩五卷文十二卷乙集詩十七卷詞一卷北闈蕡言二卷》，明萬曆刻本，上海圖書館藏。

92. 〔明〕陸寶：《霜鏡集》，明崇禎刻本，上海圖書館藏。

93. 〔明〕陸寶：《悟香集》卷六，清順治刻本，上海圖書館藏。

94. 〔明〕汪砢玉：《珊瑚網》，《景印文淵閣四庫全書》第 818 冊，臺北：臺灣商務印書館，1986 年。

95. 〔明〕俞憲：《盛明百家詩》，《四庫全書存目叢書》集部 304～308 冊，濟南：齊魯書社，1997 年。

96. 〔明〕沈德符：《萬曆野獲編》，北京：中華書局，1595 年。

97. 〔明〕賀復徵：《文章辨體彙選》，《景印文淵閣四庫全書》第 1402～1410冊，臺北：臺灣商務印書館，1986 年。

98. 〔清〕《欽定四書文》，《景印文淵閣四庫全書》第 1451 冊，臺北：臺灣商務印書館，1986 年。

99. 〔清〕《御定歷代賦彙》，《景印文淵閣四庫全書》第 1419～1422 冊，臺北：臺灣商務印書館，1986 年。

100. 〔清〕錢謙益：《列朝詩集》，北京：中華書局，2007 年。

101. 〔清〕錢謙益：《列朝詩集小傳》，上海：上海古籍出版社，2008 年。

102. 〔清〕錢謙益：《牧齋初學集》，《續修四庫全書》第 1390 冊，上海：上海古籍出版社，2001 年。

103. 〔清〕黃宗羲：《明文海》，《景印文淵閣四庫全書》第 1453～1458 冊，臺北：臺灣商務印書館，1986 年。

104. 〔清〕朱彝尊：《明詩綜》，北京：中華書局，2007 年。

105. 〔清〕朱彝尊：《靜志居詩話》，北京：人民文學出版社，1990 年，

106. 〔清〕玄燁：《御選宋金元明四朝詩》，《景印文淵閣四庫全書》第 1437～1444 冊，臺北：臺灣商務印書館，1986 年。

107. 〔清〕王士禎：《古夫于亭雜錄》，《景印文淵閣四庫全書》第 870 冊，臺北：臺灣商務印書館，1986 年。

108. 〔清〕鄒漪：《啓禎野乘》，《四庫禁燬書叢刊》史部第 40～41 冊，北京：北京出版社，1997 年。

109. 〔清〕沈德潛、周準：《明詩別裁集》，上海：上海古籍出版社，1979 年。

110. 〔清〕陳田:《明詩紀事》,上海:上海古籍出版社,1993 年。

111. 〔清〕廖元度:《楚風補》,《四庫全書存目叢書》集 403 冊,濟南:齊魯書社,1997 年。

112. 周維德集校:《全明詩話》,濟南:齊魯書社,2005 年。

113. 謝伯陽編:《全明散曲》,濟南:齊魯書社,1994 年。

(二)史書、方志、書目、索引

1. 〔漢〕班固:《漢書》,北京:中華書局,1962 年。

2. 〔劉宋〕范曄:《後漢書》,北京:中華書局,1965 年。

3. 〔清〕張廷玉等:《明史》,北京:中華書局,1974 年。

4. 〔明〕雷禮:《國朝列卿紀》,《四庫全書存目叢書》史部第 92~94 冊,濟南:齊魯書社,1996 年。

5. 〔清〕覺羅石麟等監修,儲大文等編纂:《山西通志》,《景印文淵閣四庫全書》第 542~550 冊,臺北:臺灣商務印書館,1986 年。

6. 〔清〕沈星標:《京山縣志》,清光緒八年刻本,上海圖書館藏。

7. 譚其驤:《中國歷史地圖集》,北京:中國地圖出版社,1996 年。

8. 〔清〕四庫館臣:《欽定四庫全書總目》,《景印文淵閣四庫全書》第 1~5 冊,臺北:臺灣商務印書館,1986 年。

9. 〔清〕黃虞稷:《千頃堂書目》,上海:上海古籍出版社,2001 年。

10. 傅增湘:《藏園群書經眼錄》,北京:中華書局,1983 年。

11. 〔日〕山根幸夫:《增訂日本現存明人文集目錄》,東京女子大學東洋史研究室 1978 年版。

12. 嚴紹璗:《日藏漢籍善本書錄》,北京:中華書局,2007 年。

13. 王重民:《中國善本書提要》,上海:上海古籍出版社,1983 年。

14. 王重民:《中國善本書提要補編》,北京:書目文獻出版社,1991 年。

15. 《中國古籍善本書目》編輯委員會編:《中國古籍善本書目》,上海:上海古籍出版社,1996 年。

16. 崔建英:《明別集版本志》,北京:中華書局,2006 年。

17. 沈津:《美國哈佛大學哈佛燕京圖書館中文善本書志》,上海:上海辭書出版社,1999 年。

18. 〔清〕繆荃孫、吳昌綬、董康:《嘉業堂藏書志》,吳格點校,上海:復旦大學出版社,1997 年。

19. 葛思德東方圖書館編:《普林斯頓大學葛思德東方圖書館中文舊籍書目》,臺北:臺灣商務印書館,1990 年。

20. 〔臺〕國立中央圖書館編印:《國立中央圖書館善本書目》(增訂二版),

臺北：國立中央圖館，1986 年。

21. 中國古籍總目編纂委員會編：《中國古籍總目》（史部、叢書部），北京、上海：中華書局、上海古籍出版社，2009 年。

22. 中國古籍總目編纂委員會編：《中國古籍總目》（子部），北京、上海：中華書局、上海古籍出版社，2010 年。

23. 中國古籍總目編纂委員會編：《中國古籍總目》（經、集部），北京、上海：中華書局、上海古籍出版社，2012 年。

24. 引得編纂處編：《八十九種明代傳記綜合引得》，北京：中華書局，1987 年。

25. 國立中央圖書館編：《明人傳記資料索引》，臺北：國立中央圖書館，1978 年。

26. 楊廷福、楊同甫：《明人室名別稱字號索引》上海：上海古籍出版社，2002 年。

27. 朱保炯、謝沛霖：《明清進士題名碑錄索引》，上海：上海古籍出版社，1979 年。

（三）現代學術專著

1. 謝无量：《中國大文學史》，上海：中華書局，1932 年。

2. 錢基博：《中國文學史》，北京：中華書局，1993 年。

3. 胡懷琛：《中國文學史概要》，上海：商務印書館，1931 年。

4. 鄭振鐸：《插圖本中國文學史》，北京：人民文學出版社，1957 年。

5. 劉大杰：《中國文學發展史》，上海：復旦大學出版社，2006 年。

6. 游國恩、王起、蕭滌非等：《中國文學史》，北京：人民文學出版社，1964 年。

7. 章培恒、駱玉明：《中國文學史》，上海：復旦大學出版社，2005 年。

8. 郭預衡：《中國古代文學史》，上海：上海古籍出版社，2007 年。

9. 袁行霈：《中國文學史》，北京：高等教育出版社，2003 年。

10. 郭紹虞：《中國文學批評史》，北京：商務印書館，2010 年。

11. 王運熙、顧易生：《中國文學批評史新編》，上海：復旦大學出版社，2007 年。

12. 袁震宇、劉明今：《中國文學批評通史》（明代卷），上海：上海古籍出版社，1996 年。

13. 張少康：《中國文學理論批評史教程》，北京：北京大學出版社，1999 年。

14. 葉慶炳、邵紅《明代文學批評資料彙編》，臺北：成文出版社，1979 年。

15. 宋佩韋：《明文學史》，上海：商務印書館，1934 年。

16. 錢基博：《明代文學》，上海：商務印書館，1933 年。

17. 徐朔方、孫秋克：《明代文學史》，杭州：浙江大學出版社，2006 年。

18. 朱易安：《中國詩學史》（明代卷），廈門：鷺江出版社，2002 年。

19. 蕭華榮：《中國詩學思想史》，上海：華東師範大學出版社 1996 年版。

20. 郭英德：《中國古代文學通論》（明代卷），傅璇琮、蔣寅總主編，瀋陽：遼寧人民出版社，2005 年。

21. 鄧紹基、史鐵良：《明代文學研究》，北京：北京出版社，2001 年。

22. 羅宗強：《明代文學思想史》，北京：中華書局，2013 年。

23. 羅宗強：《明代後期士人心態研究》，天津：南開大學出版社，2006 年。

24. 陳國球：《唐詩的傳承：明代復古詩論研究》，臺北：臺灣學生書局，1990 年。

25. 陳國球：《明代復古派唐詩論研究》，北京：北京大學出版社，2007 年。

26. 廖可斌：《明代文學復古運動研究》，上海：上海古籍出版社，1994 年。

27. 陳書錄：《明代前後七子研究》，南昌：江西人民出版社，1994 年。

28. 陳書錄：《明代詩文的演變》，南京：江蘇教育出版社，1996 年。

29. 周明初：《晚明士人心態及文學個案》，上海：東方出版社，1997 年。

30. 左東嶺：《王學與中晚明士人心態》，北京：人民文學出版社，2000 年。

31. 陳文新：《明代詩學》，長沙：湖南人民出版社，2000 年。

32. 陳文新：《明代詩學的邏輯進程與主要理論問題》，武漢：武漢大學出版社，2007 年。

33. 陳正宏：《明代詩文研究史》，上海：上海文化出版社，2000 年。

34. 饒龍隼：《明代隆慶、萬曆間文學思想轉變研究》，重慶：西南師範大學出版社，1995 年。

35. 黃卓越：《明永樂至嘉靖初詩文觀研究》，北京：北京師範大學出版社，2001 年。

36. 朱萬曙：《明代文學與地域文化研究》，合肥：黃山書社，2005 年。

37. 馮小祿：《明代詩文論爭研究》，昆明：雲南人民出版社，2006 年。

38. 鄧新躍：《明代前中期詩學辨體理論研究》，上海：上海古籍出版社，2007 年。

39. 黃毅：《明代唐宋派研究》，上海：上海古籍出版社，2008 年。

40. 蔣鵬舉：《復古與求真：李攀龍研究》，北京：中國社會科學出版社，2008 年。

41. 鄭利華：《王世貞年譜》，上海：復旦大學出版社，1993 年。

42. 鄭利華：《王世貞研究》，上海：學林出版社，2002 年。

43. 鄭利華:《前後七子研究》,上海:上海古籍出版社,2015 年。

44. 酈波:《王世貞文學研究》,北京:中華書局,2011 年。

45. 謝旻琪:《李維楨文學思想研究》,新北:花木蘭文化出版社,2012 年。

46. 徐美潔:《屠隆年譜》,上海:上海世紀出版集團,2015 年。

47. 貫宗普:《公安派文學思想研究》,北京:中國社會科學出版社,2011 年。

48. 陳廣宏:《鍾惺年譜》,上海:復旦大學出版社,1993 年。

49. 陳廣宏:《竟陵派研究》,上海:復旦大學出版社,2006 年。

50. 郭預衡:《中國散文史》,上海:上海古籍出版社,1986 年。

51. 楊民:《萬川一月中國古代散文史》,北京:清華大學出版社,2003 年。

52. 周寅賓:《明清散文史》,長沙:湖南人民出版社,2004 年。

53. 熊禮彙:《明清散文流派論》,武漢:武漢大學出版社,2003 年。

54. 陸德海:《明清文法理論研究》,上海:上海古籍出版社,2007 年。

55. 李聖華:《晚明詩歌研究》,北京:人民文學出版社,2002 年。

56. 孫青春:《明代唐詩學》,上海:上海古籍出版社,2006 年。

57. 查清華:《明代唐詩接受史》,上海:上海古籍出版社,2006 年。

58. 陳文新等:《中華大典‧明清文學分典‧明文學部二》,南京:鳳凰出版社,2005 年。

59. 何宗美:《文人結社與明代文學的演進》,北京:人民文學出版社,2011 年。

60. 李玉拴:《明代文人結社考》,北京:中華書局,2013 年。

61. 黃仁宇:《萬曆十五年》,北京:三聯書店,2008 年。

62. 王其榘:《明代內閣制度史》,北京:中華書局,1989 年。

63. 陳建華:《中國江浙地區十四至十七世紀社會意識與文學》,上海:學林出版社,1992 年。

64. 鄭利華:《明代中期文學演進與城市形態》,上海:復旦大學出版社,1995 年。

65. 關文發、顏廣文:《明代政治制度研究》,北京:中國社會科學出版社,1995 年。

66. 方志遠:《明代城市與市民文學》,北京:中華書局,2004 年。

67. 陳寶良:《明代社會生活史》,北京:中國社會科學出版社,2004 年。

68. 任繼愈:《中國佛教史》,北京:中國社會科學出版社,1985 年。

69. 周齊:《明代佛教與政治文化》,北京:人民出版社,2005 年。

70. 商傳:《明代文化史》,上海:東方出版中心,2007 年。

（四）學術論文

1. 〔日〕橋川時雄：《京山李維楨傳考》，北平近代科學圖書館，第 35～37 頁。

2. 李清華：《李維楨對明代格調論的突破與創新》，《中國韻文學刊》2000 年第 1 期，第 69～73 頁。

3. 楊豔秋：《劉知幾〈史通〉與明代史學》，《史學史研究》2002 年第 4 期，第 48～55 頁。

4. 李聖華：《略論後七子派後期詩歌運動》，《鄭州大學學報》2002 年第 2 期，第 111～115 頁。

5. 李聖華：《鍾惺與李維楨詩歌之比較研究》，《鄭州大學學報》2004 年第 1 期，第 126～130 頁。

6. 徐利英：《李維楨詩學研究》，碩士學位論文，江西師範大學，2005 年。

7. 〔臺〕傅范維：《明代〈史通〉學研究——以陸深、李維楨與郭孔延父子爲中心》，碩士學位論文，佛光大學，2009 年。

8. 王遜、周群：《論李維楨詩論的「折衷」特色》，《長江論壇》2009 年第 4 期，第 76～80 頁。

9. 李玉栓：《李維楨〈大泌山房集〉中的詩社》，《中國文學研究》2010 年第 4 期，第 25～28 頁。

10. 吳兆龍、徐彬：《李維楨譜序研究——兼論李成梁籍貫》，《合肥學院學報》2011 年第 3 期，第 100～103、130 頁。

11. 李久太、王麗方：《臺面上的遐想空間——深讀李維楨（明）〈素園記〉中關於臺的描述》，《建築技藝》2011 年第 6 期，第 254～255 頁。

12. 王嘉川：《李維楨〈史通評〉編纂考》，《首都師範大學學報》2014 年第 5 期，第 10～18 頁。

13. 張銀飛：《論李維楨詩體「正變」發展觀》，《銅陵學院學報》2013 年第 4 期，第 85～88 頁。

14. 張銀飛：《李維楨詩學辨體理論探討》，《淮北師範大學學報》2014 年第 1 期，第 85～88 頁。

15. 高明峰《〈文選〉「史論」「史述贊」二體發微》，《廣西師範大學學報》2013 年第 6 期，第 77～82 頁。

16. 郭萬金：《明詩文學生態研究》，博士學位論文，中國社科院文學研究所，2007 年。

17. 魏宏遠：《王世貞晚年文學思想研究》，博士學位論文，復旦大學，2008 年。

18. 徐美潔：《屠隆詩編年箋注》，博士學位論文，華東師範大學，2011 年。

19. 陳強：《吳國倫年譜》，碩士學位論文，復旦大學，2004年。

20. 楊曉煒：《徐中行年譜》，碩士學位論文，復旦大學，2006年。

21. 安琪：《宗臣年譜簡編》，《宗臣經世致用觀及其詩文研究》，碩士學位論文附錄，南京師範大學，2007年。

22. 宋媛媛校注：《〈胡應麟詩集〉校注》，碩士學位論文，湘潭大學，2011年。

23. 尹穎群校注：《〈胡應麟文集〉校注》，碩士學位論文，湘潭大學，2011年。

24. 〔臺〕黃湘雲：《晚明文人的應酬書寫——以李維楨爲例》，碩士學位論文，暨南國際大學，2011年。